我的丁一之旅

史铁生 著

人民文学出版社

图书在版编目(CIP)数据

我的丁一之旅/史铁生著. —北京:人民文学出版社,2019
ISBN 978-7-02-014951-3

Ⅰ. ①我… Ⅱ. ①史… Ⅲ. ①长篇小说—中国—当代 Ⅳ. ①I247.5

中国版本图书馆 CIP 数据核字(2019)第 019000 号

策划编辑 杨 柳
责任编辑 刘 稚
装帧设计 崔欣晔
责任印制 徐 冉

出版发行 人民文学出版社
社 址 北京市朝内大街 166 号
邮政编码 100705
网 址 http://www.rw-cn.com

印 刷 中煤(北京)印务有限公司
经 销 全国新华书店等

字 数 332 千字
开 本 880 毫米×1230 毫米 1/32
印 张 13.25 插页 1
印 数 1—5000
版 次 2006 年 1 月北京第 1 版
印 次 2019 年 8 月第 1 次印刷

书 号 978-7-02-014951-3
定 价 53.00 元

1. 标题释义

所谓“丁一”,既可入乡随俗认作我一度的姓名,亦可溯本求根,理解为我所经历的一段时期,经过的一处地域,经受的一种磨难抑或承受的一次担负。这么说吧,在我漫长或无尽的旅行中,到过的生命数不胜数,曾有一回是在丁一。丁一之旅纷繁杂沓,尘嚣危惧,歧路频频,留给我的印象尤为深刻。如今远在史铁生,张望时间之浩瀚,魂梦周游,常仿佛又处丁一。所以想写写那一回的感受——算不上小说,更未必够得上文学,最可以曲为比附的是回忆录;就比如“A 在某年某月”“B 的某种生涯”“C 的某地之行”,本文取题即为“我的丁一之旅”。

但有一点说明:当时并无著述之念,故未留下任何笔记实录,如今经生隔世再看丁一,难免会有张冠李戴记混了的地方。

2. 引文与回想

“太初，上帝创造宇宙，大地混沌，没有秩序。怒涛澎湃的海洋被黑暗笼罩着。上帝的灵运行在水面上。……后来，上帝用地上的尘土造人，把生命的气吹进他的鼻孔，他就有了生命。”(《旧约 · 创世记》)

归根结蒂我来自那里。生命，无不源于那时。

“后来，主上帝说：人单独生活不好，我要为他造一个合适的伴侣……于是主上帝用地上的尘土造了各种动物和飞鸟，把它们带到那人面前……但是它们当中没有一个适合作他的伴侣……于是主上帝使那人沉睡。他睡着的时候，主上帝拿下他的一根肋骨……用那根肋骨造了一个女人，把她带到那人面前。那人说：我终于找到我骨里的骨，我肉中的肉……”(《旧约 · 创世记》)

亚当和夏娃就是从那时起相互区分，也是从那时起相依为命。

那时，在那个园子里，男人亚当和女人夏娃都是光着身子，但他们从不觉得羞耻。然而，某日黄昏，“他们听见主上帝在园子里走，就跑到树林中躲起来。但是主上帝呼唤那人：你在哪里？他回答：我听见你在园子里走，就很害怕，躲了起来，因为我赤身露体。上帝问：谁告诉你，你光着身体呢？你吃了我禁止你吃的果子了吗？那人回答：你赐给我、做我伴侣的那女人给我果子，我就吃了。主上帝问那女人：你为什么这样做呢？她回答：那蛇诱骗我，所以我吃了。”“后来，主上帝说：那人已经跟我们一样，有了辨别善恶的知识；他不可又吃生命树的果子而永远活下去。于是主上帝把他赶出伊甸园……”(《旧约 · 创世记》)

就这样他们离开了诞生之地。

就这样，我们从亚当和夏娃分头出发，像迁徙的鸟儿承诺着归来，我们承诺了相互寻找。

就这样他们不得永生，故而轮轮回回，以自称为“我”的心流生生相继，走在这漫长或无尽的旅途中。

3. 心识不死

如同水在沙中嘶喊，或风自魂中吹拂，虚无缥缈间凝聚起一点欲望——心识不死。我知道，我即将进入又一轮身形。

轻轻地飘摇，浮游，浪动，轻轻地漫展或玄想……这期间似有个声音在说着什么，扬扬浪浪，若虚若在，听不清楚……抑或不过是一种意念，仿佛向往，又近乎恐惧……而当我轻轻地开始附着，或渐渐地感到沉重之时，虚无急剧变幻，缥缈骤然有形：一团朦胧辉耀的光芒似从一抽象之点豁然铺陈……

紧接着一声余音荡荡的钟鸣，随之显现出亮白的窗纸、暗衬的窗棂、游动的光斑和树影，显现着四壁、屋顶、吊灯，以及一座古旧的时钟……于是乎由远而近我听见了丁一的哭喊，由虚而实，我看见了母亲的身影……

4. 初到丁一

我进入丁一时他尚幼小，但非刚刚落生。此丁落生之初我还未到，那时求生的本能令他有何作为，须待我到来之后才有所闻——不过是哭嚎吃睡等等吧，无需赘述。

我来了，他才睁开眼睛，准确说，他睁开的眼睛里才有了些成形的影像。那时的丁一就像一块原始僻壤，虽属蛮荒，却和谐自在，处处蕴藏生机。如今想来，是我打破了他的平静。就好比搬进一所新居，我这儿瞧瞧，那儿望望，觉得一切都新奇有趣，于是**得意忘形**想放喉一唱。这下麻烦来了，我想的是唱，可他却哭，却叫，“咿咿呀呀”不成曲调。这才提醒了我：丁一蒙昧未开，还是一片荒原。

终于一天，他服从着我的意愿开始叫着母亲了；在他，这多属瞎蒙，在我则明确是期待着母亲慈爱的目光，和温柔的手指。他说不出整话，笨得一塌糊涂，我呢，干着急。我劝我不能急，我告诉我得等待，等到此丁各项功能都健全起来，譬如草木葳蕤丰茂，譬如繁花含苞绽放，那时才可指望他准确表达我的意图。我知道母亲也在等待。母亲一遍遍耐心地对他说着：“叫妈妈，叫呀！妈——妈，妈——妈！”试图从丁一之中唤醒我。其实我是多么想告诉母亲我来了，我就在这儿，我多么想对母亲的呼唤做出回应呀，可是不行，我的回应必要通过丁一，可这丁尚处混沌，不能与我默契。我急得想喊，结果又惹得他哭叫，反让母亲心忧。没辙，真是没辙。我唯努力使他笑笑，使他胡乱向母亲挥动一双攥紧的小手。

太阳，那温暖明亮的一团，在丁一新鲜的眸中投下闪光。风，流虚飘幻，走过他和我。窗外，近的树影，远的山峦，以及那山峦背后的满天飞霞——我不断把丁一的目光推向那儿，要他与我一同眺望，期待着未来我们能够一起步入其中。

5. 人形之器

“工欲善其事，必先利其器。”好啊好啊，丁一这人形之器也算差强我意！此器虽未健全，居中一时寂寞，但观其成年同类，或行或止，善思善想，可歌可泣，不由得我心中窃喜。就比如长河中一条航船，可以自在漂流；或比如大漠上一居小屋，可以安然归梦；再比如一台电脑，可记忆，可联想，可以交流，游戏……我料此丁之未来，唯胜其同类而绝无不及。

我看某些“灵长类”真是徒有虚名，何德何能竟妄称“灵长”？我看那些“啮齿类”“腔肠类”倒是名符其实，吃了屙呗。说来可叹可笑，在我悠久的旅行中，曾有过误驻猿体的经历——咳咳，那敝器！携我镇日攀援吃睡，哪里是什么断灭了情思欲念，实在是懵懂困顿似绳索缚我于始终。还有一回，近乎失足落水，急慌慌我竟入鱼身——唉呀，那物荒头钝脑十足一副呆器！食其同族而肥大，却任异类来诱钓，来宰杀，一生随波逐流，至死含屈忍辱无言以对。犬马如何？哦天，那种冤魂的集散地，鱼且不如！附灵鱼身，或好似被一剂蒙汗药麻倒，或好比被一条大棒击昏，托魂犬马呢，便醒着，也只能以其四足为行走，以其哀慌的目光是瞻！偶或逡巡四顾，像似看懂了什么，但终归还是“剪不断，理还乱”，低垂下两眼喊几声算完。

这人形之器你看多好！不单衣食宿行，还可嬉笑怒骂；不单近观远眺，还知居安思危；不单猎兽谋皮，还可饲禽取卵。就说这手吧，设计够多精巧！那指尖，既敏感到闭眼也能捡起一根发丝，却又耐得住烟熏火燎，譬如火中取栗。再说这眼睛，仰观俯察，秋毫明辨，不动声色只悄然一扫便知所处凶吉，便知来者善恶。还有这肠胃，且不说能把有用的养分吸收，把无用的废料排泄，它甚至能把错吞的污物自觉自动地呕出。这都不算，此人形之器最为突出的优越你当是什么？是游戏！是娱乐！进而是思想是审美！琴棋书画，文学戏剧，歌舞体育……此器无所不能。只说棒球一项，就让你惊讶；单看那球来棒打是何等精准，你便要叹服上帝这独一无二的造物。让电脑来试试，让机器人来试试，让任何别的器具都来试试，差得远哪！所以我来丁一。

所以我和丁一一起，开始了我们数十年的形影不离。

6. 在一起

我和丁一在一起——这话听起来简单，其实复杂，意蕴颇多。最直接的意思：我们同命运共呼吸，有福同享有难同当，总之，在他报废之前我们相依相携片刻不可以分离。然而，彻底不能分离的事物是用不着说“在一起”的，这便暗示了另外的可能：我和丁一有时也可各行其是。比如说做梦吧，就多半是我的事，那时节我上天入地为所欲为，丁一呢？谁都瞧得见，那厮猪也似的睡在床上动也不动。不过，要说与他无关确也有失公允。比如，他要是被一盘盘黄色录像激动得彻夜不安，我也就难得自由之梦，我甚至会被他的欲望左右，梦得春风荡漾，梦得色彩斑斓。再比如，他要是迷上了电子游戏，“噼里啪啦”一干通宵，我又如何能梦？当然我可以心不在焉，可以飘然入虚，不拘所在。可是，一俟我行我素，他就要骂娘，这厮手底下一乱他就怨我，拍自己的大腿和脑门，一惊一乍弄得我趣意全无，只好怏怏然复归实际。说磨难也好，说担负也罢，总之，如是种种的不自由随时随地。比如他面见领导，我就不便胡思乱想（除非不怕撤职）；比如他立于讲台，我又不可以心猿意马（除非不怕下岗）；再比如他走在街上我得维护他的尊严（莫使人把咱轻看）；他去拜见朋友我得照顾他的风度（吾丁非俗丁，尤其不是“二百五”）。特别是他要开上车，我就更没了自由，除非我想即刻弃他而去。但弃他而去又有什么意思呢？况且急的什么？我到过的生命多了，该离开时自然是要离开的，可刚到丁一就又闹着离开，岂不应了此地一句古训：吃饱了撑的？是呀，既来则安。既然说好了在一起，莫如诚心诚意风雨同舟，再苦再难也勿浅尝辄止。否则干吗来的？否则我不痛快，他也抱怨。再说了，哪儿还不一样？不是有人说嘛：自由总归是相对的，不自由才是永远。

如此箴言，丁一初来乍到允许他听不懂，我经历的生命多了我不能记不住——生生世世生生世世，倘若一派自由，还谈什么经历、经过、经受和担负？何况我不也常弄得丁一烦恼？比如上学时做题，比如说后来难免的写写算算，那丁于桌前灯下颦眉瞠目、绞尽脑汁也常是弄得个南辕北辙，咋回事？简单得很：我累了，对不起这会儿我得休息休息了！要不就是我正想着别的什么事——飘然入虚，或心猿意马。我这么看：有别人时我不辞劳苦维护你丁一的面子，没别人时你也该体会体会我的心情、照顾照顾我的爱好，不能总是我顺着你不是？得，这下你瞧他吧，把个脑袋一会儿在热水里泡泡，一会儿在凉水里镇镇，就差"头悬梁，锥刺股"了。然而不行还是不行。我真的是累了，或者我压根儿就对那些事没兴趣，你丁一硬来又能怎样？唯事倍功半，唯狗急然而墙高。比如外语，我记得上学时此丁没少下功夫，起早贪黑地背呀，摇头晃脑地念念有词，怎样呢？及格而已。可美术我就有兴趣，我有兴趣的事他干起来自然就得心应手。画画，我从来喜欢，故而那丁不费大事便常得老师表彰。美术老师拍拍他的肩膀，歪着脑袋瞅他如何一笔一笔如有神助："嘿，你行！"夸得这厮云里雾里，心说到底出了什么鬼？怎么外语就不行，费那么大劲儿还是不行？怎么美术就好，玩似的老师就说好？我暗笑：什么鬼不鬼的，我呀！懂吗？但没用，这小子不可能明白。

7. 童话剧

顺便说一句：丁一最善之事，或该丁与我最为默契的配合，当在表演，莫过戏剧，兼及歌舞。

某年儿童节，孩子们演出童话剧《白雪公主》，丁一扮王子，一美貌女孩演公主。剧至公主为妖婆所害昏迷不醒，王子本当策马赶到，伏身施吻，救公主于危亡。可谁料，一见那女孩双目紧闭，玉体横陈，恍若香魂已去，这丁竟以为真，当下两眼发直，脚下踉跄不稳。我赶忙提醒他：假的呀，哥们儿！演戏，这是演戏！然而此丁情种，心迷气滞早已乱了方寸，哪还听得我说？只见他疯牛似的满台乱走一气，而后颓然跌坐，大泣失声。老师们慌作一团。观众席里"嘁嘁嚓嚓"。导演急呼："闭幕！闭幕！"可就当此时，不期然台上却有动人一幕发生：那公主闻听王子已到，却缘何迟迟不来伏身？偷眼望去，恰那丁挥泪嚎啕，昏天黑地，公主或忧或怜，兼惊兼恐，居然离魂脱壳一般起身扑向王子，搂定那厮道："喂喂，我没死我没死！你看呀，我哪儿死了？"台下愕然，鸦雀无声。台上，倒像是王子死而复活，两个孩子相拥而泣。导演顿悟，再喊："快快！音乐！音乐！"剧尾乐章于是辉煌奏响，乌云散尽，漫天飞花，一对小情人历尽劫难，破涕为笑。满场欢声雷动，经久不息。众人皆翘指相庆：好哇，好！剧本修改得也好，表演更是情真意切！相比之下那伏身施吻岂不做作？既悖童心，又违国情。

8. 阿春与阿秋

那美貌女孩的名字已经记不清了，就叫她阿春吧，因为那"白雪公主"醒来时大地一片春光，又因为她的姐姐叫阿秋。没错儿，阿秋。阿秋比阿春可能要大着十岁还不止。

但我和丁一并未真正见过阿秋，只是听见她的声音，只是见过她的照片。阿春家有间屋子，里面摆的挂的全是阿秋跳舞的照片。

"她照这么多照片呀！"

"她跳舞，"阿春说，"她又长得好看。"

阿秋的舞姿真是好看。

阿秋的身材也真是好看。

但是看不清她的脸。

“她有你好看吗？”

“妈说阿秋比我好看一百倍！”

一百倍？丁一想不清楚，一百倍啥样？/我说：废话，所以你算术不好。

这时传来琴声。

阿春领着丁一走。走过安静的厅廊，走过深深的庭院，走过一棵蜂飞蝶舞、枝头缀满粉白色花朵的海棠树，走到了琴声的近旁。阿春说：“嘘—— 轻点儿！”阿春扒着门缝往里瞅瞅，再让丁一过来。

但是看不见阿秋。门缝中只见一个男人的背影，背影前面，肩膀上方，有一根飘飘摇摇的大鸟的羽毛。

“看见没，我姐？”

但还是看不见阿秋。只听见她的舞步，只听见她的喘息，只见那根白色的羽毛丝丝缕缕，在微细的气流中舒卷飘摇……

“弹琴的人是谁？”

“大哥哥。”

丁一直起腰来：“你哥？”

“不是，不是的，是大哥哥！”

那丁望望我：大哥哥？/我佯装不解：管那么多干吗呀你！

然而阿春却抿着嘴笑；笑一会儿，贴近丁一耳边：“这是秘密。”

“啥秘密？”

“嗯……”阿春侧耳再听听那琴声，说，“现在可不能告诉你。”

“为啥？”

“因为，因为呀……我也不知道。”阿春“咯咯”地笑出声，对那秘密似浑然不知，又似懵然而有所觉悟。

我忽然感到那丁深处悠悠一坠，继而空空无着，好似绿野青天忽遇一片沙漠。

“走吧,没劲!”他说。

阿春却似已经忘记了什么秘密不秘密,追在丁一身前身后蹦蹦跳跳,不停嘴地说着:“每次都是这样的。每次阿秋跳舞,大哥哥就来给她伴奏……他们关起门来,谁也不让进……可有时候会让我进。今天要不是你,也许我就能进……”

弄不清这丁到底是出了什么事,只见他快步离开,一路怏怏自语:“狗屁,我看他弹得一点儿都不好……”

阿春站住:“我怎么你啦?”

“我说他琴弹得一点儿也不好!”丁一并不停步。

阿春委屈地跟在他身后。

丁一说得倒也不错,那琴声确实配不上阿秋的舞步,配不上那根白色羽毛的优雅与动荡……

9. 懵懂之梦

是因为阿秋,丁一才有了这个梦吗?还是因为那天的事,触动了我由来已久的某种牵念?不知道。到现在我也不知道。日后那丁常以“梦是你的事呀”来敷衍塞责,意思是:这梦与他、与阿秋、与那天的事全不相干。好吧好吧,反正是证据难寻。但这个梦我却记得清楚,总之是某年某月某夜于那丁酣睡之时,忽一位无名女子翩然而至,与我共舞——

四周寂暗,若虚若无,唯一袭素白的衣裙飘飘展展。

“你是谁呀?”

夜色深沉,但在那素白衣裙的映照下,我却看她似曾相识。

“以前,咱们见过?”

她唯含笑不语,舞步依然,分毫不乱。

我转而悄问丁一：喂，她到底谁呀？

那丁年幼，正睡得一无所觉。

我便与那女子舞而又舞，并有丝竹为伴。直至远处亮起曙光，近处展开了田野、村庄，阡陌纵横……那舞似具魔力，我虽对这女子心存疑惧，脚下却不由得随她进退，欲罢不能……就像我在史铁生时读到的一句诗：除非得到炼火的匡救，因为像一个舞蹈家／你必然要随着节拍向那儿跳去。（艾略特的《四个四重奏》）

我目不转睛地看着她，看她的笑靥似含忧愁，或藏哀怨。很久很久她没有一句话，从始至终就这么跳着，轻得像风，像夜的宁静……但随着曙光的扩大，她优雅的面容开始模糊，窈窕的身形仿佛融化，素白的衣裙渐与白昼汇为一处……

“喂，你怎么了？你这是怎么啦！”

我惊叫着想要抓牢她，贴近她，抱紧她，然而双手一空，那女子已隐身不见。

我四处寻找，张望，在街道上在城市里，在千山万壑般的楼群中喊：“喂喂！你在哪儿？你在哪儿呀——”

丁一猛醒，懵然呆坐。

喂，那女子你可认识？

年幼的丁一呆头呆脑地似乎想了一会儿。

那女子，你可曾见过？

丁一睡眼惺忪地“嗯”了一声，随即却又摇头。

我怎么看她倒好眼熟？我顾自回想。

我顾自回想时那丁已在母亲的催促下穿衣，排泄，洗漱，而后又吃又喝去了。

这是我来丁一的头一场梦。这梦早于阿秋或是晚于阿秋全无紧要，但从此以后，这不明由来的女子便频来入梦，骚扰丁一。

10. 天生情种

其实,芸芸人形之器,我所以选中丁一,重要的一条是看他天生情种。

丁一情种,这已在《白雪公主》的演出中得过证明,现又经其懵懂之梦再次确认。但是但是,何故一定要择情种而居呢?听我说,此地有句俗话,“是真才子自风流”,因故可料,情种断不会是傻瓜。但是傻瓜又有何妨?傻瓜岂不更是逍遥乐在?唉,“一朝遭蛇咬,十年怕井绳”呀,傻瓜不由得让我想起误入猿身鱼体以及托魂犬马的往事。那类无思无欲的生命真正是过客,实在是瞎活,没点盼头,就像永远编织着一条没头没尾没有色彩的绳子。丁一一带嘛,固然也是永远地编织着一条道路,但这道路却非其他肉身、动器可比;比如猿鱼犬马那类畜牲,半辈子摇头晃脑,半辈子走来走去,终不过首尾相接的一具圈套!人的道路就不一样。人的道路千变万化多姿多彩,蕴含无限可能,孕育无穷盼念,就算痛苦也比畜类多吧,但有惊讶、赞叹、欣赏和感动作为酬报,我看值得。所以我看中丁一,看好这**情种**;人的路途何故多姿多彩?你想吧,说到底是一个“情”字。

还有一点:我喜欢此丁的诚实。断非傻瓜的,不等于就狡诈。你看这丁,鲁莽,憨直,甚至有些愚蛮,这样的人多半诚实。诚实,倒不是说我们就没有隐私,就没有必要的伎俩,就可一切公开,不不不,而是说我与丁一互不欺瞒。*你说是吗,哥们儿?/当然当然。/我看你不光老实,而且明白。/你以为傻瓜都老实?*是呀是呀,越是傻瓜才越要卖机灵。傻瓜之傻,殊因其总是蒙骗着自己。

11.新陈代谢

我与丁一在一起，这话暗示了：我们的分歧，或者说冲突，在所难免。能不能互相妥协一下呢？当然能，有时候能，有时候妥协是必要的，但从根本上看有困难。为什么？因为作为永远的行魂，我一向以某种祈盼为鼓舞，而落生为性命的丁一，压根儿是欲望的点燃。

就说抽烟吧，这事我向来反对，可他不听，抽起烟来哼着小曲儿飘飘然你瞧吧那叫惬意！我说哥们儿，肺！肺反正是你的，心脏也是你的，从头到脚可全是你的，你掂量着得了。你猜他怎么说？他说那你可还操的什么心呢？我心想得得得，丁一呀丁一，那你就抽！抽死你吧于我何损？就像此地的一首咏叹调所唱：“你前晌死了，后晌我兰花花走！”你丁一死了我还是我，我有的是地方去，永远的行魂何苦跟你这短暂的生命一般见识！所以我敢说抽烟这事没我的责任。为什么梦里他从来不抽？梦是我的领地，我不抽，他抽个屌！醒了他抽，我劝归我劝，他不听那我没辙。

再说馋。走到街上，一见了好吃的他就走不动，也不管那东西干不干净，他立刻双目如炬，唾液盈唇，“咕噜咕噜”满肚子豪情。我说哥们儿悠着点儿，那东西脏。我说你瞧这苍蝇，比您牙多，刚从厕所那边儿来！可他先生已然落座，好话只当耳旁风，感觉即刻集中于鼻、口、胃一线，再往下延伸终于会有什么后果哪还顾得上？呜呼，正所谓忠言逆耳！

说到妥协，有时候是必要的，不得不。还比如吃，吃是必要的，入乡随俗嘛，这我理解，否则粮草一断身魂具损。说句闲话吧，这地方有个故事，说是有位遐迩闻名的雅士，某日宴请各方好友，客人们来了，却见正堂之上不佛不道地供奉着一袋子粮食。众愕然，谓与主人声名不符。雅士因问："此物何名？"众皆不悦，疑为戏弄。却见雅士弃冠而跪，朝那物一拜再拜，而后道："其名雅根！"

不过呢，吃，在我是不得已而为之，在丁一一带却常常演成目的，甚或荣耀。"您吃了吗？"——这算恭维，抑或祝愿，设若对方嗫嚅，又可能弄成了讥嘲。说真的，吃饭这事真也荒唐，从春忙到冬，从生忙到死，无非是香了这儿臭了那儿，一些有机物把人体当成旅游点，把肠胃当成跑道罢了。丁一一带怎这风俗！人们还说这就是生命，是生命之必需。可在我诸多的旅行中，您信不信我到过完全用不着吃喝屙撒的地方？什么？您说那样就不能算生命？好吧好吧，那么请问：何为生命？生命，咋回事？谅你答不出。告诉你得了：大凡存在，皆生生不息，不是生命又是什么？一切都在新陈代谢，滚滚如流，绵绵不绝。一切都是永恒的传扬，一切都是这永恒传扬之一节，之一点，之一环，之一缕，之一息尚存而已！[①]只不过新陈代谢的方式繁杂，看惯了三维肉身这一套，别的你认不出了。另外的生命方式说了你也不信，你也不懂，说了你也想象不出，你在你的时空之维坐井观天，自以为是地观察呀，实验呀，猜想呵，思辨呀，但你永远不可能知道其他维是怎样的存在，是如何地传扬。[②]比如另外的新陈代谢，就无须乎像丁一一带这么啰嗦，这么腌臜，甚至于这么危险。

---

① 博尔赫斯说："这一切也许只是一件无限事物的表象或侧面。"问题在于，这些表象或侧面互不相识。就像书柜中的千万本书、千万个故事，虽同根同源，但各居一隅永不相交。

② 现代物理学中有一条"人择原理"，大意是：我们常惊讶于世界何以如此（利于人类生存），而非如彼（那样的话人类就不可能诞生）？回答是：正因为世界如此，才诞生了如此人类，如此人类才能够对世界作如此之观与问，或如此之观与问才使世界呈现为如此。

12. 魂与器

说到这儿，我倒忽然想通了一件事：猿鱼犬马一类之所以再难进化，或许就因为此等器具用于进食的时间过多。你看它们镇日奔走，刨、挖、啃、咬，寻寻觅觅，所为者无非一个吃字！整天吃，乃至彻夜地嚼，哪儿还有工夫干别的？头脑于是不能成长，思想于是无法展开，情感所以无从诞生，因而，就算魂居其中吧，料也难有作为。吃，然后睡，吃，然后睡，然后屙，连交配的时间都压缩得紧，慌里慌张敷衍了事，我猜若非关系到种群兴亡连那事儿它们都没空干。人是怎么成长起来的？人，怎么成为人的？有一种意见说是由于劳动，哎，无知无知，依我看这就叫无知。你干吗劳动？有吃有喝不就得了——譬如猿鱼犬马，你干吗还要忙这忙那，处心积虑？要是没有一个"情"字的督促，好汉、孬种一样都娶得上媳妇，谁不知道"舒服不如倒着"？又有一种意见相信是因为语言，这明显深刻了许多。但是，你为啥要说话呢？你最想对之倾诉衷肠的，是谁？若非一个"情"字的吸引，这嘴光用来吃是否也就够忙的了？像鱼那样摇头摆尾一无声息，不也一辈子？是嘛是嘛，因为情啊！进而因为爱！因为孤独所以你向往别人，因为恐惧所以你欲结同道。"人生得一知己足矣"，因而你想看看那些与你一样的身器中是否有着与你一样的向往。语言这么发生了。劳动就这么促成了。人就这样不再满足于吃喝繁衍，同时脱离了畜牲。

其实，身器都是畜牲。秦汉——后面我会讲到他——说过一句话："人与人的差别，大于人与猪的差别。"这话好让一些人恼火，说这是骂人。其实此言绝无恶意，不过道出了一个事实：无论身体之构成、器官之配备、生理之功能，人与别的动物实在并无大异。据说，老鼠的基因就跟人的很像，黑猩猩的更是跟人只差着那么一点点。真正的差别,或最要紧的不一样,是心绪,是向往,是情怀和思想。然而这些方面,又有谁与谁的差别大得过人与人呢?再一个证据:人有时比畜牲还要心毒手狠,无情无义;比如(妇孺皆知的)那个叫希特勒的,一定就比畜牲更近人性?或问:此类人形之器,里面一定就有魂在?

是呀是呀,芸芸人器未必个个都有魂居。何以见得,或怎样甄别?其实容易,单看那器物之中是否情牵梦系,是否爱愿丰盈。倘其虽具人形,甚至美轮美奂,却畜类般一味吃、睡、繁衍,弱肉强食,便可料其中并无魂在。再比如那些贪得无厌、见利忘义之徒,那些阿谀逢迎、见风使舵之类,"拔一毛利天下而不为"者,饱食终日浑浑噩噩的人,人们怎么说他们?行尸走肉!——说得好,形容得不能再贴切了!那儿,正是人形空具并无魂居之地。那一带情思沉荒,爱欲凋敝,寸梦不生。不不,倒不是指清高自赏、独往独来的那一类心流;那类心流,或比如是走进了死胡同,或就高深莫测非我辈敢于涉论了。而某些自称绝情灭欲的人,在我看,多半是不堪尘世炎凉的落荒而逃罢了。还有一族闻爱言累的人群,你一说爱,他们就喊累:"哥们儿你累不累呀!""哥们儿你傻不傻呀!"——咳咳,看多了你自然就看懂了,那不过是心慕红尘却屡遭不测的结果。真正的无魂之器压根儿就不理会这类言词,包括什么累不累的,一概不知。你跟他们谈情论爱吗?好,你听吧,必南辕北辙答非所问,说来说去他们总还看那是一种特别的吃食(比如"影视大餐""文化盛宴""艺术豪筵"等语便常见诸荧屏与报端)。那才是无魂之器,是被上帝遗忘的地带,生命之气虽也吹入其中,但灵魂却从未光照其内。就好比一台电脑,功能齐备,却不曾装入软件,不曾有人来操纵,故不曾有任何愿望于中运行,像模像样的你也不能说它就不叫电脑,但从始至终等于垃圾。

不错,身器都是畜牲,功能大同小异——大同者,吃喝屙撒睡;小异者,无非是记忆力的强与弱,理解力的快与慢,以及繁殖力的旺盛或衰微。这些方面，人形之器较之其他虽都占着优势，但人之为人的关键并不在此。电脑的记忆力明显强于人吧，可它倒还不如畜牲。人之为人，要紧的一条是想象力！想象力的丰盈还是凋敝，奔流还是枯滞，辽阔还是拘泥！而这想象力的横空出世、无中生有，说到底是一个“情”字的驱动。所以不管是什么机器人，无不对此望尘莫及。

丁一便有些慌：这可咋办？

啥咋办？

无魂之器，要是让咱遇上，可咋办？

莫慌莫怕，其实这样的人丁兄你未必真能**遇**到。

怎么说？

比如一台电脑，开机，可屏幕上却没有信号，不管你给它什么指令它都不反应，你算**遇**到它了吗？比如一具人形，你跟他谈情论爱，他却呼吃唤喝，你算**遇**到他了吗？

13. 史铁生插话

写到这儿，史铁生在一旁颇有微词：“怎会只是一个‘情’字呢？”

也许以后我还要写一篇“我的史铁生之旅”，但目前不合时宜。此史之旅终于旅向何方，或沦为何旅，尚未盖棺，就像此史一带的三句官场名言所道：一曰“不好说”；二曰“说不好”；三呢，“（还是）不说（的）好”。

“嗨，问你哪！”那史一脸严峻。

“什么？您说。”

“比如说‘精神’！不比你那一个‘情’字重要？”

咳咳，我心说又烦了：此史八成是个强者。

“老史哎老史，”我说，“就别提你们那地界儿了行不？你们那儿永远都在叫喊着一个空洞的‘精神’！可那里面要么什么都没有，要么什么都可以是。你们那儿靠这俩字儿混饭的忒多。什么精神比情感更重要呀，比爱情更丰富呀，比思想更博大呀。可是请问：除去情感、爱愿和思想，你那个‘精神’到底是什么呢？”

那史一时张口结舌：“当然还有很……很多，比如坚强！”

“坚强着，干吗去？”

“那你先甭管。坚强，首先是一种美德！”

“那个叫希特勒的，不坚强？”

“但是坚强，肯……肯定比软弱好，这你总该同意吧？”

“未必！丁一就比你那《务虚笔记》里的画家Z软弱，可我宁愿选择丁一。”

“你不过是你！要我看，Z更有志气……”

“喔嗬，志气！恨也算志气？怪不得你们那儿乱呢！怪不得你们那儿尽些强者呢！精神战胜精神，子弹射中子弹……”

“那我也请问：思想和爱愿，不是精神？”

“所以嘛，不能像你说的那么空洞。”

“那就再请问：你说的‘思想’就不空洞？Z，没有思想？还有希特勒，没有思想吗？你以为恨就不是思想？”

“恨是本能。老史你别搞错了，恨不过是一种生理反应，好比狼的龇牙，好比狗的夹起尾巴，其实是恐惧，是防范，或者是以攻为守，当然这有时也是必要的，但绝不是思想，恐惧和防范哪儿还来得及思想？唯当恨转向了爱，追随了爱，思想才会诞生。爱，所以也不是本能，爱是智慧。”

“你刚才可是说的‘情’啊，哥们儿！”

“我不信无情可以有爱！”

“你不是把这个‘情’字强调得太过了吧？”

“我只是说，无情的精神除了不会是爱，什么都可以是；无爱的精神除了不会思想，什么都会干。”

“会干吗？”

“你们那儿干吗不都是先举一面精神的旗？”

14. 挑战自我

但是有个问题：丁一和我，既非一，那么大脑究竟是我们谁的？

这问题提得好，像是个明白人提的。但是，这问题，我大概很难一下子回答得让人满意。

先这么说吧：你坐在电脑前，又想写文章，又想玩游戏，结果会怎样？结果是你或者写了文章，或者玩了游戏。不不，绝不是开玩笑，是实情。事实上，我与丁一的冲突常就发生在这里：互相争用同一个大脑，谁都想让它据己之愿发布命令，或让它据己之命去运行。事实上丁一之旅的难处多半也就在这儿。为什么有时我会敲他脑袋？为什么他也常常搅得我文思混乱？再比如说，丁一一带有句最为流行的口号，叫作“挑战自我”，但很少有人想过挑战者是谁，被挑战者又是谁？其实简单，比如说我挑战丁一，或者丁一挑战我。有一回比赛跳高，横竿升到一米四五那丁就说完了完了！我说完什么完，哥们儿你行！结果他轻轻松松就跳了过去。横竿再升到一米五五，他又说完了完了这回肯定是完了，我说未必，哥们儿你听我的，跳！结果他又跳过去了。接着是一米六五、一米七五，每回他都说完了，这回八成没戏了，我说你管他呢，有戏没戏咱也不妨一试！结果他一直跳到了一米七七！这就叫“挑战自我”，这就是我挑战丁一。丁一挑战我呢？比如说有时候我会嫌他笨，抱怨他无能：为什么你外语总过不了八十分，化学总是刚及格？为什么你数学不能像陈景润，百米不能像刘易斯，身高不能像姚明，长得又不能接近阿兰·德龙呢？这样的时候——你也可以说他蛮不讲理，你也可以认为此丁确具男子气概——他脖子一横说：我丁一就是丁一，丁一就这条件，哥们儿你瞧着办吧！我心想是呀，你选定了丁一，你又抱怨丁一，你有劲吗？就像打牌，好牌都给你，有意思吗？问题是就算你抓了一手坏牌，你不也得打吗？倘若怎么都是个输的话，哥们儿，那我说咱不如输他个精彩！这就是他挑战我，即丁一挑战我的效果。

但据丁一早已不在、早已成为过去这一点来看，那个大脑应该是他的。如今我在史铁生，丁一的大脑已随丁一而去，现在我跟史铁生共用一个。跟在丁一时一样，如今我跟该史也常闹别扭。比如现在我写“丁一之旅”，好些说道该史就大不以为然，常在一旁冷嘲热讽：“有这事儿？”“有那事儿？”“哎哟喂，尽挑好听的说吧你！”“还有些事你咋不说呢，忘了还是不敢？”可是，有些事我想说他又不让我说，担心别人会以为那是他干的，让他受牵连，遭耻笑。我就说：“喂喂，没你的事你就甭跟着掺和！丁一活着是我和丁一的事，丁一死了就光是我的责任。”

“可有些我的事，”那史嘟囔，“好像也让你给写进去了。”

抱歉抱歉，实在是抱歉。不过我已有言在先：如今经生隔世再看丁一，难免会有张冠李戴记混了的地方。

写作就是这样。写作不是新闻，不是报告，不是某人某事的据实记录。人们常说“想象力”，想象力是怎么有的？又说“虚构”，虚构从何而来？简单说吧，写作，概非人器可为，说到底，是那万古不废之行魂的经历、畅想、思索、疑难与盼念。写作存在于我，或说我因写作而在。不是讲文责自负吗？记住：写作这事，从本质上说，没有如那丁、那史一类居器的责任。彼丁已经不在，已然随风消散，此史早晚也是个无，灰飞烟灭，所以有什么事只管来找我说好了。

15. 危险与遮蔽

回过头来还说丁一。这丁一一带,危险频仍。新陈代谢之危实不足道,无非是病从口入,无非是五行不调,阴阳失衡。真正的危险可比这吓人。真正的危险显露于我与丁一第一次走出家门,走进外部世界的一刻——

“我蹒跚地走出屋门,走进院子。太阳晒热的花草的气味,太阳晒热的砖石的气味,阳光在风中舞蹈、流动。青砖铺成的十字甬道连接起四面的房屋,把院子隔成四块均等的土地,两块上面各有一棵枣树,另两块种满了西番莲。西番莲顾自开着硕大的花朵,蜜蜂在层叠的花瓣中间钻进钻出,嗡嗡地开采。蝴蝶悠闲飘逸,飞来飞去,悄无声息仿佛幻影。枣树下落满移动的树影,落满细碎的枣花。青黄的枣花像一层粉,覆盖着地上的青苔……我迈过高高的门槛,艰难地走出院门,眼前是一条安静的小街,细长、规整,两三个陌生的身影走过,走向东边的朝阳,走进西边的落日……”(史铁生的《轻轻地走与轻轻地来》)——这是我在史铁生与外部世界相遇的情景。不过大同小异,这也可以是我借助丁一,抑或丁一听从着我,第一次步入那——在襁褓里我们就一同眺望过的——诱人世界的情景。

远山仍不可及,远山背后的飞霞也并不离得我们更近些。我们依然眺望,以丁一生就的欲念并我一向的祈盼,猜那山前山后的所有,想那飞霞后面的后面。而关键的相遇,或真正的危险,就在这一时刻到来。

这时,近处的树影里忽然闪动起一盏盏陌生的目光;这目光颇显异样,既不像母亲的温柔,也不像父亲的直率,更不像奶奶的慈祥与怜爱。这目光渐渐地多起来,并且围拢,并且逼视过来,有些已贴近我们跟前,指指点点,哧哧窃笑,喊喊低语。何年何日且不去管他吧,正当年幼的丁一站在自家门前,与我一同打量这个陌生并似深藏奥秘的世界时,那深藏的奥秘似已显露端倪——

有个声音说:“看他呀,光着屁股站在街上!”

其声虽柔,其眸似剑,让那个赤裸的男孩浑身上下发一阵冷。怎么了?我想,屁股怎么了?不能光吗?

“哈,这个小玩意儿不错嘛,你就让它这么翘翘着给人看?”

他们嘻嘻又嘘嘘,肆无忌惮地拨弄男孩肚皮下那朵小小的萌芽。这奇怪吗?这是与生俱来的呀,真那么好笑?我见丁一也是一脸茫然,然而他那朵小小的萌芽却兀自翘立,并在其蛮荒的领地上荡开一股莫名的快意。那快意似乎尖锐,又似乎凶险,再看那男孩,唯顾自茫然。我也发蒙,一时难究其因,忘乎其故。年幼的丁一自然更是混沌无知,只觉那茫然一步步扩大,无奈地走向着恐惧,却又似不容拒斥地听命于某种召唤。这小小的萌芽竟有如此的敏觉与警惕吗?真令人惊讶。年幼的丁一尚不能想象它于未来的妙用。你看它,仿佛迎风沐雨,仿佛标思立欲,天地遥遥勾勒其形,时光漫漫蕴含其中。忽然,我见那男孩羞愧难当,两手将那萌芽悄然遮住。——啊,这下子我想起来了:亚当!亚当和夏娃!赤裸的亚当和赤裸的夏娃,还有那两片似从虚冥之中飘来的无花果叶……

噢,是了是了,那是我旅行的开端!那时我在亚当,我从亚当起程。对了,是由于一条蛇,一条恶言恶语的蛇,散布诱惑。起因是一棵树,和那树上的果实。因为偷吃了那果实,所以我离开家园,离开伊甸,所以我从亚当起程,不期然而于某年某日到达了丁一。啊,久违了,那座美丽的园子!无遮无蔽筑其乐土,不荣不辱养其美德;园中所有的花草、树木,所有的心与身,魂与器,无不坦然赤裸,怡然愉乐,沐一派和平的风雨。是蛇的谗言使亚当和夏娃背井离乡,使我们永久地漂泊,跋涉。

我们在那园子的门前分手，以亚当和夏娃之名分头起程。或不如说，我们是以亚当和夏娃的分手作为起程的——这一点非常重要，从此一个浑然的梦境被分开两半，从此亚当和夏娃殊显其别，从此我们天各一方，以相互寻找为我们起程的缘由和承诺。故而，当丁一悄然遮住那朵由亚当遗传而来的标记时，我猛然间记起了我们起程时的仪式：两片无花果叶飘然而至，遮挡住不同的两朵花……

但是亚当和夏娃，其不同的标记既然显明，缘何又要遮蔽？

噢，是了是了——在接受惩罚的同时，他们也接受了上帝温柔的嘱托：不同，构筑起差别；遮蔽，呼唤着寻找；禁忌，隐喻了敞开；这样你们才可能成就一条牵魂动梦的道路。——也许我猜到了那仪式的所以不容轻看：蛇的泄密既已无可挽回，唯此严厉的惩罚与温柔的嘱托可以补救天地之豪情，续写生命之奥义。不过，究竟，那奥义是什么呢？尤其，这永远的旅途，可否问其究竟与终于？不知道。不知道。自从在亚当与夏娃分手，走南闯北迢迢漫漫，跋山涉水历尽艰难，一路上我都在猜测。

是呀，遮蔽！我只好对那年幼的丁一说，这是一切起程前必要的仪式。

但那丁依旧茫然，孤身子立于浩瀚光阴之中，像当初亚当一样庇护住他的花朵，一副羞愧并惊恐的神情。这不怪他。连我也猜那奥义不透，当然就更不能怪他。更何况，不正因为屡猜不中，我才一次次来到人间，进入姓名各异的生命吗？一次次起程，一次次祈盼，一次次心存疑惧。

16. 色欲天成

此前我只看重了情种的聪慧多才，却忽视了情种的天生好色，只相信了情种断不会是傻瓜，却忘记了好色之徒多不识时务，不通世故，难免经常冒些傻气。

色者何？或指万物之有形，或指形貌之俊美。不过，嗜一切美物者当谓之贪，丁一不贪，丁一所好之色仅限于窈窕之女子，美貌之异性。我怎会知道？我怎会不知道！对丁一来说我是旁观者清；于旁观者看，我又是亲处其境。

春花秋月，丁一成长，其目光一旦凝聚我即发现，那已是毫不犹豫地朝向了女人——童稚的双眸忽忽闪闪竟已在异性群中摸索、搜寻，瞧瞧这个，望望那个，似早有计议。“快来快来，快来亲亲我！”成年女性们逗他，戏他，喜欢他。这倒让他犯了难——亲亲是这么简单的吗？男人固当除外，女人就可以不加比较？众女纷纷向他展臂抒怀，他呢？或以凶猛之哭嚎一一喝退，似避之唯恐不及，或懒洋洋不卑不亢，勉强于一眉目端正者怀中小憩。但是，倘若人形踊跃，其中忽有丽影闪动呢？啊哈，那你就瞧吧，这小人儿立刻眉目含情，凫趋雀跃，似急不可待要游向那一处亭亭美岸。我在心里说他：喂喂老弟，别太坦率了吧！而他自然是不懂，正如也不懂得坦率的反义，唯怡然偎坐在那美妙怀中，“咿呀呀”唱动心曲，或捉定衣襟上一只纽扣，仿佛把玩，仿佛研读，唯不知那些玩意儿还可一一解开。

再长大些，此丁之色欲天成常令我惊诧不已。比如母亲给他洗澡，没一回他不是哭喊兼施，似灾难临头。但某日，偶然的机会，邻家一女孩来玩，天热得凶，母亲喊丁一洗澡。丁一一听，肺腑深处便有悲音酝酿。却不料母亲又说：“这个小姐姐也一起来好吗？”什么什么，有这事？丁一立刻心花怒放，悲音顿止，自觉自愿地解带宽衣，欣欣然牵定小姐姐的手一同跳入浴缸。女孩怯怯，呆坐一角。那丁却是一派好心情，扬波击水，鳖戏龙腾。母亲得了经验，以后还请这女孩来陪浴。然而一天，女孩一家远行未归，母亲只好随手借来一男童，诱那丁入浴。这男童本来木讷，一旦光了身子站在池边，更不知何德何能受此礼遇，早已是归心似箭。这时那丁赤条条跳来，一见池旁男童，立即嚎啕，大呼上当，吓得那陪浴只做陪哭。男童走后，母亲连蒙带唬要那丁好歹别糟蹋了一池净水，这厮无奈只有服从，怏怏洗罢，却一个下午再不见有笑脸——郁郁如思，凄凄若盼，傻愣愣的好像把往日的机灵劲儿洗掉了一半。那光景不由人不想起传说中的那块贾（假）宝玉——讲定了是娶林妹妹，怎么红帐之中倒端坐了一位焦大似的人物？呜呼，母亲和我这才领悟，这厮哪里是要的什么陪浴，他分明是只要女孩——赤裸裸一个不躲不藏的小姐妹！

这丁是如此地心向异性，志在姐妹，常使我陪尽尴尬。

母亲又孕时，众人问他："想要个小弟弟呢，还是小妹妹？"

"小姐姐！"回答得斩钉截铁。

"噢，那可是办不到喽！只能是小弟弟，或者小妹妹。"

"小妹妹！"回答得坚定不移。

"为啥呢？"

"妹妹是女孩儿！"君子坦荡荡。

"咳，瞧这孩子！长大了……"小人长戚戚。

院子里男孩、女孩各一群，此丁一经动步，便坚定地走进了女孩群中；且从不谋权营私，永远是追在女孩屁股后头甘做仆从。女孩们唱呀跳呀，有章有法地玩得快活，此丁东一头西一头地盲目冒汗，顾自开心。

而且这丁一，我看他像似生来有着裸露欲（这可是与那起程的仪式格格不入），很小的时候便有征兆。突出的一例，是在上小学前的一个冬天，大年初一，早晨起来母亲要给他里里外外都换上新衣。

"干吗换新衣呢？"

"过年啦！"

"过年啦就怎么了？"

“过年啦大家都换新衣。”

母亲的解释近乎零，但那慈爱的音容永远让我感动，埋进记忆，成为喜庆将临的征兆。母亲的欢欣自然也感染着丁一，从未见他这么老实这么心甘情愿过：一边亲亲母亲的脸，一边任由母亲将其剥得一干二净。可就在这时，就在旧衣剥尽新衣未着之际，只听得这厮一声尖叫，挣脱母亲，赤条条风也似的冲出门去。屋外大雪纷飞，这丁似横空出世，挥舞着双臂在雪中飞跑，跳动着两脚在雪地里大喊大笑，一时间如疯如癫，若喜若狂，随后——方向绝无偏差——一头冲进红红绿绿的异性群中。女孩们也都穿了新衣，爱惜地互相摸摸看看，见此丁一丝不挂地跳将出来，都站着看他，笑他，认为他肚皮下那朵萌芽真是俏妙，抑或滑稽。母亲追出门好不容易才捉他回来。此情此景令我深忧：这丁一之地莫不是暗藏了什么凶险，着了什么鬼魅吧？我就这么草草地驻进来，是否有失轻率？于此久居是否安妥？我隐隐感到，就怕将来的麻烦绝不会少。

17. 可怕的称号

因此我对他早有警惕，也早有规劝。一些不良行为，一些见不得人的欲念，我都替他藏着掖着不让别人知道——此丁毕竟年幼，不可以不爱护他的前途。

或许这样的宽宥已经掺进了纵容吧，无形中助长着他的陋习。某年某月某日，丁一于放学回家的路上遇见一个漂亮阿姨。小巷深深，阿姨走在前面，穿戴之脱俗，步态之优雅，顿使这厮昏眩眩而心向往之。于是乎可就由不得我了，这小子着了魔似的追着那阿姨走，阿姨走得快他也走快，阿姨走得慢他也走慢，自己好像也不大由得了自己了，那阿姨往哪儿去他也就只好往哪儿去。我说喂喂，咱这是干吗去呀？他不理。我说等等，等等，你这是要上哪儿呀？他还是不理。我急了，喊他：孙子！你丫不回家啦？可他好像什么都听不见了，就那么直眉瞪眼、不吭不哈地一直跟在那阿姨身后。最后走到一座院门前。阿姨开锁，推门，侧身，这才发现屁股后头站着个愣头愣脑的孩子。

"你找谁？"

丁一摇头。

"你认识我？"

丁一还是摇头。

"你家住哪儿？"

丁一怯然撤步。

阿姨笑笑，关上门不见了。

望着那扇幽然神秘的院门再站一会儿，环顾四周，这厮才有些慌了：我KAO，这是哪儿呀？/我说：鬼知道是哪儿，这下看咱怎么回家吧！只好凭着印象，摸索着往家走。一路上我说他：整天都想什么呢你？他不回嘴，像是羞愧，又像是兴奋。我说：你才多大呀，就这么些乌七八糟的念头，将来不给咱惹出点儿什么事来那才怪呢！他不回嘴，像是抱歉，又像是满足。走累了，在一条路口上坐下歇歇，那丁仍旧愣愣地出神儿。嗨嗨，想啥呢你？/你觉不觉得，这阿姨，她从前就是阿秋吗？/从前你认识她？/或者，未来的阿秋，就是她这样？……唉唉，这厮绝对不乏想象力。

还有一回，在别人家翻看一本杂志，其间插了一页彩照：碧波荡漾的池岸上一个婀娜健美的泳装女子！呜呼，这厮一见，再告惊呆，心说世上怎会有恁多美妙女子？于是乎翻呀看呀，只差把眼珠子掉在上面了。然后问人家这杂志是哪儿买的，然后他转身就去街上买来一本。至此还算正常，我什么也没说他。可其乖张之甚还在后头哪！买回那书，翻至那页，颠来倒去地看了整整一下午，你猜怎的？赞叹之余又不满足：真个是美玉微瑕，这女子的面容似乎还不够漂亮。左思右想，心生一计，急冲冲又找出一份画报，剪下一个影星的笑面拼贴上去。这下可以满意了吧？然而，不过，但是，这泳衣的面积是否还嫌大了些个？便又找来油彩和画笔，一笔笔把那泳衣缩小，缩小……咳，不如干脆全都涂成肉色的吧。而后直腰，舒气，眯起眼睛看看，退后几步瞧瞧……我忽醒悟：丁一，你啥意思！那厮一惊，才觉羞耻，赶忙把杂志合上。合上就行啦？／那咋办？／还不赶紧烧了去！

诸如这样的事，诸如这类思绪或勾当还有很多，我都帮他瞒着，不让任何人知道。并且私下里我也常劝导他：这样的心愿倒也并不为过，只是你要明白你还太小，还没到时候。爱情哪里是这么简单？我们早已不在伊甸，我们离开那儿已经很久，你还记得吗——离开时为啥要有那遮蔽的仪式？是呀，你还不是太懂，还不能想得很清楚，所以嘛，你要忍耐，要谨慎，轻举妄动会给咱惹来什么麻烦是你这样的年龄想都想不到的……

教育和说服自然是必要，还有启发，还有警告，甚至要严厉，不可姑息。但是"道高一尺魔高一丈"，本能啊，本能这东西总被低估。果然果然，这丁一终没有让我的担心白费！就在我驻进他的某一个春天，这厮终于闹出了丑事，闹得四邻皆知，沸沸扬扬，以至于我再想帮他瞒都瞒不住了。什么事？什么事还是以后再说吧，着实有的可说哪！简而言之，就在那一年，东风骤起春光乍泄之时，此丁以其大不谨慎之行径，为我们赢得了一个可怕的称号：流氓。或曰：臭流氓！

18. 残忍的春天

因这称号，丁一的春天变得残忍，好端端的忽然就充满烦恼。就好比春光明媚，正是百花争奇斗艳的时节，这丁一之地忽然天低云暗，飞沙走石——冷言冷语如沙尘暴般聚集在我们头顶，飘洒在我们周围。走到哪儿，哪儿就有那称号隐约作响，“嘶嘶嗡嗡”如蚊如蝇，随之人群中便有冷淡的面孔浮出，便有鄙夷的目光闪动，便有熟悉的身影掉转。春风残忍，凛冽逼人，“乍暖还寒时候，最难将息”。那时节，丁一把头缩进衣领，踽踽独行，步履哀慌，直想就这么走吧走吧走吧也许能走出这个人间，走出这个世界！我呢，我也想过，是否趁早离开这一处是非之地？

全是你闹的！我说他。

丁一苦闷，唯于私下对我倾诉：可你说我……唉，我并没啥歹意嘛！

那你，就这么不能控制自己？

我只不过是想……想挨得她们近……近点儿。

说得轻巧！

我只是想看看，看看她们都是……是不是真的。

看看？光看看至于这样？

可要是不能触……触摸，那你说，怎知道她们是不是真的都在那儿？

在不在那儿与你何干？

丁一语塞。丁一闷闷地独步春风，在那嗡嘤作响的称号中孤苦无告。

我懂他的意思，其实我并不太责怪他。在我看，他不过是失之鲁莽，可鲁莽算得什么大错？我甚至暗暗为他叫好。为啥？为他的敏觉？为他的坦诚？为他的勇猛？都不。那到底为什么呢？噢噢，我忽然发现，一经回想起那丁的所谓“丑事”，我竟似向往多于悔恨，快慰多于恐慌，恍恍惚惚直觉得那里面必蕴藏了无比的欢愉与希望。

多漂亮啊她们！难道你不觉得？

行啦嘿哥们儿！还嫌祸惹得不够？

丁一四顾迷茫，真个是“少年不识愁滋味，爱上层楼，爱上层楼”，“如今识尽愁滋味，欲说还休，欲说还休”。不过呢，他说不清的话我知道。我当然知道，我是永远的行魂，是恒久的旅途，我到过多少生命我就经历过多少春天！那丁想要说的是：“她们是多么美妙，多么动人。可如此美妙的她们会不会是幻景？如此美妙的她们是不是可以贴近？如此美妙的她们是否确凿，能否永远，还是一不留神就会随风飘散？”但是他说不清楚，说不清道不白却又被这人间无辜地冷落。

我只好安慰他：没啥，兄弟这没啥，咱的路还长着呢。我心想：这一段小小的插曲，在悠久的旅途中算个屁呀。兄弟你听我的，未来远大，风光无限，咱的好光景还有的是哪！

可那丁还是垂头丧脸，真好似此地一首民歌所唱：“千年等一回”——千年一回，可在丁一看来，就怕是已然毁于一旦。

咳，别介别介。我劝他别那么想。

甭管我，你他妈甭管我行不？他暗自哭喊：我他妈不如死了算了！

19. 自杀

丁一一带或不止丁一一带，这人间，从古至今的这个人间（史铁生一带也算上），是我到过的唯一有着自杀之风的地方。原因不可一概而论，方式却是异曲同工。死亡，原是因为身器的老化或残损，不宜再住。而自杀，说到底是由于心魂的走投无路；心魂或耐不住这人形之器的束缚、隔离、封闭，或不堪同类间的猜忌、诋毁、敌视甚至戕害，所以在其形其器尚且完好之时便毅然离去。可以料想，此前心魂必有苦苦挣扎，必有深深哀告，终至不堪忍受，不得不另谋他途。比如此刻我在丁一，在这天低云暗的早春，在这“流氓”声声的压迫之下，在这孤苦无告的行途中，便油然地想到了自杀——也许，不如出生入死早早告别丁一另取前程的好吧？

然而，死是什么？他途何途？丁一不知，我也拿捏不准。以我既往的经验想，他途可能会比丁一之旅好些，或者很好，但也可能不如，甚至更糟。一切都是可能的。问题在于你拿捏不准。不是吗，我兴冲冲来此丁一之时何曾料到会有今日之处境？死，还是不死？离开，还是留下？这问题老得掉牙。若干年前，当莎士比亚之魂途经哈姆雷特之身时，就曾彻日彻夜地想过。

所以呀，丁一，我的经验只有一条：是死是活终归要由我们自己来决定！

这局面有点像我在史铁生的屡屡遭遇。那史总是生病，总是要去看医生。朋友们介绍了好多医生，医生们又推荐了好多医生，但哪个是最好的呢？哪位才是能治得了你的病的那一位呢？终于还是要由我们自己来决定，由病人来做决定，由一个对医学一窍不通的人说了算。

这可真是荒唐。

但一切从来就这么荒唐，如果你肯定这就是荒唐的话。

一切莫不如此。所以我对丁一说，一切终归得由自己来决定。

决定！决定！可是靠什么来决定呢？

平时嘛，你靠我。当然啦，有时候我也靠你。

现在呢？

现在嘛，只有靠祈祷。

祈祷？

对了哥们儿，祈祷，然后做一个决定。

你丫站着说话不腰疼，请问：做什么决定？

什么决定都行。

什么决定都行，我问你？

问我不问我也是一样。因为，不做，也是做了。

说啥呢，你？

人话。反正总得有一条路走。而且,必定是只有**一条**路走。

20. 价值与虚荣

自杀之事,为何只发生在人间? 割腕,跳楼,卧轨,服毒,自缢,溺水……为什么畜类就不? 为什么猿鱼犬马等等从不曾有? 人,这可是为的什么? 活着,但是想死,啥原因?

直接的原因各式各样。根本的原因嘛——我得如实相告,我得提醒您:丁一一带的另一种更隐秘、更强大的危险是什么,是因为什么。

依我看是因为能力,能力的比较。或曰价值,价值的优劣,价值优劣的比较所产生的威胁! 比如商店里摆放着很多录音机,有一个喇叭的,有八个喇叭的,有单声道的,有环绕立体声的。于是乎价值以及价格,高低悬殊,便宜的放在不显眼的地方,昂贵的则摆在张扬的位置——醒目、辉煌,令人赞叹,令人羡慕。此丁一一带之通例,物遵此律,人循此则。但功能差的就注定不能醒目吗? 价值低的肯定价格就得便宜? 也未必。事在人为,有一种变通的方法叫作:宣传,或曰"炒作"。就是说,把先前的顺序颠倒过来——倘不能以价值获取醒目,那就以醒目去换算价值。此丁一一带的潜规则。

故此,虚荣蔚为风气,风气弥漫得久远,即成风俗。愚蛮如丁一者,自是难免此类俗风的熏染。不过老实说,虚荣一事我也难辞其咎——真可谓是"近朱者赤,近墨者黑"。原因嘛,大致是这样:我说我是我,丁一是丁一,可别人未必这么看,别人把我俩看成一码事。故而那丁之所为便常被认作我之所愿,那丁之丢人现眼的行径,便好像都是我的指使。是可忍孰不可忍? 所以我说丁一好虚荣其实我也难免,我也做不到宠辱不惊,我也不愿代人受过。正如丁一暗地里说我的：你还不是想把自己择择清楚？是呀是呀，虚荣一旦成风，大家彼此彼此。何况有些事确非我之所愿，却也只好与他分担，替他遮掩，缩小丑陋，放大光荣——想的是互利双赢，实在是相互怂恿，助纣为虐。

人有不自私的吗？舍利取义者有，舍名而利他者无。要是把你做的好事都算在别人名下，你修养高深或还可以处之泰然；但要是把别人的丑事硬安在你头上，怎样呢？料你是雷锋也得急。实至名归，固然可敬可贺，但这光荣的诱惑也便使得虚荣悄然成长。

说起丁一的虚荣，够得上罄竹难书。先说一件：一度，此丁热衷于结交名人。这么说吧：一见名人——无论是经商的是治政的，是弄墨的是从戎的，也无论中西和左右——其笑势必可掬，其怀立即若谷。说是阿谀也许有点过，但我看得出，其情其状与见普通人时根本两样，不说是百般恭维吧，至少是懂不懂的一概随声附和。尤其是不管跟谁聊天，时不时地总要提些名人，说些你并不认识的名人之私情逸事，话里话外透着我丁一跟他们是一拨的，一伙的，同一水准，惺惺惜惺惺。这让我不痛快，堵得慌，不舒坦。过后以及当时，我也悄悄劝他：算了嘿哥们儿，这有劲吗？甚至夜半更深，借着梦的自由我挖苦他：这能算是您的一碗饭吗？他脸也热，心也跳，但一下子收不住，似有一股强大的惯性，翌日依旧，积重难返。我咋办？当着好些人你说我能咋办？只好帮他圆呗，让人相信这厮绝非牛B绝非虚张声势，俺们确实是整天跟名人一块儿混着，兄弟姐妹的不分你我，一块儿“指点江山，激扬文字”，一块儿“谈笑有鸿儒，往来无白丁”，一块儿“王侯将相宁有种乎”？因而呢，俺们也非等闲之辈，“斯是陋室，唯吾德馨”！要不咋着？要不丁一他跟我闹哇，说什么：“世事艰辛你怎么就不体谅些个？”——这是一件。再有一件：曾有很长一段时期，那丁对其出身讳莫如深。我知道——我怎么会不知道呢？我不单是旁观者清，不单是亲历者明，我还是直觉，我还是潜意识。潜意识无所不知：最让那丁羞愧的，并非其祖上乃“黑五类”之首——地主，而是其后来的门第之平庸——工人。工人，论阶级当属荣耀，论地位却处卑微。这又是后话了。先说俺的姓名——丁一，这其实是那丁步入青春、略晓人情世态之后擅自更换的。俺们原名丁二。一字之别，或说一笔之差，雅俗可鉴。这我有必要解释一下：这个“一”字，其简洁，其清疏平淡，其不事雕琢，已显其孤傲、高雅，再与这“丁”字相配——天底下笔画最少之名姓，便更见其特立独行！况乎“天人合一”“万法归一”“一马当先”“一花独秀”都是好词汇。“二”则不然，“忠贞不二”“不二法门”“二流子”“二百五”“店小二”，其“二”无不具贬义。其实呢，凭丁二父母之才学，当初并没有，也不可能有上述斟酌，丁二之名所以落实进户口簿，盖因该丁之上还有个哥，名曰丁大。从小“老大”“老二”地叫顺了嘴，父亲见那负责登记的老头笔也举得久了，心想就这么着吧：丁二！此后若干年内，俺们一直都以平常心愉快地受用着此一方便之名。但某年某月，春风乍动，忽一股“深闺幽怨”或是“价格攀比”似的风气吹入丁二，此丁忽然不满，继之郁闷，常为此名之俗气而懊恼不迭，立志要换个高雅些抑或独特些的。用他的话说：别让人一听咱这名便看穿咱这出身，以为咱寡见鲜识不近文化。于是这厮便开始了一系列的筹谋策划，奔走和运作。我劝他拉倒：这名是爹妈给的你不能改，这就是咱的命运啊你改得了吗？改得了和尚你改得了庙？你一改，别人一瞧你改，得，欲盖弥彰！他不信，撇嘴，瞪眼，哼哼唧唧地说：你是你，我是我，以后你还是少干涉我的事吧！这倒是让他给说对了，姓名一事在我看全同狗屁，要改你就改吧，我叫啥都行，叫啥你也不过是我的一段路途，一次坎坷，说不定还是一片泥沼，一口陷阱呢。旅途无极，我的经历、经过、经受或担负浩浩汤汤不见首尾，随人怎么叫吧我还是我，叫什么都是姑且名之。

21. 泠泠

丁二更名的直接冲动，如今回想，很可能是由于一个名叫泠泠的女子。

泠泠跟我们同住一条街上，比丁二大着好几岁。这女子以前并未让丁二瞩目。但某年暑假之某清晨，丁二起得早，觉着好玩吧，便跟着哥哥一起去给人家送牛奶。丁大不比丁二满肚子歪思邪想，丁大厚道，不单品学兼优，且早早就懂得了为父母分忧。那天哥哥蹬着车，弟弟车前车后地跟着跑，东家两瓶，西家三瓶，一路清风旭日，薄雾流霞。丁二说："好玩儿！"丁大说："好玩儿明儿你送！"丁二不接话，丁二觉着今儿八成能有什么好事。送来送去就送到了泠泠家。丁大踮起脚跟把奶瓶塞进奶箱之际，丁二唱唱咧咧地顾自眺望天边。这时候泠泠出来了。泠泠见丁二的光头圆圆亮亮煞是有趣，便站住了笑，忍不住在那秃瓢儿上胡噜一下，问："你叫什么？"那时的丁二尚在纯真，自是坦言相告："丁二！"谁料却惹得泠泠前仰后合，笑得直不起腰。丁二先还是傻呵呵地跟着笑，渐渐便有了些想法，于是反问："那你叫什么？"心想你不就叫个"玲玲"吗，有啥稀罕？然而泠泠不答，拽过丁二的手，在他手心里写下两个出人意料的字。"什么什么？"丁二歪着光头看她，"你叫冷冷？""不对，Ling——Ling！"泠泠纠正他，然后飘飘然走远。丁二望着那渐行渐杳的身影，一脸的愕然忽地搅动起满怀春风。在我的印象里，这丁二不单从此对泠泠刮目相看——尤其是她那忽具魅力的身形、步态与音容，而且懵懵懂懂开始体会了名字的高雅与低俗。

22. 名考

这一带的取名颇有讲究，从中常可以看出一个人的年龄、出身，以及前辈的寄望或本人的志趣，甚至时代的印记、潮流的变迁。

设若某君名“守仁”或“守廉”，你先要猜他是在六十岁上下，其父或其祖父大半是个传统的读书人，要不就是个传统的没读上书但一生崇尚读书的人。再比如这人叫“继业”，叫“绳祖”，其祖上八成富贵，多属士绅、官宦、商贾一类，唯恐其子孙不肖，败坏门风或荡尽家财。若是“耀祖”呢？虽一字之变，意蕴全非，料其祖辈必常有怀才不遇、生不逢时之感受，便把族门荣耀加倍地寄托在了下一代身上。当然，此类名字的所有者，现在必都不很年轻了。五十岁左右的人，名字就比较多样；他们落生之际正值朝代更迭，故常有叫“建国”的，叫“爱华”的，叫“建军”的。但有些人仍在旧时的习俗中徘徊，于是乎“铁生”呀，“志强”呀，“淑英”呀也是一类。再年轻点儿的，一字之名就多起来，“辉”呀，“立”呀，“威”呀，那时候革命情绪到来，要简洁、有力，要显示出与旧时代的繁复与暮气的背道而驰，势不两立。至于叠字，比如“莉莉”“毛毛”“平平”，则要怀疑那是新贵之后，这样的家庭大半都用着仆人，仆人以此类娇滴滴的乳名讨主人欢心，主人果然中计，故而这一类总似长不大的名字也就跟着长大起来。再比如叫“抗美”的，叫“超英”的，甭问，其人必生于“抗美援朝”和“大跃进”时期。再后来，这一带闹过一场史无前例的革命，凡不能跟紧形势、不能聊表忠心的名字，未经讨伐先自羞愧，那就改吧！于是就又有了一代叫“继红”，叫“立新”，叫“卫革”，叫“学军”的了。那场革命过后，取名的潮流大致分为两路：一是要显示文化品位，比如一个生猛的小伙儿叫“默僧”，一位天真烂漫的小姑娘叫“慕禅”；另一种是要冲出亚洲的，比如叫“大卫”，叫“珍妮”，叫“迪诺”。当然，还有些人对取名颇为轻率，相信有几个字能上户口就够，如“小刚”“晓明”“大平”……竟至有姓王名“国”的，姓杨名“伟”的，姓贾名“为民”的，可见其父母对姓名（的谐音）是多么的不在意。与此相反，有些取名专好冷僻玄深的字眼，这类名字的所有者多半是艺术家和文人，或艺术家和文人之后；比如两个“呆”字并立，念什么？又比如三个“又”字一上二下摞在一起，怎么讲？查字典去吧您哪，一般的字典里还未必有。但也有些取名既立意高远，又遣字平实，比如著名作家光未然，陈荒煤，严文井。现在的作家不兴这一套了，恰恰地不喜欢那么风雅、豪迈，要的是随意，比如“皮皮”，比如“小楂”——你一听此人作家，打赌吧：年轻一辈！年轻作家的儿女呢，删繁就简去雅还俗，比如叫“丑牛”，叫“未羊”，意思不多，牛年和羊年生人而已。四字的姓名（复姓除外）大半出自九十年代以后，随着人口增长，重名遂多，鉴于电话号码的不断增位，取名也便多选一字，甚至有的念起来就像是一句话，或者完全不像话的。不过字数要是再多，比如什么什么斯基、斯坦，什么什么夫、娃、子、郎……此地尚少，还要寻之四夷。

据说很久以前，单凭姓氏即可看出一个人的出身贵贱。不过我来丁一之后，这传统已然式微，唯 India、Germany 等地尚有遗风。姓氏既已良莠难辨，这一带的取名就尤其要论个高低；名，不仅显示着出身门第，也显示着一个人的品格、趣味、志向、文化素养……总之，芸芸众生之中它强调着**差别**，强调着不同的价值期求，甚至市场价位；不单取名，还有其他，乃至一切。

23. 包装

故而“包装”一词日趋显赫。

其实取名也是包装，出身呀、成分呀、职称呀等等都是包装，不过是较为原始，较为粗暴、简陋、愚昧，较为乖张。唯当历史走到一步坦率的时代，一切含蓄、隐喻、羞赧才被视为多余，凡及形象、身份和地位的明标暗示这才被一语道破：**包装**。——多么直接多么彻底，免去多少煞费苦心的遮掩和粉饰！但，何至于耽搁恁久才有了如是之恰切的总结？料必与商业的终于翻身做主有关。不过“包装”既已名正言顺，又可堂而皇之，假冒的品牌也就难免野火春风了。个子矮的可以让鞋底长高，眼睛小的可以把眼皮做双，胸瘪的可以丰乳，肚肥的可以去脂，脸黑的可以增白，慕西人之黄发者则一染而偿夙愿……包装的手段之多不胜枚举，但就“包装”的本意而言，都算不得什么新发明，古已有之。比如有过“留发不留头”的残酷历史。比如“三寸金莲”如今想来是多么丑陋，而当初竟是美女名媛之必备。近些的，比如我初到丁一的那些年，有人在新衣上身之前先就打两块补丁，以示革命。我曾在一座废弃的古园里见过一位年轻的小提琴手，乐谱摊开在灌木丛上，衣裤为层层补丁覆盖以致本色难辨——在那年代你不会怀疑这是艺丐，而要想到“君子固穷”，你不会在他脚下撒几枚硬币，而要赞叹其“贫贱不移”的铮铮硬骨。唯当时隔久远，心平气顺之后，方才看出那其实也是包装。都是包装，只不过包装的规格、式样随时代而有变迁。再比如丁一这厮，我记得他曾于某一革命风潮汹涌之年，挥锤三刻，便把家中全套的古旧家具砍出一派时尚风范，兼为自己赢得一腔革命豪情。但这仍是包装，毫无新意。

包装，乃此一带于生存之下的第二等大事。这风俗，上可追溯到亚当、夏娃失乐园的年代——比如那两片无花果叶的遮挡。下嘛，大约就要到永远。

目前怎样？较之以往唯有过之而无不及。你若来丁一一带旅行，切记切记，这里早由工业、商业、科技还有传媒领导了一切，莫说服饰、发型、装修和陈设，就连举手投足、一颦一笑也都是包装了。(于是又有“操作”“运作”“炒作”“策划”等词汇应运而生。)总之,内里是什么已无关紧要,要紧的是包装。温饱诸事多已(或暂且)无忧,现代之忧莫过包装。近观远望,熙熙攘攘、甚嚣尘上——微服出访的帝王若问何事,乖巧的幕僚当答:莫非包装!文化也是,比如你可以不读书,但家中不可以不摆上几架子书。你可以不知那些书里都说的什么,但万万不可不知其中一些时髦的主义和种种著名的人与事,否则一旦 party 或者 salon,名人们一会儿“海德格尔”一会儿“福科”,一会儿“话语霸权”一会儿“政治正确”,哥们儿你要是晕头转向总是插不上嘴那就尴尬。我教你一招:设若别人说得天花乱坠而你听得云里雾里,莫急莫怕,倘若影影绰绰你还能记起一句半句的时髦话语(比如“多元文化”呀,“精神诉求”呀,什么什么“主义”或“流派”啦),麻烦你就把话题往那儿引。这就叫扬长避短。诀窍是拣犄角旮旯儿别人不大留神的地方说。然后正襟危问:“可知?”倘答:“不晓。”或疑:“什么?”事情就有点好办——名人尚且不知,你岂非操作(运作或策划)成功了一次精彩的包装?我咋知道?废话!再说一遍:我不单是永远的行魂,也不仅仅是潜意识,我还是丁一的**隐秘**!不过呢,说真的,每当这时我也发虚,我一发虚那丁就冒汗,一身一身的冷汗。是呀是呀,这事我有责任,“扬长避短”可是我教他的。不过眼瞧着他丢人现眼,我总不能不给他指条道儿吧?事过之后我就后悔,觉得龌龊,我跟他说:哥们儿你脑子也不笨,咱这到底是干吗呀!他愣半天,又在云里雾里。我说:咱是啥就是啥,干啥弄得乱七八糟的啥也不是啥了呢?我说:有一天闹得当众出丑,你非把我也搭上不可!那丁听得羞惭满面。

这样的时候他通常会困倦,哈欠连天,然后昏昏睡去。此其自救方式之一种。不说,睡觉,忘记,只当啥也没发生,此乃“包装”一径化险为夷的普遍对策。不过也好,这样我的自由时光就来了。梦啊,多么令人神往!——在丁一以及丁一一带旅行,务必要有这样一处大本营,以利休养生息。好比是躲避战乱的桃花源人,“不知有汉,无论魏、晋”。又好比此地一句极为粗俗的歇后语:挨操打呼噜——假装不知道。

可我万没料到,欲梦之时也是最易遭受攻击之际,丁一那厮竟利用这自由时光反唇相讥:这光是我的错吗?你干吗不当众揭穿我呢?面子都是我挣的,你跟着沾光,事后别人还没说什么呢你倒先来指责我!你说什么,有一天我会把你也搭上?你这不也是怕丢人吗?你这算不算是虚荣?哥们儿,先都想想自个儿得啦!是呀是呀,这一回轮到我理屈词穷。

我们昏昏然默坐无语。

月上中天。

旋即星光灿烂。

最后我说:睡吧睡吧,可怜的人。

我期待万籁俱寂。我期待梦中平安。梦,或可把我带回到生命的起点。

24. 此夜无梦

偏偏此夜无梦。

此夜睡得警警醒醒,睡得乱七八糟。前半夜起风了我也知道,后半夜下雨了我也记得。隔壁的小两口唇枪舌剑吵闹了一宿,一字一句我都听得明白,单不知是为了什么——为什么吵?为什么结婚?以及为什么还不离?

天快亮时来了个劝架的,一个老太婆。老太婆一进门就嚷:“干吗干吗呀这是?说了归齐你们到底这是想怎么着呀?什么爱不爱、情不情的!你叔我们压根儿就没说过这俩字儿,我还不是给他生了三男二女?搭伙过日子呗,吵什么吵!”

老太婆的话有如催眠曲，此后我睡得安安稳稳，昏天黑地一丝梦也不来。

25. 人间真相一

取“一”废“二”更名之后，丁一曾一度心平气定，自觉已是弃凡脱俗，跻身高雅。尤其无论什么名单名录，但具斯名，必赫然榜首——虽说是占着姓氏笔画的便宜，但毕竟鲜明夺目，令此丁沾沾自喜。然而这份舒心与惬意并不持久，很快他就发现了名不掩实，其卑微之出身仍难免被人牢记，心中郁闷遂渐渐依旧。

如今回想，最是有几件事让他耿耿于怀。第一件是在“文革”之初，我记得，那时的空气中和阳光里，忽然飞扬起一句口号：“老子英雄儿好汉，老子反动儿混蛋！”照理说，这口号非但不能对丁一构成威胁，反当助其光荣殊显——丁家祖上虽是地主，但随时代巨变，家道中衰，眼见着衣食无计，丁父自知“进德智所拙，退耕力不任”，便去速成了一套做饭的手艺，正所谓“塞翁失马，安知非福”吧，厨师也算工人！那丁因而有了一份响当当、大可以去做革命中坚的资本。故而一天，当一个最为傲慢的革命组织宣告成立时，他便以十倍的自信跑去加入。然而现实总是要复杂得多。

丁一到时，只见某教室门前人群踊跃，几位天然领袖端坐于讲台中央，正一一审查加入者的资格：

张三？——到！出身？——革干！——通过，通过，通过，通过……授袖标！

李四？——到！出身？——革军！——通过，通过，通过，通过……授袖标！

…………

几位天然领袖之外，还有个漂亮女生站立一旁，专门负责发放袖标。袖标依质地与宽窄之不同，红艳艳地分摞桌前。丁一的眼睛又直了，当然不是看那袖标，当然是看袖标后面的那个女生。

她姓秦，秦峨。丁一悄声跟我说，“山”字边加一个“我”的那个峨，刚改的，以前是“女”字旁的那个。／行了嘿！我说他：又琢磨什么呢？／你说是“山”加“我”的好呢？还是“女”加“我”的好？／当然是“女”加你好呗！／对对，我看也是。

这小子倒老实，痴痴迷迷的连嘲笑都听不出来了。

喂喂，你看！怎么那些袖标有的是绸子的，有的是缎子的，有的是布的呢？怎么宽窄也不一样？

那厮哪里还顾得上这些事，目光直勾勾的再也躲不开秦娥了。

王五？——到！出身？——高干！——通过，通过，通过，通过……授袖标！

孙六？——到！出身？——烈士！——通过，通过，通过，通过……授袖标！

周七？——到！出身？——革军！——通过，通过，通过，通过……授袖标！

赵二？——到！出身？——革干！——通过，通过，通过，通过……授袖标！

…………

“丁一？丁一！”

“哎哎，到！”

“出身？”

“什么？什么出身？”

“废话，问你呢！”

“噢噢，工……工人！”

“通过”“通过”“通过”“通过”……“授袖标！”

那丁心如跑马，早已不知身在何处，此时急慌慌上前几步，从秦娥手上接过一条袖标。平生头一回碰到她的手哇，那厮不免周身一抖，涌动起一股暖流。

秦娥其时一身洗白的旧军装，束腰耸胸，短发齐耳，尤见其丽质非凡。

头一次接触就这么稍纵即逝，那丁怏怏然走出人群。走了很远才发现：咦，咋回事，这袖标怎比别人的窄呢？别人的五寸、六寸、七寸，怎么我的只有四寸？别人的有缎子的，有绸子的，怎么丁一的却只一条红布？丁一想回去问问秦娥，却又不敢，犹豫之间已从众人的议论中听出缘由：袖标的宽窄与质地，盖据父母之级别的高低而不同！

丁一呆愣片刻，思绪一下子跳到《西游记》的末尾：师父、师兄都已成佛，凭甚俺老猪只得个罗汉位？但见佛祖威然，八戒只好喏喏。——唉唉，佛界尚且如此等级兮兮，丁一想想，也只有"正确对待"吧，遂将满腹狐疑同那四寸宽的红布一齐藏入怀中。

26. 人间真相二

好在丁一虽对"红绸""红缎"心存羡慕，却并不怎么喜欢那帮"红绸""红缎"的所有者——秦娥除外，故而心绪还算坦定。

丁一与之要好的，是自家院子里的几个年龄相近的朋友。自家院子里的几个好友，出身不红也不算太黑，除去"臭老九"就是"反动学术权威"，连四寸的袖标都不能有。他们虽敢怒不敢言，私下里却常对那帮"红绸""红缎"流露着鄙视。

鄙视的理由之一：那帮人有什么呀？

鄙视的理由之二：那帮人，其实有什么呀？

鄙视的理由之三：那帮人，说真的，他们到底有什么呀！

起初丁一听着痛快，解气，便也随声附和，却总不明白那个"什么"究竟是指什么？几个好友对"那帮人"极尽挖苦、讥讽和嘲笑，而后买几瓶汽水开怀痛饮，相互间更加情深意切。于是乎勾肩搭背，东游西逛，继续轻蔑着那帮“红绸”与“红缎”。丁一间或只为秦娥做些辩护：“喂喂我跟你们说，秦娥可不是（他们）那种人。”或者：“嗨，你们发现没有？秦娥可不（像那帮人）那样。”或者：“真的，不骗你们，秦娥跟那帮人一点儿都不一样！”好友们先持异议，继而窃笑，最后考虑到凡是朋友赞成的我们也要赞成，便苟同道：“好好，秦娥不是。”或者：“对对，她跟那帮人不一样。”或者：“没错儿没错儿，秦娥肯定跟那帮人毫无共同之处，行了吧？”于是那丁心舒气朗，咬着冰棍，顶着七月的骄阳，继续跟好友们一同闲逛，并继续贬低着除秦娥之外的那些“红绸”“红缎”，不断嘲笑着“那帮人”实在是小人得志，寡闻鲜见，实在是土得掉渣儿——“不信你上他们家瞧瞧去，书都没一本！”“谁说没有，也许有几本扫盲课本吧？”……于是渐渐地，丁一觉出有点不大对劲儿了——怎么晴天朗日的，总好像藏着一缕阴云？一缕阴云欲集又散，欲散还集，这到底怎么回事？终于，丁一听出些弦外之音了，几个好友分明是在暗示：唯咱这样的高知家庭才不寻常，唯咱这样的书香门第才算高贵，才能高贵得长久与牢固。教授、专家、学者、名人……就算鹰有时比鸡飞得低吧，可鸡永远飞不得鹰那般高！论学问，论见识，论功名成就，文化修养——“说真的，那帮人！他们可有什么呢？”这情绪，在当时虽不宜像那副对联似的大肆张扬，但在几个好友之间却不掩饰。丁一心里“咯噔”一下子，忽觉得不是滋味。再想想，又觉得他们说得似乎也不错。可再听听，心里依然不是滋味，于是步履怯怯，只啃冰棍，不再附和。

丁一默默无语，忽如秋风萧瑟，四野空荒，身上和心里都一阵阵地冷了。他摸摸怀里那条袖标，忽然明白：无论是红是黑还是什么别的颜色，他丁一注定只宽四寸。

几个好友发现了丁一的沉闷，并马上看懂了他的心曲，于是纷纷给他安慰：“喂，你可跟那帮人不一样……”“工人，工人多棒呀，你们工人其实挺好的……”“工人怎么啦？你们工人才是最伟大的哪……”——啊，**你们！我们！他们！**丁一脑袋里“轰”的一响，明白了：“我们”不是“他们”，“他们”也不是“你们”，“你们”当然也不会是“我们”……丁一听得直想哭，直想拔腿逃走。但他还是站着，还是蹲着或者坐着，还是脸上带着微笑。淡薄的阳光使天空显得苍白，风在高处肆无忌惮，好友们的声容笑貌虽仍清晰，却怎么好像渐渐扁平，渐渐飘离，越飘越远……

27. 人间真相三

再一件事是在此后不久。那日，空气中和阳光里忽又飞扬起另一句口号：“谁是我们的敌人？谁是我们的朋友？这个问题是革命的首要问题！”然而也正是此日，“好汉”与“混蛋”的界线忽不明确——某些“英雄”老子和某些“反动”老子一齐站在了台上——丁一那几个好友的父母，以及“红绸”“红缎”的几位爹娘，并排接受批斗——高干、革军、教授、专家、名人……一同低头弯腰成了“我们的敌人”。

这是怎么了？出了什么事？

丁一问其好友，好友默不作答。

丁一再望望那边的“红绸”“红缎”，怎么连他们也是敢怒不敢言了？

红旗遍地，歌声漫天，革命口号响遏行云。这时，我看见丁一的父亲在人群的边缘出现——一条油渍渍的白围裙，正推了饭车给大会送来午餐。

争吵着的人们立即向他围拢，递上餐券，递上各式各样的饭盒。无论哪派，都不向他要求立场，都不要他表明归派，不约而同都容忍着此一中年男子对革命形势的置之不顾，唯争先恐后只请他照料好大家的辘辘饥肠。丁一的父亲呢？只见他神情恬淡，举止舒然，竟好似不知有会，或不知这会在何为，单信饥者当食，便给不管是谁一一盛菜，盛汤，盛饭。我看他仿佛红浪翻滚中的一缕异色，尘嚣危惧处的一隙平安，比之那些沉浮难测的儿女爹娘，我想丁一这下你该为自己的出身而骄傲了吧？我偷眼望他，却出所料，那丁缩首缩尾正企图回避一切目光。

这倒怪了！你又怎么了？

那丁欲哭又觉滑稽，想喊又知无理，拔腿跑开吧又恐不合时宜。

哥们儿你到底咋回事，我怎看不懂了呢？

丁一不响，唯频频苦笑。

说说，喂说说，什么大不了的事跟我也不能说吗？

丁一不响，唯苦笑弥深。

现在，要我看，光荣可是非我们莫属了，不是吗？

谁料那丁轰然爆发：对呀对呀，“我们”！不不，是“你们”！

什么“我们”“你们”的，跟谁呀你这是？

我看，还不如他站在台上！

他？谁呀？你说谁还不如站在台上？

丁一眼中闪动起泪光。

什么什么？我这才有点明白了，冲他喊：你说的这叫什么！

丁一背过身去。

啊，原来这样！原来他恨不能父亲这会儿是站在台上，他恨不能父亲是在台上低头挨斗，也不愿意他是在台下埋头盛饭！可怜的丁一，原来他仍然羡慕着那几位好友，羡慕着那些“红绸”与“红缎”，羡慕他们的出身、他们的门第……可怜的丁一以为自己终于明白了一件事：落难的名人也比厨师光荣！挨斗的“高干”也比工人高贵！刹那间他相信他看清了一幕人间真相：有一种卑微是永生永世的，有一种蔑视根深蒂固，有一种无恶之罪是生来注定！

为什么？你为什么会这样想？

因为人人都是这样想，只是不这样说。

很久很久他不再理我，一味地站在那儿，呆滞的眸中红浪翻滚，或是那条四寸宽的东西还在他心头颤动。

嗨，你动动，兄弟你这样儿可有点儿吓人。

这样，他才挪动脚步，走出人群。

你说得不错，在他们眼里，咱永远都是异色。

为什么？

你还问为什么？因为平庸，因为低贱！他眯缝起眼睛来看我：你还说什么尘嚣危惧中的一隙平安？

他站下，不动，看树上的风，看水中的影，看天边越沉越红的夕阳。

你倒是告诉我，他说，一个平庸的人，一个被认为是平庸的人，也有平安吗？

你倒是告诉我，他说，一个被忘记的人，被忽略的人，可有什么平安？

你倒是给咱说说，他喊，一个从来就不被发现的人，肯定比一个挨斗的"高干"，比一个落难的名人，更平安吗？

我见他眼睛里的迷茫在增长。我见他扭曲的面容中怨愤在深入。远处的夕阳正渐渐暗淡，我劝他：走吧哥们儿，咱回家。我担心这样的情绪只要再坚持一会儿他就要变成画家Z了，他就会像Z那样永远地走进愤恨，走进征服他人的欲望，以及走进什么都可以是、什么也都可能干的"精神"，再也唤他不归。

太阳下去了。

处处浮起淡蓝的雾霭。

还好还好，看样子还好——丁一唯无奈地叹在心里，一路回头还是张望那几个好友，张望那些漂亮的女生，并没有像Z那样咬紧牙关义无反顾。

28. 想象力

这又让我想起了我在史铁生时的一思心路——在其“写作之夜”[①],在他似是而非地与画家Z一路同行时所经历过的心情。

画家Z,曾有过与丁一此时此刻极为相似的处境,但他却因而走进了愤恨和征服他人的欲望。这是为什么?为什么Z的心里会充满愤恨?为什么他选择了征服?因为他更高傲,还是更卑怯?因为他的想象力更简陋,还是更丰盈?在现实中,Z的朋友无一不认为他是强者,可事实上,从我这旁观者清并亲历者明的双重角度看,那时,Z已完全被一幕幕屈辱的历史所控制,由之刺激出来的某种“精神”已然压垮了他的情智,摧毁了一个人可能达到的更为丰富、更为辽阔的想象。

丁一与Z大不一样。

丁一之旅与Z的路途之不同,很可能,就由他们走出人群那一刻的不同心情所决定:丁一几乎是一步一回头地张望着他的好友,张望着那个或那些漂亮的女生。丁一所以是丁一。丁一所以是情种。丁一不能接受往日的情谊忽然归零,或与生俱来的梦想忽然间背向而驰。Z则不然,Z再也不想看见那些忽略了他和轻蔑着他的人了,除非有一天他可以跟他们换个位置,可以居高临下地接受他们的仰望。Z所以是Z。所以Z是强者。Z的想象力只限于此。

这样看,丁一倒是很有点像“写作之夜”中的那个诗人L了——“如果那个冬天的下午,融雪时节的那个寒冷的周末,九岁

---

① “写作之夜”,见史铁生的长篇小说《务虚笔记》。画家Z及后文的诗人L、女教师O,都是小说中的人物。

的Z在那座出乎意料的楼房里，在那个也是九岁的女孩儿的房间里，并未在意有一个声音对那女孩儿说——‘怎么你把他带进来了，嗯？谁让你把他们带进来的？’如果Z并未感到那声音的美而且冷，而是全部心思都在那个可爱的女孩儿身上，那么完全可能，他就不是九岁的Z而是十岁的L。”（史铁生的《务虚笔记》）

丁一的想象力从来是以一个“情”字为引导，为取舍，为定夺。就像传说中的那块“宝玉”，相信女孩冰肌玉骨，必都是天生洁净不染尘泥的。或像诗人L，认为真理都在女人手中。所以，在与Z的处境极为相似的一刻，丁一所顾念的全是那些女孩，仍然是那些女孩。哪个女孩？不不，不是哪**个**，而是**所有**，是朦胧却具诱惑的她**们**。哪个，还没一定。终于是谁，还不清楚。但肯定，她已经在了。自打我与夏娃在伊甸分手，便注定她已经来到人间！也许她就在那几个好友中间，甚或就在那些“红绸”“红缎”之中也未可知。当然，更可能是在别处，在远方，在不知所由的某一条路上，正向我们走来。“情种”于是乎不同于“强者”。当Z不可阻挡地走向愤恨之时，丁一走出会场，走回家中，走进黑夜，把久存于心的一份困扰独对我说：大家本来都是好好的，为什么就会那样？

但是但是，史铁生又在一旁讪笑了：“你肯定，Z的愤恨就不是出于一个‘情’字？”

是呀，我记得，Z在其愤愤然走出人群的那一刻首先想到的是母亲，是母亲备受欺侮的一生——能说这就不是因为一个“情”字？

“不打自招，不打自招！”那史的笑于是近乎幸灾乐祸了，“这个‘情’字不也一样什么都可以是，什么都可以干吗？”

是呀是呀，这个“情”字如果不能走向爱，就仍然是一种本能。不过，老史你注意到没有，丁一的情眸却是眺望得更为宽广，更为辽阔，更为痴迷或更为深重？也许就因为他从来不是对准着一个，而是向往着她**们**，不是依恋着**自己的一部分**（譬如母亲，或母爱），而是向往着**他者**，所以他才会那样问。所以当他以其少年的痴骙那样问我时，我听出丁一正在跨越那一个“情”字——正在，或者将要，步入爱情了。

但是我没有恭喜他。我不打算惊扰丁一。当然，我也并非没有忧虑。他还什么都不知道呢，但是我知道：无论曾经还是将来，也无论是在某丁还是在某史，生命之旅都会印证一个近乎预言的诗句：是谁想出这折磨的？是爱。（艾略特的《四个四重奏》）

29. 梦

梦，终于来了。却是个奇怪的梦。

还是跳舞。

还是四顾幽暗。

也还是那个舞伴——素白衣裙的女子，眉目不清，又似乎熟悉。

“喂，你到底是谁呀？”

“怎么，不认识了？”

“认识？什么时候？”

“很久以前。”

“很久以前？”

“是呀，很久以前。”

“在哪儿？”

“唉，你真是忘了……你现在是在丁一，对吗？”

“对。你呢？”

我极力回想，竭力想看清她的面容。

但这时跳舞的人多起来。成双结对的舞者，步态轻柔优雅，从晨光熹微的远处,从昏黑兀立的楼群后面,从四面八方,游动着,漂移着,甚至是漫卷着,聚拢而来。各色衣裙飞扬招展。

忽然间我以为我认出她了:“你是不是早年戏剧中的那个女孩? 那个‘白雪公主’?”

晨曦扩展,丝竹之音渐悄渐杳。铜管乐与打击乐随即震耳欲聋,众人的舞步亦随之激越,欢腾,狂放,飞舞的衣裙似扬波披浪,或如一串串涌动的旋流。

“是你吗,阿春?”

素白衣裙的女子唯颔首微笑。

“这一向你都在哪儿?”

素白衣裙的女子唯脉脉含情。

“喂,到底是不是你? 能不能告诉我你叫什么,你住在哪儿?”

然而狂舞的人流忽然冲涌起来,把我们裹挟着,推撞着,挤压着,以至于淹没着……或许是怕再次失散吧,我见那丁突然把她——把那个女子,阿春抑或“白雪公主”,把那个曾经童真无忌的小小人形——搂住,紧紧地搂住……我心说不好,但未及警告,这鲁莽的丁一已然俯身施吻……

于是一切均告停止。

曲忽尽,舞骤停,天复夜,人无踪。

寂暗无边的视野里,或听闻中,唯一缕“嘶嘶嗡嗡”的声音在扶摇成长,终至于唱响了那一曲可怕的歌:“流氓,流氓,啦啦啦,流氓,臭流氓……”竟似唱得悠然,快慰,地久天长。

30. 病

这梦好像是个先兆。此后不久,这梦以及那一曲“流氓之歌”,便携手在丁一制造了另一种残酷的现实。

先是“流氓”这可怕的字眼，这残忍的称号，自丁一少年之末尾便沙尘暴般横行肆虐，历数年而不停歇，继之又有那条素白衣裙的不断袭扰，或丁一对那朦胧女子的魂牵梦萦，结果，抑郁积累并欲望煎熬，此丁终于病倒。

这就又要说到新陈代谢了。丁一的病，正是由于“代”与“谢”的失衡。据说是因其某一部分组织不明缘由地失控，迅猛繁衍，疯狂扩张，不由分说地一股劲代、代、代……营养都被它抢占，边邻器官抵抗不利，一味退避，一味地谢、谢、谢……结果一方面代不及谢，一方面代而不谢，这丁于是食不甘味，睡不安寝，整体中唯某一局部空前昌盛，余者皆与时俱衰……我于其中自也是难得安逸，靠什么什么不给你支持，用什么什么不给你好脸色——就好比一部汽车，挡也挂不住，油也给不足，闸也踩不死，摇摇晃晃摇摇晃晃，我总好像要从丁一中甩出去似的——忽悠悠脱离，或虚飘飘飞散。

这便如何是好？望着远山，望着飞霞，我正自走得意趣盎然心潮澎湃，走得悬念迭起春风得意，可怎么丁一他却忽然就要放弃？

他倚在路边长吁短叹：完了完了，哥们儿我可能是走不动了！

我说：要不，咱歇会儿再走？

他说：看来不……不那么简单。

我问他：你觉着哪儿不对劲儿？

他摸摸肚子：里头，八成是这里头出……出了什么事。

我扶着他走，推着他走——见没见过半路抛锚的司机？就那样！我捶他，踹他，央告他，软硬兼施企图激励他。但都不行。怎么都不行。最后他干脆躺下了，泣叹连声地说：哥们儿，看来是得你自己走了。

这有多不讲理！这多么令人愤怒！这玩笑开得是不是有点儿大？

我说：兄弟，咱讲好的不弃不离，怎么半道儿你给我来个若即若离？我说：好比你坐飞机回家，可半道儿飞机要把你扔下去，你说这合不合适？

他不吭声，光是喘，不吃不喝一连数日，弄得我也是彻夜的噩梦，早晨醒来见他还是一蹶不振，脸色日益灰暗。

我冲他嚷：跟你说吧，要散伙咱就散个彻底！腻腻歪歪的这算怎么回事？

我心想：我所以看上你，不过因为你能跑能跳、能思能想、能说能笑，要是连这点儿事你都办不到了，苍天在上，我凭什么非守着你不可？

他哭丧着脸抗议：喊什么喊？要走你走！

再细看他的那一部分疯狂的组织，唉唉，还是那么不管不顾地昂首阔步！再看看镜子里的丁一，已然是形销骨立，苍白得近乎透明。我心里重重地一沉，暗想：这可真是麻烦大了，本来我就嫌他笨得像辆囚车，现在可倒好，车也不车了。

我陪他去医院。

我陪他去看医生。

就像我已经说过的：数不尽的医生，哪个好？都说自己好，都说自己认为好的那个好，但是你听谁的？终于还是得由不通医道的病人自己来做决定！

我陪他去检查——X光，B超，CT，核磁共振……这个聪明的人间发明的这些愚蠢的玩意儿！

胶片上显示一簇花蕾，苍白，丑陋，但是含苞欲放。

没白费心，我们领到了一个“癌”字。

病房外春光无限，病房内昏暗沉闷有如鼠巢。我俩每天就在那阡阡陌陌的迷宫中奔走求告。一间间莫名其妙的屋子里，闪耀着一团团仿佛机密又仿佛饥饿的灯光。黑暗处，有些巨大的机器缓缓运转。医生们的脸像一张张铺平的纸。寂静中总有些“嘀嘀嗒嗒”的响动。白虚虚的灯光里一个个影子无声地游来荡去。其中一个——就像童话中的那个“格格巫”——用玻璃棒在盛满液体的杯中“当啷”一搅：黄的；“当啷”一搅：红的；“当啷”又一搅：黑的……让丁一喝下去。于是我们眼前就有金蛇狂舞，就有红星闪烁，就有凄风苦雨，而丁一的脸色便渐渐发蓝。

“什么药？”

医生不答。医生要丁一跟他走。

这让我想起传说中的“拍花的”——被施了迷魂药的孩子自觉自愿地跟他走。

丁一跟紧前面那件飘摇的白衣，余者视而不见。

走过无数条暗道，无数间洞窟，无数的门窗与门窗中凄厉的叫喊，走过无数吵闹或是迷狂的人群……在一个相对安静的地方丁一被命令脱光。

丁一光着屁股任人摆弄。我发现他那朵已然成熟的花朵依旧敏感，时而羞怯地蔫垂着，时而被触及得蠢蠢欲动——我想这会不会是他的一线生机？

医生熟视无睹。医生用些看不见的光照射丁一腹部，那儿早有些红笔圈定的鲜明区域。

“这能行？”

医生置若罔闻，平白的纸上浮出一个笑，又让人想起那个诡诈的斯芬克斯。

唉，丁一呀你这辆破车！我唯暗自叫苦，后悔还是来错了地方——发动机倒还是轰轰隆隆地响着，外人旁观，仍一副完整人形，可我受得了吗？尤其当那丁悲声大作、怒从心起、摔东摔西之时，仍一副热血青年的脾气。可我心里有底，他怕已是凶多吉少。癌是什么？那玩意儿可不比“流氓”，那东西外表不显山不露水，可内里早让它搅和乱了——血压低下去，心动快起来，体温一日之中屡经四季，正所谓“热来热得蒸笼里坐，冷来冷得冰凌上卧”。我想我与其跟他一块儿这么混着，莫如早早分手另谋前程吧，便开门见山地跟他说：兄弟我干脆送你走吧，一了百了大家好过。我是想干脆把这辆破车报废，销毁，回炉，长痛不如短痛。车嘛，有的是，常言道“天涯何处无芳草”——人间处处有“丁一”。

31. 死

对此，我与丁一颇费思量。

我是想：就这么走了吗？不再试试？早晚是个走，一定这么急？对生命而言，没有什么比死更可靠的事了，而对我来说怎么走不是个走呢？况且说了，倘其路途艰险你就绕开，那还算什么游历，还算什么永远的行魂？

丁一则真可谓是无知者无畏。此一回他竟比我利索，一赌气已然着手准备赴死的工具了。他先是找了一条绳，可想想那吊死鬼的模样甚是可憎，于是算了。继而想到跳楼，可那血肉模糊的情景又让人恶心，所以拉倒。安眠药如何？静静地躺下来，渐渐地睁不开眼睛，昏昏然如同安详地睡去，有些梦似乎要来但终于没能来，而后有人来把你收拾收拾拿去销毁，青烟一缕飘摇而去，谁也来不及嘲笑咱……嗯，这主意好。可药呢？药可是不好找，再说一时也攒不够，若只弄个半死岂不还是落下笑柄？电！对对对，那东西行，两极一接，再搞个定时器，足足地喝上些酒先自昏睡，昏睡中电流一通万事大吉。好吧，就它了！

然而一切都准备停当了，那丁却又跟我想到一块儿去了：急什么呢？真是真是，他望着那套死亡工具，推算半天也没推算出急的是什么。那就再抽支烟吧，死心已定倒好像不怕活着了，反正就剩那么一档子事了，倒好像看什么都顺眼了。烟缕轻飞曼舞，心情一旦放松下来，这丁倒有了些不寻常的想法，尤其是想到了一件从未想过的事：死，是什么？

他问我：死，会怎样？

我说：死了咱就都解脱了，甭受这份儿罪了。

谁？说明白，别含糊，谁解脱了？

你，还有我。

可我已经死了呀，已经没了，不是吗？

你听我慢慢说……

说什么说！其实是你解脱了，可我没了。

不不不，不是这意思……

不这意思啥意思？你丫够损的！

可是……可是曾经，也没有你呀？

曾经？啥时候？

你出生之前。

丁一语塞，呆愣好久，忽又窃笑。

笑什么？我说，有什么可笑的？

他看看我，笑得愈加歹毒：可我要是死了，你不也就没了吗？

那可未必。我尽量说得含糊，不想太惊扰他。

他就又笑：死了就什么都没了，难道不是？

当然不是。

还有什么？

还有我。

你是说，我没了，你还在？

不。既然这样我就实话告诉他吧，你没了，我还在。

哈，够幽默！请问你在哪儿？

在别处。曾经我也在别处。

别处？别处是哪儿？

我真是讨厌他那种笑，好像他一死地球就不转了，我也没了，你也没了，他也没了，永恒传扬的消息从此就终止了。

我说：丁一你好好想想，你才有多久？没你之前我在哪儿你想过吗？

你在哪儿，当然你可以随便说，但谁能证明你在哪儿？

要是能证明呢？要是能证明没了你之后我还在，是否就能证明没有你之前我就在？

说吧。但光你说不算，除了你还有谁能证明？

任何人。

任何人？我可没心情开玩笑！

听着，你给我听着！不管是在有你之前还是在没你之后，任何一个人，怎样称呼自己？怎样意识到自己？或者说，怎样指称自己？就是说以什么角度来观察这个世界？算了，别瞎想了，告诉你吧：我！任何人都逃不开这个角度：**我**！

可那是另一个我啦！

可哪一个，不可以是另一个呢？

我是说，那已经不是丁一啦！

对呀对呀，这回你说对了——丁一没了，可我还在。

丁一有些急，急得抓耳挠腮，就像当初做不出数学题时那样掐自己大腿，拍自己脑门儿。

我启发他：比如说丁一吧，丁一是谁？

是我。

好，这就好办了。你去问问丁三，丁四，丁一百，他们也会像你这样回答：是我。

那……那又怎么啦？

是我就够了。

够个屁！你够了，可我没了！

再说一遍：我不会没，我永远都不会没，没了的是你丁一。

这回他有点发愣，发傻，发蒙。

我再启发他：就好比音乐，音乐并未停止，但一个个音符都会过去。那个叫丁一的音符自然也会过去。每一个音符都在过去，所以音乐不会停止。每一个音符都会过去而音乐不会停止，这说明什么？这说明还会有数不尽的音符——丁三，丁四，丁一百——接踵而至！所以说，丁一没了，还会有数不尽的我接踵而至！

你的意思是说，你是音乐？

不，**我**是音乐。我是永远的行魂，就像永不停止的乐章。

而我不过是个音符？

你丁一是个音符。我经由无数音符而成为永恒的乐章，就好比我永远的游历此时此刻正经过着丁一。

照这么说，来来去去来来去去，音符不过是一群无足轻重的傻瓜？

不能构成音乐的音符，你信不信都是噪音，都将被忘记，被埋没，永劫不复？是因为音乐，音符才有了意义，才有了方向。就比如那一天，我来了，你才睁开眼睛，你睁开的眼睛里才有了成形的影像。就比如那一天我们一同走出家门，走到街上，感到了这个世界的危险或奥秘，你眼中的影像才要求着或显示出——意义。而也正是因为这样，你才意识到自己，才称自己为我，才知道生，才谈论死……

可要是没有一个个音符，你音乐个屁！

着哇，就像要是没有丁一之旅，我怎么能是永远的行魂呢？一样的，要是没有此前和此后的旅程，又怎么能有永远的行魂，又怎么能有我呢？

丁一愣愣地想。

我见他滞暗的眸中忽有闪光，还没等他说什么我已经知道麻烦了，我已料到他要说什么了。

既然这样，你为什么还要急着离开我呢？用你的话说，永恒的音乐为什么要放弃丁一这个不可或缺的音符呢？

唔！我不得不暗暗为此丁叫好——不曾想他倒把我引入陷阱，断了我的逃路。

32. 某一自杀者说

但死亡仍对我有着诱惑。尤其是住院的那些日子,死亡经常向我展示它的魅力。其实,死亡不过是生者的一种恐惧,对于永远的行魂,那不过是一次承诺着归来的迁徙,或为了告别的团聚。当然当然,这些丁一他不可能懂。不过,有个自杀未遂的犯人,竟使丁一对生死有了深一步的考虑。

那人被抢救过来,跟丁一住在同一间病房。医院的领导嘱咐大伙不要跟他说话。我想这真是岂有此理!刚好那丁正对自杀的效果抱有浓烈的兴趣,这天病房里只剩了那人和丁一,这厮便凑过去,先是问寒问暖,再是东拉西扯,慢慢地熟悉了方才切入正题。

"怎么样哥们儿,啥感觉?"

"什么啥感觉?"

丁一在腕子上狠狠地比画了一下:"害怕吗?"

"害怕你就别干。干了,就说明不干更可怕。"

"为啥呀,你?"

不料那人出语惊人:"没啥,不过是想换个地方住住。"

"换到医院来?"

那人笑了:"嗯,也行。"

"那你还想换到哪儿去?"

那人拍拍丁一的肩膀:"怎么着小兄弟,也想换换?"

"我嘛,嗯……"丁一吞吞吐吐,"你先说,你想换到哪儿去?"

那人上下打量着丁一:"我劝你别换,我看你这地方不算坏。"

"那你干吗换?"

"唉,我这地方是坏到不能再坏啦。"

"你是啥地方?"

“无期。而且不是冤案。”

丁一瞠目。

“对他,不是冤案,”那人指指自己的头,“但对我可是冤透了!”那人又指指自己的心。

“你真逗。”

“我不知道哇,我没想那样干呀!可到后来,你不想干也得干啦……”

“到底咋回事?”

“小兄弟,听我的,好好活着,只是遇事千万加上点儿小心。”

丁一听得糊里糊涂:“那你,到底想,想换到哪儿去住住呢?”

“比如说,换到你那儿住住。”

“我们家?”

“不,是你这儿。”那人拍拍丁一肩膀,又拍拍丁一的胸脯,“你叫什么?”

“丁一。”

“行啊,换到丁一去住住我就知足。”

丁一还是没懂,但是我懂了:这是一个误入深渊的行魂!我便悄声对丁一说:别再问他啦,他不是特务就是间谍,要不就是个贪污犯。

那人闭上眼睛仿佛睡了一会儿,也许是觉得丁一憨直可爱不忍心看着他愣愣地发傻,便问丁一:“你说,什么刑罚最可怕?”

“什么?”

“告诉你,不是死刑,是无期。”

“你到底干了什么?”

“小兄弟你最好别知道,那种事也许诱惑不了你,”那人指指丁一的心,“但很容易诱惑他,”再指指丁一的头。

丁一愈发不解。

“但是我告诉你一个法子。”那人忽显轻松,眉目间甚至闪现出几分快慰,"别的你不用知道,但如果你碰上我这运气,你记住有一个办法。"

"换个地方住住?"

"行,你不笨。你要是在那间几平米的小黑屋里实在住不下去了,我告诉你有一把钥匙,能够打开所有的门。"

"什么钥匙?"

那人在腕子上狠狠地比画了一下。

"这,怎么会是换个地方呢?"

"因为,一次,只能换一个地方。"

"哥们儿你真逗。"

丁一还以为他是答非所问呢,我却听出这家伙的善意或狡猾了——他知道,为什么是"换个地方"说了丁一也不会懂 ,但"一次只能换一个地方"是确实的。

"一点儿都不逗。"那人说,"可是记住一条,换到哪儿都一样,压根儿就没有全都称心的地界儿。"

"那你,是不是还想换?"丁一又在腕子上比画了一下。

"看情况吧,反正挺简单。"

"你认为很简单?"

"对,很简单。但是小兄弟我得告诉你:换,很简单,但住好了却不简单。所以,不到万不得已还是别换。因为嘛,因为还是那句话:换到哪儿你可能都不会很满意。"

33. 丁一对我的挽留

也许是那个人的话起了作用,也许是年轻的生命本能地要为活下去寻找理由,正当我欲留欲离拿不定主意的时候,那丁忽然转念。他信誓旦旦地说:"埋骨岂需桑梓地",人间只此一丁一!接着他又援引我的话说:“每一个音符都是重要的。”所以我看还是让这乐章原原本本地演奏下去的好。否则,他说,丁一既不像个男子汉,我也就别再夸耀什么永远的行魂了,两败俱伤,真是何苦?最后他不知从哪儿借来一句史诗般的格言作为鼓舞,大意是:人的生命只有一回,唯把这有限之物贡献到无限的什么什么之中去,他丁一才可以如何如何。——记不全了,况且对此类言词我也素无兴趣,我只是看此丁年华正好,前程似锦,就这么急着弃了真也是于心不忍。也许就再试试?看那些五彩的药和无形的光有没有什么效力吧。于是乎,我便也顺手寻得喜剧般一条警句权当应和:排队买豆腐吧,加回塞儿倒也值得,死,你可着的什么急?——丁一一带竟有如此高瞻远瞩的思悟,着实令我惊讶;料此言之出处,必也曾有睿智的行魂走过。

应该承认,那一回是丁一劝住了我。

那丁沉闷些时,以其顽强的抵抗作为对我的挽留,以其年轻的生命力暗示了春天的强大,以其不屈不挠或不如说是蛮横无理,劝住了我,劝我再给他一点时间。我赞成了他。我说那我就先留下来吧,没问题一言九鼎!我甚至暗自谢他,是的是的,那一回是他的欲望保存住了我的祈盼。

34. 曾在约伯

丁一的决心令我感动。但那一个“癌”字可真不是玩的,那东西就像个老娼妇没日没夜地吸吮着丁一,靠了他年轻的生命力壮大自己,不单枝繁叶茂,还要开花结果,似乎不把其恶种撒遍丁一它绝不肯罢手。幸而有那些五彩的药和无形的光阻止着它的蔓延。但是那些药和光,同时也蹂躏着丁一,消耗着他的气力,摧残着他的意志和信心。有一阵子丁一神颓气馁,镇日委靡不振,怨天尤人，就好似春光已逝，汹涌的浪涛忽然低落，蛮横的风流也告衰微，根部的欲望尤其匮乏了，我看单靠其自身的生命力怕是难以为继。

孤苦无助的丁一，于是把目光投向天际。

就譬如盛夏之时花繁叶茂，你难得一望苍天，而当秋风一遍遍吹拂，万物枯疏，萧萧落木，自以为是的生命这才看清了天之悠远、地之苍茫！

这下怎么样，丁一兄弟？

不是我幸灾乐祸，而是只有在这样的时候，他才可能认真地看待我了。

于是他问我：哥们儿，你说，咱这是招谁惹谁了？

没有。咱谁也没招谁也没惹，所以这才叫命运。

于是他喊：那这可到底是凭的什么？凭的什么呀，老天你告诉我！

凭你是凡人，凭你一个凡人你不能跟上帝讲价钱。

此言一出，我忽然想起了约伯，想起了我曾在约伯的经历。

那丁强忍下一肚子冤屈，努力挣扎出一丝镇静：哥们儿也许咱就到这儿吧，我看不出我干吗还要再拖累你，要走你就走吧。

别介呀哥们儿，我说，咱得说话算数，干什么也不能半途而废不是？

他又喊起来：算了吧你，说得轻巧！可无缘无故的，凭什么我就该受这份罪？

是呀，约伯！我的记忆清晰起来，想起在丁一之前很久很久上帝就曾对约伯说过的话："当我创造世界的时候，你在哪儿？"

这声音来自天际。

这声音来自远方，其远无比，近乎抽象。

遥远但是恒久，这声音不知走过了多少生命这才传到了丁一。

是呀丁一，所以你不能抱怨上帝和上帝的创造。那威严而温柔的声音是说:上帝的作品即是旅途,即是坎坷,而你不过是这旅途的一部分,你不过是微不足道的一粒坎坷。或者上帝是说:他一向就是无极之路,就是无始无终的乐章,而你呢丁一?你不过是这无极之路的一小截儿,一小段儿,是这永恒乐章中的一个音符。因而你必须听见:无论是坎坷抱怨旅途,还是音符抱怨乐章,均属无理。比如说你抱怨你的爹娘干吗要生你,即是无理——他们不生你,你就能抱怨他们生你了吗?再者说了,他们又去抱怨谁呢?所以丁一你要明白:在上帝的创造之前,你无从抱怨;在那创造之后,谁抱怨谁是傻瓜。丁一呀,这道理是我在约伯不知费尽多少周折才听懂的!

是呀,那一次我在约伯,那一次我途经约伯。那一次比这一次更要艰难许多。约伯之路崎岖坎坷,多有凶险。曾一度我们的财产凭空荡尽,而后我们的亲人又接连离去,孤苦伶仃的约伯一无所有而且恶病缠身,别人还风言风语地说他必是冒犯了上帝,罪孽深重,自作自受。约伯他委屈呀,约伯他孤苦无告!那时我也曾像丁一这样捶胸顿足,为约伯鸣不平,我不单知道约伯是无辜的,更不明白好端端的我为什么会在约伯陷入绝境?然而也正是在那一次,我以为我听懂了那威严但是温柔的声音:"当我创造世界的时候,你(小子)在哪儿?"是呀,上帝不会为了你这一个音符而改变他的音乐。上帝不是你的仆人,而你是上帝的仆人。上帝要你经受的就是你必要经受的,你不必经受的,原本也不是上帝非要你经受不可的。上帝嘱托你的路途从来不是风调雨顺,不是一马平川,但上帝嘱托你的路途决不会中断。

那丁听得似懂非懂,唯一个劲儿问后来:后来呢,约伯?终于呢,约伯终于怎样了?

我反问他:你说呢,如果上帝嘱托的路途决不会中断?

35. 野牛

躺在病床上，看过一部电视片：连绵不断的大山，浩瀚无边的荒原，一群跋涉千里的野牛追赶着太阳，寻找草场和水源……饥饿的狼群锲而不舍，影子一样跟在它们身后……一只年老的野牛，雄健的体魄还在，但明显已经瘦弱，步履迟缓……它拼尽全力跟随着族群，又一次熬过了大雪封盖的冬天，又一次涉过了激流汹涌的冰河，又一次躲过了鬣狗和豹子的偷袭，挺过了枯疏干旱的春季……但当那雨水丰沛、草木繁茂的夏日终于到来时，它却苍老、疲惫得已经无力进食。它就那么默默地站着，瞪着两眼，看同伴们狂欢畅饮，感觉着渐渐向它围拢过来的狼群……它在想什么？但它知道必须站住了，不能倒下，一旦倒下狼群就会扑上来。狼，东一只西一只耐心地坐在它周围，其坚忍和耐心绝不亚于它……

我也一样。那丁说，正在被包围。／被谁？／被那群跟狼差不多的花株。／别介，我说：也许咱还没到这一步。／早晚还不是一样？

……老牛挣扎着想离开危险，但一迈步，身体就不住地摇晃。这差不多是给了狼群一个进攻的信号。几匹强壮的狼蹿上来了，掏它的裆，咬它的脸，跳到它身上啃它的肉，那一躯庞然大物竟然毫无反抗……豪情满怀的狼群于是一拥而上，年老的野牛随即“扑通”一声倒下，刹那间已是支离破碎，血肉模糊……

一切就是为了这个？

你指什么？

所有的艰难跋涉，所有的忍耐和抵抗，所有的奔走与期盼，就是为了给狼提供一顿苍老的午餐？

但是你看，就在那老牛死去的地方，有一只小牛犊子出生了……

这与我何干？

但是那老牛坚持站到了最后哇，哥们儿！

有什么意义吗？

但这是一个必要的音符……

那丁双手合十，仰望空冥。

空冥中仿佛自有召唤，或那空冥即是召唤吧。

36. 欲望

也可以说那召唤来自空冥，来自无限，但在青春的丁一，那仍不过是欲望。春天莫不如此，唯凭其天赋的欲望去听那悠久的召唤。但这有什么错误吗？不，我们都应该对欲望抱有某种程度的尊重，就像我们不论做怎样的旅行——是骑马，是乘船，还是开车，都应对各种形式的能源报以谢忱。这样说吧：生命即欲望。而欲望，无不惊喜于天空海阔，无不向往无限，正像此地的一首歌中所言："我用青春赌明天。"否则，"皮之不存毛将焉附"？上帝的戏剧也就要落空。欲望不在，祈盼何由？甚至生命也无从诞生。譬如春风，唯其向生忘死，这才游走得强劲，酣畅，妙想联翩无孔不入。而生命的有限，那要等到秋天才可以觉察；秋天之后，或丁一与我分手之时，他才可能看到他的有限，并猜想我的无极之旅。

当永远的行魂离开丁一，继续其恒久的旅途时，生命将分作两路：一路灰飞烟灭，一路与我同行。何以与我同行？一个姑且的生命除非锤炼成一缕美丽的消息，方可成为永恒的乐章，就好比一切噪音都将灰飞烟灭，唯那些美丽的故事万古流传。或者这样说吧：那昂扬的欲望，除非皈依了爱愿，才会有其永远的路途。为什么？因为只有爱愿可以引导永远的寻觅（而无情无义不过是一缕自行封断的消息),于是乎才得以与那不熄不尽的行魂如影随形。

至于丁一嘛,此时断言他终于会走哪条路,为时尚早。当然我已注意到他的欲望充沛,性情憨顽。所以我知道,青春的丁一之不屈不挠,之蛮横倔犟,虽已显露了爱的光彩,却仍是生命固有的欲望使然,譬如洪荒之中本有的蕴藏。

37. 前程莫测

譬如洪水,既具破坏力,又为生命带来滋养。譬如春天里夭折的小树,不死就会生长。青春的丁一就像一地野火,被无端的风暴摧残了一回,但仍在燃烧,且渐趋强劲(不知约伯的告诫起了多少作用)。丁一谓之曰:乐观,坚强。我暂且赞成他,但究其实际,未必没有那么一点煽情和自我感动。未来的路途尚远,绝非模仿激情可以支撑。所以我对他说:哥们儿你悠着点儿。那丁于是擦干眼泪,抚摸一下由那莫名的光照刻下的疤痕,踌躇满志地对我说:放心吧哥们儿,咱不会趴下。然后他又找来一句豪言壮语(抑或流言蜚语)在嘴里说着:我们一定要成功!我们一定能够成功!

成什么功?

他窃笑不答。

一地野火,哥们儿你要烧到哪儿去?

他一脸坚毅,似胸有成竹。

就算你名成功就吧,然后呢?或者终于呢?你想过吗?

那丁不屑,唯抓紧着乐观与坚强,目光呈一条直线,无暇旁顾。我知道我问得太远了,问到了无限,问到了空冥,而这远非春天能够听到的消息。

春天,充满的,多是欲望。

春天，唯凭这欲望来信奉爱情。

所以，当那丁信誓旦旦举目仰望之时，我知道这情种的期盼其实是什么。譬如我在史铁生，在其“写作之夜”的仰望：“天上，云间，或者无限和空冥之处，飞翔着一只白色的大鸟，悠然，强健，富于节奏。”此刻的丁一也正是在仰望它，仰望它的飞翔，向往着它的傲然与潇洒。“大鸟的影子投在大地，投在山河”，投在丁一的脸上。“而后雨来了，从南到北，而后风来了，从东到西，大鸟穿云破雾，一缕闪电似的洁白。”而于其下，荒原一片葱茏，蓊郁，鲜花遍野密如星辰，一度枯萎的重新生长，一度衰危的再度萌芽……譬如丁一，浑身注满了力量。

“喂，那时候，你想的是什么？”我问那史——即“写作之夜”的主人。

“你指什么？”

“当你仰望那只白色大鸟的时候？”

“爱情。”

“真的吗？”

春天以为是爱情的，实际，仍可能只是欲望。

春天，肉身统治着心魂，常把欲望认作爱情。

尤其这年轻的丁一，尤其是这情种，我知道，那召唤绝不可能已经是爱情。

但可能已经是爱情的先声。

无论如何吧，当那青春的大鸟展翅高飞之际，一切都还是悬疑。这么说吧：那确凿的欲望终于会走向爱情吗？或终于会走去哪里？正所谓云遮雾障，尚不可知。岂止尚不可知，简直是永恒的玄机。玄机之下我和丁一扯平——对于丁一的未来，或对于我的丁一之旅，皆可一言以蔽：前程莫测。

38. 玄机

何谓玄机？从终点看，每个人都只有一条路，但从起点看却有着无数种可能。

何谓玄机？有句俗话："失之毫厘，谬以千里"。有种理论，叫作"蝴蝶效应"，即"对初始原因的敏感依赖性"——比如纽约一只蝴蝶的扇动翅膀，很可能是北京一场大暴雨的最初原因。

何谓玄机？起点是遮蔽，终点是敞开。但终点敞开了什么呢？对不起：又一个（至N个）起点罢了。

这让我梦也似的又记起了那个园子：一棵树，和树上的果实；一条蛇，和那蛇的谗言……以及后来一条叫作爱情的路。那路似乎不容易走，埋藏着美妙，也布设了凶险。但春天的丁一，丽日青天，痴风醉雨，怎耐得住沉思静想？夜短昼长，哪堪须臾寂寞？于是乎"好风凭借力"，送我上迷途，遥远的记忆已因一腔豪情而变得模糊。只好等到秋天吧，秋风一起或才可看出，在欲望统领的季节里处处开放着险径。种种险径如欲望般蕴藏深厚，正于春风中萌萌欲动，翘盼良机。

39. 奋发图强

携带着那些暂告收敛的花株，或伺机行凶的种籽，丁一开始了奋发图强。依我屡屡的生命经验来看，一个病者、残者，其苦闷，并不全在残病，主要的，是随之而来的价值失落。唉唉，这人形之器呀，可真是麻烦！昨天你还是全须全尾，美轮美奂，诱人耳目，鬼知道怎么一个闪失，形残器损你就成了处理品，等外品，劣质品，众人对你的注目再具善意也超不过哀怜。这样的感受让人憋屈。这样的感受最易催人奋起，闻鸡起舞，枕戈待旦。而一个决计奋起的人最容易想到的你猜是什么？是写作。譬如某部电视剧中的一句台词："实在不行了我就去当作家！"作家，名利双收，最是此一带为人仰慕的行当；以此来弥补残缺，提升价值，又最是一项回报快捷的投资。因此，丁一有了一段不算太久的写作生涯。

他先写了两篇小说，封了又封，寄出去。没回音。

他又写了几组诗歌，抄了又抄，给人看。没反响。

身上有"癌"，心中有"诗"——丁一从镜中观察自己，连我都被他感动。我给他开心：中医说，你这身上所以长"癌"，就因为你这心里有"湿"。我原是好意，觉此谐音未必不是吉兆，没承想这小子急了：你他妈才"湿"呢！然后把笔一扔，又满街疯走去了。我追着他，跟着他，央告他：得得得，算我瞎说，咱还是回家写"诗"得了！

这一回他写了出小戏。这一回他写自己。他把自己写得有点像约伯。他把约伯写得乐观，坚强。他的主人公念念不忘的一句话是：我们一定要成功，我们一定能够成功！

约伯可是这样的？

那我不管。

上帝可曾许诺给约伯，"你一定能够成功"吗？

那随他便。

况且什么是成功呢？成功什么？

管他成功什么，首先你得成功。

然后呢？

哎哟喂，你可真他妈啰嗦！

然而没过多久，此丁真的获得了一次不大不小的成功——有位老导演看了他的剧本，备加欣赏，连声赞叹："英雄！典范！真正是身处逆境而不屈服的典范哪！"随后一家小剧团也表示："如果能够得到赞助的话,我们愿意把该剧本搬上舞台。”结果还真有人赞助了:“是的是的,我们没理由不支持他这种精神,我们没理由不赞美这一时代的强音!”

丁一乐坏了。

丁一都快乐晕了。

初战告捷,此丁数夜难眠。首先想到的是那曲“流氓之歌”的合唱者们,应该给他们都捎个信儿去:怎么样各位,我仅仅是那样一首歌能唱完的吗?他又一个个地想象着那些“红绸”“红缎”以及熟人们的表情:一个个掉转的身影忽然僵滞,一双双躲闪的目光顿时惊呆……啊啊,这可真是再好也没有的感觉了!

真是做梦也没想到,数日之前我们还在那些昏暗的迷宫里奔走求告,承受着五颜六色的光照,吞饮着五颜六色的液体,变幻着五颜六色的面容……如今却坐在这五颜六色的排演场上了:五颜六色的灯光,五颜六色的道具,五颜六色的布景,五颜六色的美女如云!看着那么多人为他的剧本忙前忙后,被他的文字调遣得不亦乐乎,连我都不免对此丁刮目相看了。

怎么样哥们儿,我瞎说吗?他得意洋洋地从镜子里看我。

我不能不承认此丁的戏剧才能,但眼前的景象却让我想到另一出戏剧:《浮士德》。

《浮士德》,丁兄可还记得?

当然,咋了?

那个赌,最终是浮士德赢了呢,还是摩非斯特赢了?

他一脸的不屑:你管他谁赢了呢!

好吧好吧,就先不管。但我发现,很快,丁一的兴趣就不在戏里了;东张张,西望望,他的目光早都转移到那些女演员身上了。唉唉,我也是糊涂:一边是天生情种,一边是美女如云,结果还用我去发现吗?

估计我又得一边待着去了。谁能埋没这天赋情种的天赋?谁能压抑这年轻生命的年轻？谁能阻挡这浩荡春风的浩荡？行了，我心说瞧着吧，好戏真的是要出台啦！

40. 春风浩荡

病算什么？春风不可阻挡！

再说了，什么叫乐观，什么叫坚强？（以及什么叫欲望，什么叫情种，什么叫鲁莽和愚顽？）而且，乐观和坚强说到底是打哪儿来的？告诉你：春风浩荡！

春风浩荡，就好比荷尔蒙禀领了创造的使命。枯疏封冻的季节，那丁就像在老祖母膝前玩耍的孩子，问这问那，唯唯诺诺，或偶尔随我一同张望夏娃，牵念伊甸，本本分分如同聆听一个久远的传说。然而春风一动，立刻大不相同：天空明媚畅朗，荒原豁然辽阔，绿草茵茵，繁花星布……似只一夜间这丁就变得强悍起来，思绪张狂，浪想蹁跹，哪里还由得了我？纤巧的萌芽亦昼夜成长，或早已于寂寞中悄然开放，蠢蠢欲动，屡屡昂扬。况且美女如云，美女如云哪！——诱人的消息阵阵袭来，常令此丁夜得欢梦，昼有芳思。这思这梦，弄得我也是若惧若盼，寝食难安。丁一呢，更是兼惊兼喜，欲罢不能。

那只野牛好像又站起来了！

忍耐些吧，我说他，你的病，你的病啊！

病？那丁笑道，病是好忍的吗？病是忍好的吗？况且……

况且啥？

他不说。不说我也知道：况且的是这良辰将至，美景欲来！恰是这良辰美景让丁一由衷地感到了死的遗憾。他在心里对我说着：我才来呀哥们儿，怎么能就走呢？他心里对我说着：我盼了多久啦呀，兄弟你该知道！他心里对我说着：就这么死了你说我冤不冤？我还从没真正经历过春天呀！我还不知道她们在哪儿，我还不知道她们是不是真的在那儿，倘若就这么死了，我就永远也不会知道她们是不是真的了，我就会以为她们压根儿都是幻影啊兄弟！

唉，可怜的丁一！唉唉，你这情种！这丁一的荒原，这荒原的春天，这春天的风啊！我理解你，兄弟！

但我还是劝他：忍耐些吧哥们儿，有些事是需要等待的。

等待，等待，还等待个啥吗？

忘了吗，那个隆重的时节？

什么隆重的时……时节？

夏娃，夏娃她还没有来呀……

那丁怏怏。那丁郁郁。那丁自知不便反驳我，唯眼巴巴张望春光四溢，张望那日胜一日的绚烂与妖娆。（透露个秘密吧：在童贞的丁一，连梦都梦不见确凿女人——尤其是最为诱人的那一带，更总是云遮雾绕，一片神秘。）

此地有句民歌唱道：大青石上卧白云，难活莫过是人想人。

也许，我就放他一马？

也许我就随他去吧。

那样的话，不管什么时候离开他，我也都算对得起他了。

41. 别人

但是夏娃呢，夏娃她在哪儿？

我仍自牵念夏娃。夏娃她正途经何处，譬如我已抵达丁一？

夏娃没有地址。她一向不留地址，唯一的消息是：夏娃藏于**别人**。

人山人海的深处。熙熙攘攘的街头，或悄无声息的室内。一切可能的路上。山间，旷野，风雨中，骄阳下。颠簸的车厢或夜行的航船。某一处空间,某一种情绪,空间和情绪所牵连铺陈的历史里面,或牵连铺陈的历史正在造就的一个点上、一种时刻……夏娃她必定**在**着。

因为我的思念,夏娃她必定在着。

因为我的寻找,夏娃她必定在着。

因为千千万万的**别人**,所以夏娃她在。

自从伊甸分手,自从那无花果叶飘然而至,遮蔽了我们的信物,抑或其实是遮蔽了爱恋者独具的语言……我们就成了别人。

我们都成了别人,因故我们生生世世地互相寻找。可我们的寻找,又总是被千千万万的别人所隔离,所遮蔽,所阻挠。别人?啊,就比如我和丁一曾见的那一盏盏陌生的目光,那些指指点点、嘁嘁低语和哧哧窃笑。但不止于此。别人,无处不在。在墙的两边。在心的别处。在服装或表情的外面。在微笑之难以察觉的深处,或语言中另有他图的方向。在梦中,甚至躲藏在梦之幽暗的角落……

譬如在一个夏日的傍晚,一棵大树下,幼年的丁一曾跟一个小姐姐玩得快活,玩得满头是汗,浑身是土,天上地下洒满童真无忌的欢笑。但是晚霞慢慢褪去,亮起星光。大人们说:“不玩了,该回家啦!”听话的小姐姐于是投身在大人怀中。可丁一意犹未尽,丁一又跳又喊:“不,不! 我还想再玩一会儿!”大人们微笑道:“明天,明天好吗? 现在得回家睡觉了。”睡觉,这算理由? 丁一继续喊叫:“不! 就现在,今天我不想睡觉!”难道有什么事比这个小姐姐还要紧吗? 但小姐姐却已牵着大人的手离开,笑眯眯地回头看他。无奈并着焦急,年幼的男孩抓住唯一的希望:“那就明天,明天咱还玩儿,行吗小姐姐? 我还在这儿等你!”小姐姐看看大人的脸色,大人代她回答:“好呀,明天。”但是明天,丁一早早地来到大树下,等着晚霞升起,等到晚霞淡褪,一直等得星光满天,哪里还有什么小姐姐? 只有漫长、空落的孤单。于是乎我和丁一再次看见了**别人**。别人，谁也没把明天放在心上。别人在另外的心情里。

再譬如一个安静的中午，家门前那条小街上，少年丁一独自玩着弹球。小小的玻璃球五彩缤纷，晶莹剔透，是奶奶刚给他买的。他还不太会玩。以前总是站在一旁看别人玩，心存向往。现在他独自玩得快乐，一个碰击一个，不敢太用力，生怕碰坏了哪个。这时来了个大孩子。大孩子惊讶于丁一怎会有恁多崭新又漂亮的弹球，便提议跟他玩一回。"真赢的！"大孩子说。"别别，还……还是假赢吧。"丁一对自己没什么信心。大孩子说："那有啥意思？你找傻瓜玩去吧！"丁一抱紧那袋弹球，犹犹豫豫。我说过此丁生性怯懦，却又要脸面。"想个屁呀你，到底玩不玩？""那好吧……"接下来的事就非常简单了：安静的中午依然安静着的时候，丁一已经输光了全部"财产"。小街空荡，细长，大孩子快乐地回家去了，少年丁一睖睁着站了一会儿，而后做出一个自以为顺理成章、实际却荒唐透顶的决定：让奶奶去找那个大孩子把自己的"财产"要回来。奶奶说这不合适，奶奶说："我再给你买行不？""不行，我就要我的那些，我不要别的！"丁一跳着脚喊，心里全是自家那些弹球各不相同的好模样，一个个都似与他血肉相连。奶奶只好去，并且真的把那些弹球要了回来。却不料这竟是一次永远的耻辱——"看呀就是他，他就是丁一！""就是他，输给人家的东西又跟人家要回来！""没错儿，就是他。""哦！哦！给他一大哄哦……"这样的嘲笑和鄙视，在丁一的少年时代轰鸣，震荡，传扬，挥之不去，并将在我们以后的历史中深深地刻下两个字：**别人**。

还有什么？还有，譬如在史铁生的"写作之夜"，当我与一个似真似幻的男孩一路同行时，我们心里也曾像少年丁一那样永久地刻下过那两个字：**别人**。

那是个融雪时节，冬日晴朗的早晨，那男孩抱着他平生最初的画作，冒了严寒但是满怀热情地走向一座美如幻梦的房子，去找他心仪已久的女孩，要把这最初的得意之作拿给她看……"嗨，你怎么来了?”那女孩说:“你本来是想去哪儿呢?”女孩的意思是:你真是特意来找我的吗?“当然是呀!”男孩心说这还有什么疑问吗?但那房子里面的布置令他目不暇接,竟致忘记了怀中的画作,忘记了此行的本意。女孩快乐地领着他在迷宫似的房间里走,在宫殿般的厅廊中穿行。走过一排排肃穆的书柜,走过一盆盆安逸的鲜花,推开一扇扇房门,推开一扇扇房门里面的又一扇扇房门,走过松软的地毯,走过冰凌灿烂的高窗,走过地板上一方方曚昽的日光,以及那日光中隐约的琴声……在那个冬天的早晨,我,或者那书中的男孩,走进了一座我们梦所不及的**别人**的家。可不知怎么,却似有走进了一种虚拟的离奇并惧怕:富丽但是空冷,优雅但是压抑,宽阔却又仿佛壅塞……或许是因为,那美丽空旷的房子深处忽然响起了一个声音——**别人**的声音,抑或执意要分化出**别人**的声音:“喂,你怎么把他给带进来了?……谁让你把**他**给带进来的?……好了好了,以后再也别把他们带进来了……”于是乎在那个晴朗的早晨,抑或竟是千年不绝的心之暗夜,注定要有一颗童真的心撞见**别人**,注定会有一个纯情的梦,惊醒于别人。所以,当我或那书中的男孩走在回家的路上时,便还是孤单地抱着那幅稚拙的画作——也许是他忘了,忘了自己原本是要去干什么了,但也许我们并没有忘,只是忽然觉得那幅画作太过平庸,在**别人**的心情里不会有什么位置……

不过呢,最让我们感受到“别人”二字之丰富与神秘的,是我至今也没弄清楚丁一为什么要管他叫姑父的那个老头。

42. 姑父

这老头,自打我来到丁一我们就叫他姑父,以至于少年丁一以为,凡与之相仿的老头我们均当称其为姑父。

那就还叫他姑父吧。

姑父曾经并不很老，孤身一人住在丁家对门，即我和丁一最初与世界相遇的那条小街的另一边。姑父所以让我们感受了“别人”的丰富与神秘，头一个原因是，母亲总不大愿意丁一到他家去：“你倒是瞧瞧，**别人**谁去？”第二个原因是，倘若姑父家偶尔来个客人，邻居们总要满腹狐疑地互相打听：“来的谁呀？什么人？”姑父碰巧听见了，便一律搪塞道：“咳，都是为了些**别人**的事。”再一个原因，姑父屋里总挂着一幅陌生女人的照片，有回丁一问：“这阿姨是谁？”我以为姑父一定又会敷衍说是别人，但是没有，姑父沉吟良久，庄重地把那照片掸一掸、扶一扶说：“这是位烈士。”

烈士！丁一回家把这消息说给父母，父母听了甚是纳罕。

父亲问母亲：“烈士？不都说他是叛徒吗？”

母亲说：“男的是叛徒，女的就不兴是烈士？”

“谁呀？”丁一问，“谁是叛徒？”

“小孩子，甭打听！”父母大人齐声呵斥。

这事就此告一段落。少年丁一不及细想，唯懵懵懂懂地感到姑父必跟某些戏剧或电影有关。但此后他还是背着父母，常到姑父家去——那老头会讲故事。

姑父的小院里只住了姑父一家，或不如说只住着姑父一个人。院子里有好几棵树，石榴，腊梅，丁香。三间向阳的老屋里大盆小盆地尽养些花花草草，花草之间唯一床、一桌、一凳。我记得有一棵铁树，夏天摆在外头，冬天抬进屋里；姑父说，这宗东西多少年才开一回花，伺候不好，赌气它一辈子都不开。还有一种叫昙花，姑父说一人一路脾气禀性，这花开倒是开，可每次只开个把钟头，要是半夜里开你就得瞪着俩眼等它，一不留神睡着了，得，睁眼看时它已经谢了。在丁一跟姑父一起在那老屋中盼着铁树开花或等待昙花一现的时日里，姑父给我们讲了很多故事。甚至可以这样说，从童年到少年，丁一知道的故事，少说有一半是从姑父那儿听来的。

43. 魔术

在姑父讲过的故事里,最是一个涉及魔术的故事让我难忘。

那天丁一和姑父坐在院子里。那天没有什么特别的花要开,姑父很闲在,说:“我给你讲个故事吧。”

不过呢,姑父又说,这也许不能算故事,这是件真事。

你要是不信呢,姑父说你也完全可以不信,“但这确实是我亲眼得见。”

姑父年轻时在E城读书。E城倚山面海,景色迷人。一天姑父出门闲逛,走到一家剧场门前,见个伙计正扯着嗓子吆喝:“快来瞧快来看呀! 享誉欧美的华裔魔术师(什么什么斯基或是什么什么斯坦,姑父说他记不清了)回乡祭祖啊,要在本剧场做一次精彩绝伦的演出啦!”“只此一场啊! 机不可失,时不再来呀!”姑父抬头,见海报上闪电般八个大字:鬼神莫测,瞠目结舌。姑父问那伙计:“什么内容?”伙计摇头:“不知道。”姑父说:“不知道你就敢这么吆喝?”但姑父还是买了两张票。

演出晚上七点开始,姑父与其同窗好友X提前几分钟到了剧场。剧场本来不大,倒有近半数座位空着。

姑父说那兵荒马乱的年头,能有这样的上座率已然不错了。

七点钟,台上毫无动静。再等一会儿,大幕依然紧闭,台下“嘁嘁嚓嚓”有些议论了。姑父看看表:七点十分。观众席里有人问了:“这魔术师到底哪国人?”有人答:“据说是华裔。”有人摇头道:“一个中国人,非起这么个拗口的名字!”有人说:“洋嘛。”也有人说:“入乡随俗呗。”又有人说:“什么入乡随俗,简直是数典忘祖!”

七点二十分,台下有人抗议了,有人把果皮往台上扔。

又过了一会儿，剧场老板急慌慌走到台前，向观众道歉，说是这位什么什么斯坦或是什么什么斯基久居海外，此番初到E城，大概是被这儿的风光迷住了，忘了时间，此刻正从海滨往这儿赶呢。台下就有人喊："他不会是个骗子吧？"又有人挖苦说："他小名儿不会是叫个锁儿、柱儿什么的吧？"老板摸不着头脑，连连鞠躬："不会不会，兄弟担保，绝不会的。"台下一阵哄笑，冲着老板来了："那你呢，谁担保你不是骗子？"老板一把一把地甩汗，鞠躬，赔笑脸，说好话："兄弟经营这小剧场也有些年了，在座的好些都是熟人，朋友，在下以人格担保，据说……据说这位魔术师确实不同凡响，各位不妨耐心稍等，毕竟机会难得……"不等老板把话说完，台下已经有人喊着要退票了："据说！据说！就凭据说让咱们瞠目结舌？"

姑父的同窗好友X有些耐不住了，说要到外面过过风去，里头闷死人了。姑父说："要不要我陪你？"X说不必，说他一会儿就回来。

可X前脚出去，后脚就传来消息：那个什么什么斯坦或是什么什么斯基到了。

姑父出去望了一回，到处不见X的踪影，这边大幕已然徐徐拉开，姑父赶紧跑回座位。

魔术师走上台，果然是黄皮肤黑眼睛黑头发。他整理一下燕尾服，向观众深深一鞠躬："对不起，真是不好意思，敝人迟到了半小时。"他举举腕子上的表，"不多不少，整整半小时。"

姑父也看了看表：七点半。

魔术师在台上踱步，介绍自己，说他不仅是中国人，而且E城就是他的老家，但他生在异国长在他乡，此番是头一回得见故土。他说，从他的祖父往上不知多少代，曾经就在这儿生活，捕鱼为业。"真是百闻不如一见哪，"魔术师说，"这世界我也差不多快走遍了，很少有像E城这样迷人的海滨！所以嘛流连忘返，迟到了半小时。”说到这儿魔术师站住，愣了一会儿。

姑父说就这会儿，他注意到舞台灯光好像跳了一下，随后就暗淡了些。

魔术师一边作揖一边又说：“不过呢，我忽然想起今晚是要为我的父老乡亲们演出，这怎么可以怠慢？所以我立刻跳起来就往这儿赶。”说着又举腕看表，“还好还好，一分钟也没耽误，各位请看，整整七点钟。”

众人纷纷看表，满场惊嘘。

姑父说他也看了表，真的，“真的又成了七点整！我亲眼看的那还能错？”

惊嘘声稍落，魔术师继续滔滔不绝，大意是：E 城的风光着实迷人，山青水碧，海天一色，沙滩是那么干净那么松软，阳光又是多么明媚多么温柔……魔术师闭上眼睛，在台上慢慢踱步，嗓音清朗圆润：“躺下去，躺下去，四肢伸展，面向蓝天，任海风和阳光抚遍你的身体，你就像儿时睡在母亲的怀中……啊，四顾无人，天地唯我，浪涌有声，风飞如幻，海水微咸沁人心脾，白云苍狗似从远古飘来……”继而，魔术师二目微开，“我忽觉一阵眩晕，一时物我难分，仿佛自己就是那云，就是那浪，就是那风，就是那极目所见的一切……”

姑父说：“错不了我记得清楚。”这时舞台灯光又是一跳，恢复了原来的亮度。

魔术师踱步台心，继之席地而坐，口中念念有词，声音忽似缥缈，仿佛远不可及：“就这样，我躺在海边，浪之侧，风之中，云之下，躺在天地之间，躺在宇宙的一个角落……就这样我把一切都给忘记了，把今天晚上的演出也给忘记了，所以，所以呢……”

就当观众似醒似睡、懵懂如在云缠雾绕中时，突然，剧场灯光大亮。

魔术师微笑着站起身说：“所以非常抱歉，我还是来晚了。各位请看表，七点半，确实是七点半，我整整迟到了半小时。”

全场愕然，鸦雀无声竟达半分钟之久。

而后掌声雷鸣。

掌声雷鸣之际，姑父的同窗好友回来了，诧异道：“怎么着，完了？”

姑父说：“瞧你这几分钟耽误的，偏这会儿出去！”

X一愣：“什么你说，几分钟？”

姑父把表举给他看。

“不可能！”X瞪大了眼睛惊叫，“这不可能！”

但没有人顾得上X和姑父。魔术师一次次登台谢幕，欢呼声经久不息。

姑父说，这是他所见过的最为离奇的魔术。

姑父说跟这个魔术比起来，别的都是雕虫小技。

“说真的，”姑父说，“若非我亲眼得见，谁跟我说我也不会信的。”

姑父讲罢，弯腰闻一闻身旁盛开的夜来香，而后端坐，凝眸仰望再不出声。姑父的眸中是一轮明月，继而是月光下的那幅照片，和照片上的那个女人。我至今还能记得姑父那一刻的神情：谦恭，敬畏，又似无比坦然。

44. 寻找夏娃，与三点警告

这个魔术，不过是个小小的插曲。而**别人**，才是我的忧虑，我的迷茫，我的困苦。更何况，丁一此时正在那些漂亮的女演员中如鱼得水，乐不思蜀。

我提醒他：夏娃呀！夏娃，你还记得吗？

我提醒他：夏娃没有留下地址，夏娃她藏于别人。

不过我又得安慰他：别慌别怕，自从我来到你，自从我们结手同行，丁一呀我们就走进了无所不在的别人。

我安慰他：可这正是我们的路啊丁一！自从离开伊甸，我们就只好在这样的路上走了，只好在这样的路上去寻找夏娃。

可是谁来安慰“写作之夜”中的那个男孩呢？谁去安慰我们叫他姑父的那个老头呢？或者，其实我也并不能够安慰丁一。还有夏娃，谁来安慰她呢？自伊甸一别，夏娃她已经走到了哪里？

哎，这山海一样辽阔的别人，这天地一样遥远的别人，这时光一样走不尽的别人呵，便是亚当和夏娃已失乐园的证明！因而，我只有对丁一说：此时此刻，以及永远的此时此刻，都是我们寻找夏娃的时间；别处，以及别处的别处，都是我们走向夏娃的道路。

但是有三点警告，丁一你要记下。

丁一你要记下，历来，这寻找的难点都是什么：第一，唯当你找到夏娃，你才能认出她不是别人，而此前她与别人毫无二致。第二，你不能靠展示上帝赋予你的信物去昭告她，不能滥用那独具的语言来试探她——就譬如，人是不可以试探神的！丁一我提醒你这是重要的，否则你将在这横亘如山、浩瀚如水的别人中间碰得焦头烂额（看样子他并没在意）。但是第三，丁一你听着：最终我们又必须靠这信物，靠这独具的语言，来认定那伊甸的盟约！

我所以要给丁一如上警告，大致是出于两种考虑。首先，此丁情种，我早看穿他决心活下去的动因根本是什么，你以为真的是乐观与坚强吗？不，根本还是欲望，所有的信誓旦旦多还是由于那一个“情”字！而这“情”字，能否终于走向爱，尚未可知。其次，心魂并无性别。或者说**心魂并没有性，心魂只有别**。这永远的行旅只是出于孤单，这孤单的心魂只是期求着与**他者**的团聚。只不过是因为这行魂需要载体，需要身器，这才有了性别。性，从来是身的标识，身的吸引，只是为了彰显其别和召唤团聚，而得自于上帝的赋予；那凹凸迥异的花朵因而好比是信物，是暗语。然而麻烦也就出在这儿：身器的彰显有时竟会埋没掉心魂，身之诱惑，竟至比魂之召唤还要强劲了！性的吸引，常致本末颠倒，欲念横生的花朵反会置心魂于不顾，自得其乐，自行其是，以至于身魂牴牾——身与魂相互折磨！丁一一带这样的故事屡见不鲜，我不得不早有提防。无论结果如何，无论此丁终于是乐不思蜀，还是痛不欲生，我总不能再让他毁了我的这一次旅程，不能再一次错过与夏娃的团聚。

45. 身魂牴牾

何谓身魂牴牾？比如说吧，我爱上了A，可丁一偏偏看上了B。比如说我终于找到了夏娃，可丁一却不喜欢夏娃的此一居身。又比如丁一看上了某一美轮美奂之身，而我却发现，其实那里面并无夏娃。

再比如此地常闻痴男怨女的哭诉："我知道他（她）不爱我，可我离不开他（她）呀！"什么意思？为什么离不开？再比如："他（她）简直是个坏蛋，恶魔，我知道我知道，我知道我应该离开他（她）可我做不到啊！"谁知道？谁知道应该离开，又是谁做不到？以及为什么做不到？所有这类事端，莫不是因为身魂牴牾，以致心折磨身，身戗害心。千古寻觅的路上，半途而废的梦愿或毙于路边的情魂，莫不是这样的死因。

46. 孤单

问题在于：别人，不单是你的惧怕。惧怕，是因为向往，否则不会惧怕，否则无所谓别人，否则你对别人视而不见。向往，所以惧怕。而这向往，最显著的一个缘由还是：夏娃藏于别人。

早在丁一幼年，我已借助他懵懂的目光一遍遍张望夏娃的行踪了——张望别人，张望任意的女孩，所以丁一从小就有了“情种”或“好色”的名声（以及后来那残酷的称号）。——如是行径，我在史铁生时也曾有过。比如我在他的“写作之夜”，就曾望见夏娃正途经一个漂亮却愁苦的女孩，见她正像我在丁一一样感受着孤单与迷茫。那时，夏娃同那女孩正如影随形地走在夕阳里，蹲在草丛中，像我和丁一一样茫然四顾——想必也是怀着同我们一样的心情在张望别人吧。她是谁？其姑且之名为“O”。她曾在那史的“写作之夜”做短暂停留，以后不知去向。

我借助丁一张望别人。

我借助丁一的张望别人，而张望夏娃的行踪。

那便是孤单，是孤单的与生俱来。

我猜所有的人都是一样。因为“后来，上帝说：人单独生活不好，我要为他造一个合适的伴侣……”（《旧约·创世记》）

比如有一天你不得不离开母亲，那就是你眺望上帝为你许下的伴侣的时刻。

那一刻，孤单得其证明。

那一刻有限的目光眺望无限的别处，猜想夏娃的音容。

记得那一天春光明媚，母亲答应带我们出去玩。我和丁一耐心地等候，在母亲忙乱的脚步间梦着远方，相信母亲把一项项家务都忙完就会带我们去。去哪儿？或许就是那神秘远山的后面，或许就去那美妙的飞霞之中？懵懂的丁一望着太阳，看它从早晨走到中午，从烈日变成夕阳，以为盼望必然会在某一瞬间变为现实。但是母亲把她的诺言忘记了。母亲一直在洗衣服，洗呀洗呀，洗呀洗呀，直到太阳的光芒从山顶渐渐收敛，直到我从那懵懂并快乐着的丁一中猛然惊醒——与我在史铁生中的初次失望毫无二致：“周围的光线渐渐暗下去，渐渐地凉下去沉郁下去，越来越远越来越缥缈，我一声不吭，忽然有点儿明白了。我现在还能感觉到那光线漫长而急遽的变化，孤独而惆怅的黄昏到来，并且听得见母亲咔嚓咔嚓搓衣服的声音，那声音永无休止就像时光的脚步。那个礼拜日。就在那天。母亲发现男孩蹲在那儿一动不动，发现他在哭，不出声地流泪。我感到母亲惊惶地甩了甩手上的水，把我拉过去拉进她的怀里。我听见母亲在说，一边亲吻着我一边不停地说：'噢对不起，噢，对不起……'男孩蹲在那个又大又重的洗衣盆旁，依偎在母亲怀里，闭上眼睛不再看太阳，光线正无可挽回地消逝，一派荒凉。"（史铁生的《务虚笔记》）那天，就在那天，正当丁一依偎在母亲怀中之日，却是我发现自己正在脱离母亲之时。那一刻，丁一或仍懵懂未醒，而我已开始张望远方，张望夏娃，在由亚当延续而来的梦想中思念她，猜想她，寻觅她……

一切都是那一次告别伊甸的后果，以致这个名叫丁一的男孩不可避免地也将卷入这恒久的折磨——是谁想出这折磨的？是爱。光阴漫漫，远山和飞霞也似孤单。因而我和丁一（以及任意的男孩）由衷地感到，一个人真实的处境是：形单影只。

丁一哭泣着把头埋进母亲怀里时，我飘然而出，恨不能"上穷碧落下黄泉"，恨不能"上天入地求之遍"。并且我相信：设若夏娃之旅曾一度途经O，那么无论何时何地，这便也是O的心情；如果夏娃之旅已经离开O，行于别处，延伸至任意的女孩，那么不管她是谁她必也会像我一样地张望，为了当初的分别与盟约，而一如既往，寻觅终生。

47. 性征

距离，或者差别，是上帝开天辟地的根本方法——唯此才可能展开一条道路。分离，然后寻找，是上帝创世之首要意图——唯此才可能维系这一条道路。使其千姿百态，使其柳暗花明，使其顾盼屡屡、思念频频……这道路才可能传扬爱的消息。就好比一个明智的父亲，见子女在家中养尊处优终日无所用心，恐其年华虚度，便要他们出门远行去寻一处宝藏。宝藏在哪儿？宝藏不是别的，正是寻宝的这一路恒途。

为了差别，上帝分开昼夜，分开天地，分开陆地和海洋，分开日月星辰，分开植物与动物，分开动物与人。

为了差别，上帝使人以亚当、夏娃之名分身为男女。

为了他们的相互寻找，上帝赋予他们不同的标记——凸起的和凹陷的信物，或语言。因为一旦这美妙的凹凸吻合，上帝希望那便是心魂践其盟约、天地成就其团圆的时刻。

“金风玉露一相逢，便胜却人间无数”，你到田野里去看吧，到大自然中去看吧，你把天涯海角、大漠长河都看一个遍吧，所有的生命都有着类似的标记，所有的生命都来自同样的“第一推动”——欲望！雄性的，雌性的，凸起和凹陷的花朵昼夜成长，相互思念，翘望终生！那都是情的煎熬，那都是爱的嘱托，都是焦灼的寻找与等待。等到一年或一生中最为隆重的时节，翩然入梦，不惜耗尽毕生之精华，迎风呼喊，沐雨长歌……然后蔫萎了，枯瘪了，留下 DNA 所记录的遗愿，生生世世、生生世世地传扬，在不尽的光阴中继续那一条永远的牵情之旅、向爱之途。

但是但是，单有不同的标记怕还不够，务使那不同的标记相互渴望，务使那相互渴望永不枯竭，永不疲倦才好，否则如何能构筑无限的前途？你看那山间草莽中的畜类，肆无忌惮地凹凸相见，因而独具的语言用滥了，天赋的信物遂不成表达，盟约废弃，庆典流俗，一条意趣叠生、激情不尽的寻觅之旅忽然弯曲成一道鬼打墙，再难有爱的消息传扬，单剩下繁衍、繁衍、繁衍和繁衍这一项不见天日的劳役。有鉴于此，伊甸门前才有那两片无花果叶飘然而至，遮挡住两朵不同的花。这样的遮蔽或禁忌是必要的，是上帝为心魂的寻觅设下的吸引，为一条美妙的恒途预置的保障。“金风玉露一相逢”只怕还是偶然，金风玉露**欲**相逢——这才好，这才好，这才会有风流千般，妩媚万种，寂寞的宇宙才会神采飞扬！

在这样的谛听和领悟中我与丁一相伴成长。我和丁一再也不会、或再也不敢赤身裸体就跑到街上去，让那朵前途无限的萌芽徒然翘立。我们理解了，或者是顺从了那些曾经逼视过我们的目光，那些指指点点和哧哧窃笑。我们穿起衣裳。我们长大成人。我们甚至懂得了打扮，噢对了——包装！

48. 衣与墙

因此，此地多有制衣业；冷与不冷，人们总要衣袍加身。同理，造墙业亦发达昌盛；无风无雨，人们也要立墙以蔽，筑屋而藏。久之又成习俗，或为公约、规则——光天化日之下务须衣冠齐整，四壁遮挡之内方可随心所欲。比如做爱，既须去衣而为，故务当蔽之以墙——丁一一带便明确称之为“房事”“行房”“同房”甚至“房中术”，即是说：此等事件，非于房中而不可以为之。

非于房中而不可以为的原因，雨骤风疾之日容易混淆，风和日丽之时就看得明白，那绝不止于防范自然事件的侵袭，根本是为了抵挡**别人**的耳目。因而，四顾无人处亦利“野合”，须臾无人时也可“偷欢”。这样来看，墙与房并非必须，必须的只是遮蔽——对别人之耳目的抵挡，对他人之心的防范。也可以这样看：四顾无人的空间即是衣，须臾独处的时刻也是墙。据我在丁一一带数十年的经验看，衣与墙的形式繁多，纤维织物不过衣之一种，砖堆瓦砌更是墙的初步。表情怎样，一定没有隐匿？微笑如何，肯定不是躲藏？掌声呢，更是何多敷衍。话语，尤其难免暗道条条。那都是衣和墙啊，都是躲藏，逃避，隔离，防范。譬如丁一的改名，不是衣吗？再譬如我为他圆谎，不是一道无形的墙？

有个名叫罗兰·巴特的哲人明察洞观，竟看出裸体有时也可为衣。比如裸舞，舞者一丝不挂但其实她穿了一件“裸体之衣”！此衣何名？其名舞蹈，或曰艺术。舞蹈或艺术，也可为衣为墙，从而遮蔽了她的赤裸。她以其独具的姿态而为舞者，以特立的心情而行其艺术，从而脱俗，从而非凡，不再是光着屁股。因为剧场这独具的形式，因有舞台、灯光、布景、道具所强调的规则，故令观众忘乎寻常，进入审美，自然而然或不得不承认了她舞者的身份，承认其“裸体之衣”。倘有谁偏看她是赤身露体，光着屁股，那么先生们女士们：是您违背了规则，蔑视了公约，这念头恰恰使您不齿，无碍他人；这行为反倒裸露出您自己的某种邪念，从而使您——而非别人——赤裸无衣。

这真是多么奇异的一件事啊！首先，裸体，为什么可耻？就算是光着屁股吧，为什么就遭耻笑？屁股，以及那道美妙缝隙中的埋藏，堂堂正正的一处组织嘛，人所必备的几种器官，什么原因使它备受歧视，或(其实是)重视？嘴可以笑，齿可以露，何以单单屁股要小心地隐藏？其次，说那“裸体之衣”遮蔽了她的赤裸，那倒要请教了：既已裸体，“裸体之衣”又遮蔽了她可能赤裸的什么？于是第三，是什么，既可化裸为衣，又可以——等着瞧吧——化衣为裸？

丁一日益成长，我渐渐地有些明白：是规则，是公约，是人们的共识或公认。不信你去天体浴场看看，在那儿一丝不挂也可悠然坦荡，谈笑从容，可你要是指出谁是光着屁股，众人决不认你是个诚实的孩子，反会惊讶地看你是那个光腚的皇帝。而在街头，在会场，在一切所谓大雅之堂，莫说一丝不挂，就算聊有一丝半缕(如比基尼)，众目睽睽还是看您精神病，白痴，要么——就像丁一——流氓！什么意思？规则和公约呀，你要服从它！丁一一带的旅行者，我提醒您切记入乡随俗，接受它，服从它，回到屋里再暴露自己的心事吧。关键的一点您要理解：问题不在你穿或没穿，而在你是否像别人一样穿或没穿，在于你能否服从规则，遵守公约，能否从众，以及能否**藏进别人**。

是呀，藏进别人即告平安。所以夏娃藏进了别人，是吗？所以少年丁一曾苦恼于父亲有如红海洋中的一缕异色，是吗？所以此地有句俗语：不肖子孙——不像你的前人，那就是坏孩子！所以“异端”便是“邪念”。所以，你又不能光靠衣冠楚楚来藏进别人，还得靠“心思楚楚”去藏进别人！衣冠楚楚未见得总能藏进别人，衣冠楚楚不过也是为了标榜“心思楚楚”。你的屁股露与没露，其实并不当紧，关键在于你的“心思”藏与未藏。所以你可以衣冠楚楚藏进浩浩荡荡的衣冠楚楚，也可以一丝不挂藏进成群结队的一丝不挂，但不可以相反。你要是一丝不挂地走进了众多衣冠楚楚，你自然是可耻的一丝不挂，但如果相反，你衣冠楚楚地走进了众多的一丝不挂呢？对不起，你还是可耻得仿佛一丝不挂！怎么回事？我露出了什么？屁股，以及与之有牵连的东西不都已经藏好了吗？但是，你露出了你背离规则的行径，露出了你轻蔑公约的态度，露出了你不肯屈服于公认的“异端邪念”！所以，其实，衣也无须乎衣，墙也无须乎墙，只要遮蔽！而且，要遮蔽的主要不是肉体，根本是你的欲望，你由衷的心愿，你自由的向往！

夏娃啊夏娃，这可就难了，这可让我如何能认出你——尤其是有那三点警告？

墙为何物？衣自何来？夏娃呀，咱怎会落到这步田地？怎会如此地害怕了赤裸，如此地相互躲藏？曾经，我们是何等地无遮无蔽、坦诚相见呀！夏娃你可还记得吗，在伊甸，我们是多么自由，不知羞耻为何物，我们的欲望，我们的心愿，花一样开放得绚烂，云一样游走得坦然，雨一样尽情飘洒，空气和光似的无处不在，哪里是现在这样拘谨、警惕？这样躲躲藏藏，担惊受怕！

49. 蛇是怎样诱骗了人的

“他们一吃那果子,眼睛开了,发现自己赤身露体;因此,他们用无花果树的叶子编了裙子来遮蔽身体。”(《旧约·创世记》)

事实上,与夏娃真正的分别,即始于那时。

因为,寻找始于遮蔽。

因为自从起步于亚当和夏娃,永远的行魂无论是途经某丁还是途经某史,都是为了找回自由,找回心魂的完整。

而那分别,全是由于蛇的诱骗。蛇说:上帝所以不让你们吃那棵树上果子,是“因为他知道你们一吃了那果子,就会像神明一样能够辨别善恶”。(《旧约·创世记》)

但这为什么是诱骗呢? 丁一问我, 难道人不应该明辨善恶? / 我吃力地回想,回想: 也许,问题在于,人有没有这样的能力! / 为什么没有? 那丁摇头, 不不,你没能说服我。

这是我在丁一以及在诸多的生命旅程中,久悬未决的问题。

唯当如今我回望丁一,回望那一带的价值虚荣,尤其是我在史铁生遇见了一个可怕的孩子之后,我才有所觉悟:蛇的话不仅是诱骗,而且是双重的诱骗! 首先,蛇知道:人即便吃了那树上的果子,也并不真能像神那样明辨善恶。其次,蛇又知道:人一旦自命为神,则难免凭据人智来划分人间等级,或以自家的好恶而行价值区分,并以此替代神辨的善恶。然而人哪,蛇尤其知道:人因其与生俱来的虚荣心和权力欲,最易雄心勃勃,因而最易听信它的谗言! 结果怎样? 结果必致神的声音渐悄渐杳,而人呢,唯在自己设置的高低贵贱中挣扎,奋斗,抗争,厮杀……

结果善恶反难辨认。

结果怨恨蔓延,歧视泛滥。

结果心魂如宇宙膨胀中的星球，互相越离越远，越离越远却还要“防人之心不可无”。

所以夏娃藏进了别人。

所以夏娃她——言在此世间，人深不知处！

50. 知识树

那棵树，有叫它“智慧树”的，有叫它“知识树”的，我倾向后一种。一是因为智慧难得，知识却与日俱增；二是因为，智慧总是看见人的缺憾、人的罪性，而“知识分子”素来自命非凡。

事实上，蛇的诡计不仅已经得逞，且正与时俱进。——曾几何时，“知识分子”已然意味了一种共同立场，而且这立场不经论证已然代表了正确与光荣，暗示着勇敢或必须勇敢。举个例子吗？好：设若你识文断字，设若你登科中第成就了一两项功名，而你却仍不能勇敢（请注意此地自古而今的一句箴言：武死战，文死谏），依然存留着人性的软弱，或犯着人智难免的错误，就会有人凛然地说你这是：知识分子的羞耻！

这不能不让我钦佩了蛇的知人知面又知心，钦佩它对人的勘察之精准、透彻。

我敢说，丁一就是这样一位“可耻的知识分子”。而且，从来我只知道他憨蛮，诚实，却不知这小子不仅可耻，竟还拒绝以此为耻。

你总不至于以此为荣吧，丁兄？

那当然不。我只是想啊，你勇敢你就去勇敢，你献身你就去献身，因此我尊敬你，但这尊敬并不因为你是什么“知识分子”。

嘘——小点儿声，你这话未必没有“流氓”危险。

那厮便压低了声音问我：那你呢，怎么看？

算啦算啦，你还是少给我添乱吧。

比如献身吧，你怎么看？那厮固执，要让我说呀，献身应当限定为私自的美德；号召别人去献身，我听着就不大对劲儿。他凭什么，凭他是知识分子？再说了，要是再出来一个比你还勇敢的呢，你是不是就成了普通百姓？

嘘——你胆子可真不小。

但我相信，那棵树一定是叫“知识树”。

51. 在史铁生，我遇见过一个可怕的孩子

“那个矮小瘦弱的孩子，他凭什么让人害怕？他有着一种天赋的诡诈——只要把周围的孩子经常地排一排座次，他凭空地就有了权力。‘我第一跟谁好，第二跟谁好……第十跟谁好’和‘我不跟谁好’，于是，欢欣者欢欣地追随他，苦闷者苦闷着还是去追随他。我记得，那是我很长一段童年时光中恐惧的来源……生命的恐惧或疑难，在原本干干净净的眺望中忽而向我要求着计谋；我记得我的第一个计谋，是阿谀。但恐惧并未因此消散，疑难却因此更加疑难。我还记得，我抱着那只用于阿谀的破足球，抱着我破碎的计谋，在夕阳和晚风中回家的情景……”（史铁生的《想念地坛》）

那个可怕的孩子证实了上帝的忧虑。

那可怕的孩子，他获取权力的途径和我为着平安而想出的计谋，是人之罪恶的最初范本。这个范本十分重要，对于我的旅行——无论是途经此丁，还是逗留于那史，可以说都具有决定性意义。

遵循着“蝴蝶效应”，那个可怕的孩子已然成长得无比强大，已然漫漶得比比皆是，以致人间的一切歧视、怨恨、防范与争战中，都能看见他的影子。因而上述引文既是我在史铁生的经历，也是

我于丁一的屡屡遭遇。

“凡有人群的地方,就会有斗争”——此地历史上的一位强者这样说过。还应该说:凡有人群的地方就会有这类强者。还应该说:凡有斗争的地方就会产生这类强者。但是,是这样的斗争需要这样的强者呢,还是这样的强者需要这样的斗争?所以,是否还可以说:凡有这类强者的地方,就会有阿谀,就会有计谋?

还可能有什么呢?

还可能有懦夫。还可能有叛徒。当然还有情种。

我曾听一位强者这样说:“爱吗?那不过是弱者的一种玩具。”此言或不无道理,但也可能是他对自己的判断过于草率——以我之无限并复杂的旅途来看,他未必就不弱。

52. 史铁生插话

那史:“而且,那些强者或那些可怕的家伙,不约而同都会想到从性方面来攻击你,威胁你,以便能够操纵你。性,最是他们喜欢的武器。”

我:“因为那最是你的隐秘,最是你的软弱。”

那史:“为什么?”

我:“因为,性,注定地是需要别人的。或者,爱,最是你孤独求助的时刻。爱情,不可能不是在盼望他者。所以那又最是你的惧怕。”

那史:“惧怕?”

我:“因为你不知道,别人,会是怎样的态度。”

那史微微点头。我还很少见他有这样谦逊的时候。

“甚至,你没有那种事,”那史一改以往的骄横,说,“他们也会编造出那种事来攻击你。”

我笑笑,心说:你可能还没有那种事,但你不可能没有那种盼望。谁也不可能没有那样的盼望。

那史警惕地看看我:“你笑什么?”

我收住笑:“不不,没什么。你说,接着刚才的说,比如谁?”

那史:“比如那个可怕的孩子,他好像生来就知道,性,最是人的弱点,最是你的要害。所以他总是先造些舆论,或散布些谣言,说你一定是喜欢上哪个女孩了,一定是与谁如何如何了,并且举出些莫须有的‘证据’,只要你一脸红……”

我又猜对了:为什么脸红呢?要是你从来就没想过那种事,你干吗脸红?

那史接着说:“只要你一脸红你就已经输了,不管是羞,是气,你都输了。”

“是呀,”我说,“而且不管你再怎么反攻,也都只能是防守了。”

“哈,你知道!”

“为了些莫须有的事你守不胜守,然后你就会怕他,不敢惹他,无论什么事都去附和他,服从他,甚至拥戴他,对不对?我当然知道。”

那史愣了一会儿,摇摇头又似不大服气:“未必吧,你未必全都知道。”

我从镜子里看着他:“说吧,还有什么是我不知道的?”

“有一回我和几个孩子联合起来,把他给制了。”

“把谁?”

“把那个可怕的孩子,那个又瘦又矮、专门会给别人排座次的孩子!有一回我们真的把他给制了,我们也给他排了座次——我们说:‘我们大伙儿,我们所有的人!互相都是第一好,都不跟你好!’那回他可真是傻了一会儿。”

“哈,你们是怎么干的?”

“我们密谋了很久，有点儿像张学良和杨虎城那样，先是互相试探，然后……咳，这你就先甭管了。你猜，后来他怎么着？”

“怎么着？”

“就连屈服，他都是取一种与性有关的方式！他忽然指着一幅美女的年画，对我们当中打架最厉害的一个说：‘以后我第一听你的！现在，你想让我跟这个女的亲亲嘴儿吗？’天哪，你想得到吗？不不，我不是说跟那女的亲嘴儿，我是说他已经反守为攻，又把我们给排了座次啦！大伙都惊呆了，谁都还没来得及想什么，那家伙已经把脸贴在那年画上了！然后他腾出一只眼睛来看大伙，再看那个打架最厉害的孩子，对他说：‘我要不听你的，你就拿这事儿跟别人说去。’你想得到吗？你想不到，轻而易举他就又把我们给打败了……”

53. 亘古之疑

是呀，一直就有个问题：为什么，性，这自然之花，这天赋的吸引与交合，在人类竟会是羞耻？而在其他动物却从来都是正当，绝无羞愧可言？

事实上，自从丁一不慎而成“流氓”之日起，这个问题就开始困扰我了。

证据很多。色鬼、淫棍、破鞋、骚货、流氓、婊子……人类为性羞辱所创造的恶名举不胜举。再比如对那些在性关系上过于随便，或在性方式上不拘一格的人，人们怎么说？干脆说他们不是人，“简直是畜牲！”

言外之意畜牲是怎么做都行的。然而畜牲偏就不争气，世世代代唯传承着一种做法：交配；只看重着一项目的：繁殖。

那么人呢，人当如何？人从来就是偷偷摸摸、掩人耳目地行其性爱的吗？不哇，在我悠久的旅行中，我记得那曾经不仅是正当，而且是荣耀！电闪雷鸣般的交合，狂风暴雨似的倾注，那是强猛，是旺盛，是威仪和美丽啊！从什么时候起不再是这样了？什么时候，以及什么原因，使人丢失了这份自由？什么时候以及什么原因，使人放弃了这份坦荡呢？

啊，伊甸！还是那条蛇，那棵树，那树上的果实！就因为亚当和夏娃吃了那树上的果实，人才看见了羞耻！对了对了，就是从那时候就是因为这件事，一个没有遮蔽、没有攻防，一个不分你我的乐园已不复存在。就是从那时候就是因为这件事，你看见了我，我发现了你，大家都注意到了互相的区别。也就是从那时起和因为这件事，你藏匿起你的心愿，我掩盖住我的秘密；为此我们穿起衣裳，为此我们垒墙筑屋，用衣和墙来**宣布**各自的尊严，用衣和墙来躲避对方的目光，来提醒对方的尊重和警惕……于是乎赤裸成了耻辱，于是乎“人心隔肚皮”——身在咫尺，心在天涯。

是呀，宣布！这一切都是宣布，是暗示，是表达，是话语！

所以，分离与羞耻，无不是语言的肇始。

所以，防范与探问，无不是语言的继续。

（怪不得此地有一本书呢——《绝对隐私》，单凭其书名即可畅销。）

所以呀，在外人面前你要衣冠齐整，举止有度；在熟人面前方可披衣趿鞋，嬉笑随意；在家人面前你甚至可以赤膊，可以哭泣；唯在爱人跟前你才可以袒露心愿，敞开心扉。

所以嘛，敞开，是语言的向往。

因而呢，爱欲，是语言的极致。

说得坦率些：那件最小最薄的三角内衣，是最后的关卡，甚至符咒，它担负着最为关键的遮蔽。——人呀，你要小心：这世上最美与最丑的话语都藏在这里面！（还记得一种残忍的游戏吗？关闭的门中既可能是美女，也没准儿是野兽！）所以，从这最薄最小的衣中，既可能解放出爱愿，也没准儿走漏出阴谋……

啊哈！来此丁一不久，我已看穿斯芬克斯变着花样玩出的这个小把戏：性，之于人，是一种语言甚至是性命攸关的语言！而于畜牲，则除去交配和繁殖便再无意蕴，故而它们无忧无虞，也便无须乎额外的劳累和麻烦了。然而，一向梦想翩跹的人哪，你要是猜不透斯芬克斯的这个谜语，则难免会像不久之后的丁一那样，倒对畜牲的“坦荡”与“自由”心存向往，甚而至于身体力行了。

不过现在，紧迫的问题是：人有种种自由，何故不可以有畜牲那样的坦荡？是呀是呀，没有谁说不可以。当然可以。不管什么事，唯其有过了，便是可以。只是我来丁一毕竟不久，不免忧虑：只怕那样的话就得麻烦你放弃梦想了，以致放弃语言。而且，放弃，是否就够了呢？好像还不够，好像得压根儿没有才行。记得我栖魂猿身鱼体那会儿，就压根儿不说不想也不梦，昼夜无话；有，也只是些吃喝屙撒操的零星信息。

梦，这件事，不是你想有就有，想没有就没有的。

爱情也是。你问爱情有还是没有吗？对不起，一问就有。

语言就更是如此。

你去问问猿鱼犬马吧，无论什么事你去问问它们你就会明白啥叫**没有**了。

依我生生世世的经验看，人间，世上，情况大抵如此，至今没有太多变化。

不过，有一点得说清楚：以上“畜牲”二字，概无恶意。一来呢，对人以外的一切动物，这都是合法称谓。二来，一切居魂之器——肉体、肉身、身体或身器——究其实，都也不过是动物。当然了，“畜牲”二字也可成骂，但那是谴责，是出于对人的遗憾或提醒：你一个心魂俱在之人，怎就管不好自己的动物呢，倒让它做了你的主？——就好比含辛茹苦的妻子痛斥酗酒的丈夫：“你咋就管不住你这张嘴！”——又好比那边的庄稼地里有人喊：“喂！这是谁家的驴,吃了队里的高粱?”

54. 窥视

鉴于看穿了畜牲们的绝无羞耻之虞,我忽又明白了一件事:人的软弱、屈服、惧怕与防范等等,根本的原因是我们向往爱情。否则无所谓。否则你什么感受都不会有,你就剩了肉体——这一份纯粹的畜牲!当然啦,也不会有梦。顺便提一句:快乐与幸福是两码事,快乐仅仅是一种生理反应,猿鱼犬马也有,而幸福,全在于心魂的牵系。

所以我千里迢迢寻找夏娃。——无论是在丁一,还是在史铁生,抑或最初从亚当出发,都是一样。

但是现在,我拘于丁一,夏娃藏在别人,丁一一带又是人人都在衣中,人人都在墙后,眼睛抵挡着眼睛,心防范着心,这可咋办?

“喂,告诉我,你到底是谁?”——嚯,疯子,准是个疯子!

“喂,告诉我,夏娃在你们谁中?”——哼,白痴,甭理他!

“喂,还记得我吗?曾在伊甸?(或‘去年在马里昂巴’①?)”——哈,这傻B!要么就是:哇,臭流氓……

一定是这样。一定会是这样。

因而我和丁一有了一种难耐的渴望——穿透所有的衣和墙,看看那儿到底住的谁?她/他们,是否也有着同我们一样的渴望,一样的向往,并且也跟我们一样不得不藏匿起由衷的心愿?或者,那是谁,也正像我们一样形单影只,四顾张望?

---

① 《去年在马里昂巴》是法国作家罗伯-格里叶的著名剧作,剧中那男人远比我在丁一幸运,他以梦呓般的言词轻易就将那女人从现实唤回到梦中,从僵死的真实唤醒进鲜活的虚拟。

所以我和丁一不断地张望，朝向陌生的人群，朝着一切墙的背后，朝着所有可能被遮蔽的地方……甚至，以黑夜的梦景作为呼唤，以白昼的想象（白日梦）作为祈祷，我和丁一张望复张望……想象那枯寂的墙后的真确生命，想象那呆板的衣内的蓬勃肉体，想象那拘谨之身中的鲜活心魂……想象夏娃的旅程，想象夏娃的抵达，想象夏娃的居身……想象那居身的美妙动人，以及那美妙居身中跳荡着的确凿是夏娃之魂……想象她的安宁与热烈，想象她素常的警惕与独处时的忘情，想象她同我们一样张望着的目光——望穿秋水，梦断天涯……想象她自伊甸至今一向珍藏的信物，或为重逢而默守多年的诺言，想象她为那悠久的盟约而悉心筹备的隆重时节！

然而然而！要么是这张望本就不轨，要么是我错看了丁一——谁料我的梦景却推波助澜令那丁色胆陡涨，我的想象竟助纣为虐，唤醒了他蛰伏已久的窥视欲。

先是在街上，公共场合，人群中的无论哪儿，我发现此丁不时地两眼发直，循其视线望去，极目处必一窈窕淑女，或妖冶女郎。而后在海滨，沙滩上泳装缤纷，浴场中妙体闪烁，丁先生更是周身血涌，目不暇接。再次于家中，独坐桌前，独坐于夏天的蝉鸣中或冬日的炉火旁，这丁常呆愣不语，莫知所思，忽而痴然捉笔，狂抹癫涂——真是让人不好意思，笔下尽是些艳身浪体，纤毫毕露。

我笑他：喂喂，现而今的黄色画报、录像唾手可得，何劳先生用此拙力？

那丁不以为然：那都是死的呀兄弟，你看不出？画报上的全像遗体，录像里的都是幽灵！

此说倒让我悄存快意，或引以为志同道合。

可谁料，有一回，甚至几回，我发现那厮居然偷窥异性沐浴。这还了得！我喊他：嘿嘿，干吗呢你！他甚至顾不上理我，只挥挥手：嘘——别嚷……他居然看得专注。我又喊他：嘿嘿，嘿——他竟不闻，犹自看得痴迷。我说行了嘿哥们儿，还记得你当年的丑事不？他这才怏怏走开。我说真没想到你会干出这种事！他不睬，顾自回味，犹难自拔。我再说：原来你真是个流氓！他脚下仿佛一绊，幻想这才淡去，乜眼瞅我。

什么，流氓？你倒给咱说说，啥叫流氓？

你这样看别人，就是流氓！

为什么？难道你就没这样看过？

没！

我是说在街上，在人群中，在你斜视的目光里，不为人知的角度。

嘿，我心说好嘛，这可是恶人先告状：那是你呀哥们儿！怎么栽给我？

好，那么在心里，梦里，在你的想象中，夏娃她啥样？

他这一问，我倒真有点含糊。

一个老太婆？还是仅仅一身漂亮的包装？

可是，我没偷看！

可你偷想！告诉我，在心里、梦里、想象里，你都看见了什么？

咳咳，您看这小子问的！

我替你说了吧，那丁道，一个美妙动人的女人！可一个美妙动人的女人绝不会止于楚楚衣冠，这你承认吗？

哈，丁一！倒是你来教训我吗？我得反攻：你倒不如像先前那样，到画报里和录像里偷偷地看呢，到海滨浴场去公开地看呢！

那不一样！丁一喊道，似灵机忽通，浴场里哪有真正的赤裸？那儿的人都像你说的，一身“裸体之衣”！要么她们离你很远，傲慢得像一群蜡像，要么我正想挨她们近些看看清楚，她们就跳起来像你一样说我是白痴，流氓，精神病……

你以为你不是？

好好，咱不斗嘴。说实在的，我也早对她们没什么兴趣了——那些海滨上的模仿秀，招摇其实空泛的模特儿，标致其实僵死的所谓人体美，那些漂亮的空壳！单纯的裸体，哥们儿你说是啥？不过皮肤包裹的一块有限空间，丝毫也不能扩展，不能飘缭、动荡，除了裸体你再也看不出别的，除了像裸体她们甚至都不像女人！

这小子真让我吃惊：丁一有可能天赋不凡。

可是一个独处的女人你见过吗？他说，比如一个沐浴中的女人，那绝不一样！她是那么自由，舒展，毫不做作，既柔弱又强大，既优美又真确；柔弱得让你想亲近她，强大得让你觉得可以依赖，优美和真确得让你想要融入她们……而她们又是那样地不加防范，旁若无人，无比的安静中埋藏着难以想象的热烈，热烈却又毫不张扬，时间一样的悠久，沉重，忧伤……时间真是沉重又忧伤啊，你说是吗？但却被她们纳入蓬勃，灵动，纳入绵绵不绝的自在与悠然。她们的眼神，表情，她们的每一部分和她们所有的动作，都在说着一句话……都在说着……

什么？

那丁垂眸，久思不得其句。

这回让我来替你说吧，那句话是：这儿没有别人，这儿无衣无墙。

丁一差点跳起来：是是是，就这句！哎哟喂，行啊你哥们儿！

废话！我是谁？永远的行魂！记住：我就是旅途，是坎坷，是潜意识，是你全部的秘密……啊算了算了，不说这些。但你还是流氓！

又咋啦？

违法。违法了呀，你懂吗？

唔，那丁哧哧窃笑，咱俩，不说这个。

55. 并非奇迹

回过头来再说丁一的病吧。丁一神了！乐观的丁一，坚强的丁一，年轻有为的编剧丁一，被媒体频频关注的和在众多漂亮的女演员中如鱼得水的丁一，真他妈神了——他的病居然好啦！忽然之间，就好了。对呀对呀，痊愈了，没事了，身上的那些丑陋的花株或恶毒的种子均告消失，一下子全都没了！要不说神了呢。

当然是经过一系列检查的：X 光，B 超，CT，核磁共振，血，尿，淋巴，唾液……嘿，那东西怎没了呢？再做一遍：X 光，B 超，CT，核磁共振，血，尿，淋巴，唾液……没有，还是没有，邪了门儿啦。大夫们白纸一样的脸上堆起无数褶皱。一个说："原来什么情况，肯定有吗？"二个说："就像我站在您跟前一样确定。"三个说："那怎没了呢？没也不能没得这么干净呀？"四个说："不可能没，不、可、能！"五个说："您是说现在不可能没，还是说原来不可能没？"六个说："现在和原来都不可能没。"七个说："那我们都是傻 B？"

丁一站在一旁插嘴道："还有一种可能。"

"什么？"揉皱的白纸们一齐转向他。

"原来有，现在没了。"

大夫们摇头，疑叹，盯着那些光怪陆离的胶片和屏幕发呆。

沉寂中，有个大夫击桌而笑："简直是扯淡！"

这让丁一有些恼："您的意思是不是说，只有死了我才对得起各位？"

"啊不不不，没这意思。怎么跟您说呢？这么说吧：我，我本人，必须承认，医学，到目前为止，还是个傻 B。而您，丁一，是个奇迹！"

"听起来还像是说，我死了才正常。"

“是的，从咱们掌握的情况看，是这样。”

“也就是说，各位摆弄了半天的那些光啊药呀，全是糊弄人的？”

“也可以叫安慰，安慰疗法。死马当作活马医。”

“压根儿，一开始，您就知道那些玩意儿没什么作用？”

“安慰，也是一种作用。”

“会不会，我压根儿得的就不是那种病呢？”

“根据咱们掌握的情况看，不应该是别的。”

“那么，根据咱们掌握的情况看，这会儿我该在哪儿？”

“这个嘛……不好说。说不好。”

“不说（的）好！反正不该是在这儿，对吗？”

“您是个奇迹。”

“您也是！”

56. 奇迹

在医院门口，丁一买了四根油条、三个烧饼、两碗豆浆，一通狂吃，心想：奇迹，什么是奇迹？如果我活着是奇迹，那我还能不是奇迹吗？要是照他们的说法，正常的话，这会儿我已经死了，什么都不知道了，什么都不知道了还正常个屁！

想着想着他想笑了：喂哥们儿，有个赌你肯定赢。

什么？

去跟任何人赌他死不了，赌什么都行，你肯定赢——他活着，你当然赢；他死了，你还输给谁去？

行嘿，哥们儿！我说，丁一你快入道了。

可他吃着吃着又吃噎了，还是有个问题想不清楚：如果不是奇迹，是正常，那么现在就没我了。现在就什么都没了。现在就什么什么都没了。可什么什么都没了是什么样呢？

好哇，问得好！我鼓励他，想想吧，什么样？你可记得"什么都没有"是什么样吗？你可记得，"什么都没有"有过吗？

？？？

我启发他：那，你记得什么？

记得**有**。只记得一点一点地，什么都有了：先是一声钟鸣，余音荡荡……然后是亮白的窗纸，暗衬的窗棂，游动的光斑和树影……然后是四壁，屋顶，吊灯，和那座古旧的时钟……然后由远而近，由虚而实，我看见了母亲的身影……

好极了！丁一这下你该明白了："什么都没有"怎么会有呢？生也不会有，死也不会有，正常也不会有，奇迹也不会有……那才是"什么都没有哪"！连"什么都没有"也没有，那才是"什么都没有"呢！

可，那是什么样儿呢？

不是什么样儿，是没样儿！"什么都没有"还能有样儿？

那……那……丁一说，那在我出生之前呢？

出生之前吗？好，我告诉你：出生之前如果是"什么都没有"，那就应该连"出生之前"也没有！如果有"出生之前"，那么"出生之前"就不会是"什么都没有"，就不会是无，就还是有。还记得吗？——如同水在沙中嘶喊，或风自魂中吹拂，虚无缥缈之间凝聚起一点欲望，心识不死……轻轻地飘摇，浮游，浪动，轻轻地漫展或玄想……然后虚无急剧变幻，缥缈骤然有形，一团曚昽辉耀的光芒似从一抽象之点，豁然铺陈……然后，我来到了你，我们一起走到了现在……

丁一抹抹嘴，喘口气，还是摇头：可这都不过是猜想啊，是传说，传闻，记载，或者都是别人的记忆，是神话，是戏说，弄不好没准儿还是谣言。

可是！可是我问你：你以为你有多少是自己？你以为你有多

少机会可以是独立的自己？除了你这一身硬件，你的所知，有多少不是来自传说、传闻？你信以为真的，有多少不是根据记载或别人的记忆？你的前途，有多少不是靠着希望和猜想？你丁一压根儿就是这音乐中的一个音符，一个段落，一次传承呀，怎么你又给忘啦？

那丁吃饱了喝足了歇够了，又痛痛快快屙了泡人屎——看来病真是好了，浑身上下通透舒畅……但心里，总还像有个谜团。

可说了半天，咱到底是干吗来了？

听着，我郑重地对他说，寻找夏娃！

57. 那话

寻找夏娃？

不料那丁笑笑，报以漠然一瞥。

那一瞥之不屑，之轻狂，不由得让我后悔了一向对他的放纵；更不由人不想起此乡此土最为流行的一句名劝：哥们儿你累不累？潜台词之一：这世上可有爱情吗？潜台词之二：有些人是怎么死的？傻死的！潜台词之三：想干吗哥们儿你就去干吗吧，什么这个那个的，“对酒当歌，人生几何”，咱犯不上为些莫须有的玩意儿去浪费光阴，虚度年华！

这让我忽有警惕，记起我悠久旅行中的一条训诫：人间堕落语言始。

语言？怎样的语言？什么语言竟能置人间于堕落？

料其绝非是指“哥们儿你累不累”这（样的）话。而是指**那话**！记得吗，“**那话（儿）**”——丁一一带的古典小说里对那萌芽，那花朵，那天赋凹凸之久有的一种隐晦的称谓？岂止是隐晦，依我看那称谓真真是何等智慧！于是我更加相信了：此一带必有我的先行者早早地来过，所以才会有如此恰切的称谓诞生，才会有如此意蕴深彻的话语流传。“**那话**（**儿**）”，信手拈来说说玩儿的吗？绝不会。想想看，若仅仅是指称某一器官，某一本能，某一项于繁殖所必须的行为，为什么不说“那物”而偏偏是“**那话**（**儿**）”？它，能说怎的？以致先行者刻意要取这一个“**话**”字来形容它，来表达它，来命名它？那么，它曾经都说过什么，必将还要说些什么，以及终于都能够说些什么呢？凭什么先行者单要拣这一个“**话**”字来寄予它言说的厚望？啊，光阴漫漫，路途迢迢，我已记不大清了。但毫无疑问它绝不止于一种器官，它更是一种语言！那不同的花朵，那天赋的凹凸，必是一种诉说，必担负着某种独具的表达，所以不是**这**话，不是我们司空见惯的口舌言说、文字传达，而是**那**话，是语音和文字之外的话语，交流或沟通的另一种可能，素常言词之难于企及的心向或意指，故而“名可名”才有此“非常名”，“道可道”才有此非常之说道。但是，唉，但是自那先行者去后，千百年中这智慧的称谓已被歪曲，被些自作聪明其实对它毫无理解的人（知识分子？）所亵渎！那非常之名正被轻薄着，滥用着，猥亵、淫狎，面目全非……

而这正是人间堕落之肇始呀，丁一你可听清？

然而那丁已掉头他顾，早听得不耐烦了。

说嘛他倒也还是说着夏娃，似念念不忘，但其实，那盟约的要点已趋淡薄。他一心所迷恋的，唯美女如云，唯夏娃之可能的居身——窈窕倩影，皓齿娥眉，情眸脉脉……总之那些琳琅美器无不流光溢彩楚楚动人，此丁风华正茂，又已体健身全，怎禁得恁般诱惑？

春风日益强劲，素闻这力量不可阻挡，难以约束，甚至于怠慢不得。我唯盟约独守，暗自祈祷夏娃快快到来，而它必纵情恣肆，向所有的封冻之地扩展，向一切陌生之域开辟。那非非丁一之想，那浪浪生命之风，必将吹遍荒原草莽的每一处角落，苏醒一切生命或形器，飞扬狂舞，对酒秉烛，从而忽视了牵念久远的梦愿，埋没掉尚未强健的心魂。

于是乎春光浩荡，这情种频频进取。

于是乎花前月下，这蛮人屡屡出击。

于是乎终得一日此丁欲念成真：于喧嚣世界之一角落，于寂寞光阴之一瞬间，“**脱**”这个字，千回万转终于传来我的丁一之旅。“**脱**”这声音，即将向丁一解开“她们”的秘密。以及“**脱**”这行动，就要把那迷离千年、猜想终日的幻影凝铸成实际！

我一时无措，唯扽扽那丁的衣角：喂喂哥们儿，咱口是心非吗？

他故作镇静：咳，这……这有什么？

可还记得伊甸之约？

他嗫嗫嚅嚅：当……当然……

可还记得那三点警告？

他支支吾吾：可……可是……

那么我问你：她们可是夏娃？夏娃此刻在哪儿？

我闻那丁心如跑马。

我觉那丁体热如焚。

我见他目中有火，便知某事已在所难辞。

他哀望着我。

我逼视着他。

不料那丁情急生智，居然寻得一条攻守兼备的托词：那……那你说，不然的话咱怎能知道谁……谁是夏娃？

啊，我早料到这一招了！不过，这可真是一道旷古难题：遮蔽之中，就怕“纵使相逢应不识”。敞开之下，又可能“过尽千帆皆不是”。不是倒也罢了，可谁又能知道“何处是归程”呢？倘就这么“长亭更短亭”“襄阳向洛阳”，一而再、再而三地敞开，一而再、再而三地脱，脱，脱……那独具的语言岂不滥用？滥用而至平庸，平庸终至失效，就怕“千年等一回”的团圆难免要沦为策划与操作了，或不过是些琳琅美器的排布，艳身浪体的调遣。

那丁见我为难，转而一脸的商榷：哥们儿，也许咱不妨一试？

那丁见我动摇，转而一脸的鼓励：兄弟，这就是生活，这就是生命啊！

那丁见我沮丧，转而一脸的讥嘲：何必何必，何必呀你，傻死咱能算烈士？

58. 脱

“脱”字于是传来，轻轻地，带着颤抖，就好像这世界终于要展露其真，一个悠久的秘密即将真相大白……“脱”字于是传来，抑或无声，却似震响，心动如鼓，盼望兼着恐惧……“脱”字于是传来，似寂静在暴发，无声在呐喊，温柔的强制，粗暴的依从，以至于晕眩，有尖啸之音掠过脑际，有暴涨的潮水溢满荒原……又似在空无所依之间飘荡，若虚若幻，似梦似醒，甚至都不知道自己是真是假了……于是乎那丁兀自窃问：真的吗？这一切，那一向的遮蔽真会袒露？那一向的不可思议，真的就要变成现实吗……

啊，是的是的——衣如水波般坠落，轻柔并着沉重，沿一面坚实又似虚拟的人形坠落，沿一片光洁或者雪白，坠落，坠落，坠落下去……光芒辉耀，幽暗微明，神魂出壳，于是我看见：赤裸的丁一与一个赤裸的女子，同处四壁之间……

赤裸地面对，一时竟似不知所措。

竟仿佛忘记是为了什么。

为了什么呢？

仅仅是为了这样？

是不是一切都太，都太简单了？

是不是哪儿，出了什么……什么毛病？

唔，也许是一切都太过迅速，太过匆忙，远非期盼中的那般隆重？

我原想这敞开应当漫长。我原想，这个“脱”字应当回旋，繁复，应当犹豫，像那无花果叶飘来时一样的惊惧，迟疑，踌躇，缓慢……那样才对。那样的话也许我就能听出其中有没有夏娃了。

然而丁一之花已然昂扬，迫得我也不可抗拒地去看那女子——看其美妙的隆起与陷落，看那流畅的身形，滚动的肌肤，洁白与微褐色所描画的衣痕……纤细和丰满，平坦至弯曲，弯曲所隐没的地方如暗谷幽隙，牵魂摄魄……寂静的脚趾和发梢，寂静的脐边褶皱，寂静所围绕的那一片成熟，那一片呼喊与埋藏，以及那一片禁地上蓬勃动荡的毛丛……我正自心醉神驰，我正自赏心悦目，却听得忽然间似风暴起于毫末，似巨浪席卷荒原，咆哮、冲涌，以致猝不及防——哈，我没说错，那人形身器原就是一头野兽！那丁立刻置我于不顾，唯倾身应和着禁地上的呼号……似水到渠成不可违逆，似由来已久不容分说——是呀我没说错，那头野牛毕竟年轻，不仅复活，不仅康健，且已是锐不可当！霎时间我便感受了生命的蛮横与狂浪，感受了丁一之花的敏觉与犀利，惊心动魄，骇人听闻……我只好听凭他，陪伴他。虽然我仍念念不忘遥远的夏娃，但就像对待自家的牲口你得放牧它，满足它，说实在的我也喜欢它……只觉得空间凝成一点，时间压缩为零，风起云涌浪潮浪落……但冷不丁“忽悠”一下，我又好像飞出了丁一，那丁似只留一具空壳而我飞散得比比皆是，飞散得无依无着，飞散得天深地远却又似空空落落，飞散得欣喜欲狂却又似恍恍惶惶，飞飞飞，茫茫而不知将飞去何处……回头看时，只见那丁似惊恐万状，昏昏欲绝；侧耳听时他好像疾喘吁吁地喊着什么，到处都是回响，到处都有应和……哦，他是在喊我回去吗？是的是的，他好像在喊我回来。就当我这么稍一犹豫，稍一愣神，那空茫浩渺便有了边缘，有了形状，有了人间的气息……好一似云收雨敛我慢慢降落，好一似风息树静我复归丁一。

那头狂暴的野兽已是瘫瘫软软。

四周死寂，唯两具虚白的人形并陈床榻。

还有什么？风，一如既往，掀动市井喧嚣。太阳，恒久运行，分开昼夜。时间“嘀嘀嗒嗒，嘀嘀嗒嗒”从不停歇。还有什么？还有什么呢？好像还应该有些什么的呀！但是，什么呢？

莫非，只剩了告别？

说声再见？

然后藏进别人？衣冠楚楚，相逢一笑，欠债还钱？

我轻声问他：此刻，丁兄作何感想？

那丁不语，似风情未尽。

我轻声问他：“裸体之衣”怎样了？还有夏娃，她在哪儿？

那丁不闻，或犹自温存。

嗨，我喊他，问你哪！

那丁惊醒：哦哦，你说什么？

夏娃！那女子可是夏娃？

月白天高，河汉迢迢。

那丁坐起，再看身旁女子，如隔万里之遥。

好吧好吧，他强驱睡意道，我爱，我爱她就是。

喂，这可不是单由你说了算的事！我冲他喊：还有我呢，告诉你，我可不爱！

那丁呆坐，眼中星迷月乱，脸上一缕缕走过怅然。

那一宿我搅得丁一辗转反侧，彻夜难安。我不停地在他耳边吵闹：那么我呢？我呢……我不停地在他心里叨咕：我可不爱，不爱，不爱，不爱……

59. 脱与裸

我可能有点像一个叫托马斯[1]的人。那家伙对“脱”情有独钟，对“脱”这个字，这声音，一往情深。脱的动作，脱的姿态，脱的意味或氛围，永远令托马斯激情不减，心存感动。我有点像他，或是在这一点上我倾向于米兰·昆德拉，没有谁比我更理解他那个托马斯了。

“脱”，而不单单是“裸”——这一点我与托马斯所见略同。

“裸”有什么？在我看“裸”的魅力全在于“脱”，否则就易与人体解剖或体格检查相混淆——而这些方面，教育和医学早有了周密并冷静的作为。

冷静。

对了，冷静！为什么教育或医学需要冷静呢？因其面对的只是人形，只是身器，不涉心魂。冷静，说到了点子上。因为心魂什么也没脱呀，心魂依旧藏于“裸体之衣”（这一回它不叫舞蹈或艺术了，叫教育，叫医学）。而单纯的赤身裸体并不担负心魂的传达，所以，为了避免心魂的误解，就更要以冷静来拒绝心魂的萌动。老师，或者医生，千万要冷静，千万千万不要惊动心魂，否则难免酿成罪行——可以设想，若对某种教具抱有欲念，那行状岂不近于恋物，或渎尸？就比如裸舞，你要偏说那是光着屁股，便是不够冷静，或因不够冷静而导致亵渎。

那么在性爱中呢？在性爱中恰恰相反，要的正是激情，是热烈，是放纵！冷静，倒是无能了。

性爱，乃此一心魂——借助肉体，甚至要冲破肉体——与彼一

---

① 捷克作家米兰·昆德拉的小说《生命中不能承受之轻》中的人物。

心魂的相见啊！所以，单纯的裸，或冷静的裸，均与“爱”字无关。那或者是医学，是教育，或者就不过是性交的预备，繁衍或复制的第一道程序。譬如说“行房”呀，“同房”呀，“房事”或“房中术”呀，便冷静得听不到心魂的呼声——中规中矩有条不紊，简直就像药房或试验室里的配制，像木工房与修表店里的手艺，那可真是冷静得可以！

顺便说一句：我一直纳闷，怎么会有人只看 ED① 是性无能？依我悠久并广泛的游历来观察，性事百态而独尊性交者，唯在心性未开单图繁衍的物类。而在人，山重水复，柳暗花明，性爱早已是一种奇诡不拘的语言了不是吗？唯其奇诡不拘，出神入化，这才有了创想与浪漫，就好比不毛之地的携手涉险，就好比雪域高原的登峰造极，那样，唯其能够那样，心魂这才有了“他乡遇故”般的惊喜。只会性交？咳咳，那叫什么！咱前头说过了：那是畜类！只图繁衍的东西当然是独尊性交哇，当然是只看性交是一门绝技其他一窍不通呀，而梦想纷然的人类若也独守此技，那才真的是无能了。

有点离题了，还说脱与裸。那么，可有单纯的裸吗？不脱就裸的，有吗？然而却有仅仅是为了裸而脱的——无论是施教，是行医，是同房，都方便。但也有根本是为了脱而裸的——这却不求方便，相反，这倒要期待复杂了，千万别那么简单，那么快捷。譬如我在丁一的初遇风流，总感觉那个“脱”字应当漫长、繁复、犹豫，应当像那两片无花果叶飘来时一样地惊惧，迟疑，缓慢……不过，这又是为了什么呢？

是呀，为了诉说！

为了探问与回答。

为了回忆或确认。

为了一向的心路迢迢，为了千年一回的心魂团聚，为了曾经的

---

① ED，“阳痿”的英文缩写。

眺望以及未来或永久的依归。

所以“脱”可以是一种表达,“裸”却多是为着使用的方便。

所以“脱”是恒久的动态,是心魂永不期止的盼念。“裸”却常是这盼念的中断,结束,或压根儿没有——方便地使用了之后,墙还是墙,裸还是衣。

所以,轻松便当的“裸”最易火爆,复杂犹豫的“脱”就难,就累——多历煎熬,或常处寂寞。

尤其是在我到达丁一的第二十几个年头,春夏之交,裸,忽于那一带如火如荼。刻意的裸,无意的裸,有意无意的裸,示裸、售裸、明价、议价……或大张旗鼓,四处散发、张贴,或成箱成捆,批发、邮购,或于昏街暗巷中零买零卖。于是乎很快,裸便存形去意,唯在光鲜的印刷或靓丽的皮肤表面招摇,挣扎,魅力耗尽,碌碌无为,哪里还能担负起心魂的敞开?哪里还是托马斯与我的期盼?

敞开?敞开啥?简直废话——那是包装,是策划,是运作,是人性解放,是时代精神!还说什么“敞开”——哪儿来的你,乡巴佬还是外星人?

是呀,丁一你忘了吗?单纯的裸咱早就说过的:“那不过是皮肤包裹的一小块空间,丝毫也不能扩展……”现在应验了吧?裸衣重重,心魂埋没,“敞开”已被琳琅满目的裸器所覆盖,所中止,甚至于毁灭。

幸好还有“脱”在。(看样子丁一真的是忘了。)

幸好,“脱”与“裸”从来意趣迥异。

所以,脱,魅力犹存。脱,若不期在裸器之前止步,脱去的便不单是衣和墙,还有千年遮蔽、万人阻挡,还有伊甸之外的隔离,和这尘世中心与心的防御。

因而爱愿萌动,悠悠亘古不息。

因而“脱”字传来,爱者心存感动。

因而“脱”,这颤抖的声音,这由衷的行动,这不息不尽的心愿与期求，令我和那个叫托马斯的人心往神仪。那是恋人的暗语是爱者的箴言呀，是心魂相期相许的归路，相聚相汇的祥音！

60.春光缭乱

但别指望奇迹。丁一凡胎俗骨，从无奇迹。我早说过：人形之器常比那盟约更具吸引，昂扬盛开的花朵会置心魂于不顾。春光缭乱，狂浪的力量正如一位先知所言：除非得到炼火的匡救，因为像一个舞蹈家/你必随着节拍向那儿跳去。一切均未出我所料，那丁一，花间裙下无师自通，床帏之事生而自明，况且大病已去，春光正好，正所谓"天生丽质难自弃"，他哪里还顾得上我，哪里还顾得夏娃，哪里还管得了什么伊甸之约。于是乎曾有一度，这丁一千逢万遇所向披靡，艳绩频频战无不胜。

情场得意，看来这厮时来运转。

只不过，经生隔世至今我还是纳闷：凭什么此丁恁有魅力？凭什么，不管是纯情的、妖艳的、斯文的还是火爆的，总之有点趣韵的女孩都会看得上他？就因为他生来对"小姐姐""小妹妹"一往情深？

然而此地自古有谚，"牛皮不是吹的"，那丁一果然风流天赋。早在春风乍起他偷看黄书、裸照之时，以及春风强劲他独自饱览"毛片"之后，私下里他就常跟我抱怨：唉，这帮导演们哪，说他们什么好呢？想象力就像个正方体，翻来倒去还是一般儿高……而且脏，脏兮兮的从头到尾拾人牙慧！还有什么"性知识"，哎哟喂那可是能教的吗？最吓人的是"房中术"，畜牲也不过论期论季地来，怎么这帮人倒要按时按点儿地干了？

那你说，理当如何？

哥们儿哎那是艺术！讲什么理吗？捣捣乱都比他们对。

捣乱？说说看，怎么个捣法？

怎么个捣法？那丁诡笑：你自己想！

想不出。

KAO，我不信你想不出！你丫想不出你丫可真算白活……

于是我笑。

于是他也笑。

于是我知道他想到了什么，他也知道我想到了什么。但我们不说。因为一说即是“那话”，而“那话”是不适宜公开说的。

人逢喜事精神爽，此时的丁一艳阳明月，沛雨长风，青春无处不飞花，每一秒钟都洋溢着性的消息。但我俩心照不宣，镇定如常地走在人群里，做一副纯真并蒙昧的模样。唯在没有别人的时候，无论是坐在树丛里还是走在旷野中，我俩才如释重负，才又像童年那样随心所欲地眺望远山和飞霞了。所不同的是春光缭乱，无论从什么角度眺望，我发现，我们暗自的想象总都比那远山更远，比那飞霞更为绚烂，就如一位先哲所言：我们被无限之物和不可测度之物撩拨得心猿意马……

我们常常沉浸在那样的想象中，心焦血热，神往花摇，但是不说。我们久久地享受着那样的想象，魂飘魄荡，梦走云飞，但知决不可以说。我们把那想象延续进黑夜，发展到梦中，“满园春色关不住，一枝红杏出墙来”，但醒后依旧噤若寒蝉。以往的教训太过深刻，以往的经验时时发出着警告：别人，别人，别人和别人！唉，那莫测高深的**别人**哟，你还没受够吗？只怕弄不好他们又会来异口同声地唱响那曲悠然并可怕的“流氓之歌”。

然而时值初夏，旺季将临，那丁欲念驰骋，才华难耐，接下来——势在难免——我跟随着他确凿有过一段艳丽多姿、异彩纷呈的经历，虽不敢妄称“风流班头”，至少也算得“情场福将”。

我却心虚，仍自畏首畏尾，只怕如此放浪形骸、高歌猛进是否会与那伊甸的盟约相距愈远？故而我以我悠久的记忆或经验，提醒丁一:“脱”与“裸”固然不同,但“脱”与“脱”也并不都是一样。“脱”这个字,这声音,这一于性事不可或缺的举动,其实意味多多。意味多多呀丁一:那可以是仰慕,也可以是羞辱;可以圣洁高贵,也可以猥琐淫狎;可以是爱的告慰,也可以是恶的施行;可能是自由意志,也可能是权力和占有;可能是历险、倾心、牵魂系命,也可能是玩赏、愉悦、不过一时之乐……总之,这一个“脱”字,既可以是赤诚相见,也可能还是一件“裸体之衣”,你凭什么如此自信,一无警惕?

然而那丁风头正劲,对我的踌躇和疑虑嗤之以鼻:什么呀,什么呀您说的这都是?在我看,不过是求一个真实,哪儿有您想得那么复杂!

真实?不过?而已?

怎么啦?我是说她们终于不再是幻影了,不再是惧怕,不会一触即逝而后浮扬起一片噪音……

她们不再说你流氓了,是吗?

是,咋啦?

不不,我是说这感觉也许真的不错,但是……

那还但的什么是!她们不躲也不藏,你不觉得这有多么美好吗?你看她们,有质感,有重量,有温度,有着缥缈但是确凿的呼吸,有着真实的体香或者汗味……就好像飘忽纷乱的那些梦境忽然聚拢,实实在在真真确确,就在你近旁……

实实在在?

实实在在!

真真确确?

毫无疑问!

是呀是呀,那琳琅美器之婀娜,之丰腴,之蓬勃辉耀,莫说他丁一心慕神仪,就连我也被搅动得心旌摇动,得形忘意,难以自持……于是乎惴惴然,我默许了丁一的借口:夏娃之可能的居身!

61. 史铁生插话

“这就是你们看重的那个‘情’字?”那史在一旁终于逮住了理。

“那你,”我问他,“看重什么?”

“比如说‘精神’,就比你们这个‘情’字高尚得多,也博大得多!”

“告诉我,你这‘精神’都指什么? 最初它从哪儿来? 最终又要到哪儿去?”

“……”

“而这个‘情’字,依我看却是人生最为美好的起点。你能想出比这更好的起点吗?”

“可你那位丁一却跟着这个‘情’字走成了现在这副德行!”

“走成了什么德行,让您这么撇嘴啧舌?”

“他根本就不懂爱情!”

“我希望您是说,他还不懂爱情。但很可能,他比您那个‘精神’更接近爱情。”

“嘘——反正丁一这种人我见过,注定是沉迷私欲,胸无大志!”

“没出息,没价值,让人瞧不起,终归是要让时代摈弃,社会淘汰,够了吗?”

“反正您这位丁一让我失望。我还以为从您所谓的美好起点,能走出什么美好的结果呢!”

这倒让我心里“咯噔”一下:慢慢看吧,慢慢看吧,这会儿连我都不知道丁一终于会走到哪儿去呢。以我无数次的生命经验看,爱情,确是一条艰难的路;我唯暗自为丁一祈祷。

62. 混淆

唉,那史倒是爱思爱想,只可惜文不对题。还是回过头来说丁一吧。

可是,说什么呢？说他的千逢万遇,艳绩频频？说他的战无不胜,所向披靡？然而……但是……不过……这可怎么说呢？艳遇频频不过周而复始,千逢万遇其实千篇一律,最是没的可说。或者找几张“毛片”看看就什么都说完了。

如今远离丁一,再看那频频艳遇,早已经分辨不清,早已经混为一谈。就好比日子,一天天,一天天,若无风霜雨雪的标明,若无生老病死的提醒,千年一日你可知过到了什么时候吗？“脱”亦如此,一次次肌肤相亲,一次次耳鬓厮磨,自下而上的激励和自上而下的疲惫……若无标新立异的情怀,若无柳暗花明的感受,“脱”也会耗尽魅力,或早已蜕变成“裸”了。千人一式,轻描淡写,一条流水线,“脱”其实已然中止,已然不在,一模一样的“裸体之衣”你凭什么记得清谁是谁？

更何况这年轻的丁一,思蕴尚未深厚,就比如残春将尽盛夏姗姗,那时节花稀叶瘦,绿弱红疏,想象力尤其羽翼未丰。对于性爱,那丁自恃无师自通,一俟亲临我看他也不过纸上谈兵,一点不比他讥笑过的那些导演高明;录像中那些俗套不过被他操持得稍显立体,却仍“不过是皮肤包裹的一块空间,丝毫也不能扩展”。先时,靠其“花拳绣腿”尚可以逞一时之勇,但慢慢地腻从心来,一向的刚猛随之递减,渐呈强弩之末。

妈的,咋回事？

废话,事情总能是你这么干的吗？

怎么干？

那儿有镜子，自己瞧瞧吧！

镜子里唯两具纠纠缠缠的赤裸人形，起伏进退，前仰后合，怎么倒有点古怪有点滑稽了呢？像俯卧撑，像仰卧起坐，甚至让人想起排练中的一项杂技……

丁一之某年某月某日，这感觉悄悄袭来，随即挥之不去。

我不想理他。尤其是想到夏娃这会儿不知走到了哪儿，我就更不想搭理他。

但我还是劝劝他吧。

喂喂，我好像听人说过，**陌生即性感**。哪有你这样的呢，熟练得就像一部打孔机，到哪儿都是这一套？**那话（儿）**呀！**那话**，你不记得了？

我KAO，你丫甭捣乱！

好好，那瞧你的。一部打孔机，一套普通话，我心说你当这是给谁打工吗？

那丁不屈不挠。但一次次凹凸吻合唯丁一之花短暂地昂扬，唯荒野里一阵阵兽也似的吟鸣，丝毫没有盼念中那节日的消息。

盛夏方临，该丁疲态毕显，已是江郎才尽。

我冷冷地看他，意思是：再能怎样？

他气喘吁吁地看我：是呀，再能怎样？

我目含讥诮，四处瞧瞧，意思是：还有什么？

他面有疑色，左右望望：是呀，还有什么？

然而，四壁之间唯那座古旧时钟的"嘀嗒"震响，床榻之上，唯两具虚白的人形寂静无声。

事实再次印证了"裸体之衣"，印证了"肉体是一条界线，你我是两座牢笼"。

事实再次告诉我：任何极端的话语，一旦滥用，也便混同于闲话。

事实再次让我警醒：我与丁一毕竟志趣不同！他沉迷于美形

美器，我犹自盼念夏娃的魂踪。

我的厌倦，甚至是厌恶，致使丁一更加孤军无助。那厮左突右冲唯落个苟延残喘，搜肠刮肚也还是无计可施，渐渐地就连那一个“脱”字也没有了颤抖，没有了惊讶，丧失了敏觉。脱，一旦毫不犹豫，顺理成章——世界不过如此，今日一如昨日，禁地上轻车熟路，怎么连那呼喊都越来越像入夜的更鼓，或不过是开演的铃声？脱，一旦操作纯熟，直奔主题——亲吻就像借口，就像热身，抑或是大菜之前的冷盘，怎连那顶峰处的挥洒也仅止于局部的挣扎了？脱，脱，脱……或也波及丁一之处处，但却似已与我无关。我唯无聊地蹲在他的某个角落，随其上下颠簸，有如凭窗听雨，或似隔岸观火。颠簸得厉害了，间或我也会想起往日的飞魂出壳，渴望重历那回肠荡气的遨游……然而然而，往日那只雄健的大鸟啊已然飞得疲惫，飞得单调、机械，飞得麻木不仁……那空冥与浩渺，飘缭与动荡啊，你越是盼着她来吧，快来吧，她却越是云收雨敛，杳无声息……

丁一还以为这是偶尔的，暂时的，甚至可能是我闹的。

你老在一边儿说说说，说什么说！

好好好，我不说，你来。

他还来个屁！那丁赌气坐起来，气哼哼地挖苦我，大意是：就他妈你正人君子？就他妈你懂得爱情？夏娃、夏娃地叨叨个没完！漂亮话跟别人说去吧，我还不知道你？当婊子又想立牌坊，告诉你，我可不是那号伪君子。什么你呀我呀、灵啊肉啊的，甭跟我来这套，这套假道学早臭街了，留长辫子的那帮老丫的都懂！我就烦你们这种虚伪，我要的是真实，真实真实真实！怎么了？我他妈这会儿不过有点累，瞧你丫得意的……

好好好，那瞧你的。我心说：瞧你小丫的还能玩出什么花样来！

63. 别处

毕竟，那丁年轻，喘口气继续眺望别处。

"陌生即性感"，这话他倒是由衷地赞成。于是，我随那丁继续有过一番经芳洲、历沃土的行程……不好说是寻花问柳吧，却也常常是夜不归宿；不敢说是风情阅尽吧，却也称得上是佳侣常新。

但又怎样呢——别处，别处，以及别处的别处？其辛苦劳顿，很像是一支转战南北的勘探队。其徒劳无功，又有点像不久前一种叫作"阿波罗某号"的行动——月亮上怎样？可算是别处之别处的别处了吧？可飞去一看，四周依旧，还是无边无限！唉唉，别处不过别处的此地，此地不过别处之别处，虽佳侣常新，却仍不过一遍遍重复着传统或熟练的动作——"好呀，脱。"或者："行啊，来吧。"以及："喂喂，好了吗？"甚至于："快点儿快点儿！废话你说干吗？"……普通话，你懂我懂一拍即合。快活一阵子，而后赤身裸体地想想，还是一次次俯卧撑。

那丁不服气，对我冷言冷语：拉倒吧，那不过是你的看法，你的情绪！

好好好，还是那句话：瞧你的！

可能就是常说的"回光返照"吧，那丁鼓足干劲，那丁自我激励，那丁形同热爱劳动，貌似乐此不疲，继续沉迷于琳琅美器，沉迷于天赐之花，沉迷于那凹凸之合与昂扬浪动……现在我想，若非我的犹豫，丁一之花不知将开遍（或凋零于）多少尘疆欲土。

不错不错，厌倦的确是我的情绪。譬如梦，是我的领地。便在丁一放浪无度的日子里，我也还是梦见夏娃。当丁一徜徉于每一块荒莽或成熟的土地时，我都在想象夏娃，想象她的旅途，她的期待，她的焦灼，她的未来……总之自伊甸一别，我无时不在牵念夏娃,牵念她至今仍在漂泊的心愿。

却不料,这牵念竟差点毁了丁一。

我说过,丁一的欲望会干扰我的梦境,那么自然,我的梦境反过来也会影响到他的情绪。某日何日?晴天朗照,水阔云长,那丁一忽然怏怏不乐……

我记得那一段夏日风调雨顺,并没有什么不愉快的事情发生,可就在那一天,正当丁一行风走雨一如既往、昂扬浪动不遗余力之时,忽从其深处冒出句话来:“她是谁?”随即这丁便缓慢下来,继而委败下去,目光散开于面前或身下那具美艳人形,仿佛查考,仿佛探问,仿佛深陷迷津……而那具美艳人形亦随之僵冷了似的,白晃晃一团空旷。

空旷中荡起一声缥缈的回响——那女子惊惶反问:“怎么了,你?”

此乃千逢万遇中至今尚能记起的一个,或那狂风浪雨之硕果仅存。

因为我的梦境、我的干扰吗?

但可能,原因更要深远得多呢。

总之,那一刻,丁一忽觉自己好像置身局外!好像与我一同飘然入虚,悬浮于两具纠缠的人形之上,并随我一同观望——

于是他不由得问道:“喂,你是谁?”

不由得问道:“我,在哪儿?”

不由得想:这一切,何缘何故?

那女子于是从僵冷中苏醒,嫣然一笑道:“我是谁,这要紧吗?”

随即她缓缓穿衣:“我不过是,她**们**之中的一个。”

“**他们**?”

“对呀?她们都是谁,你全要问吗?”

“他们”这个词,怎么丁一听来如此震耳?

“所以也别问我，”那女子说：“这对你并不重要。”

他们、**我们**还有**你们**，丁哥们儿，这是你那几个好友说过的！

“所以呀，我也不问你，”那女子又说，“我们谁也别问谁，不好吗？”

“可我们是朋友啊！”丁一说。

“朋友？”

嘘——别傻啦你，丁兄！她是说，所以你对她也不重要。

那女子扫我一眼，狡黠地笑笑，似已看穿我的心曲。

我心说好好好，那不如就把话说清楚吧，免得我这“丁一之旅”又毁在这儿！

然而出我预料——我本以为如此“开明”的女子，必早已潇洒无碍，谁料她狡黠地笑过之后，却背过身去悄然垂泪。

“咋啦你？”丁一问她。

“哈，朋友！”

“难道不是吗，我们？”

“是。不过就像‘人民’，你什么时候都可以是，什么时候也都可以不是。”

“啥意思呀你？”

“比如说朋友是不能出卖的，是吗？但必须**出卖**时，你先说他不够朋友就行了。”

那丁一惊，周身的冷汗——我知道他想起什么了。

“真实的，只有现在！”那女子说。

“别问过去，也别问将来，”她说。

“其实，没有过去也没有将来，只有现在。”她说。

丁一愣愣地坐着，似已听而不闻，视而不见。

我恨不能冲出丁一，直接跟这女子说话。

然而她已是泪流满面。

她一边穿衣一边说着：“我，不过是你现在的快乐。”

她一边梳头一边说着:“我们,不过都是对方快乐一时的条件。”

她抹着眼泪,抹得红颜零乱:“记住,我们互相没有**历史**。”

她慢慢地穿戴整齐:“别那么累好吗?别那样问。别像有些人那样跟我说什么爱情!”

她对着镜子左右看看:“现在,我在这儿。等我不在这儿的时候,这个女人就等于没有。”

她从镜子里望着丁一:“有位名人说过:生活分为两种,一种是悲惨的生活,别一种是非常悲惨的生活。”

她转回身来淡淡一笑:“经由某个女子,你的一段生命实现了快乐。或是因为一个男人,我的一段生活还不算‘非常悲惨’。如此而已。”

但她忽又泣不成声。我听那哭泣中必隐藏着纷然危惧的**历史**。

一时间非常安静。风,一如既往,掀动市井喧嚣。太阳恒久地运行,分开昼夜。时间“嘀嘀嗒嗒”从不停歇。

然后她猛地转身离开。

门开处,一团刺眼的明亮闯进幽暗。

她走进人山人海——衣冠楚楚,隐没于别人。

丁一!快,快追上她!会不会,她就是夏娃?

那丁不动,愣愣地看我。

至少,至少她……她也许会知道夏娃的下落!

为什么?

你没听她说吗,“别像有些人那样跟我说什么**爱情**!”

那怎么啦?

我是想:我到丁一已经二十几个年头,夏娃她会不会已经等得心焦?我是想:我在丁一如此胡作非为,夏娃她是否已经伤透了心?我是想如果有一天夏娃来了,她会怎么说?会不会也是这句话:别再跟我说什么爱情!

64. 我在哪儿

“那么,你,”史铁生又插嘴了,“你到底在哪儿呢?”

“你是想问灵魂到底在哪儿,对吗?”

“比如说,你到底是在丁一的什么部位?大脑里吗?你又说不是,你说你和丁一常常争用同一个大脑。《务虚笔记》里的F医生做了无数次人体解剖,百思不解的也是这个问题。”

“哦,这你得让我想想,嗯……怎么说呢?”

“有人说灵魂的重量是二十一克。有人做过实验,当灵魂离开的瞬间,人体轻了二十一克。”

“你不妨先这么想想看:当我回忆着一段往事的时候,我在哪儿?当我描画着一种未来的时候,我在哪儿?当我猜测着别人,理解着别人,甚至不得已模仿着别人的时候,我在哪儿?当我虚构着一种可能的生活,因而心潮澎湃的时候我在哪儿?当我相信了一种蛊惑,因而眼前一团迷茫的时候我又在哪儿?再比如说吧,当我想念着夏娃的时候我在哪儿?当我想念着夏娃又不知道夏娃在哪儿的时候,我在哪儿?当我为了寻找夏娃而误入歧途,而询问别人,而错过了种种我本来感兴趣的地方,那时候我在哪儿?如果我去看望夏娃,走过了山山水水,走过了条条街道,可我一点儿都不记得我走过了哪儿,那么我到底在哪儿?如果我梦见一处美丽的所在,而现实中根本没有这样的地方,那时候我在哪儿?如果眼前的现实是由无数不为人知的隐秘所编织,所构造的,那么我在哪儿?如果一种现实的行动,最初是由一个梦所引发,那么我又是在哪儿呢?”

“我只是问:你在丁一的哪一部分!”

“或者干脆说:我是丁一的哪一部分? 哪一种组织,哪一个器官,哪一组织或器官的哪一项功能,对吗?”

“也可以这样说。”

“你听,收音机里的这条消息,听见了吗? ——有个国家政变了。”

“甭老跟我故弄玄虚。”

“这消息,在这收音机的哪一部分?”

“我懂我懂,你是说所有的零件,所有零件的构成,这才接收到,也才传达了这个消息。”

“不,不光是所有的零件,还有所有的历史,所有的存在,所有现实,所有的梦想和所有的隐秘……现在你告诉我,这消息在哪儿?”

“那你怎么解释,死亡的瞬间人会丢失掉二十一克?”

“也许是因为,牵系。”

“什么什么,牵系?”

“譬如潮汐。譬如梦想。”

65. 标题释义

所以,“我的丁一之旅”也可以理解为我的一种牵系、一种梦想。或者这样说吧:我经由史铁生,所走进过的一个梦,其姑且之名为“丁一”或“丁一之旅”。

那么依此类推,所谓“史铁生”,是否也是个梦呢?

问题是谁梦见了谁? 是我于此史梦见了彼丁呢,还是相反?

都不是。而是我梦见了此史,也梦见了彼丁。更准确地说:是这两个梦境（也可能还要多）纵横交汇，错综编织，这才有了我——有了永远的行魂。

所以，那史与此丁并不一定是先后的继承关系，而更可能是梦想的串通、浸渍，或者重叠。

梦是不涉及时间的，这谁都知道。

梦是超越时间的，故为这永远的行旅提供了无限可能。

如果时间是第四维，可不可以猜想：梦，是第五维？

66. 边界或囚笼

随后的一段日子，丁一整天倦倦的，恹恹的，或独步旷野，或临风枯坐，或闭门简出。闹得我也有点紧张了：莫不是那株恶毒的花并未铲除干净，散落的种子又在发芽？跑到医院去又一通检查。没有，确实没有。干干净净的啥都没有。那又是咋回事呢？

噢，莫不是此丁看破红尘，激流思止，就此将远避喧嚣？——物极必反，这样的事是有的。不过老实说，真若如此，我倒还心有不甘呢。

哥们儿，你这是咋了？

丁一无奈地摇头。

你真是对那**一个**（女子）动心了吗？

丁一还是摇头。

那，还能有什么事呢？

丁一欲言又止。

谁招惹你了呀，倒是？

丁一说他心里乱，求我别问了。

我便陪他坐在落日里，坐在荒草中，远山近树恍若童年。

但非童年。往日早已不再。丁一此刻的心情，或在未来——

比如说在署名为“史铁生”的某种思绪里，才可见其蛛丝马迹：

肉体已无禁区。但禁果已不在那里。

倘禁果因自由而失——“我拿什么献给你，我的爱人？”

春风强劲，春风无所不至，但**肉体是一条边界！**

你我是两座囚笼。

倘禁果已被肉体保释——“我拿什么献给你，我的爱人？”（史铁生的《比如摇滚与写作》）

或者，这不过是我在名为“史铁生”的梦里，所能听懂的丁一。

而丁一，在那个无奈的夏天，唯沉沉闷闷数日而无一言，偶尔吃一口饭也是味同嚼蜡。

他就那么每天疯走，我只有跟着。

他就那么随时呆坐，我只好陪着。

我劝他注意身体，尤其要小心那朵曾经猖獗的花。

他却依旧无言，或点点头，对我的提醒表示理解。

没办法，我只好用他的话来激励他——“乐观”呀，“坚强”呀，“咱一定要成功，咱一定能够成功”呀，等等，等等。

冷不丁地，他说话了：“陌生即性感”，这话哪孙子谁说的？

有啥问题吗？

狗屁！我跟你说吧，这是狗屁！

狗屁就狗屁吧，我心想只要劳驾您终于能开开口。

陌生即性感，性感即陌生，请问这还有完吗？

有完没完你问我？

我是说如果终于还是陌生，咱可是图的什么？

是是是，您图什么？

所以我跟你说那是狗屁！

好吧好吧，就先这样吧……不过，不过为什么呢？

焦虑的丁一久久地寻找着回答。

我心想这问题其实我早跟你提过，你没在意：心魂并没有性，心魂只有别，所以心魂的团聚怎么能是单单地依靠着“性感”呢？再说了，人家所谓的“陌生”，就光是指肉体吗？你自个儿在那儿七弄八弄，倒来说人家是狗屁？不过……不过……哎哟哟，好兆头哇！——想着想着我心头忽一阵亮堂：怕不是此丁浪子回头，要来归依心魂了吧？

然而，迷茫的丁一能够找到的还是疑问。

你说，还能有什么比**触觉**更真实的吗？

比触觉？更真实？

我是说还有没有什么办法，比**触摸**更能证明真实？比挨近更能挨近，比进入更加进入，有吗？直说吧：有没有什么办法，能让那**进入**的感觉，不止于瞬间？

啊，此丁再次令我刮目。他指的分明是那独具的话语呀！他是说：花飞花落，**那话（儿）**何为？——好啊好啊，果然此丁才情非凡，我没看错他！他是说：那话（儿）何味？那话（儿）何萎？那话（儿）何危？那话，它曾经是为了什么？如今，未来，乃至到底，它都是为了什么？

我暗自欣慰。

而那丁却仍自忧愁：千篇一律千篇一律，哥们儿你说，还有点儿什么新鲜的没有？……脱，脱，脱！这个那个，那个这个，还有谁没有？……别处无非是别处的此地，此地不过是别处的别处，哥们儿真是让你给说对了！开始在哪儿，结束还是在哪儿，可咱这究竟是要去哪儿呢？

肉体是一条边界，你我是两座囚笼。

一次次心荡神驰，一次次束手无策。

一次又一次，那一条边界更其昭彰。

…………

所有的词汇都已苍白。所有的动作都已枯槁。

所有的进入，无不进入荒茫……（史铁生的《比如摇滚与写作》）

旷野的风再度流虚飘幻，不似曾经，胜似曾经。

丁一的思虑复归当初：死的，那全是死的呀你看不出来吗？全是遗体，全是幻影……那一块块皮肤所包裹的空间，丝毫也不能扩展，不能飘缭、动荡……

我则又想到夏娃：倘那一次次敞开仍不过是“裸体之衣”，我将何以辨认夏娃？倘那独具的话语屡屡**混淆**于游戏和玩笑，**混淆**于入夜的更鼓或开演的铃声，还有什么能够证明伊甸的盟约？或当那隆重的时节到来，我能否还对她说——这独具的话语等待你，已历千年？

67. 引文与猜想

“为什么要有性？答案似乎没有任何悬念——它是将基因传给下一代的同时保持下一代多样性的最佳方式。但这解释有个致命缺陷：有性繁殖就短期而言是一种浪费。……几代之后，无性繁殖的后代将在数量上超过有性繁殖的对手，并最终令它们灭绝。在为生存而进行的短期战斗中，性是一个严重的败招。……当然从长期来看并非如此。如果没有两性交配为基因洗牌，物种将积累有害的突变，并因此迅速灭绝。……但这不是对几乎无处不在的性行为的满意解释。自然选择并不在乎很多代以后的事。……有些生物学家认为，这种形成精子和卵子的细胞分裂模式，在生命史上很早就进化出来了，成为繁殖手段是后来的事。……这是个很有希望但尚不完整的答案。从某种角度而言，这个解释所做的只是将谜团转移到另一个领域：性别是如何首先进化出来的？这问题又会让我们猜测至少一百年。”（《参考消息》2004 年 12 月 22 日载文《生命十大未解之谜》）

哈，丁一！我眼前一亮，你注意到没有，形成精子和卵子的细胞分裂模式，在生命史上很早就进化出来啦，而成为繁殖手段是后来的事！

那丁惊愣着看我，尚不能理解这一消息的伟大含义。

就是说：性，并不是为了繁殖才有的！

那，那又是为了什么呢？

为了什么，你说为了什么？傻啦你？为了寻找哇，为了寻找夏娃！

"后来，主上帝说：人单独生活不好，我要为他造一个合适的伴侣……于是主上帝用地上的尘土造了各种动物和飞鸟，把它们带到那人面前……但是它们当中没有一个适合作他的伴侣……于是主上帝使那人沉睡。他睡着的时候，主上帝拿下他的一根肋骨……用那根肋骨造了一个女人，把她带到那人面前。那人说：我终于找到我骨里的骨，我肉中的肉……"（《旧约·创世记》）

上帝看这是好的，便赋予他（她）们一种语言，一种表达，或者是一种仪式——这就是性啊，这就是那凹凸之花的原因！

68. 春风化雨

但是，人生堕落语言始。那语言的混淆，使表达委琐，令仪式流俗；器具限于器具，即便是天赋的语言也难免丧失魅力。腻烦，厌倦，人云亦云或不知所云，使那朵曾经一触即发的花萎靡不振。

丁一之花啊，曾经是何等的敏觉，强劲，不知疲倦！如今却似才华耗尽，低垂蔫萎令人怜惜。

我唯默默地守候它，观望它，期待它。

整个人形之器，依我看，最要属这花儿神工鬼斧、雕微造寸！令人迷惘，令人心动，令人难解其意。——假比丁一是个囚笼，我看这花儿最是把守脆弱的一处；设若丁一是座坟茔，我想这花儿最可能是幽灵往来的通路；设若丁一是鬼域，是绝地，是孤岛，那么我猜，非于此处不可以翘望归途、呼救过往的舟船。噢噢，也许这儿就是通天的窄门吧？否则它何以如此诱人？如此威赫、隐秘？如此云遮雾障，动梦牵魂？

有一首古老的歌是怎么唱的？——马车从天上下来，把我带回我的家乡……马车从天上下来，把我带回我的家乡……

性或性感，那不过是人形之器的一种标识，是上帝为心魂的相互寻找预设的一个启发，但弄不好——譬如你“乐不思蜀”，它就还会是摩菲斯特埋下的一口陷阱。

你看那欲飞不能的拘魂吧，你看那束手无策的美形美器——焦灼地纠缠，碰撞，置一切白昼的规则于不顾，翻滚呼号，舍生忘死……那都是为了什么？仅仅是因为性感？仅仅是为了性交和繁殖？不会不会——上帝的启发或魔鬼的陷阱都没有这么简单！若仅仅是“性吸引”和“自复制”又何必如此煞费苦心，“为伊消得人憔悴”？那么，到底，是为了什么呢？我看其中必有非凡的创意，上帝必对这凹凸之花寄予着厚望！

但那厚望，究竟是什么？

那话（**儿**），是怎样的话语？

那语言是否已被忘记？已因形迷器阻，而致心魂不得通达，结果是神销器损，“东风无力百花残”？

在梦里，或在往昔，我恍惚似有知觉：对于永远的游魂，危难并不在于旅途的崎岖坎坷，而在于归心昭昭然而却归路昏昏！“日暮乡关何处是？”——料必这又是先行者留下的慨叹。

所以我和丁一再度张望，目光走遍人山人海，望眼欲穿——望穿那厚壁高墙，望穿那纷繁之衣，还有那道肉体的界线……望穿别人，看那藏于别人的夏娃之踪迹，看那藏于别人的自我之心魂！

但是，如果你期待着另外的心魂，如果表情也是衣，肉体也是墙，这张望势必形同窥视。

只不过这一回的窥视不再散漫，丁一的目光聚焦于一。

只不过这一回的窥视避实就虚，丁一随我一同牵念伊甸。

他仿佛又看见了那个独处的女人，一如曾经之所见：她是那么自由，舒展，柔弱而又强大……柔弱得让你想亲近她，强大得让你觉得可以依靠。她是那样的不加防范，旁若无人，无比的安静中埋藏着难以想象的热烈……那热烈并不张扬，然而悠久，时间一样的沉重，甚至忧伤……但那忧伤却被她纳入蓬勃、灵动，纳入绵绵不尽的悠然自在……她的眼神，她的表情，她的每一部分和她所有的动作，都在说着一句话——

这儿没有别人？

对呀，没有别人。

这儿无衣无墙？

是呀，无衣无墙。

悠悠往事可以都对她说？

可以，可以都对她说。

茫茫未来可以同她一起张望？

当然当然，一起张望。

肉体也不是界线，你我也不再是两座牢笼？

啊，那可有多好！

我告诉丁一：那是谁？那就是夏娃呀！

丁一泪眼四顾：那么她呢，她到底在哪儿？

这真让我喜出望外！随此由衷一问，春风化雨，飘洒丁一；随此由衷一问，盟约昭显，永远的行魂可望归期……

69. 梦：无墙之夜

雨，飘洒进梦里，激起细密无边的呼喊：她在哪儿？她在哪儿？

在哪儿？在哪儿……

烟雨迷濛的城市，肆无忌惮地铺向虚玄的天际。密密麻麻的窗口仿佛尘埃，漫天飞扬而后被雨水打落，一排排一串串一摞摞，睁着空洞的眼睛。空洞又神秘。

我独步街头——或不过是雨在风中徘徊，不过是风，在雨里行走。只听得那呼喊好像就在近旁，却又似总在别处。

街上不见一人。

没有人，没有车，连一星半点的标志都没有。

这是哪儿呢？

连我也似虚无——雨即脚步，风即魂行，唯那呼喊证明我在。

或许会有伯格曼的空白的钟？抑或达利的变形的表？① 也没有。只有墙。连绵不断的墙。连绵不断的墙走成街，走成巷，走成浩瀚的城市，走成走不出去的墙外的呼喊——也许，时间就是由这样的呼喊构成？

自由即是迷宫；旷野也是牢狱；人，注定的，都是死者——有个名叫博尔赫斯的智者曾如是说。

墙，真实，坚固。花岗岩，大理石，钢筋和水泥……击之有声。但是没人。我用力敲击墙面——或不过是风吹和雨打，但无人应。有的还是那不绝如缕的呼喊，掠过墙面，掠过屋檐，掠过青石的台阶，嘶嘶嘘嘘时而尖啸。

我背靠一处楼墙坐下——或不过是风停了，雨住了。雨水在楼前积成一汪，一汪如镜，镜面不断被檐头的残雨滴碎，波纹荡散，倏然碧平如初。如此反反复复。反反复复间忽现一团光影——啊，月亮！

月亮出来了。

---

① 伯格曼，瑞典著名导演，其影片《野草莓》的一幕场景中，街头时钟均无指针与刻度。达利，西班牙著名画家，其画作《记忆与时间》中的钟表皆扭曲变形。

月亮穿云破雾,时而皎洁,时而昏蒙。

空中,清光浮漫。地上,叶影斑驳。

远处的呼喊悄然遁去时,近处纷纷然浮起嘈杂。随之背后一空,我险些仰倒,怎么回事?墙呢,墙怎么了?

回身看时,墙都不见,唯一群空无所依的人形如悬如浮!

墙呢?不翼而飞,还是“本无一物”?

可那些人却都不惊慌,高居低住,左右相邻,各行其是,相互无视无睹仿佛四壁犹存……空墙透壁,如一座立体的舞台——

有人在洗碗。

有人在饮茶。

有人在看报纸。

有两个人面对面下棋。

有四个人围坐桌前,可能是打牌。

一老者独自坐在昏暗中,闪烁的银屏时而照亮他木讷的脸。但他是在看电视呢,还是在看电视后面那个姑娘?电视后面,灯光切断昏暗——

灯下,姑娘正在电脑前忙活,时而凝神苦想,时而嫣然一笑,“噼里啪啦”地按动键盘……而在她上方——

一个少年踩着凳子换灯泡,不小心灯泡脱手,眼看着要砸在下面那姑娘的头上了,却“砰”然而止,碎在半空。少年束手呆望……在他呆望的方向——

一对年轻夫妇正哄着孩子在玩飞镖,嘻嘻哈哈,欢声笑语。镖靶实在是太小了,飞镖更像是飞向前面的一个男人。前面,即那镖靶背后,光线忽又转暗——

暗淡的灯光下,那男人坐在马桶上悠闲地踏着节拍,想必还哼着什么歌。投来的飞镖有些垂直坠落在他脚下,有些稳稳地悬在他眼前……而他的斜下方灯火通明——

灯火通明,觥筹交错,一群年轻人又喊又叫不知正在庆祝什么,或纪念什么……而就在他们身后,一盏烛光如豆——

烛光中可见一幅蒙了黑纱的肖像,肖像旁坐着个老妇人,一动不动;近旁的喧嚣形同不在,或丝毫不能扰乱她的追忆……再过去,是两间黢黑的空屋——

或者是等待中的婚房。月光照亮着门上的大红喜字,隐约可见一串串彩链和五颜六色的气球……而这空屋下面,也有一串串飘飘摇摇的气球——

飘摇的气球围绕着一个熟睡的婴儿。这孩子是否梦见了雨呢——哪儿来的“浅浅”的水声? 哦,是下面,稍远处,那儿——

那儿水花迸溅,水雾迷濛,绿莹莹的柔光中一个悠然沐浴的女子……(那窈窕的形影怎么有些眼熟?)我于是像丁一那样看她,看得痴迷。看乌发贴在她白皙的肩头,看水帘铺洒过她挺耸的胸前……看泡沫在那陷落的地方聚集,聚集,最终沿一道动人的弯曲被溪流冲散……细细的溪流在她的臀尖滴淌,流过腿弯,漫过脚趾,平平地铺开,托起她动荡的身体……正如丁一所说“她是那么自由、舒展、蓬勃”……然后水声停了,她慢慢擦干着湿发,擦干处处,展臂,弓腰,屈膝,轻轻一跳……(怎么这跳跃的姿态也好像在哪儿见过?)她赤裸着走出浴室,走过厅廊,走过安睡的花草,走过警醒的时钟,脚步轻柔,周身的肌肤浪也似的流动……正如丁一所愿,她是“那样的不加防范,旁若无人”,每一个动作都是那样坦然,坦然得令人心惊……她走进卧室,走到床前,独自静静地坐一会儿,不管拿起什么扇一扇,驱走夏夜的燠热……然而她忽又跳到镜前,不,不是为了梳妆,是要看看自己。(她怎么有点儿像……像谁呢?)她轻轻地转动着身体,看自己……正如丁一所料,那“无比的安静中埋藏着难以想象的热烈”……她平伸双臂,踮起脚尖,欣赏着自己,或欣赏着夏娃的居身……啊! 是她吗? 夏娃? 会不会她就是夏娃? 会不会,夏娃已进驻她中? 可就在这时候有人敲响了房门——

昏暗的楼道里站着个邮递员，“电报！电报”地嘶喊。

“哎，来了！”镜前的夏娃平安顿逝……“好了，听见啦！”赤裸的夏娃东一把西一把地抓，样子虽有些可笑但还是不躲不藏……“对不起请稍等一会儿，稍等一会儿好吗？”狼狈的夏娃急慌慌地穿衣，里一件外一件地穿呀，套呀……那情景真令人沮丧，令人忧伤——你等着看吧，很快她就不是夏娃了……

邮递员悠闲地哼着小曲儿。

门响了。门开处一团虚白刺目的光芒。

但当那女子出来时，夏娃已藏进别人——衣冠楚楚，言笑得度，谨小慎微……

我跳起来向她扑去——也许是想让时间停止，让时间倒退，让这女子回到自由，回到刚才，回到夏娃。然而，空墙透壁忽似舞台大幕徐徐闭合……

闭合成墙。

真实而且坚固的墙外，只有我独自呆望。

云缕如流，忽而汹涌。

月似行舟，须臾隐没。

依然是烟雨迷濛的城市，烟雨迷濛的街巷。依然是风裹魂飞，雨载我行，细密无边的呼喊在墙外浪人似的徘徊：你在哪儿？你在哪儿？在哪儿？在哪儿……

那儿！丁一大梦惊醒，一骨碌坐起来喊，她，她就在那儿呀！

哪儿？我顺着他的视线看，你说谁？

丁一愣愣地望着天上，似仍在梦中。

谁呀？丁一你到底看见了谁？

素……素白衣裙的女……女子。

噢，我说呢，怎这么眼熟！我再问那丁：哪儿？告诉我，她在哪儿？

在戏……戏剧里头！

戏剧？

对呀戏……戏剧！她就在那儿。——那丁两眼直勾勾地看着我，好像是说：你不应该不懂。

你是说《白雪公主》？

不，我是说戏……戏剧！

什么戏剧？

那丁哈欠连天，中了魔似的随时可能又睡过去。

我赶紧摇晃他，努力撑住他沉重的身体：快，快说！哪出戏剧？

倒不一定是……是哪出，就是戏……戏剧……

我稍一松懈，那丁已是鼾声又起；好像那梦境勾魂摄魄，不想放他走似的。

呜呼，我竟一时懵懂，半天才反应过来这是个好消息呀，实在是个好消息！梦，原是我的领地，看来这丁真是浪子回头要来归在我的麾下啦。好哇好哇，那就让他睡吧，尽情地睡吧，梦吧，夜的眼睛会看得更真切，夜的耳朵会听得更深远。

只是这“戏剧”二字来得蹊跷，一句胡话？还是一个预言？啊，勿急勿躁，那还要等到未来——未来我与丁一注定要一同走进戏剧，领会它的玄机，或从中谛听生命的奥义。

70. 真相的继续

不过，丁一的郁闷，其实还有一个更为深重的原因，即“**出卖**”二字忽又半路杀出，而且是在一个与当年的情境何其相似的时候！“朋友是不能出卖的，可必须**出卖**时，你先说他不够朋友就行了。”——那女子不经意的一句话，触到了丁一的隐秘，触痛了他的旧伤。

现在可以说说丁一当年的那桩“丑事”了——即那件令其早春乌云笼罩，让他一向讳莫如深甚至不敢深想的往事。世人单知自那之后丁一得了个“流氓”的称号，却不知其中另有隐情。如今事过境迁，丁一又已在情场屡屡得意，再提这段旧案，料已无大碍。

这事就发生在那个口号喧天的大会之后。太准确的时间记不得了，总之，就在丁一自以为看穿了人间真相之后的那个冬天。还记得吗，在那个大会上沉默的丁一突然爆发，对我愤愤地嚷着什么“还不如他站在台上”？那是指他的父亲。他宁可父亲是站在台上万人瞩目地挨斗，也不想他是站在台下无声无息地卖饭。当然我知道，他最满意的情况是父亲既不要在台下卖饭，也不要在台上挨斗。想想父亲，甚至卑微到连站在台上挨斗的资格都没有，丁一莫名地惆怅。一个可有可无的厨师，谁知道你是谁呢？除去吃饭时看见你，别的时候谁还发现你，谁还会对你有什么别的期望？所以嘛，也不会对你有什么指责和苛求，也不会指望你有什么观点或见解。

想到这儿，莫名的惆怅已变成确凿的伤痛。我知道，他还是羡慕他那几个父母是专家、权威或名人的朋友，以及羡慕着那些“红绸”“红缎”。从前羡慕，现在也还是羡慕。为什么？因为现在他们也还是有理由比一个厨师的儿子骄傲，也还是会说——不说也会那样想，或者那样评判——“你们工人”“你们工人其实挺好的……”唉唉，**“他们”“我们”“你们”**！丁一明白了什么是敌视，什么是轻视和漠视，什么是根深蒂固，什么是“不以人的意志为转移”。

事情就发生在那之后不久，一个冬天的礼拜日。

一夜大雪，黎明放晴。那个礼拜日的早晨，我随丁一出了家门，踩着整洁的积雪漫无目的地走。

天气真好，天空蓝得深远，透明，蓝得甚至有些虚假。积雪在阳光下闪闪刺眼，在脚下吱吱有声。人的心情于是也透彻起来，像雪后的空气一样干净，且似踊踊动动地有着什么期待。风犹料峭，但已是春意难掩，鸽群悠然地盘旋，洒下满天清朗的哨音。丁一不思止步，我便随他越走越远。

不觉间已到郊外。走过城墙时，记得有人在放风筝，孤单的风筝在高空簌簌发抖。走近护城河时，见有人在那儿溜冰，姑娘们星星点点的花头巾尤其醒目。走下小桥，走上河岸，走在空旷的田野上，见一群孩子在雪地里摸爬滚打，欢笑声清脆悦耳，随风传扬。一条衰草遮掩的小路曲曲弯弯，把丁一引向一座荒废的古园。

园中古木参天，银披素挂；残阁废殿，玉砌冰雕。四望无人，那丁放喉一喊，层层浪浪八面有声……没有别人，梦也似的我们好像走进了一个另外的世界。可是久别的伊甸吗？抑或一处新辟的乐园？然而，我明确还在丁一。我在丁一，这毫无疑问——阳光在雪地上投下一缕人形孤影，随我们一路坎坷起伏，提醒我不要得意忘形。但那确凿是个好去处，松屏柏障，曲径通幽，我和丁一或疾行慢走，或低吟高唱，倚墙呆想，凭栏远眺……整个那一上午我们尽情地享受着没有别人的自由。

丁一甚至跟我说：这会儿咱就是脱光了也没事，你信吗？

我心说，这小子看来真是有裸露癖。

算了吧你！我指指远处眼睛一样的楼窗说，你知道有谁正往这边看吗？

要看他就看呗，丁一说，反正谁也不认识谁。

你敢吗？

你呢？

你敢我就敢。嘁，我怕什么！

那丁便又鼠头鼠脑地东张西望：你说，那些窗口里肯定有人吗？

你要是敢，那儿就没人，你要不敢就说明那儿有人。

于是我俩笑了一回，谁也没敢。

也许是命中注定，也许是鬼使神差，就在丁一走累了走饿了我们正想回家的当儿，在一片平坦的雪地上那丁发现了一行孤独的脚印。那脚印犹犹豫豫也似漫无目的，弯弯曲曲，进进退退，最终隐没进一片茂密的树林。麻烦就从这时候开始了。麻烦就麻烦在此丁情种，他说这一行脚印似曾相识。

你认得？

没错儿，我肯定见过。

谁的？我半带嘲讽地笑他，说呀，谁的？

那丁弯腰细瞅，出语惊人：女孩儿，保证是个女孩儿！

唉唉，既已托魂情种，就别怨这厮常近疯癫。我只好跟随他，跟随着那行脚印，走进了那片小树林。

这就叫命中注定，这就叫鬼使神差！就在那儿，就在那天，就在那片密林深处，一条红头巾蓦地向我们转过脸来——

“嘿，你怎么来了？”

“哈，我一猜就是你！”

我已说过，在那天的大会上，当人间真相暴露无遗，当画家Z心潮翻涌想象着未来的征服时，丁一心中却只有忧伤，或是哀惜，因而更为焦灼地向那些女孩们张望。张望中的那点心思我当然懂：为什么，为什么要这样？难道我们就不能还像往日那样亲密无间？所以我早有预感：丁一心慕神仪的那个女孩终于是谁虽未清晰，却已存在，说不定就在他那几个自幼的好友中间。

果然果然，当那密林中的红头巾转过脸来时我看见，正是他那几个好友中的一个：依。何依。

“你干吗来了？”依问。

“我来找你。”

“瞎说，没人知道我在这儿！”

丁一只是笑。丁一大喜过望。

“你是怎么找到这儿的?”

“我认识你的脚印。”

“真的呀?”依惊讶地望着他。

“你一个人跑这儿来干吗?”

“自己看!”

画板上夹着画纸,画纸上是一幅未完成的素描:一棵苍然的老柏树。

“树哇?”

“我可喜欢树!”

“干吗不画人?”

“我不喜欢人。”

“不喜欢人?”

“你喜欢?”

“人怎么啦?”

“你说人怎么啦?”

“好吧,那你画。”

“你上哪儿?”

“不上哪儿。我看你画。”

“我说你还是走吧。”

“走哪儿去?”

“我管你走哪儿去?爱走哪儿去走哪儿去。”

“我就在这儿看看不行吗?保证不出声。”

“一点儿声都不能出。”

“保证!”

“出了咋办?”

“出了不用你说,我立刻滚蛋。”

依“嘁嘁”地笑。

天上走过鸽群，走过哨音，走过云朵。淡淡的云影掠过树林，掠过依的画纸，掠过画纸上的老柏树。丁一将终生记住那一刻的安宁，记住那安宁中光线的变幻，记住那光线的变幻中有一缕温香暗暗弥漫——以情种丁一之敏觉，我闻见那温香在林间飘缭，盘绕，很快就寻到了她的根源……

“要是画人，肯定你也画得好。”

“我偏不！”

“咱美术老师说人才是最美的，也最能表现时代……”

“什么狗屁时代，世界上顶人虚伪！”

丁一心里忽悠一下，想起了那天的大会，想起了人间真相。

依见他不再吭声，停了画笔，看看他。

“人都是嘴上一套心里一套，你信不？”依问。

丁一敷衍着点头，仍不吭声。

依说：“我爸的那些什么门生呀，弟子呀，今天还是先生长先生短地追在你身后，可明天你倒了霉，为了择清自己他们骂你骂得比谁都狠。”

他们站在台下卖饭吗？

嘘——丁一！依并没有恶意。

“这就是人！”依说。

“我看不出人有哪点儿好。”依说。

“你说，人哪点儿好？”依问。

“可是你看这些树，”依说，“多么真实，多么坦荡，一切艰难一切记忆一切愿望就这么直接告诉你，没有一点儿花言巧语躲躲藏藏。”

“我爸说，这才是真正的语言！”依说。

“画它，就是听它说。”依又看看丁一。

“你听见它们在说话吗？”依问。

“它们在交谈。它们在梦里互相祈祷平安。在冬天的睡梦里，它们默默地祈祷着春天，酝酿着漫山遍野的绿色……喂，你怎么了？”

丁一弯着腰，手拄双膝，目光直勾勾落定在依的画纸上，耳边似有喧嚣——也许是天上的鸽哨声太过嘹亮？

“问你呢，傻啦？”

画纸上的老柏树渐渐模糊。

“嘿，你听见没有！”

丁一还是不动，眼珠都不动，他怕一动眼泪会掉下来。

依放下画笔，推推他：“怎么啦你，没事儿吧？”

丁一这才刚睡醒似的直起腰，强作欢颜，但表情明显还不能脱离刚才的心境。

“你想什么？”

“没呀？没想什么。”

“瞎说，你骗人。”

“你不是说人都是嘴上一套心里一套吗，你还问？”

“我又没说你。”

“你没说我，我自己说我。”

依歪起头，看他。

“我没资格说别人。”

依转过身来，面对着他看。

“你说得对，树比人好。树都是树，只有人把什么都分成贵贱。”

“你想说什么？”

“我能说什么？”

“你想什么干吗不说呀？”

“谁想什么都说吗？”

依把画笔放进画箱，眼睛不离开她的朋友。

丁一围着某一棵老树走，看天，看远处，偶尔看一眼依。

依一直都看着他，等他说。

“**你们**祈祷的那种平安，也包括**我们**吗？”丁一终于说出了这句话，话一出口连他自己都吓坏了。

“我们？”依问他，“‘我们’是谁？”

“你们认为，低贱的，或者说平庸的人，也有什么平安值得祈祷吗？”

“‘你们’？我不懂你说什么。”

“你不懂平庸是什么意思，还是不懂被人看不起是什么感觉？”

“你说的这都是什么呀！”

“那我告诉你：平庸就是被人怜悯，被人安抚，被人劝慰，被人夸奖，可这之前并不被人发现！”

看样子依是听懂了。听懂了的证明是：依脸色骤变，但只是低下头，并不反驳。我猜她一定是想起那天的事了（那个骄阳如火的七月），或者她一直就没有忘记那天的事（大家勾肩搭背地在街吃着冰棍，丁一忽就沉默寡言起来），那件事虽不强烈却时常在她心头泛起（“你们”“我们”“他们”）。看着依的样子，我真觉得有点儿过意不去。

嘿丁一，你就甭说了！

可那丁却忽然不依不饶起来：“被人忽略是什么感觉你知道吗？你以为，根深蒂固的平庸、低贱，永生永世地让人看不起，真就比站在台上挨斗更平安？你说你祈祷平安，可我敢说，谁也不会祈祷我……我们这样的平安——被人轻视，被人忘记，然后又被……被人安慰！”

呀！这厮何时有了如此敏锐的思想，如此尖刻的口舌？连我也一时惊诧。

“我没有那样想啊，真的丁一！我们都没那样想……”

“可你们那样说了！你们说‘你们工人’……”

看样子依早就料到是这句话了，她脸色愈加苍白。我猜，那天之后依可能不止一次地想起过这句话，想这话都是什么意思，这话确乎是不止一种意思，但都是什么呢？她想不透，也许是不敢想透。但现在让丁一给说透了。

“真的，真是对不起，可我真不是那样想的呀！”依苍白的脸上忽又飞红。*哦，她原来是这么漂亮啊！/ 怎么，你现在才发现？*“我也不知道是怎么回事，可我知道我们伤了你……可你别当真行吗？真的，真的是对不起……”

丁一倒愣了。丁一本以为这下完了，话说到这份上朋友算是吹了。若非依这样说，他下一步的行动必是逃跑，本能地逃跑，但这会儿本能忽然无力，丁一站在原地傻愣愣地望着依，心里一片空白……

然而那空白却似林中的雪地，铺展得平坦，铺展得洁净，安宁，在中午强烈的光线下泛起着点点光芒，甚至有声，是鸽子吗？那声音似从遥远之处传来，单为唤起久远的记忆——久远的哪儿呢？和谁？伊甸吗？还有夏娃？

…………

事后的危难让我已记不清接下来的情节都是怎样发展的了，总之，当丁一与那个名叫何依的女孩和解之时，当他们以为“我们”“你们”和“他们”都已言归于好的时候，树林的边缘响起了“流氓之歌”。或当丁一终于寻到了那缕温香的源头，并埋头其中之际，树林里来了**别人**！我记得，当丁一从那心动如鼓的初吻中抬起头来，发现时空跟他开了一个无比的玩笑：不单烈日已变作夕阳，雪后的树林也已经不见，场景一下子切换到“革委会”一间黢黑的小屋。在那儿，丁一将被——不是在脸上而是在心上——打上“出卖者”的烙印。

71.出卖

“出卖者”的烙印可比“流氓”的称号严厉多了,所以很久以来,丁一宁愿接受后者,而对前者讳莫如深,甚至想在自己的记忆中把它抹掉。

但是不行。事实证明,这不可能。

对于丁一的出卖,可任由别人评说。比如有人说:那是暴力使然,是非法所致,责任当归时代。比如也有人说:同样的处境下,有叛徒也有英雄,所以个人的责任也要追究。比如还有人说:求生或求平安,乃人之本性,故此丁之软弱实在是可以同情和原谅的。但无论如何,这出卖的行为,毕竟已在丁一的历史中不能抹去。不能抹去的根本原因是:我与丁一将永远不能忘记——

待那黢黑的小屋里亮起煞白的灯光时,接连走进来几个人。

“哈,小小年纪就懂得干这事儿!”几个陌生人一一落座,屁股尚未挨稳椅面便开始嘲笑丁一。(没错儿,一定是从这样的角度开始——性的角度!那史说得不错:那个可怕的孩子已经长大得到处都在。)

丁一满面羞愧,不敢抬头。我则想起与这世界初次相遇时的情景,那时的羞愧是因为年幼的丁一赤身裸体,那么现在呢,是因为什么?是因为少年丁一的初吻赤裸了我们的心愿。

“说吧,还有什么?”那些人板起面孔。

“没有了,叔叔,真的没有了。”

一阵哧哧窃笑。

“女人,什么样儿,知道了?”

丁一懵懂地看着他们,甚至天真地回想:女人,什么样儿呢?

“那个反动教授的女儿,不会没跟你说点儿别的什么吧?”

很久以后丁一才能听懂，“革委会”们是冲着依来的，冲着依的父亲来的。

“没有哇？我们光是说……说她的画来着。”

“都是怎么说的？”

“她说她喜欢树，她喜欢画树。”

“还有呢？”

“没有了。”

“不会吧？你们在小树林里那么半天，就光说这个？”

“真的叔叔，不信您去问依。”

“当然要问她！但现在是问你，看你老不老实！”

丁一的“觉悟”超乎我的想象。我劝他就如实说呗，但他阻止了我：别别，有些话说不定会惹麻烦。

“真的没有别的了，我们光是说她的画来着。”

“看来你是敬酒不吃喽？”

丁一低下头，不吭声。

“别以为你是工人出身我们就拿你没办法。你父亲的出身是什么，以为我们不知道？”

自那一刻起，我感觉丁一的心跳开始加速。

“严格讲，出身是要算几代的。不用多，往上数两代，你是什么？”

自那一刻起，我觉出丁一在发抖，从里向外地抖，完全控制不住。

“**你们**算工人，这很可能是个错误，**我们**完全可以纠正这个错误。说不定你父亲就是混进**我们**工人队伍里来的阶级异己分子！”

又是“你们”和“我们”。那依呢？自然是“他们”了。

“这事跟我爸没关系，真的，叔叔，真没我爸的事儿！”

“什么事？说！什么事跟你爸没关系？”

丁一语塞。自那一刻起，我们的大脑开始混乱。

“看样子非得把你爸找来了，是不是？”

“别，叔叔您别！您让我想想，让我想想行吗？”

但是，那个大脑，好像既不服从丁一指挥也不听由我掌管了。有过这样的事，在我悠久的旅行中曾经遇到过这样的事：莫名其妙地你就会身不由己，言不由衷，大脑既不服从生命也不听由心魂，而是被施了魔法似的一味听命于**别人**。比如在利诱之下，比如在恐怖之中，比如在群情激昂、万众一心之际……那时的大脑正所谓失神落魄吧，譬如水面上的一片枯叶，唯由浪流去摆布了。

“比如说，依的父亲，跟依说过什么没有？”

这是一群老练的审问者，至此方入正题。当我们的大脑如一片枯叶随波逐流之际，正是他们等候的时机。

“她爸说……说树没有花言巧语，可是人……”

“人怎么？”

“人都是嘴……嘴上一套，心……心里一套。”

“嘴上怎么，心里又是怎么？”

“她说她爸的学生昨天还追在她爸身后，可她爸倒……倒了霉，她说他们就骂她爸比谁都骂得狠。”

“还有呢？”

“没有了。”

“这叫什么你懂吗？这叫对时代不满！”

诚实的丁一居然点点头。

“你爸还说过什么？”

“不是我爸，是她爸……”

“她爸还说什么？”

“还说，还说这是什么狗……狗屁时代。”

…………

这是出卖吗？

这就是出卖！

因为审问者确信这足以使依的父亲罪加一等。因为此后不久，依的全家就被流放。还因为出卖者丁一将被流放得更为深重——这样的流放，既非空间之有限，亦非时间之有期，而是心魂之永远；愧疚、恐惧、迷惑，从此将伴其终生。

在"革委会"的日日夜夜，我们对依的这位好友丁一深感失望，对"朋友"这个词深感愧疚，对人间的信任深存疑惧。不过，说来这也许是我们的幸运——正因为这失望、愧疚和疑惧，不是由于别人而是由于自己，不是针对别人而是针对丁一，所以才没有像画家Z那样走进怨恨。如果有一天，你发现自己也是**别人**，自己也不可以信赖，自己也难免是个出卖者，是叛徒，这可咋办？天昏地暗，唯有天昏地暗！真正是绝望，真正是绝无可望！醒里梦里我和丁一俩都在互相问着：这还有什么意思？这可还有啥活头？在那间黢黑的小屋里我们徒劳地唾弃着自己，并由衷地为依祈祷平安。情种丁一泪人似的整天就想着一件事——只要我还能出去我马上就去找依，告诉她：不会的，真的不会的，依请你相信，这世界上不会因此就没有了可靠的情谊……

但是那年春天，当我们从"革委会"的小黑屋里出来时，依已不见。依已经迁离这座城市。依家的房子里搬来了别人。听说，依同其父母，已然一起流放边疆。可边疆在哪儿呢？或者，是哪一处边疆呢？无从询问。可怜的丁一被父亲关在家里，不断地受着教育和再教育："以后少跟别人来往，老老实实给我在家待着！"

于是乎很长一段时期，我们又只能一同凭窗眺望了：近树，远山，飞霞……以及那飞霞之下的边疆，边疆的依，和夏娃……

72. 叛徒

“叛徒”是这世界上最可怕的地位，比“流氓”，甚至比后来那朵丑恶的毒花还要可怕千百倍。癌，那不过是自然灾害，叛徒却是“自作孽，不可活”！流氓呢，更是只要承受别人的轻蔑，无须乎像“叛徒”那样自己看不起自己；就算你真是流氓吧，也还有望浪子回头，叛徒却是永远的流放，回头无岸。

岸在哪儿？当然不会在敌人那儿，当然应该是在**自己人**这儿。可是可是！你哪还有什么“自己人”呢？叛徒所以是叛徒，就在于背叛了“自己人”，“自己人”早已经看你是“敌人”，而“敌人”却不会看你是“自己人”。因故，叛徒的流放，不是空间之遥，不是时间之久，而是在人类之外。一旦谁成了叛徒，老天爷，这世界上就好像又多出了一个物种——不同于人的，另一类直立行走的动物！据我观察，丁一一带有三种动物以直立的姿势行走：人，企鹅，还有叛徒。（狗和狗熊都不算，狗熊偶尔为之那是因为怒了，狗是逗你玩。）种种迹象表明，叛徒已非人类——虽具人形人魂，却不被认为还有人性；虽进人食，居人屋，却又不是什么宠物。简直说吧：是弃物！流氓、乞丐尚有自己的群帮，有谁听说过“叛徒协会”？有人关注黑猩猩、大熊猫、藏羚羊、东北虎，有谁去问过叛徒的日子是怎么过的？

自丁一的“出卖”事件发生以来，我常后怕：这无尽的旅途是否意味着什么样的鬼地方都可能经过？倘一天不小心做成叛徒，一定比掉进鱼身狗器还要糟糕。以后的路可怎么走呢？一个叛徒的心魂将寄望何方，投奔何处？一个叛徒，是否还可以去见见他的夏娃呢？

恰恰就在那次事件之后的一个下午，丁一百无聊赖，我们一同去看了场电影，那电影里就有一位“同志”不知是怎么一来二去地就成了叛徒。此“同志”多年来与同志们一道出生入死，患难与共，却只因某一秒钟的疏忽便葬送了一生清白。那一秒钟，此“同志”忽然多情，（妈的，情种！）天晓得怎么就做出一个大不谨慎的决定：去看看他的爱人，去看看他的夏娃，去跟他的未婚妻再见上一面。那是在他领命了一项危险任务之后，走在回家的路上，走着走着就接近了那一秒钟——他忽然觉得，四周的景物咋这么熟悉，甚至空气中也带着亲切？狗似的再使劲闻闻……啊，明白了：离他未婚妻的小屋不远了——潜意识正把他送去她的面前！直到这时他才想到，自他领命之后，满脑子就都是她了，就都是一个问题了：今生今世还能不能再见到她？于是这位“同志”坐下来，靠在路边，点上支烟，在那一秒钟之前踌躇，徘徊。七上八下地琢磨了很久，终于一个“情”字占了上风，温柔地把他送进了那残酷的一秒钟：月淡星稀，暗夜四布，阒无人声，他想应该没啥问题吧？况且，这一面，说不定就是永别……他抬腿向那爱人的小屋走去。有一首歌是怎么唱的？“有位年轻的姑娘，送战士去打仗，他们黑夜里告别，在那台阶前……透过淡淡的薄雾，青年看见，在那姑娘的窗前，还闪亮着灯光……”——对了对了，就是在那样的窗前，此“同志”被敌人候了个正着。

接下来的事嘛，唉！我真是觉得此“同志”太过缺乏想象力——你既已千遍万遍地准备好了死，怎么就不想想千遍万遍地折磨你是否熬得住？皮鞭，烙铁，竹扦子，老虎凳……你以为你是谁？清醒的时候你宁死不屈，八天不让你睡觉你肯定还找得着北吗？你可以蔑视敌人的用刑，你也可以蔑视亲人的受刑吗？你有权决定自己去死，你也有权替亲人做这样的选择？

出了电影院我发现丁一脸色煞白，目光灰暗，神情恍惚——那电影院里昏黑，闷热，汗味屁味混成一团上蹿下跳。我们挣扎着走到一家冷饮店，一连吃了七根冰棍此丁才算喘过口气来：哎哟喂我的妈吔！

怎么样？我问他，要是你呢？

那丁俩眼直勾勾地愣半天，谦逊地说：我 KAO，千万可别他妈轮上我！

我是说，假如呢？

丁一望天望地地又想了一会儿，挺诚实：八成就招了。

你丫就㞞熊？

鞭子嘛，也许还凑合。

竹扦子和烙铁呢？

够呛。

八天不让你睡觉呢？

八天？三天我就不知道自己叫什么了。

那咋办？

死！行不？不如干脆让我死了吧。

便宜得你！刚才那哥们儿，说不定也巴不得死呢！

我 KAO……

还有，要是当着你的面折磨你的亲人呢？比方说……

甭他妈老拿我打比方！哪一样儿我也顶不住，行了吧？

行了？行了谁还怕当叛徒？

我知道我知道，KAO 你丫就别说了好不好？

好，那就不说了。最好也不想。什么也别想，只看街上的行人。看那些悠闲与焦急的脚步、各式各样的裤腿和鞋，看地上的纸屑、烟头、黏痰和尘土，听此起彼伏的叫卖和歌星们声嘶力竭的比赛吧。“月亮走，哦我也走，哦我送阿哥到门口，哦……”“此一去山高呀路又远哪，此一去十年八载呀不回还……”可是，此一去阿哥要是让敌人给逮了去，成了叛徒呢？比如说刚才那哥们儿，虽然他是叛徒，可他也完全可能是某一少女的阿哥呀……说不想其实还在想，想又想得郁闷，那就看天。看天上的鸽子和房顶上的猫，听一片凄婉的鸽哨，看猫身旁一杆蔫垂的旗……晚风徐徐之际，我俩可以庆幸的只有一件事：谢天谢地，那叛徒不是咱。

再说咱也不打算干啥不是？那丁说，不至于有人抓咱。

可你已经被人抓过了，哥们儿！也已经出卖了朋友！

唉——那丁又一屁股坐倒。

绝望。灰暗的晚风中处处都是绝望。

你说，怎么才能保证不落到那地步呢？

除非……

除非怎么着？

除非你压根儿就不要有敌人。

我从来也没想有敌人呀？

或者，从来就不要有什么……什么自……自己人。

那夜我们一起去看姑父。很久没去听他讲故事了。同时我们也去看了照片上的那个女人，她到底是谁呢？

73. 馥的故事

"现在，除了我和老刘，"姑父叹道，"没人知道她到底是谁了。"

"现在，除了老刘，"姑父又说，"也没人能证明她是谁了。"

"她，不是烈士吗？"丁一问。

"只有我这么看。"姑父说，"只有我认为她**应该**是烈士。"

"她怎么死的？"

"可我的话没用。一个叛徒，怎么能证明一个烈士呢？"

"那老刘呢，老刘在哪儿？"

姑父沏一壶茶，请丁一坐下。

姑父说有一朵昙花就快开了，不是今夜就是明天一早姑父说丁一猜得不错,照片上那女人是他的恋人。但马上姑父又改口说不对不对,应该说他是照片上那女人的恋人。

“到底该怎么算呢?”姑父问丁一,“我是她的呢,还是她是我的?”

“互相的。恋人嘛,当然是互相的。”

“唉——”姑父长叹一声,苦笑道,“可要是你爱着一个姑娘,可她至死都不知道,你说,这可怎么算呢?”

那女人名叫馥,姑父高中时的同学。真可谓是一见钟情,姑父说自打他第一眼看见馥他就爱上馥了,一直到现在。但是馥并不知道,姑父从来没跟她说过。那时的馥短发齐耳,一身素白的衣裙,除了歌声就是笑声,纯洁得就像个天使。姑父说:“你连多看她一眼都会觉得是亵渎,可怎么跟她说呢?”终于有一天,姑父下决心无论如何也得跟她说了,鼓足勇气都走到她跟前了,寒暄之后话都到了嘴边了,可就这工夫来了个别人……姑父说什么叫命呢,这就是命!这一没说可就再也没机会说了,此后馥忽然就不见了。

“不见了?”

“不见了。”

也许有三四年,也许更要久些,馥就像是没了。哪儿都找不到她。姑父到处打听,逢人就问,可是没用,没人知道她去了哪儿,什么她的消息也没有。这个人真的就像是蒸发了,凭空地就没了。

“老刘呢,他该知道吧?”

“爷们儿!”姑父不合适跟丁一论哥们儿,既是男人对男人,那就叫爷们儿吧,“爷们儿你要是信得过我,就听我慢慢儿跟你唠唠。”

我能听懂姑父这话中的苦涩,他是说:哪怕屁都不顶呢,也让我痛痛快快说一回吧!

姑父说后来,有一天,老刘跟他说馥要是死了呢?姑父说不可能,死也不能死得谁也不知道!再后来,老刘又说:就算馥还活着,那种无情无义的人你也不如就当她死了吧。姑父还是不能接受，姑父不信馥会是那种人。姑父想不出她能去了哪儿。最让姑父想不通的是，不管去了哪儿，她也不会忍心就这么一句话都不留下。

“那，她到底是去了哪儿呢？”

“好几年之后我才知道，她去了一个高官的府上。”

“高官？她是不是嫁给那家伙了？”

“别急，爷们儿，你听我说。”

噢，我懂了！我碰碰丁一，同时对姑父说：“准是她被派到敌人内部去卧底了，比如说当个秘书什么的……”

“你怎么会想到的？”姑父脸上露出孩子似的惊喜，就好像如果他发现得早历史原是可以推翻重来的，只可惜他不曾有丁一这般敏捷的反应。

“要不，”我说，“她怎会成了烈士的呢？”我捅捅丁一：忘了吗，有个电影不就是这样吗？

但姑父的笑容渐渐消失，一脸的懊悔随即深重：“唉，我可真是笨哪！我当时怎就没想到会是这样呢？事后想想，老刘一直都在暗示我呀，可我这猪脑子偏就一根筋。”

我心说这老头真也是够笨的！——我那是从谜底推出谜面的，你当时又不知道馥的结局嘛。

对，卧底，或者叫地下工作者，总之，就是打进敌人内部。不过呢，姑父说馥当的不是秘书，是保姆。

“怎么是保姆？”

“说得好听点儿是家庭教师，其实就是保姆。再说得不好听点儿，就是老妈子。管着仨孩子，一个小姐俩少爷，都还不懂什么事呢。”

姑父实在是不能理解。姑父心说怎么了这是，馥你平时不糊涂呀？至少说这是大材小用，莫非你不明白？馥聪明漂亮又能干，有思想有志向，在姑父心中她简直就是公主，就是女王，就是真理！

上学时馥的功课门门名列前茅，姑父暗暗使劲也总是赶不上她。干吗你非要去当什么家庭教师呀？干吗你非去当个老妈子呢？所以姑父就不停地去找馥，劝她离开那儿。你上哪儿不好？你干吗不行？馥，你就听我句劝行不？但馥总是东拉西扯地搪塞他，表情也似多了几分神秘或警惕，没有了以前的明朗，好像从头到脚换了个人。

姑父说："我可真是笨哪！"

姑父是在一条小街的拐角处找到馥的。完全的不期而遇，完全是芝麻掉进了针眼里，说句粗话：完全是姑父的一泡屎给憋出来的。那天姑父去逛旧书摊，逛着逛着忽觉下紧，不行，非得找个地方解决一下不可。姑父就钻进一条小巷，钻了一条又一条，谢天谢地总算有个公厕了。痛快完了，姑父慢慢在小巷中走，蓝天白云，红桃绿柳，小巷幽幽，兼有童歌阵阵……好一派太平景象。姑父正自感慨，谁知就走到了命运要他走到的那个地方。——馥！正站在一家大宅门前，跟两个天真烂漫的孩子一起唱着歌谣：

"打花巴掌呔，正月正，老太太要看莲花灯……打花巴掌呔，五月五，老太太要吃烤白薯……"

姑父说他至死忘不了那声音，忘不了馥蓦然回首时那一脸惊愕的神情。蓝天白云之下，红桃绿柳之间，馥就那么一动不动地站着，微风飘起她一身素白的衣裙……那情景至今也还常常走进姑父的梦中。

两个人互相看了老半天。没等姑父开口，馥急忙领着孩子进了身后的大宅门。俩孩子正在兴头上，"吴妈，吴妈"地叫个不停，"吴妈咱再玩会儿吧！"

哈，吴妈！——姑父差点没晕过去。

自那以后，姑父便总去那条小街上等她。姑父说：馥，你一辈子就这么给人当保姆了？姑父说你原来是多么有理想、有志向啊！你缺钱吗？缺钱也犯不上干这个呀！姑父说你应该上大学继续深造，钱不够我去跟我爹说。姑父他爹是家商号的老板，但在家里，姑父敢说是他爹的老板。可是馥一概拒绝，也不说为什么。馥说你走你的路我走我的路，我只求你一件事：再也别来找我了。馥说我并不是你想象的那种人。馥说我压根儿就是个俗人，只图过个安生日子。但姑父还是总去找她。馥不出来，他就在那小街拐角上等。馥一整天都不出来，他就在那儿等一整天。但姑父从不进那个大宅门，怕给馥惹事。

这么着，直到有一天老刘来跟姑父说：你别再去找馥了。姑父说咋啦，这有你啥事吗？老刘说没我事，是组织上让我跟你说的。姑父说我喜欢什么样的女人也得由组织上说吗？老刘说这我不知道，我只知道组织上希望你断了跟那个女人的关系，不信你去问！姑父就冲老刘喊：我还能去问谁？我只有你这个上级！老刘板起面孔道：知道就好，我也只有一个上级，他怎么跟我说我就怎么跟你说！

"你说我有多笨吧，"姑父说，"就这，我也没想到馥是打进敌人内部的。"

"没有比我更笨的啦，"姑父说，"就这，我也没想到馥早就是我的同志了。"

"不过呢，"姑父说，"好像有那么一阵儿我也怀疑了一下，可我怎么也不会相信，那么天真烂漫的馥会瞒着我跟老刘他们认识。"

"笨死了呀我都快！"姑父说，"从此我就强使自己不去想她，再也不要去想她，就当那个庸俗的女人、堕落的女人，那个敌人家的老妈子已经死了吧！"

当然，姑父却一直都不能忘记她。

临快胜利了，有天老刘给姑父一个地址，让姑父扮成磨剪子磨刀的，到一条什么街什么巷多少号，去跟一个叫"吴妈"的人接头。姑父问什么事？老刘说暂时没事，先接上头再说。姑父再叮问一句:是不是吴妈？老刘说对,那家的保姆。

“没准儿是天意,除非是天意,”姑父懊丧地拍一下自己的脑门儿,“直到这会儿我都没想到这个‘吴妈’会是谁!”

姑父找到了那条街,找到了那条巷,找到了那个门牌。姑父在那大宅门前一声一声地吆喝“磨剪子磨刀”时这才一愣:哎哟,这是哪儿呀？小巷幽幽,红桃绿柳,吴妈？吴妈是谁？不是领着俩孩子唱“打花巴掌”的那个女人还能是谁？姑父“扑通”一下坐在台阶上,足足愣了有半点钟。

姑父说:“我这么一算哪,爷们儿你猜怎么着？都七年啦！自打我最后一次去找她,已经又过去好几年啦!”

“那您,”丁一问,“一直就没结婚?”

咳咳,丁一你可添的什么乱呀!

“不结,你能叫我姑父?”姑父呆滞的脸上又浮现一缕酸楚。

“那么姑,是馥吗?”丁一仍不识趣。

“可是馥已经死啦!”

“啥时候?”

姑父望着那个大宅门,使劲让自己镇静下来。姑父叮嘱自己:千万不能露出一点激动,一点特别的表情都不行,都会给馥带来危险。姑父又跟自己说一遍:馥,现在还是吴妈;我,一个磨剪子磨刀的而已。姑父长出了几口气,感觉没问题了,这才又一声一声地吆喝起来。

可大宅门里出来的不是馥,是个男人,递两把菜刀给姑父。姑父埋下头来磨刀,轻声问那男人:怎么,吴妈正忙着？那男人反问:您跟吴妈熟？姑父说是老乡:吴妈照顾我,总把磨刀的活儿给我留着。那男人瞄姑父一眼:这么说您还不知道哪？姑父说不知道什么？那男人说:吴妈殁啦。什么?！吴妈殁啦。姑父手里的刀差点没掉在脚上。上个月,那男人说,是上个月的事。

“怎么回事?”丁一问。

当时姑父只觉得天旋地转，差点说漏了嘴：馥……馥……馥死了？幸亏那男人听拧了：富死了？这年头还有富死的？说她是穷死的还差不多。那男人告诉姑父：吴妈病了好几年了，整宿整宿地干咳，后来就吐血。吴妈挣的那点儿钱全都看了大夫了，可就是治不好。这家人怕她的病传染，想辞了她，吴妈就托人买了药，顶着，她说她无论如何不能丢了这份差事。

"你该知道是为什么！"姑父一脸苦笑，望天望地，望着丁一。

"这是她的任务呀！"姑父说，"这好些年她为了什么？除了侍候小姐少爷和收拾屋子别的事她什么也不干，这都是为了什么？为的就是装得像个大字不识的文盲，啥也不懂，啥也不问，啥也不关心，只有这样敌人才能放弃对她的警惕。"

"可这样，"丁一问，"她还有什么用呢？"

"等到最后，最关键的时候，组织上会给她指示。到那时候，比如说她就可能接触到一些机密……而谁也不会怀疑到这么个老妈子身上。"

可她没想到她会生病呀，姑父说，人都是会生病的呀！地下工作者也是人，也一样有病不治是会死的！而馥又知道，她不能跟组织上要钱去治病，一个老妈子要是花好些钱去治病，你说，是不是会引起敌人的怀疑？

"什么病？"

"这不重要。这已经不重要了。"

"那，后来呢？"

姑父连喝几口酒，眯缝起眼睛，好像在端详正前方的一朵花，表情变得越来越让人看不懂——仿佛无奈，仿佛自嘲，仿佛陷入深深的荒诞……

"馥留下一个纸条，五个字：**我到底是谁**？"

"啥意思？"

"丁一你聪明，非让我说破了吗？"

姑父说，终于有一天馥觉得自己是不行了，活不了几天了，不死大概也做不了什么工作了，可组织上还没有派人来——磨刀人依旧杳无音讯。可能是深夜没人的时候吧，馥左思右想，就写下了这句话，把纸条藏进了一把菜刀的刀把。姑父说我猜她一定是想：磨刀人要是真来了，要是聪明，也许能发现这个纸条。

“可她这话是啥意思呢？”

要是不巧这纸条被别人发现了，别人也不会明白这是啥意思。要是组织上来人发现了呢，这话就是说：我一直都在这儿等候任务，死不甘心呀！要是到底也没人发现这纸条呢？姑父说：我想这话就只能是对她自己说的了。

“对自己说的？”

“或者，是对着天问的。”

“姑父，我还是没懂。”

喂喂丁一，你比这老头儿还笨吗？

姑父沉了沉，问丁一：“爷们儿你说，馥，她应该算是什么人呢？”

“不是烈士吗？”

“那是我说。可她并不是被敌人杀害的呀？”

“那就算是一个……一个普通的地下工作者？”

“可她压根儿又没能提供任何一点儿情报。”

“那，那她就是馥，就是她自己不行吗？”

“是呀，她上了十二年学，门门功课都学得好，可在随后的七年里，直到离开这个世界，她总共就写了那五个字。”

“至少，她是您的恋人。”

“可我从来都没告诉过她。”

“但是您永远都记得她，都爱着她，不是吗？”

姑父，丁一，还有我，我们一起看那墙上的照片，仰望馥，仰望那一张年轻、纯真但是朦胧、愁苦的脸。她是一个真实的人呢，还是只是一幅照片？她是一个传说呢，还是一段确曾有过的心魂？当她拍下这幅照片的时候我在哪儿？历史正走到了哪一个环节？这美丽的人形已然消散，但那一缕确凿、虔诚、坚定、执着并且焦灼着的心魂也已经无影无踪了吗？——我看出，丁一正陷入这漫无边际的疑问中，或正在这无尽无休的历史长途上跋涉。

好啊丁一！我悄悄对他说，这样你就会懂得我是谁了。

这跟你有啥关系？

譬如你走过一年就长大一岁，我呢，经历一种事件，听闻一种消息，便丰盈了一步我的存在……怎么，你不信？

丁一犹豫，似信非信。

好吧，你会信的。总有一天你会信的。

是吗，哪天？

这时候姑父猛地一拍大腿，惊叫道："哎哟喂，我的花！"

不知何时，有朵昙花已经开过，已经凋谢。

74. 更新的必要

其实不用等到哪一天，就当我和丁一听着上述故事的时候，我们的生命已经成长，我们的心绪已经改变，我们看这世界已非同以往。

灵魂就是这样蔓展着它的旅程，就是这样延续着它的脚步，丰盈着它的存在的。灵魂即那千古不尽的消息，有如江河，不断地诞生，不断地有所汇合，即兴地蔓展与必然地流传，编织成一张玄奥莫测的网……而在其一个网结上，我伫望于丁一。比如丁一是一个网结，我便是其牵牵连连不知何来何去的千丝万缕；比如丁一是这网的一部分，我则牵系于这网的全息。

有时候人会忽然间觉得自己长大了，怎么回事？肉体是不可能长大得那么快的，但是心魂能！心魂一旦融入那千古流传的消息里去，一个人就会忽然间觉得自己长大了——尤其是当你从那纷乱的流传里听出了某种亘古不变的消息，或从那芜杂的历史中看见了某种永恒难解的事物之时。

后来丁一问姑父："那个老刘呢，他可以证明馥呀？"

姑父却已闭上眼睛，仿佛还在为错过了那朵昙花的开放而懊悔不迭。

"要是馥终于什么事也没做就死了，"姑父说，"老刘又能证明什么呢？"

"馥在等待。这，老刘他是知道的呀？"

"谁都可以证明她在等待，可谁能证明她在等待什么呢？相反，要是有人想用吴妈的事来证明老刘招降纳叛，听起来是不是更合逻辑？"

"那也得实事求是，不是吗？他老刘也不能太自私了呀！"

"可是他忽然病倒了。"

"病了也可以说呀？"

"中风。中风不语，你懂吗？老刘差不多是个植物人了。"

"那……那……那他的那个上级呢？"

"是呀，我就开始找他那个上级，为了找老刘那个上级我可是没少费周折。可等我终于找到了，爷们儿你猜怎么着？"

"怎么着？"

"你得信命。你得相信，这世间有一种东西是任何人也抗拒不了的。"

"他死了？"

"还应该加一句：他永远活在我们心中。"姑父一脸苦笑。

天已经亮了。姑父收拾起酒菜——残酒灌回酒瓶，剩菜折成一盆。看他那任劳任怨的样子，仿佛往事概不存在。

我悄悄说给丁一：*瞧见没？在有些地方，灵魂就是这样熄*

灭的。

你指什么？

比如某些网脉，就像某些根须已经枯死，不再有任何消息流传。

但丁一的思绪还在某些传说中徘徊。

“那您呢？”他鼓足了勇气问姑父。

“我怎么？”姑父并不停下手里的劳动。

“您，真的是叛徒？”

“真的。”——这两个字之出口轻率，会让人以为他是在说别的事。

“怎么会呢？”

“怕死。”——这声音简直可以算轻浮，以致我和丁一都怀疑他是在说别人。

姑父开始浇花，一盆一盆地认真又耐心。

最早的太阳走进屋里，先是照在墙上，然后照亮了摆在高处的花，再后便把姑父的白发一根根都照得鲜明。

这时候，我听见阳光里颤悠悠地飘荡起一句话：“但我不知道，是我怕死，还是你们叫他姑父的那个人怕死。”

这话让我感动至深。我知道在姑父里面，灵魂还在徘徊，比如说有些枯萎的根须，仍然埋藏着悠久的消息。而且，这些消息，必将使出卖者丁一被流放得更为深重。

比如说丁一忽然感到了自己与姑父的同病相怜。

比如说丁一相信，自己不过是比姑父侥幸些罢了。

比如说他又想到：依呢，她现在怎样了？依，她将来又会怎样呢？当有一天，依也变成了一张照片，谁还会知道那美丽的形象后边曾有过的心魂？

以及那美丽的心魂，是怎样被一个好友出卖的。

那丁不语，唯有羞愧，唯有满面的愁容。

我开始热爱丁一了,他没把责任推给别人,甚至没有推卸给我。那么我呢?唉唉,这可真是件值得警惕的事了:一个久历沧桑的行魂也可能被雕磨得狡猾,倒不如一个崭新的生命来得纯真、率直了!我开始懂得了更新的必要:上帝之所以一次次更新生命,就是怕这漫长的行旅或丰富的经验,会把纯真和率直、惊讶和荒诞,一并改造成老奸巨猾与神机妙算;那样,你就会看什么都是正常——就像有部电视剧的标题:动什么别动感情。

你说,丁一悄声问我,依,这会儿在哪儿?

不知道。

你说依,咱还能找到她吗?

是呀,不知道。

75. 不实之真

怎见得出卖者丁一被流放得更要深重呢?

那要等到将来,当他超越了那些蹩脚的导演和演员,对性爱有了焕然一新的感受因而奇思迭涌、异想纷呈之时,才可见其端倪,才能看得清楚。而现在,春风化雨,那丁只是对以往的风流艳遇感到厌倦,只是对真实发出了疑问,对始于少年的纷然梦趣聊表不恭:这就是真实吗?所谓真实,难道就这样儿?你孜孜以求的那个真实难道就只这些:一条肉体的界线?如果丰盈的心魂和历史都被这一条界线潇潇洒洒地挡在了外面,那还有什么真实可言?

好兆头!我看这又是个绝好的兆头。但愿此丁这一份疑虑切勿浅问辄止。一般来说,这是生命皈依心魂的第一步。当然不能保证一步之后就有二步,或者说——“乍暖还寒时候,最难将息”——这二步,完全有可能还是南辕北辙。

比如这一份疑虑,竟又给这厮添了一项嗜好:酒。

但这仍不意味着什么确定的东西。酒可以让人委靡不振，让人醉生梦死，甚而至于倒行逆施，但酒也可以助你出实入虚，发现**实外之真**的种种境界。这么说吧：真实者，必当取之公认，但公认之外就一定都是虚假吗？比如梦，便是虚而不假。比如醉，更有不实之真。是谁把"真"的终身许配给"实"的？凭什么一定要把"真"限定为"实"呢？就不可以是**虚真**？比如天空，"浩浩乎如冯虚御风"，不真吗？实，拘束于小；虚，放开乃大！正所谓"壶中日月""醉里乾坤"，盛夏将临时，酒助丁一死灰复燃。

这厮属兴奋型，对酒的质地并不挑剔，只见他一口一口地灌，我渐渐便有了舒散、玄虚的感觉，而他却是越发地滋长了气力，脸色也越发地好看了，心绪也越来越温柔。酒菜却是要大大地好，但酒菜齐备之时，这丁多半已弃座他游，或于酒肆中且行且饮，念念有词——这说明喝得还低。高起来时便行无定止，口若悬河，街街巷巷地横奔竖走，衣冠步履固不拘泥，偶或还会有些唱词——一路风卷垃圾似的好不洒脱！

此时的唱词多半是一首异域民谣，能听清的只这几个字："我总是自己骗着自己，可你已经离我而去……"——不知出自何典。

我说：嘿，我没走，我在这儿哪！

他便举起酒瓶好一阵子看，啐道：孙子，我没说你！

混蛋！我唯哭笑不得。

他却不恼，说一声"所以嘛"而后接上那句唱："我总是自己骗着自己……"

闷热的夏夜，满街不眠的人流。这丁选一处最为熙攘的地带落座，一口挨一口地接着喝，与此同时丰盛的菜肴正在远处被一一撤去。这厮酒量不小，从旁走过的人瞅他一眼，只当是个渴坏了的家伙。

车站的钟声报告了又一天的来临。

酒尽人稀时，天也渐渐地凉爽了。

我说：怎么着，还不回家吗？

他说：妈的，混……混蛋！

好好好，那您就坐稳了，别趴下。

辉煌的路灯底下，我记得这时有几个异样女子摇来晃去，令人眼晕。

丁一揉揉眼睛挨个瞧，倒不糊涂："妈的，'鸡'！"

我说：对了，"鸡"！最是跟妈没关系。

那厮便笑，笑得不成体统。却不料，他这一笑我忽一阵轻松，飘然一跃，竟已在树梢。

哟，咋回事？喂喂，怎么啦这是？

我徒惊诧，那厮却分毫未动，笑吟吟正与那几个不良女子眉来眼去。

嗨，哥们儿，你倒是帮帮我呀！

那丁唯挪挪屁股，头也不抬。

丁一！你他妈聋啦还是傻啦？

他不气不恼，不闻不问。

噢噢，这下我懂了，我忽然明白发生了什么——我可以脱离他一会儿了，我可以自由一下了！好消息好消息，真可谓是"初闻涕泪满衣裳"，这些日子我可让他给整苦了；自从那千逢万遇忽失魅力以来，此丁镇日不吭不哈，唯枯坐与孤行，憋闷得我几近又在鱼身狗体。好啊好啊，现在出实入虚，好歹能去透口气啦！

说话间舒然抖擞，飘飘然平步云天！扶摇而上下，纵横以东西，星光流走，疾风在侧，瞬息无所不可以及：屋顶，树梢，塔尖……阡陌，田野，村落……水面，山巅，大漠荒原……正所谓"一览众山小"，正所谓"望尽天涯路"，正所谓"不敢高声语""手可摘星辰"……你以为夜只是无边的寂暗吗？你以为夜，死气沉沉？不哇不哇，夜深人静，玄思驭梦，遐想乘风……无数不堪白昼之拘的心魂，终于都进入到夜的自由！

多少心魂游走，如顾如盼，作繁星而闪烁。

多少梦寐所求，若行若止，化风飞与云流。

多少思愿难平，如泣如歌，即天籁之有声！

啊，这便是夜的戏剧，夜的期许，夜的喟叹与诉说。

夜的戏剧呼风唤雨。夜的戏剧信马由缰。但这夜的戏剧，你却不可袖手旁观。

否则视而不见，听而不闻。

放弃白昼的规则吧，放弃矜持，甚至放弃尊重，夜要你是本真的角色。

否则匪夷所思。

因为你看，就连那一向紧张的居魂之器也都在夜的庇护下鼾声流畅，梦呓由衷，放弃了白昼的警惕与拘泥。因为你看，一切有形都在夜的弥漫中化为无限，无遮无拦，无始无终，脱离了白昼的种种名称。

当然，不久他们就会醒来。一旦夜尽，魂拘人形，仍难免慌不择路。

所以呀，请别放过这样的好时光。

有一首民谣是怎么唱来着？——在这黎明之前，快来我小船上……

夜，一向是心魂幽聚的时候。

76. 魂觅长宵

啊，夜如水哟梦如舟！醉桨儿摇摇，心流儿悠悠……

你看那月走云飞，无不是风情际会。

你看那星移影动，无不是魂舞心歌。

你听那陌路衷肠，喜极而泣。

你听那离人梦遇，彻夜长哭。

啊，夜如水哟梦如舟！醉桨儿摇摇，心流儿悠悠……
我见有魂乘一片飞叶，徘徊月下，期遇佳侣。
我见有魂驾一缕轻风，低回锦帐，慢潜闺门。
我见有魂化一丝天籁，绣窗轻叩，窥望惊鸿。
我见有魂伴一点孤烛，悬泪不去，默守芳容。

啊，夜如水哟梦如舟！醉桨儿摇摇，心流儿悠悠……
我见有魂越墙而走，犹犹豫豫，不知何往。
我见有魂破壁而行，寻寻觅觅，不知所终。
我见有魂惊梦而去，孤帆远影，天涯浪迹。
我见有魂戴月而归，临风浩叹，田园将芜。

啊，夜如水哟梦如舟！醉桨儿摇摇，心流儿悠悠……
我见有魂离家弃室，迁情别恋。
我见有魂孤衾难耐，梦里贪欢。
我见有魂少年意气，山盟海誓。
我见有魂老当益壮，万里寻情。

啊，夜如水哟梦如舟！醉桨儿摇摇，心流儿悠悠……
我听见，山隔水阻，有情魂霎时团聚。
我听见，携雨挟风，有缘魂一见钟情。
我听见，花间柳下，莺歌燕语朝朝暮暮。
我听见，阔野长天，兽吼禽鸣夜夜风流。

啊，夜如水哟，梦如舟！
我便是那一天星月吧？辉光万里，长宵觅尽。

我便是这千古痴魂呀！天荒地老，翘望斯人。

啊，醉桨儿摇摇，心流儿悠悠……

却不见伊甸之归路，

却不见夏娃之魂踪！

77. 迷津野渡

我正这么一路浪走，沉吟默想，忽闻何处笙歌阵阵，鼓乐嘈呟？再听，又似有人仰天长悲，叹气连声。

走近看时，原是一处迷津野渡，原是一群落魄慌魂。何以见得？你听呀，那悲兮叹兮几近心死；你看呀，那歌兮舞兮亦不由衷。

我正有心跟他们聊聊，未及拜问，"歌兮舞兮"已然笑我："哪儿来这么个酒疯儿？说什么爱情！怎么着，你见过那东西？"未及作答，又有"悲兮叹兮"来劝我："爱情，爱情，智商没毛病吧哥们儿？那种话说说拉倒，还他妈当真！"

我一时呆愣，已若木鸡。我想这还有什么可说呢？以往也不过是知我者谓我情痴，不知我者谓我流氓。现在可倒好，知不知的一提爱情先说你是酒疯儿，是傻B。唉唉，只怕长此以往夜将不夜，魂将不魂！但想想，我也只好离开吧，"独执偏见，一意孤行！"——引一位先贤为知音。

谁知方生此念，前后左右更是"嘁嘁哧哧"一派窃笑。那光景倒好像无地自容者非我莫属。不得已我鼓了鼓勇气问他们，问那些"歌兮舞兮"何故歌兮舞兮？

岂料这一问竟致舞辍歌熄，一时间欢魂俱寂——有默然不语者，有茫然无措者，有嗒然若失者，有赧然切齿与愤然怒目者……沉寂良久，终闻一铿锵之喉陈慷慨之词："乐观呀老弟！乐观，你可懂么？"又听一机智之舌做无奈之辩："咳呀，笑比哭好！不是吗？况且不这么着可怎么着呢哥们儿您说？”更有一恢宏之声发凛然之问：“自由，自由哇！俺想恁么着就恁么着，这是俺的自由你丫管着吗？”遂有群声附和：“对呀，对呀，妙哉斯言！”于是笙歌再起，鼓乐重欢。

我独索然，垂眸自忖：是“众女妒我以娥眉”呢，还是弃我如沉舟病树？便硬一硬头皮，再问那些“悲兮叹兮”何故悲兮叹兮？

不想此问更是惹祸。一时间风忧月怨，悲情愈哀——潸然垂泪者有，颓然哽咽者有，浩然嚎啕者有，疑然侧目与窘然掩面者都有……泣泪之余，先是一孱弱之音作凄楚之诉：“为什么受伤害的总是俺们女人？为什么为什么，为什么！”继而一泼辣之唇吐国骂家恨：“妈的男人有几个好东西？尽些喜新厌旧的玩意儿！”或者意见恰恰相反：“女人？女人都他妈是毒蛇！”再有一抑扬顿挫之叹教我以勘破红尘之道：“噫吁！断灭情执，方得自在。君不见环肥燕瘦，倾城倾国，终也不过千年荒冢一个丑骷髅？老弟风尘远道，急赤白脸的究有何图？”唔，这一问倒似不失远见。我正踱步沉思，却又一声呼天抢地之喊听来倒好熟悉：“我知道他不爱我，他一直都在骗着我，这我知道！可我就是离不了他！离不了他呀……”

这是谁呢？我倒要看看，其情其境与我以往的推测是否符合？

于是穿墙破壁，众里寻声——喔嗬果然，果然是身魂牴牾的一对冤魂错器！也许是心同器非，也许是貌合神离。仔细看时，像似后者：虽锦帐鸳床同眠共枕，却早已是意冷情隔，梦异心非！身形儿犹自攀缠，心魂儿早各东西——一魂儿浪浪逐他乡风月，一心儿凄凄向隅而独愁！

“别也恋其形，和也怒其行，您可知道？”

“去也眷其情，归也厌其容……甭说了，我懂。”

“这可怎生是好？”

我刚要说“那就离呗”，猛记起此地一条古训，便紧忙退避。

那古训怎么说？好像是“宁毁一寺庙，不拆一夫妻”。

星光寥落，月影凄迷，晓风徐徐吹人困倦，我想不如先回丁一去睡上一觉再说吧。

挨近家门时，见那丁尚未归来。（顺便说一句：所谓“找不着魂儿了”是站在丁一的位置说，从我的角度看呢，就叫“魂不守舍”。魂不守舍也有麻烦，就好比换个地方不易入睡，东半球西半球的倒不过时差来。）我正犹豫着是等他回来呢，还是去找他？忽又听得那静夜之中，警报也似的拉响一声干吼：“两口子搭伙过日子呗，吵个屁呀吵！”

哪儿？谁？何人喧哗？

啊，又是隔壁！看来那老太婆常来劝架。

方才那一对儿可谓冷战，现在这两位近似散打——唾骂哭嚎并举，抓挠撕咬兼施。方才那是貌合神离，现在这又是咋回事？细听慢看，说来怕你不信，这边竟是有身无魂的三具人形空器！解释一下：所谓人形空器，并非是指魂赴虚游而器待（如梦如醉），也不是说魂曾久驻而忽离（如死如归），说的正是这三具人形之器——呜呼，素无魂居！莫惊莫怪，这类情况是有的：魂，不知何故从未进驻，或不明何由纷纷绕道而行，于是乎“白云千载空悠悠”，好一似“此地空余黄鹤楼”。又好比电脑（这我也说过），硬件齐备，形色俱全，甚至于美轮美奂，却单单不曾装入什么程序。再比如录音机，只在出厂时录入一二试听短句，故而那老太婆的劝骂便一遍一遍地毫无新意：“干吗呀干吗呀，吃饱了撑的是不？什么爱情不爱情的我他妈怎就没听说过这俩字儿？甭净听人瞎嘞嘞，什么事儿都当个事儿，有吃有喝的找不痛快！安生儿给我过日子、生孩子比啥不好？关灯睡觉！”

于是乎万籁俱寂。

于是乎月落星稀。

偶有婴啼狗吠。

但愿这婴啼是有魂自远道来才好——譬如我当初的入驻丁一,魂欲唱而那丁哭。唯这声声狗吠让我揪心,莫不是又有冤魂误入,徒呼无路,狺狺哀哭?

便不由得想:是狗器盈魂者苦呢?还是人形空器者悲?不过还有一种:狗魂而人器,那恐怕更是灾难!“小人常戚戚”或即指此类。再比如狗仗人势,虚张声势,趋炎附势,便都可能是狗魂人器之征兆。大凡这样的魂器配置,最善追风逐流,最是无思无辨,时尚一丈他跳八尺,因故,其最显著的特征是害怕向内去看自己。是呀,一旦畜魂昭昭那可咋办?倒不如昏昏一路,莫问心魂,只图实际。

不过我还是先去找丁一吧。都啥时候了这小子还不回来?别是我不在,他又闹出什么丑事了吧!

78. 夜遇归魂

东天慢慢地白上来了。一宿的自由放浪之后,此刻,晨光熹微中频频可遇尽情而归的夜游魂。我迎着他们走,不时地停下来问问有谁见了俺们丁一。

于是有魂笑我:“你是说那醉汉?”

于是有魂怜我:“快去吧,别让那东西再喝了!”

于是又有魂为我惋惜:“怎么,你在丁一?咳咳,干吗你偏去那儿呀!”

一时不便解释,出于礼貌我随口回问道:“各位呢,这一向都在哪儿?”

有说张三的,有说李四的,以及刘五、王六、陈七、史八……

“怎么着,还好?”

有魂说:“唉,我那主儿倒不干坏事,单是懒,整天吃喝屙撒看电视,憋闷得我呀只好等他睡了自己出来走走。”

有魂说:“这算什么,知足吧您哪！我那儿可倒好,三天两头出毛病,一会儿垃圾道堵了(肠梗阻),一会儿下水道又不通(尿毒症),没给我熏死!”

又有魂说:“我那儿倒没别的毛病,就是笨！想说句整话他都说不好(字库不全),要不就是今儿背的单词明儿就给忘了(存不进,或调不出)。”

又有魂说:“哪儿都比俺那儿强。俺那儿,咳……”

“您那儿咋了?”

“甭提了,二奶三奶的整天吵。他倒舒服了,可挨骂受气的还不是俺?”

大家于是叹息一回,互相理解互相安慰,恋恋地不想散去。

这一扎堆儿不要紧,不断地,就又有归魂来聚。

其中一个说:“都甭埋怨了,没听有句俗话吗,家家一本难念的经?”

“您在哪儿?”

“卡尔·刘易斯①。”

“咳,那还有什么说的!”大伙纷纷羡慕道,“健康潇洒,屡建功勋,那么好的地方能有几个?”

“你们以为那样的地方就都称心如意了吗?”

“你还想怎么着?”

“好吧,不说我。张国荣②各位都知道吧?”

“当然,咋啦?”

“那地方怎么样?”

“那还用说？风流倜傥,才华横溢,福地呀,福地!”

---

① 卡尔·刘易斯,著名田径运动员,九获奥运金牌。

② 张国荣,已逝著名影星。

“可结果怎么着呢，跳楼了！”

大家唏嘘一阵。

继而有魂问：“我真是不明白了，他到底是咋想的呢？”

有魂说：“记得有位名人说过，‘我做这一切只是为了让人们尊重我。’”

“啥意思？”

“恐怕还是价值吧？价值的比较。”

有魂纠正：“不如说是价格！”

大家沉默一回，皆有同感。

“也未必。要我看还是贪心不足。”

“可像他那样的地方，还有啥不满意的呢？”

“人这动物呀！缺啥想啥，啥都不缺了呢，又觉着啥都没意思了。”

“倒也是。不管咱追求啥，还不是因为咱缺着啥？要是终于啥都不缺了呢，嘿您说，还干吗去？”

此一说又让大家一怔。

“不，不会的。咋就会啥都不缺了呢？没的事儿！”

此一说又让大家都松了口气。

“可要是不可能，咱可还追求个啥呢？追求，追求，要是永远就这么没完没了，嘿，谁给咱说说，这到底又是为了啥呢？”

这一问又让大家都陷入沉思，陷入回想，眺望无限，祈望空冥。

看来大家都跟我一样，迢迢漫漫寻寻觅觅，知行之必行，却不知其奥义之究竟。直至天光渐亮，大家不得不怏怏散去。

79. 执迷不悟

众魂散后，唯一魂端坐未动。

见我也要离开,他忽笑问:“那丁正自温存呢,老弟你可慌的什么?”

仔细看时,却是那位曾教我勘破红尘之道的长者。

“前辈有何见教?”

“刚才我就问你:风尘远道,急扯白脸的究有何图?”

“晚辈无知,还请指点。”

“就你而言,还是那句老话:断灭情执,方得自在。”

“如何断灭?”

“此地情天欲海,谈何断灭!老弟何苦非呆在这儿不可呢?”

“那您说,哪儿去?”

“君不闻无苦无忧、自在圆融之地乎?”

“在哪儿?”

“心中自在。”

“敢问,此心怎能无苦无忧?”

“无寻无盼,无思无欲,自然无苦无忧。”

此一说倒让我思绪低回:那不成了植物了?草木未必无情,那不成了石头了?倘然那便是归宿,真是何苦这魂游千古哇,一颗原子弹不就都办到了吗?

我正百思不解,这心思却早被那老魂看破:“无苦无忧,自在圆融,岂是居此时空可以了然的?老弟何妨先走了再说呢,何况此地又有什么值得留恋?”

“走哪儿去?我们不一直都在走吗?我们曾经走的是路,现在走的不还是路吗?未来走的,还能不是路吗?只要是走,谁还能走得出**路**去吗?”

那魂迟疑,似生羞恼:“路路路!可我指给你的是一处无苦无忧的永恒之所在!”

“那儿,已经没路了吗?”

这一问,好像让他有点抓瞎。

“那儿是终点，是绝地，是彻底的寂灭吗？”

“好好好，这儿好，这儿有的是路！你愿意在这儿就请便吧！”

“前辈息怒。我只是想不出，无路可走怎么会是无苦无忧？”

“可是，走不完的路又怎能不是永远的含忧茹苦？”

他这一问又让我瞠目。

“老弟，我只要你想想，这样无始无终地漂流到底是为了什么？”

“伊甸的盟约！”我脱口而出。

“你，你……你可真是执迷不悟！”

“那么晚生请教：一心牵挂着无苦无忧，是否也算执迷？”

那老魂见我刁顽难教，丢下一团无奈，化风而去。

唯余夜色沉沉。

唯余四顾茫茫。

我只好慢慢去走自己的路。举目遥望西天，甚觉对不住那老魂的一番好意。

80. 在派出所

找到丁一时已然天光大亮。

他迷迷糊糊地问我：哪儿呀，这是？

派出所！

他一激灵坐起来：我KAO，你丫领我这儿来干吗？

我领你？你领我！

咋啦咱？

咱给人交待问题，没别的事。

啥问题？

你自己干的，自己想。

警察拧下笔帽,笔尖悬在纸上:“常干这号事儿吗,老弟?”

“没,没没!”这厮有点想起来了,“真的,头……头一回,其实也没干啥。”

“是呀,”警察说,“您都快醉成泥了。”

“再说我也没想真跟她干……干啥。”

“我们不管您干了啥还是没干啥,但这得算嫖娼,您同意吗?”

“那女孩其……其实也算不得什么坏……坏人。”

“您说什么,女孩?”警察笑了,“要我看,换个场合你得管她叫阿姨!”

“管她是啥呢,反正那大嫂挺让人同情。”

“说说吧!”警察扔开笔,双臂抱胸似有兴致。

“穷,不要紧,关键是这儿,”丁一指指心口,“孤独。”

警察点上支烟。

“人都是孤独的,您承认不?”

警察光看烟,不看丁一。

“要是有一天您也落到那地步,您就知道了。甭瞧她们搽胭脂抹粉儿的,其实强……强作欢颜。有机会您真该跟她们聊聊,大家都不是坏人,应该时不时地互……互相聊聊。”

“聊啥?”

“啥都行,关……关键是聊聊。关键是说点儿真话,真心话,平时想说又不合适说的那……那些话。”

唔,**那话**!好个丁一,伊甸盟约的关键就快让他悟到了。

见警察并没制止,那丁乘着酒力口无遮拦:“就说平时吧,您什么话都……都能说吗?就算是最好的朋友,最最要好的朋友吧,您什么话都敢跟他说吗?甚至,什么话您都敢跟自……自己说吗?可不知咋回事,跟她们倒行!很可能是因为我看她们是……是娼,她们看我是……是……哦嫖,谁也甭怕谁瞧不起,所以也就都不用藏着掖着了。”

警察推开窗户,玻璃上映满蓝天。有只大鸟正悠然自在地飞翔,洁白,矫健,但是飞呀飞呀却总飞不出那块玻璃去,唯徒劳地扇动翅膀,仿佛挣扎。

“有些事,有一种事,干脆说吧就是那……那种事,您懂吧?”丁一继续说,“性,对了性! 那种事好像挺……挺特别的。那种事好像它不光是那种事,还有别的,还意味着别……别的什么。您懂了吗?”

我心想他懂不懂的倒无所谓,关键是丁一这小子越想越对头了。

“别的?”那警察问,“别的什么?”

“也许是自由。对了,自……自由! 当然了,您不见得同意。但总之,俩人之间一发生那种事,互相就好像什……什么都敢说了。你一觉得什么都敢说了呢,什么也就都……都可以说了。而你一觉得什么都可以说了呢,得! 你倒又觉得不一定非……非说不可了。唉! 那感觉可真是……”

警察捡起笔:“年龄?”

“那种感觉,不知道您……您怎么看?”

警察提高声音:“年龄!”

“噢,年龄。哎? 多少来着? 我 KAO,怎他妈想不起来了?”

“职业,还有单位?”

“我想,将来,我许能当导……导演或者演……演员什么的。现在还没有。”

“现在呢,社会闲杂?”

“行,这么说也行,社……社会贤达。”

“行了,走吧!”警察说。

“这么说吧,那感觉让人心里觉着透……透亮,觉着……”

“记住,下回别再让我碰上啦,再碰上可没这么便宜了!”

81. 或像风

出了派出所，处处阳光灿烂。阳光里有童声唱着动人的歌：“啊，亲爱的五月，给树林换上绿装，让我们去小河旁，看紫罗兰开放……”

我们不由得坐下来，坐在路边的树荫里听——

“啊五月，亲爱的五月，快带来紫罗兰……”清纯的领唱，欢欣的伴唱，“啊五月，五月，亲爱的五月……”变奏，和弦，不同音部的轮唱与合唱，“我们是多么希望，重见那紫罗兰……”男孩和女孩清灵的眼睛，男孩和女孩纯净的微笑，“啊来吧，亲爱的五月，让我们去游玩……”还有往事，还有未来，童年和童年数不尽的梦，“啊五月，五月，让我们去小河旁……”

丁一问道：他们都……都在哪儿？

他望着天，望着天上的云，望着云里的歌——

“啊，啊，让我们去小河旁，看紫罗兰开放……看紫罗兰开放……”

看哪儿呢你，丁哥们儿？那儿！对面儿的理发店，门框上，音箱！哎哟喂，我说你倒是醒没醒呀？

他还是望着天，望着云和云里的歌。

然后，很久，他像是把目光从天上薅下来，狠狠地摔在地上：我KAO他妈五月！

丁一站起身，我们走进人群。

乌泱乌泱的人群，粥一样黏稠，翻滚得热气腾腾。一俟那欢欣的童歌远去，才发现四周怎有这么多人！乌泱乌泱，乌乌泱泱，可都是干吗去呀？上哪儿？一张张煞有介事的脸，一双双紧张或迷茫的眼睛，千万条奔走的腿……他们都在想什么？刚才想什么，现在又想什么？刚干完什么，还要去干什么？不知道。没人问。没人觉得这算是问题。可他们，到底，都是什么呢？除了是些影像，是些蠕动和喘息，是些不可预料——比如说，除了可能唱响那首“流氓之歌”，他们还可能是什么？他们出现了他们消失了，他们消失了他们出现了，没有姓名，没有地址，没有历史也没有区别。你没法知道他们是很多人还是压根儿就那么一小群儿来来回回地在你周围晃，你没法知道他们是很多很多确凿的心魂还是压根儿就那么一小盘录像来来回回地在你眼前放。风也一样。阳光，树叶，花朵，都一样——来了，走了，来了又走了，来了又走走了又来，于是乎你出生，你长大，你变老，你消失……还有呢？还有什么别的意思吗？牛B，还是扯淡？

我们不由得又停下来。

我们无奈地又接着往前走。

我们懒懒散散地东张西望。

我们盯紧一个步履轻盈的少女，企图看个究竟。我们跟准一个悠然闲逛的少妇，试图弄清其来龙去脉。但是人山人海，她们终归一闪即逝，终不过在人群中或在你的生命里一闪即逝不见首尾，没有历史也没有区别。我不禁又想起了那个女子的话：“现在我在这儿，等我不在这儿的时候，这个女人就等于没有。”“经由某个女子，你的一段生命实现了快乐。或是因为一个男人，我的一段生活还不算‘非常悲惨’。如此而已。”

那么现在呢，她在哪儿？她是什么？

一个抽象的别人。

一个猜测中的别人。

一个向往中的、惧怕中的、莫须有的：别人。

或像风，真实又空幻。

82. 区别的重要，或标题再释

我开始体会了上帝的英明，体会了他的高瞻远瞩，体会了人与人之区别的重要：人，如果仅仅都是人，便无异于一片沙漠。

设若你无论走到哪儿，所闻所见都是一模一样——一样的人形，或一样的沙砾，一样的沙尘与沙丘，即便无衣无墙自由辽阔，必也形同监狱。（唔，那个智慧的老人博尔赫斯！）衣是隔离，墙是阻挡，无边无际的雷同一样也是隔离，是阻挡。牢房是让你在各个方向都撞上墙，自由辽阔的沙漠则让你在各个方向都撞上原地——不管你往哪儿走，不管你走到哪儿，都是重复，自由的重复。据说，最严厉的监狱多选址于茫茫沙漠之中，这一点值得玩味：没有区别，没有变化，没有路或者到处都是路，即便一无阻隔，看你又能往哪儿跑！（路是走出来的吗？没准儿倒是阻隔出来的呢。）另一位智慧的老人弗罗姆写过一本书，题目就叫作“逃避自由”。无边无际的雷同宣告着行走的无效，宣告着想象的枯竭与希望的湮灭，同时宣告着**他者**或**别人**的珍贵。

你将渴望别人，渴望我们一向所惧怕的：别人。

渴望区别。

渴望新奇。

渴望独特。

哪怕那是艰难，坎坷。哪怕是危险。

所以我来丁一。丁一是众多路途中的一条，而非平均。丁一是独具的心魂而非典型人物。丁一是具体的命运而非抽象的时代。丁一是一段不可重复的历史，而又是一切历史的征兆。因而“我的丁一之旅”也不止于反映与再现，而更是寻找与探问——寻找与探问生活的可能，或寻找与探问本身的种种可能。

83. 转折

酒力已尽，饿从中来。正午时分，丁一急慌慌步入一家小饭馆。

进门之前我就叮嘱他：不喝酒，行不？

放心吧，绝对！

但如果命运的决心更要大些，那小饭馆里就会为我们备下一位熟人，从而，不单酒是非喝不可了，我的"丁一之旅"也将在所难免地发生一次重大转折。

"喂，还认得我吗？"

刚一落座，就有人过来拍那丁肩膀。

"您？您是……"丁一敲着脑门想，"是不是秦……秦……"

"不错不错，好记性，秦——汉！"

"秦什么？"

"汉。秦朝的秦，汉朝的汉。"

"哦对，对对，秦娥是你妹。"

"怎么，你还记得她？"

丁一心说废话，不记得她就记得你啦？

秦汉说："你一进门我就看这人眼熟，想了半天，咳，这不是丁一吗？"

"谢谢，难得你还能记得我。"

"你这名字不一般呀！"

丁一敷衍着笑笑，尽快把目光挪向墙上的价目表。

"我比你们高两级，娥跟你同级不同班。"

"秦娥她……"丁一倒是很想问问那个英姿飒爽的女同学现在何方，但想想还是算了，别跟这个秦汉多缠。

丁一悄悄问我：知道他是谁不？/这还能不知道？“红缎”与“红绸”中的一员！当年造反造得最凶的那帮人里有他，“流氓之歌”唱得最响的那伙人里也有他。

“喂老弟，甭看了，”秦汉说，“这地方除了炒饼、炒饭、炒面，没别的，填饱肚子算数。”

“那就炒饼吧。”

秦汉把丁一拉到自己桌前坐下，点烟，倒茶，又要了一盘炒饼、两碟小菜，亲密得让丁一挺不自在。

“怎么着，这些年都在哪儿？”

“我们这种人还能在哪儿？地球上混呗。”

“哈，老弟幽默！”秦汉感到了历史遗留的距离。

“你呢？”

“一样，谁还能跑出地球去！哈哈哈……”他试图缩小距离。

“干什么呢？”

“咳！有人摆弄出一种东西，我负责找客户。”

“啥东西？”

“没用的东西。唯一的好处是给我这样的人分一碗饭。”

“你这样的人？你这样的人是啥样的人？”

“没出息呗。或者是，想入非非的一类。我父母在世时就总说我是梦不醒。”

我们发现此秦汉已非彼秦汉，谦恭有余，霸气全无，温文尔雅中甚至有些过分的纤柔。于是乎很快，那丁便放弃了进门前的誓言。

“怎么着老弟，不喝点儿？”

“行，喝点儿就喝点儿！”丁一来精神。

我拦他：还喝哪哥们儿？咱可刚在外头闹了一宿！

“KAO你丫少管！”那丁竟说出声。

“没人管，”秦汉说，“咱随意。”

"哦,没说你。"

秦汉四下里看看,看不出另有什么碍事的人在。

所谓"酒逢知己千杯少",所谓"相见恨晚",那天丁一跟老同学秦汉从中午一直喝到傍晚。

也没什么好酒,二锅头呗。

俩人争着埋单时,女老板笑嘻嘻地走过来:"见回面不容易,哥儿俩干脆吃了晚饭再走吧。"

望望窗外,暮色已然苍茫。

"要不,上我那儿去?"秦汉的意思是上他家去接着喝。

"算了,"那丁展一展发僵的手指,"这两天实在是喝得忒多了。"

"我那儿还有点儿好的,嗯……反正是比这儿的棒。"

"棒也不喝了,下回吧。"

"对了,我那儿还有些录像,别处未必看得到。"

"都什么?"

"走吧哥们儿。全是朋友从国外带来的。"

"那种下等妓院里的东西我可是看够了。"

"哪能呢?保证一水儿的高档艺术片!"

"你妹呢?"酒壮㞞人胆,那厮醉眼蒙眬地问,"秦娥,秦娥她干吗呢?"

"演戏呗,"秦汉脚底下也没根儿了,"我看她也演……演不出个啥名堂。"

"京戏?"丁一记得秦娥以前唱过样板戏。

"话剧,电影,还有什么什么……哦,电视连续剧。"

"是吗!"那丁为之一振,"我咋不知道?"

哥们儿你又想啥呢?/KAO 我不过问一声,问一声不行吗?

我知道这小子又想什么了——娥是演员,他好歹也当过两天编剧,岂非殊途同归?

“她没名儿。”秦汉说,“走吧,上我那儿坐坐去。”

“噢,行……”

“甭光行,走哇?”

“那她,结婚了?”丁一早想问这句了。

“你说娥吗? 没。”

那丁心里仿佛一松。

“没结倒……倒是没结,”不料秦汉又补上一句,“可是已经离了。”

那丁心里又一紧:“咋回事儿?”

秦汉摇摇头:“走吧,慢慢说。”

“你家还有谁?”

“我和我的影子。”

“娥不常来?”

我笑那丁:怎么着,这么会儿工夫就成“娥”啦?

秦汉说:“想让她来吗?”

那丁没吭声,没好意思。

那个夏夜,我随丁一去了秦汉家。挺大一套房子——据说是他父母留下的,里面除了酒瓶子就是录音带、录像带,和码到屋顶的书、报、杂志。

“哥们儿你这儿可够脏的!”

“肯定不脏,就是乱。我这人怕脏不怕乱。”

扒拉开一块地方,俩人接着喝。

正所谓始料未及,那天夜里,在秦汉家,我的“丁一之旅”将因一部影片(录像)而生巨变。

84. 电影《性·谎言·录像带》
导演：索德伯格

全剧总共四个人物：詹和彼得是分别多年的老同学。彼得和安是夫妻。安是劳拉的姐姐。

安这阵子总为些小事担忧。心理医生问她：这情况是不是没让彼得知道？是。医生便又问起他们的夫妻关系。安说还不错，只是最近她不大想让彼得碰她。

“这之前呢，性生活还好吗？”医生问安。

安说挺好，“**我倒也不是不喜欢，只是我从来不觉得那种事有多么了不起**。”

漂泊多年詹回到故乡，来看彼得。只有安在家。闲谈中说起安和彼得的婚后生活，安说她现在更加看重安全感，何况又有这么好的房子，彼得的职位也不错。

接风晚宴上，彼得对詹的落魄深表吃惊。詹笑笑，不以为然。彼得问他：不想去看看伊莉莎白吗？詹迟疑了一会儿，未置可否。伊莉莎白是詹过去的情人。

彼得明显是个“花匠”，居然跟劳拉搞到一起。劳拉年轻，外向，在性方面不仅随便而且自命不凡。这天乘安不在家，彼得又约来劳拉，稍事挑逗即奔主题。

与此同时，安陪着詹租罢房子，在一家酒吧小憩。慢慢熟悉了，话题涉及到性。安认为人们过分地看重性了，其实女人想的就跟男人不一样。

詹说：“有人说过，**男人学着爱上吸引他的女人，而女人是越来越被所爱的人吸引**。”

安惊叹道："哇，这话说得太棒了！"

谈话继续深入。詹坦言自己是性无能，一旦面对**他人**就不行。安说这让你很自卑吗？詹说不，又说可能是有点，但跟你不一样。安说你认为我很自卑？詹说就我观察，**你很在意别人怎么看你**。安说：我正在看心理医生，你看吗？不，詹说他觉得**人不能接受一个对自己没有深刻认识的人的忠告**。安说：我跟我的医生互相是很了解的。詹问安：你们有过肌肤之亲？啊不不，安急忙说，那怎么会呢？

詹说："对不起我不是那个意思，我是说，**只有有肉体关系的人才可能**……"

安有点懂了："你是说，**否则，他就不可能给你什么有益的忠告**？"

詹微笑着点点头。

劳拉好奇地向安打听詹。安冷冷地告诉她，詹与众不同。这更加激起了劳拉的兴趣。安劝她拉倒，说詹绝不是你喜欢的那种人。劳拉嘲笑安低估了她。

某日，詹独自在看录像，似有快慰。荧屏上，一个陌生女人在讲述自己的自慰经历。这时安来了。詹慌忙关掉电视，穿起衣裳迎出来。安问桌上那些录像带都是什么？詹说都是些私人采访，我在做一项研究。怎么每盘磁带上都有个女人的名字呢？詹说我喜欢采访女人。安问他能不能看看？詹说不行。詹说他答应过被采访者，除了他不能给别人看。安警惕起来，问詹都采访些什么？詹只好照实说：都是些关于性的问题。

"**性的什么问题**？"

"**性的所有问题**。"

"比如说？"

"她们都做过什么，**想要又不肯说的是什么，总之我想到什么都可以问**。"

安大惑不解，仓惶告辞。

劳拉再问起詹时，安的口气变了，说那是个怪人。劳拉更想去会会这个詹了。

劳拉来找詹，暗示说，录像带的事她都知道了。詹问她，你是来讨伐我吗？劳拉说不。劳拉说关于男人，她从来不信安的话。劳拉自信地说：能把安吓着的事一定跟性有关，你是不是在拍做爱的录像？詹说不，不完全是。劳拉说：是就是，不是就不是。

詹一下子解释不清。既然劳拉这么开放——显然跟安不一样，詹灵机一动道："干吗不让我来给你录一下呢？"

果然劳拉并不拒绝，惊讶中露出兴奋，却又故作腼腆地问："要我做什么？"

说话。说什么？你的性爱史，你的性癖好。劳拉有些犹豫：是不是只回答问题，没有别的？对，没有别的。你靠这种方法得到满足吗？詹不回答。这录像会不会有别人看到？绝对不会，詹说：**除了我没有别人**。

劳拉讲了她八岁时的一件事：邻居家一个也是八岁的男孩有天问她，能不能让我看你尿尿？劳拉说要是也让我看你，那就行。俩人跑到没人的地方，劳拉实践了诺言，可那男孩却临阵脱逃，没等她尿完就溜了。

"事后你们没再说起这件事？"

"没。整个那个夏天他都躲着我，后来他就搬家走了。多差劲！"

"那你，是什么时候，才见到男人那东西的？"

十四岁。劳拉说，她没想到那玩意儿会是那模样。劳拉说：一开始我以为它是单独的，当他让我摸它时我才感到**它后面连着一个人**，他说我弄得他很舒服……——这样说时，劳拉的表情渐渐变化，目光和声音都轻柔起来，并且不由地俯身而卧。

詹也慢慢躺倒在地板上，望着她若有所思，然后问："后来呢？"

"后来？后来他就不再说话了……"

劳拉把录像的事告诉了安。安如临大敌：他让你脱衣服没有？劳拉说没有。那你自己呢？劳拉说脱了。为什么？我想脱。为什么？**我要他看我**。你疯啦？他会播出来让所有的色狼都看见的！不，劳拉说，他不会。你怎么知道？反正也来不及了，对吗？他碰你了没有？没有。你呢？也没有。但是劳拉说她自己做了。天哪！安说，我连在彼得面前都不做那种事！劳拉说：那是因为你不会！

"你甚至还不认识他呀！"安说。

劳拉说：**"我倒是觉得我认识！"**

有些迹象使安开始怀疑彼得是否有了外遇。但彼得信誓旦旦地说没有，进而以攻为守，指责安近来既不愿跟他亲热，又无凭无据地怀疑他。安听信了他的话。

彼得也知道了詹给劳拉录像的事，又气又恨地挖苦道：詹要是为了某种满足，干吗不去买点黄色录像看看？劳拉倒似很理解詹了：**他要了解对方，互相要有交流**。彼得恼怒地质问劳拉：可你非要在他面前自慰吗？对，劳拉说，我乐意！彼得气得团团转：那你跟他签了什么文件没有，保证他不能播放？劳拉说对不起，没有。彼得说那你的麻烦就大了，**你没有任何法律保护**！劳拉说没事，**我信任他**。信任他？对，比对你要信任得多了！彼得说你这话可真让人伤心，我怎么了？劳拉说你跟你的小姨子乱搞，还骗人！

"可是别忘了，你也在欺骗着安！"

"不错，**可我并没在神和众人面前立誓**，说我要永远对她忠实!”

彼得无言以对。劳拉说你走吧,我们的关系应该结束了。彼得嘲讽道:是詹让你这么说的吗?劳拉愤怒地喊:我不需要别人来告诉我应该怎么做!

打扫卧室时,安发现了一枚女人的戒指。啊,是劳拉的。这一下她全明白了。

安茫然无助地开着车在街上乱转。最后,鬼使神差地,她来找詹。

詹说彼得和劳拉的事他都知道了。安一愣:你怎会知道?詹说是在录像时,劳拉说的。安更觉得委屈了:谢谢你告诉了我!詹抱歉地说,我一直没见到你,就算见到了我也不能说呀?安颓然坐倒,叹道:唉,真是一团糟,怎么什么什么都跟我想的不一样?詹看着她,爱莫能助。沉默很久,安真是不鸣则已,一鸣惊人:你来给我录像吧。詹吓了一跳:不不,这也许不太合适。安的眼睛里却涌动着期待:有什么不合适?詹说:因为这……这不是你脑子正常时做出的决定。

“你知道什么是正常,什么是不正常吗?”

“唔,这倒是问得好。”

詹仍有些为难。安在轻声催促:还要准备什么吗?詹知道已经很难拒绝,但目光仍在劝她慎重。安轻声说:来吧。

晚上,彼得回到家,见门开着,安也不在。正当他打电话四处询问时,安回来了。彼得小心翼翼地问她出了什么事。安开门见山地说,我要离婚。为什么?你说为什么?安说你还问我为什么吗?彼得说我是你丈夫,我当然要问。安说滚,滚你的吧!彼得猜到事情可能已经败露,就说好吧,但是你刚才上哪儿去了?安直言不讳:詹那儿。彼得一愣:詹那儿?安镇静又坚决:对,詹那儿!

“狗娘养的!”彼得立刻暴跳如雷,“这个背后伤人的小人,还自称诚实!”

安厌恶地看着彼得。彼得以挖苦的口吻喊:我知道你没跟他上床!——这一点他对安有把握。可你拍没拍什么录像?——他担心的是这个。安不想理他。彼得声嘶力竭地冲她喊:说!你到底拍没拍?!安平静地说:拍了。彼得气得冲门而去,要找詹去算账。

詹已经睡了,彼得把他从梦中揪起来,一顿老拳打出门外,然后找出安的录像来看。录像中——

詹对安说:“好,那就开始。你想谈什么呢?”

安问:“通常你们都谈什么呢?”

詹说,性问题。好,安说,就谈性问题。詹问:你们常有性生活吗?安说不,不常有。詹问:有的话是谁主动?是他,安说。那么,詹问,你觉得满足吗?安说我不知道你是指什么?詹说,你有没有达到过高潮?安说不知道。安说不知道,所以我想一定是没有过。詹又问:除了你丈夫,**你想过和别的男人做爱吗**?

看到这儿,彼得心里恨恨地想,行了,该来正格的了。他忍着性子继续往下看——

对刚才的问题安犹豫了很久。詹说:不拍了吧?安好像猛醒过来:不不,别停,我要拍!那,詹再问她,和别的男人做爱,你想过吗?安说想过。詹问:真的去做过吗?安说没有。詹问为什么。安说因为劳拉就是那样,安说我讨厌跟劳拉一样。詹问:那你想到的,是什么样的男人呢?

安久久地看着詹:“我想到的是你。”

詹企图逃避,但安的眼睛不放过他:“你也想过我吗?”

詹的目光有些迷离:“是的,想过。”

都想些什么?想你在高潮时是什么样。安羞涩地笑了:我倒也想知道我会是什么样呢。安又问:你能吗,让女人那样?詹不回答,样子像是睡着了,或是沉在一个艰难的梦里,许久才又说:可以。安问詹,你能为我做吗。詹说不行。安问为什么。詹说,因为我不能。不能还是不愿意?不愿意,所以不能。你说过你并不真的是性无能呀。不错。就是说你也跟别人做过爱?当然。结果让你感觉羞耻,是吗?不,我的问题不在这儿。那,你的问题是什么?——不觉中,已经是安在向詹提问了。

“**问题是那种时候,我总觉得自己忍不住要说谎**。”詹说。

安说那现在,你也是在骗我吗?詹说不,不全是。安问他,那还有什么呢?

“是这样,”詹说,“**那样的时候,我总是不能用语言来表达感情**。可这样,就怕别人不能理解,**尤其是爱我的人**。”

安说:那你从此就不再做爱了?詹说不,我没想过。安说要是你爱我,你会不会(做)呢?詹急忙说不不,我并没有爱上你。安说:要是爱上了呢?詹说这问题我没法回答。安问为什么?詹说为什么我都说过了。安说:可我还是不明白。

“我已经不是**以前**的我了,”詹说,“我变得太多了。这让我很难再和别人沟通。甚至有时候我设想和**她**交谈,都觉得,恐怕再也不能……”

“她?她是谁?”安这才意识到,詹的心里一直存在着另一个交谈对象,一直被另一个人占据着,“她是伊莉莎白吗?”

詹一惊,甚至连他自己也才刚刚明白了这一点,苦笑道:“大概是吧。”

现在你还跟她有联系吗?不,没有。安说:你想伊莉莎白对你这些录像会有什么看法呢?安说:她未必会很理解吧?安又说:既然你痛恨说谎,那你会把这些事告诉伊莉莎白吗?詹说我也不知道,也许我什么都不会做。

“你回到这儿来,就是为了考虑这件事吗?”

“不，我是为了，让事情有个结束。也算是一种解决。**我希望对我来说很重要的人，能够了解这一点**。”

安感叹说这太不公平了，九年了你才回来，难道就是这么个结果？你这辈子就打算这样下去吗？安望着詹，目光中满是怜爱：到底都是为了什么，你也不能跟我说说吗？詹一脸沮丧和无奈，试图回避这样的问题。安却忽发奇想，猛地抓起摄像机，对准詹：我要你回答！詹躲避着她的镜头说：别别，千万别这样。

“为什么，**你为什么要拍女人谈性的录像**？告诉我。”

詹一边躲闪着镜头一边说：“要我告诉你什么呢？我的一生？从头到尾？可连我自己都搞不清我是怎么回事呢！再说了，我为什么要告诉你？”

因为我也许能帮你，安说。帮我什么？帮你解决问题。詹说我有问题吗？詹说我觉得比起你们的生活，我的要健康多了。这个嘛，安承认。但她对詹说：你也有问题。詹说：可那是我自己的事呀。安说未必，每个走进你生活的人，就都跟你的问题有关系了。安说比如我，我要跟彼得离婚是迟早的事情，但我现在下这个决心很大程度上是因为你。

“唉，这可真是糟透了！”詹无奈地摇着头，“我花了九年时间来构造我的生活，就是为了避免这种事。”

詹转过身去，久久地望着窗外。安挨近他，轻轻地理一理他的头发。詹闭上眼睛，接受着，或者说是承认着。安抚摸他，并要他也抚摸她。安亲吻詹。詹把桌上的摄像机关掉……

——荧屏上一片雪花。彼得看得发呆，发愣，一切都在他的意料之外。

彼得走出屋门，见詹坐在门廊前。不知是出于良心发现而不想再说谎，还是出于报复，彼得把他曾跟伊莉莎白上过床的事告诉了詹——**那是在詹和伊莉莎白分手以前的事**。

彼得走后，詹回到屋里，把那些录像带一盘一盘都掰碎，扔进垃圾箱……

85. 结尾与无限

"完了?"丁一问。

"可以算完了,"秦汉说,"还有一分多钟吧。"

"结尾怎么回事儿?"

"结尾怎么回事儿你认为重要吗?"

丁一盯着荧屏上的"雪花"发愣,样子很有点像影片中的彼得。我知道这厮未必是全看懂了,但他分明是感到了这部影片的与众不同。

他悄声问我:好像是有点儿意思,是吗你说?

我心说好,孺子可教!便反问他:哪点儿呢?比如说哪儿,什么,或者说怎么,有意思呢?

他捧了酒杯瞪着电视想了又想,然后抱怨:"谁这么手贱把结尾给洗了?"

"我,我洗的。"秦汉说,"你那么想知道结尾吗?好吧我告诉你,老套子,安和詹相爱了。"

"然后呢?"

"问得好。然后呢——这才是结尾!所以那种人为的东西最好是去掉。"

那丁便又悄声问我:嘿,你说呢?/我说:这问题还是你们俩谈吧,对我来说从来就没有什么结尾。/啥意思?/字面上的意思。/你是说,压根儿就都是谎言,根本就没有爱情?/哎哟喂怎么了这是?刚夸完你"孺子可教"。没有结尾就是没有爱情吗?

"娥的想法倒是跟你差不多。"秦汉把话头接了过去,"娥也是认为不如保留着那样一个结尾,否则嘛,她说人活得就怕太过荒唐了。”

“对呀对呀！”丁一说，“你不觉得娥是想……想保留住一点儿希望吗？”

好极了，好极了！丁哥们儿我跟了你这么多年了，就这句话你说得靠谱儿。

连秦汉也点头，但他笑一笑又说：“可是有吗，希望？”

“应该有。”丁一回答得有点含糊。

我急忙帮腔：“当然得有！”我心说废什么话呀，要是连希望都没有我上你们这儿干吗来了？

“当然**得**有？”秦汉抓住了那个“得”字。

“或者说，一定会有。”

“那好，说说看，你都希望什么？”

“比如说吧，刚才那部影片希望的是什么？”算了丁一，还是我直接跟他练吧，我不信今儿我还真碰上对手了！“希望的是没有谎言！至少在某种时刻，至少要有一种机会，人与人可以赤诚相见，可以相互袒露心魂。”

“不错，你说得很动听，但我问的是：这可能吗？”

“你可能不死吗？但是你要活着！”

这一下把秦汉问得频频喝酒。对于我的突然加入，他明显有点措手不及。

“死，”半天他才又挤出一句，“你觉得可怕吗？”

转移主题，这家伙在转移主题！不过这恰恰说明我点到了他的要害。

“怎么，你不怕？”我心说来吧，既有班门弄斧的，就有将计就计的。

秦汉晃着酒杯，看那殷红的液体在杯壁上潮汐般爬上爬下，然后慢条斯理地说道：“死有什么可怕？比如说吧，每一个人都不过是水面上的一个浪，浪死了，水还在。”看来这问题他早有深思熟虑。

“那又怎样呢?”我问。

他笑笑,说:“惹麻烦的总归是浪,平安快乐的,永远是水。”

“你是说,没有浪的水?”

“我是说永恒。”

“永恒的死水?”

他又是一怔:“唉,算啦算啦,这不是谁都能懂的。问题是你没到过那儿。”

我暗笑:倒是你懂!“你到过哪儿?”

“怎么说呢?”秦汉瞄一眼丁一,意思是:跟你说这些,你能懂吗?然后舒一口气道:“那儿嘛,说文了就是无妨无碍,得大自在;说俗了就是想哪儿是哪儿,彻底的自由,毫无限制。”

“无限——我可以这么理解吗?”

“也可以这么说。”

“可是无限,”我问秦汉,“怎么能到呢?”

我又问:“一到,不就又成了有限了?”

我又问:“无限的意思,不就是指无穷无尽吗?”

我见他的酒杯在微微颤抖。“嗯……或者说,是通向无限吧。”他说。

“可哪儿不是通向着无限呢?比如此时此地,不通向无限?四周,空间和时间,任何角度任何方向,不从来都是通向着无限的吗?”

他又开始不停地摇晃酒杯了,微笑中明显有着一丝惊愕,但很快,微笑掩盖掉惊愕,他故作一副高深莫测的样子说:“咳,算啦,不说这个。”

“天机不可泄露?”我紧盯着他。

他机智地把话题拽回来:“可你还没告诉我,希望在哪儿?”

“好,我告诉你:你,秦汉,此时此刻,就在希望中。”

“何以见得？”

“希望，恰恰就是**通向**，而非**到达**。”

“你真固执。可我敢跟你打赌，你那种希望根本就没有希望。”

“希望就是希望，怎么会又没希望了呢？其实，你是想说根本就不可能实现，对吗？”

“对，不可能！”

“怎么不可能？”丁一插嘴道，“只要有希望，只要那希望是正当的，为什么不能实现？”（事后我发现，由于丁一的插嘴，还是让秦汉转移了主题。）

“比如说，性，”秦汉说，“你还记不记得詹说的那句话？——‘问题是那种时候，我总觉得我忍不住要说谎’。”

“记得。咋了？”

“以性为引诱的爱，注定的，从始至终包含着欺骗。”

“注定的？不太绝对吗？”

“当然绝对！因为性，从来是优胜劣汰。可是爱是什么，爱是为了什么，你想过没有？”

唔，身魂牴牾，他肯定是要说这个了（我当然想过，比如说我一向是以某种祈盼为鼓舞，而那丁压根儿是欲望的燃烧）！看来这秦汉还真不是个好对付的。

他放下酒杯，一边来来回回地踱步一边说：“谁都会说性爱，性爱性爱性爱！其实呢，性跟爱压根儿两码事，所有的悲剧都是因为这个。性，压根儿是要挑好的，挑美的，挑酷的、靓的，挑健康的、聪明的、有能力的，或者是有思想、有抱负的，有作为的……总之是优势群体。优势，意味着什么？意味着各方面的强大，意味着可以多多地占有！当然不光是物质，还有荣誉、声名、权力，总之优势意味着权力！人们只知道钱、权可以交换，却忽视了名、权也可以交换，一切刚才说过的那些优势都可以拿来跟钱和权做做交易。这是个以利易利的时代，哪儿还有爱什么事儿？”

啊，这个秦汉！

“可是爱，爱是什么呢？”他又说，“爱是要你平等地善待一切，一切他者，一切上帝的造物！可要是连人都要分成三六九等，你还能善待什么？要我说，什么滥杀野生动物呀，过度砍伐、过度放牧呀，水资源枯竭呀，把臭氧层弄出个大窟窿来呀，等等等等都属性的作为，权力的作为，物欲的作为，早已经毫无爱意！”

你必须承认，“士隔三日，当刮目相看。”

“性爱性爱，如同说水火水火。你认为水和火，可以相容吗？”

“照你这么说，爱情，是不可能的了？”

“要是人都那么看重性的话！”

“你不会认为，人，应该绝种吧？”

“对不起，这回是你在偷换概念。”

我 KAO，丁兄，你这老同学厉害呀！

86. 娥

所以，见了娥，没几句话，丁一就说：“你哥这几年修炼得都快成仙了！”

娥说：“你见着他的朋友了？”

“怎么着，闹了半天他也有女朋友呀？”

“他怎么就不能有？”

“我看他够当和尚的了！”

“怎么看出来的？”

“感觉，完全是感觉。我瞎说。”

“不全是瞎说。不过，他的朋友，非得是**女**朋友吗？”

“啥意思？”

“没别的意思。”

“再说一遍。”

“你要是听懂了,就搁在肚子里,要是听不懂就甭问了。”

“哇,真的呀!”丁一目瞪口呆。

这几天让我们目瞪口呆的事似乎多了点,先是那部电影,然后是秦汉兄的高论,现在又爆出这么个新闻。

“他没跟我说呀?”

“要他怎么跟你说呢,等他爱上你?”

“是吗!”丁一跌倒在沙发里,随即大笑。“爱上我?”丁一看看镜子里胡子拉碴的自己,笑一阵愣一阵,愣一阵笑一阵,“你没骗我吧,娥?”

他的笑感染了娥,娥亦忍俊不禁。两个人面对面倒在沙发里,止不住地大笑,笑到最后竟似不知在笑什么了,好像只是在笑对方的笑。

我忽然感到一阵久违的温馨。人们一起这样肆无忌惮地笑已经是多么遥远的事情了!大概要追溯到童年,追溯到那个瑞雪纷飞的大年初一,追溯到男孩丁一挣脱开母亲,一丝不挂地跑进雪地里,跑进花花绿绿的那些女孩们中间的时候。

“不过,不过,”娥终于忍住笑说,“总怀疑别人欺骗,也是谎言之一种。”

丁一的笑这才停止,渐渐收敛成长久的感慨。

“别问他。”娥说。

“废话,我傻啦?”

“不不,他倒好像无所谓,只是我们互不过问这方面的事。”

“信念?”

“不,习惯。”

“那你是怎么知道的?”

“用秦汉的话说,一切都不过是你自己的理解,或猜想。”

"那,到底是不是真的呢?"

"这个嘛,就像那部电影里安说的:'**你知道什么是正常,什么是不正常吗**?'你知道什么是真的,什么不是真的吗?"

"他知道你怎么想吗?"

"我们也都不向对方解释自己的事。"

"也是习惯?"

"也是。"

"这些年他都干什么来着?"丁一问。

"不过我倒是能够理解那样的事。"娥说,"虽然我自己不是。"

"你不是,但是你理解?"

"不可能吗?可能的,丁一我告诉你这是可能的。而且很可能,那样的爱倒是更真诚,更纯粹,甚至是更高贵的。"

"怎么呢?"

"因为,非常可能,那倒是完全的心魂与心魂的靠近。"

是呀,心魂本没有性,心魂只有别。

"那,你为什么不是呢?"

"习惯。我想过很久了,结论还是:习惯。"

一阵沉默。两个人似乎才都有机会打量对方,察看时光在各自脸上留下的印记。

可是,性,怎么会只是一种习惯呢?

娥望着丁一,似乎寻找着什么,等待着什么,或已从丁一的沉默中听出我的声音了。

"不对吧?"于是乎那丁学着我的话说,"不不,那应该是语言,是表达,是独特的话语,或者说是一种必要的仪式,怎么会只是习惯呢?"

娥愣了一下,或者愣了很久,然后几乎跳起来:"哇,这话说得太棒了!"

我觉得此时的丁一和娥,就像那影片中的詹和安(在酒吧里的那一场)。

“你再说一遍。”娥的目光满含期待。

“性,应该是一种,独特的话语……”

“喔!真的真的,这话实在是说得太好了!我只是没能找到这几个词——仪式,表达,话语……喔,真是太棒了!这是谁说的?”

那丁兴奋地望着娥,唯腼腆地笑;他当然知道是谁说的,但不敢贪天之功为己有。

娥膝碰膝地在丁一面前坐下,毫不掩饰惊喜后的轻松、愉快,甚至亲近。

这时我已经明白,此丁与此娥的爱恋已是在所难免。

“但有一点我不同意秦汉。”娥说,语气平和、缓慢,“性,未必只是说生理的差别。(不错不错,那不过是身的标记。)同性恋,其实也是离不开性的,不同的身体就是。**不同**本身,就是性。不同的心魂在相互寻找,不同的路途期待着交会,这就是人生本来的**性**质。性别性别,其实主要不是性,而是**别**!(是呀是呀,别,才是心魂的处境。)或者说人,最根本的性质就是别。性的根本意味,就在于**别**……”

唔,夏娃,夏娃!我想娥会不会就是夏娃?

“你怎么了?”娥发现丁一的呼吸有些紧。

“没事儿,你说。”

“其实灵魂是没有性的,灵魂只有别。(天哪天哪,英雄所见略同!)就像劳拉说的:‘我想脱。我想让他看我。’看我的什么?身体吗?身体谁没见过?是心魂!你想看的和你想让别人看的,其实都是心魂!因为,灵魂,曾经以‘我’的名义,和‘你’分离……”

是呀,曾经漂浮在水面上而后分离的,曾经自由于伊甸之中而后分离的,说到底是灵魂哪……啊,毫无疑问夏娃她来了,夏娃已然来到了秦娥！但她是什么时候来的呢？

“娥，你是从什么时候开始这样想的？”

“很久了，很久很久了。”

丁一悄声问我：在学校的时候吗？当娥发给我那条四寸宽的红布的时候，夏娃她来了没有？当我们，向着别人不断张望的时候，夏娃她来了吗？／但是肯定，我说，当那首“流氓之歌”唱起来的时候，夏娃她还在远方。

娥说：“你还记得那影片中詹说的一句话吗——‘问题是那种时候，我总觉得忍不住要说谎’？”

“秦汉也是拿这句话问我的。”

“他怎么说？”

“他说，以性为引诱的爱，注定包含着欺骗。”

“唔，这他可是有点儿过分了。性，为什么一定是欺骗呢？你说得对，那也可以是表达呀！那为什么不可以是更彻底、更真诚、更极端的爱的倾诉呢？”

“只是，我不明白，”丁一说，“为什么，詹总觉得那是在说谎？”

“噢，我是这样看，”娥说，“要是他觉得不能尽情尽意地袒露，要是他尽情尽意地敞开却被认为是不道德，要是他因而不敢再尽情尽意地做那些极端的身体表达，你说，他会不会觉得是在说谎？这么说吧：要是在爱情中，做爱的时候，也得分分寸寸地把握好尺度（就譬如“房中术”），也得用些毫无个性的公共话语（就譬如什么“矜持”和“尊严”），那你说，是否，倒更像是谎言了呢？”

啊，了不起！娥你真是了不起！是夏娃带给你这智慧的吗？

“你注意到詹的另外一句话没有？”娥又说，“‘在那样的时候，我总是不能靠语言来表达感情。’那他靠什么？靠什么，你想过吗？靠性啊！靠身体，靠袒露，靠动作，靠那种白天不可以言的言，平素不可以说的说！”

唔，是的是的，**那话（儿）**——那种非凡的话语！

“可要是，这样的话语不被理解反被看成龌龊，要是在那样的时候人们也不得不遮遮掩掩，你想，你想想看詹会不会觉着是在说谎？”

对呀对呀，那才是说谎，那才是说谎呀！丁一大喜过望，兴奋得在娥的房间里走来走去。了不起的娥和了不起的夏娃呀，这下丁一能够回答那部影片好在哪里了，这下我们终于看懂那部影片啦！岂止是看懂，让我说，那简直是一次伟大的平冤昭雪——云开雾散，那一向被埋没、被亵渎的非凡话语终于重见天日，可以自信其善、可以自负其美了！

娥靠在窗前，舒心地望着窗外，望着近树、远山，和远山背后的飞霞。

丁一则呆呆地望着娥，望着映在玻璃窗中的娥的侧影，望着她背后的蓝天。

蓝天明澈，深远，一只白色的大鸟展翅飞翔。大鸟悠然地扇动着翅膀，终于飞出了窗框，跨越了早春的枯疏和初夏的烦躁，来到了郁郁葱葱、阳光雨露最为丰沛的盛夏时节！

“多么辉煌，灿烂的阳光，暴风雨过去后，天空多晴朗……”一个名为帕瓦罗蒂的声音唱遍世界所有的地方。

87. 无所谓？

马虎的丁一第三次走进娥的家门时，才注意到书桌上有个镜框，里面是个开怀大笑的小姑娘。

“你生来就这么快乐吗？”

“不，那是我女儿问问。”

“问问？”

“她什么都要问。”

丁一想起来了，秦汉说过：（娥）结倒是没结（婚），但是已经离了。

“一个不合法的孩子，”娥说，同时扫一眼丁一的反应。

“没有人的批准，但是神把她送来了。”娥又说，似乎是希望这个话题不要马上结束。

“怎么没见她？”

“你说谁？”

“当然是问问。”

“哦，她在幼儿园。”

这孩子真像她母亲，想必很快就会跟中学时候的娥一模一样了。

“几岁？”

“四岁。”

唔，娥四岁时也是这样吧？娥四岁时夏娃还在远方，我也刚到丁一不久。四岁，那正是我和丁一走出屋门，走进阳光，走进风与花香的时候吧？正是我们走出院子，站在门前的小街上，因为丁一裸露着那朵俏妙的萌芽而遭遇别人耻笑的时候吧？那时候，未来是否已经写好了？或正藏在一个微小的细节里等候时机？命运终于看中的那个细节是什么呢？一个“情”字——比如丁一？抑或“无情”——比如问问的父亲？总之，当某个细节一经选定，未来差不多就已经写到了现在。接下去是怎么写的呢？

“你怎不问问问问的父亲？”娥终于提醒道。

“啊，无所谓。”

“无所谓？”

丁一回头看看娥，意思是：这算问题吗？

但娥还是问：“对谁无所谓？”

“当然是对我。”

“我是说，你是对问问有个爸爸无所谓，还是对问问无所谓？”

她还在问:你是对找一个情人无所谓,还是对你的爱人有个前夫无所谓?/我对别人无所谓,对别人的、已经结束了的过去无所谓……/但是你不想问。不想问,是不是还是有所谓呢?

胆怯的丁一不再听我说。狡猾的丁一不再听我说,而是对娥说:“怎么能是问问呢?我们怎么能对问问无所谓呢?”

“我们?”娥紧盯着丁一,把“我们”这俩字放在他脸上去比较,去确认。

“是,**我们**。”丁一也被这突如其来的两个字感动了。

娥慢慢转身,捧起那个镜框,看着,仔仔细细地看着,然后抱进怀里。

无所谓,告诉你我什么都无所谓。/什么呢?/只要娥是爱我的我对什么都无所谓。/你越是这样强调,丁兄,我倒越是有点担心呢……

“也许,”娥说,“我们还是应该都听听对方的过去。”

“以后吧,娥,以后的日子还长着呢。”

88. 梦

这夜丁一乱梦纷纭。一会儿是娥,一会儿是那个电影里的人物,一会儿又是久违了的那位素白衣裙的女子。

素白衣裙的女子忽然有了安的容貌,并且操着那电影中的口气问:“你都采访些什么?”

丁一不由地模仿了詹的回答:“都是关于性的问题。”

“性的什么问题?”

“性的所有问题。”

“比如说?”

“……”

丁一稍一迟疑，那素白衣裙的女子又变成娥了。娥问："那，我想到什么都可以问吗？"

"当然。"

"你愿意说吗？"

"当然。"

"对谁都愿意说吗？"

"当然。啊不，对……对谁呢？"

"无论谁。任何人。所有的人。所有的，别人……"

"所有的别人？"

"对。行吗？"

"……"

一阵恍惚，那素白衣裙的女子忽又相貌模糊，像以往那样融进茫茫暗夜。

暗夜中响起了彼得的声音："你跟他签了什么文件没有，保证他不能播放？"

接着是劳拉的声音："对不起，没有。"

又是彼得的声音："那你的麻烦就大了，你没有任何法律保护！"

又是劳拉的声音："不会的，我信任他！我要他看我……"

然后是安的声音："你疯啦？他会播出来让所有的色狼都看见的！"

劳拉的声音："不，他不会。"

安的声音："你甚至还不认识他呀！"

劳拉的声音："我倒觉得我认识！"

…………

"不不，我不知道，我不知道！"丁一大喊着惊醒。

夜色深沉。借此机会我安慰他：没事儿没事儿，其实你跟娥还什么都没说呢。

丁一的呼吸渐渐平稳。瞅准时机我又提醒他：可是，你不能不跟娥说，你不能不跟夏娃说，因为，你不能对她们有哪怕是一丁点儿的谎言！

丁一望着黑暗，望着漫漫长夜：是的，我懂了。/你懂了什么？/伊甸的盟约。/否则会怎样你可知道？/否则夏娃就会离开娥，娥就又会走进别人……

好哇好哇，千呼万唤盛夏来临，此丁一已非彼丁一了！

于是，当那素白衣裙的女子再度飘然而至时，已完全恢复成娥的容貌和娥的声音了："那你，为什么愿意跟我说呢？"

"因为，"丁一说，"因为你说过，灵魂曾以'我'的名义，和'你'分离。"

娥笑了："那你能不能告诉我，你第一次接触到女人的身体，是什么时候？"

"十五岁。"

"她是谁？"

"泠泠。"

"泠泠也十五岁？"

"不，她十九，也许二十。"

"什么感觉？或者说，怎么开始的呢？"

"我只是想看看她，想真……真正地看看她。"

"难道你没见过她吗？"

"我不知道。我不知道在没有别人的时候她……她会是什么样。因为白天，或者平时，在你能看见她的时候她总是那么骄傲，而且优雅，而且她……她一坐下来就总是用裙子把身体裹得严严的……"

"那有什么关系呢？"

"没……没什么关系。但，但好像我们之间永远都是别人，永远都只……只能是别人。"

“那你呢，不想让她也看看你吗？”

“啊不，不不！”

“这又是为什么呢？”

“因为，因为泠泠她会……会看不起我的。”

“看不起你？看不起你什么？”

“也许，也许是我还太小吧，我还没有长到她那么大……”

避重就轻，丁一你还是避重就轻！我提醒他，这样的时候你还要说谎吗？对娥你还要说谎吗？坦白了吧哥们儿，你怕泠泠看不起你，是因为那时你还叫丁二！

那丁的脸“腾”的一下子热起来。

是的，丁二，一个厨师的儿子，十五岁，也许还不到十五岁，那个夏天，那个夏天的某个夜晚，即那首“流氓之歌”唱响之前的某一年，这丁就已经有过一次不轨行为了。谢天谢地幸好那件事不为人知，否则“流氓之歌”早就响遍丁一的春天了。那件事，尘封心底已经多年，丁一差不多都快给忘了。可我是不会忘的。那记忆不过是躲进了一个不敢出声的角落，迄今讳莫如深。讳莫如深是因为，那记忆除了被认为是龌龊，下流，丑陋……之外别无出路。或者是因为，白昼中从来就没有它的位置，白昼中那欲望一向是失语的。再或者是，那心情无论怎样呼喊，都一样会湮灭在无边的寂暗中。现在詹触动了它们。现在安理解了它们。现在娥允许了他并期待着他的诉说。

那个素白衣裙的女子，泠泠，自打我来到丁一就与我们同住在一条街上，但其时丁一尚在年幼，还不足以发现这个女人。唯当一日春风骤起，吹入丁一（即那个暑假的某一清晨之后），我们才看见了泠泠的美丽。当青春的泠泠挺然、傲慢地走过我们面前时，是什么，强烈地吸引了丁一的注意？——哦，丰腴盈满的胸、腰、臀一线，怎地忽具魔力？当成熟的泠泠优雅、芬芳地与我们擦肩而过的刹那，是什么，竟让那丁魂不守舍？——哦，步态轻灵、眸光顾盼，一颦一笑都富风采！有那么一段时间，丁一特别喜欢到街上去玩，“妈，我到外面去玩一会儿。”“跟谁呀？”当母亲回头看时，那厮早已不见了踪影。然而有好几回，母亲发现他只是在那小街上站着，愣愣地发呆。母亲不知道他在干吗，但我知道：他是在等泠泠。泠泠不知道他的心情，但是我知道：只要能够看见泠泠，看上她一眼，那一天便是节日，或那一夜的梦里便都是阳光灿烂。

丰腴盈满，丁一望着泠泠，泠泠却对他视而不见。步态轻灵，眸光顾盼，泠泠走远了，回家了，丁一依然望着她，望着她的家门，望着她的窗口，望着她窗前的灯光。天黑了，夜来了，丁一还是望着她，望着泠泠的优雅与傲慢，望着泠泠飘飘展展的素白衣裙，一直望进梦里……

前面已经说过了，由于对泠泠的重新发现，此丁已初步感到了“丁二”之名的低俗。现在，随着对泠泠日以继夜的盼望，那感觉便更趋强烈，终至于这丁灵机一动有了更名的念头。

但名字还没来得及改，某个夏夜便匆匆来临。在没有月亮的星空下面，在没有别人的小花园里，一棵盛开的桂花树下，那个夜晚不期而至。在桂花一阵阵浓郁的香风之中，十五岁的丁二见那条素白的衣裙如荧光闪闪，见那团飘展的雪白铺开在沾满夜露的草地上……那天晚上是怎么了？泠泠竟然允许他抚摸她的衣裙，泠泠竟允许他的手隔着那层雪白的衣裙在她的身体上徘徊，丁二心里不免有种欲念在跳：她还会容忍我怎样呢？但是我喊住了他：*嘿！干什么你要？*他便急忙把手缩回来……但是流萤点点，星空迷乱，那丁侧耳听听，见泠泠一点都没生气，便又把手伸向她，伸向那诱人的起伏，伸向那灼人的温热……泠泠的呼吸也似急促起来，但并不制止……倒是我制止了他：*喂丁二！你怎么了，你真是这样的人吗？*他就又急忙把手缩回来……然而那醉人的桂花的香风啊，吹得人仿佛要灵魂出壳，那迷人的夜的寂静啊，似乎不容我再有干涉，于是那丁终于摆脱开我，把手伸向了泠泠敞开的地方……

她或许早就料到了，或许已经听见了——少年丁一的萌芽正悄然地昂扬，开放。但泠泠默不作声……直到他触到了她小巧的内衣，直到他颤抖的手指试图挤进那丝绸织物的边缘，泠泠才猛地闪开，坐起，在流萤与繁星的群舞之中重新裹紧衣裙，似从那荒寂的天之深处问道："你还这么小，就这么坏吗？"

"那你呢？"娥问丁一，"你怎么说？"

那丁正自回想，劳拉已跳出来替他回答："整个那个夏天他都躲着我，后来他就搬家走了。多差劲！"

娥问丁一："那你，到底也没看见她吗？"

丁一点点头，似乎至今仍存遗憾。

"不不不，"我说，"我看见了。"

"看见了什么？"

"泠泠也在想念别人。像泠泠那样傲慢的人也是一样，也在盼望别人。"

89. 梦想与戏剧

丁一把这梦讲给娥听，把我们自幼的这一类梦想都讲给娥听。

不料娥却说："真的，我看你可以搞戏剧。"

"戏剧？我？"

"戏剧，你！"

"你看我行？"

"我看你行。"

实在说我也一直觉得丁一是这块料。我一直觉得他什么也干不好唯独能干得好戏剧，何况从小他就表现出了这方面的天分。

"你怎么看出我行？"

“因为你会做梦。”

“哈,谁不会做梦呀!”

“未必。”

“可我别的还什么都不会呀。”

娥说:“要是什么都会就是不会做梦,那就瞎啦。”

娥说:“一天二十四小时都是现实,一年三百六十五天都是现实,一辈子两万多天都不做梦,从来也看不出现实有什么破绽,你说,那样的人能懂戏剧吗?”

娥说戏剧其实就是梦呀! 她说很多人搞了一辈子戏剧也没弄懂这个,一辈子津津乐道的都是模仿现实,一辈子都在夸耀自己演得像! 像什么? 像现实? 像大街上? 像办公室? 像会场? 像party?像澡堂子? 像配种站? 娥说可现实用得着你像它吗? 现实根本就不理你,你爱像不像,现实走着自己的路根本就没把你放在心上。可要是现实走得毫无人味,娥说请问咱干吗非得像它呢? 咱干吗非得像谁不可? 咱能不能就像咱自己,就像咱自己心里想要的那样?

娥问丁一:“你还记得安问詹都采访些什么,詹是怎么回答的吗?”

丁一模仿着詹的口气:“都是关于性的问题。”

“性的什么问题?”

“性的所有问题。”

“比如说?”

“她们都做过什么,**想要又不肯说的是什么**……”

娥说好了,**不肯说**,是因为什么? **想要的**,究竟又是什么? **不肯说**,是因为现实的威胁! **想要的**,就是走出这现实的威胁! 既然这样,娥说,何妨就去要你想要的呢? 娥说我们凭什么非得恭维现实,顺从现实? 现实,我们凭什么非得喜欢你不可? 我烦了你了,我腻了你了,我讨厌你行不行? 我不想再像你了,我不想再跟着你了，你也甭没事老追着我，娥说就这样你看看行不行？好了，这样一来就有了梦想了，就有了戏剧了，戏剧就冲出现实了，戏剧就把现实给扩展了！你问扩展到哪儿去了是吗？娥说我告诉你，扩展到无边无际！

“所以我跟你说，戏剧，从来就在现实之外。”

“或者说，戏剧所求，即现实之外。”

我说：“可这岂不又等于是说，戏剧一向都在现实之中？”

“好，说得好，现实之中！”娥说，“在现实之中向往着现实之外，所以戏剧说到底是梦想，说到底是**不现实**。”

“不现实，”丁一说，“但要实现，对吗？”

“OK！”我和娥一起为这蛮憨之丁喝彩，“这才是戏剧呀！”

“但是，实现，可能吗？”丁一又想起了秦汉的话。

“怎么不可能？比如说，泠泠不可能爱你，但这并不影响你爱她，你爱她这件事已经实现了。”

“实现了吗？我怎不知道？”那丁睖睁着俩眼，又犯傻。

哎咳，丁一呀丁一，咋一会儿明白一会儿糊涂呀你？娥的意思是：你爱没爱过泠泠？爱过。好，爱过即是爱的实现呀！

“噢噢……”那丁搔首呆笑，茅塞顿开。

娥也笑：“你爱了，和你没被爱，两码事。”

“戏剧也一样，”我说，“**实现**，和**现实**，是两码事。”

“OK！”娥与那丁击掌相庆。

娥说所以呀，人就想出了一种方式，让不可能成为可能，让不现实可以实现，比如剧场，比如舞台，比如灯光。娥说，剧场和舞台，圈定了什么？圈定了一块自由之地！舞台灯光照亮了什么？照亮了一种时间，在这样的时间里心魂将不在意现实要说什么，只在意现实之外可能怎样，以及还可能怎样。

我说：“以及还可以不怎样。”

丁一说：“以及还可以管他怎样不怎样！”

O——K!

那天丁一告别娥，跟我一起回家的时候，太阳里又传出那首美妙的童歌——

“啊来吧，亲爱的五月，给树林换上绿装，让我们去小河旁，看紫罗兰开放……”

我们不由得驻步，跟着哼唱：“啊来吧，亲爱的五月，快带来紫罗兰……”然后我们踏着节拍，边走边唱：“我们是多么希望，重见那紫罗兰，啊来吧亲爱的五月，让我们去游玩……”渐渐地歌声高亢，我们唱得尽情尽意、不管不顾：“啊五月，五月，亲爱的五月……让我们去小河旁，看紫罗兰开放……”

街上的人必是以为有个人疯了。

90. 呼唤与歌唱

我们一路低吟高歌。在丁一的记忆里我们从午后一直走到了深夜，而在我的印象中我们一直就没停止，从深夜一直走进了黎明……唱着五月，唱着紫罗兰，我们从城市的这边走到了城市的那边，从山的这边走到了山的那边，走向飞霞，走向飞霞的后面，从现在一直走向永远……

人，你为什么要唱歌呢？最初，人是怎么想起要唱歌的呢？为了表演？为了庆祝？为了出售，为了票房和排行榜？显然不对。不可能是这样。在从伊甸至今的路上，在张望别人和寻找夏娃的时候，在那孤独、寂寞与焦灼的行旅中，你表演给谁看？你出售给谁买？你庆祝什么？不哇，那是呼唤，是一路的呼唤！

心在呼唤。

寻找即是呼唤，寂寞也是。焦虑是呼唤，孤独就更是。那山峦，那飞霞，那天际，那走不尽的路和做不尽的梦啊，全是呼唤！

自古的民歌都是情歌。

自古的情歌，都是亚当和夏娃的心愿——你在哪儿呀，我的爱人！

这一躯身器实在是狭小，拘束。这一双望眼实在是模糊，迷茫。唯呼唤可以冲开这狭小的身器吧，唯有歌声可以飞扬得辽阔——顺天而游，信天而游，让远在不知何方的爱人能够听见！

所以人要歌唱。

也所以才有虎啸狮吼，燕语莺歌，才有猿啼鹤唳，马嘶鹿鸣……那都是拘魂要冲开身器，去会合远方的情侣吧？所以也才有风呼雨唤，电闪雷鸣……四季轮番地歌唱，未必不是由于爱的愿望和为了爱的收获。

是呀是呀，所以人要歌唱。那压根儿就不是为了表演和庆祝，更不可能是为了票房。那是呼唤，甚至是呼救哇哥们儿——囚于身器的心魂在击壁而歌！

91. 引文：比如春天，比如摇滚

比如年轻的歌手没日没夜地弹唱，呼喊，甚至号叫，那是因为什么？因为春天，灵魂尚在幼年，而生命力已如洪水般暴涨——幼小的灵魂被强大的躯体所挟持，简陋的灵魂被豪华的躯体所蒙蔽，喑哑的灵魂被喧腾的躯体所埋没……

万物生长，到处都是一样。那时大地披上盛装，一度枯寂的时空突然间被赋予了一股巨大的能量，灵魂被压抑得喘不过气来，欲望被刺激得不能安宁。我猜那震耳欲聋的摇滚并不是要你听，而是要你看。灵魂的谛听牵系得深远那要等到未来，等到秋天，此时年轻的歌手目不暇接，是要你看。看这年轻的躯身多么强健，看这美丽的有形多么辉煌，看这无形的本能多么不可阻挡，看这天赋的才华是如何表达这一派灿烂春光。年轻的歌手把自己涂抹得标新立异，把自己照耀得光怪陆离，他是在说：看呀——我！

可我在哪儿？我是谁？

我怎样了？我还将怎样？

我终于又能怎样呢？

先别这样问吧，这是春天的忌讳。虽不过是弱小的灵魂在埋没中的暗自呢喃，但对春天这是一种威胁，甚至冒犯。春天不理睬这样的问题。而秋天还远——这是春天的佳音，春天的鼓舞，是春风中最为受用的恭维。

所以你看那年轻的歌手吧，在河边，在路旁，在沸反盈天的广场，在烛光幽暗的酒吧，从夜晚一直唱到天明。歌声由惆怅到高亢，由枯疏到丰盈，由孤单而至张狂（但要真诚）……终至于捶胸顿足，呼天抢地，扯断琴弦，击打麦克风（装出来的不算）；熬红了眼睛，眼睛里是火焰；喊哑了喉咙，喉咙里是风暴；用五彩缤纷的羽毛模仿远古，然后用裸露的肉体标明现代（倘是装出来的，春风一眼就能识破），用傲慢然后用匍匐，用嚣叫然后用乞求，甚至用污秽和丑陋以示不甘寂寞，以示与众不同……直让你认出那是无奈，是一匹牢笼里的困兽（但肯定是装不出来的）！——但，到底是什么呢，被困在了牢笼？其实春天已有察觉，已经感到了：我，和我的孤独。

我，将怎样？

我将投奔何方？

怎样，你才能看见我？我才能走进你？

那无奈，让人不忍袖手一旁。但只有袖手一旁。不过慢慢地听吧，你能听懂，其实是那弱小的灵魂正在成长，在渴望，在寻求，在试图冲开身体的墙壁；年轻的歌手一直都在呼唤着爱情。从夜晚到天明，一直呼唤着的都是：爱情。自古而今的春天莫不如此。被有形的躯体，被无形的本能，被天赋的才华困在牢笼里的，正是

孤寂的灵魂。孤寂的灵魂暗自呢喃,还没有足够的力量……(史铁生的《比如摇滚与写作》)

92. 引文：再比如春天，一直到夏天，比如流浪

于是年轻的恋人四处流浪。

心在流浪。

春天,所有的心都在流浪,不管人在何处。

在河边。在桥上。在烦闷的家里,不知所云的字行间。在寂寞的画廊,画框中的故作优雅。阴云中有隐隐的雷声,或太阳里是无依无靠的寂静。在熙熙攘攘的街头:目光最为迷茫的那一个。

空空洞洞的午后。满怀希望的傍晚。在万家灯火之间脚步匆匆,在星光满天之下翘首四顾。目光洒遍所有的车站,走过一盏盏街灯。数过十二个钟点。踩着自己的影子,影子伸长然后缩短,伸长然后缩短……一家家店铺相继打烊。到哪儿去了呀你?你这个混蛋!

(你这个冤家!——自古的情歌早都这样唱过。)

细雨迷蒙的小街。细雨迷蒙的窗口。细雨迷蒙中的琴声。

直至深夜。

春风从不入睡。

一个日趋丰满的女孩。一个正在成形的男子。但力量凶猛,精力旺盛,才华横溢,一天二十四小时都是早晨八九点钟的太阳。跟警察逗闷子。对父母撒谎。给老师提些没有答案的问题。在街上看人打架,公平地为双方数点。或混迹于球场,道具齐备,地地道道的"足球流氓"。但也把迷路的儿童送回家,却对那些家长没好气儿:"我叫什么?哥们儿这事也归你管?"或搀起摔倒在路边

的老人,背他回家,但对那些儿女不客气:“钱?那就一百万吧,哥们儿我也算发回财。”

一群鸽子,雪白,悠扬。

一群男孩和女孩疯疯癫癫五光十色。

鸽子在阳光下的楼群里吟咏,徘徊。男孩和女孩在公路上骑车飞跑。

年年如此,天上地下。

太阳地儿里的老人闭目养神,男孩和女孩的事他了如指掌。

一个日趋丰满的女孩,一个正在成形的男子——流浪的歌手,抑或流浪的恋人——在瓢泼大雨里依偎伫立,在漫天大雪中相拥无语。

大雨和大雪中的春风。大雨和大雪之中,盛夏来临。

老人躲进屋里。老人坐在窗前。这世界让他看得怦然心动,又嗒然若失:我们过去可有多规矩呀,看看现在这些年轻人!

曾经的禁区如今已经没有。

但是,真的没有了吗?

亲吻,依偎,抚慰,阳光下由衷的袒露,月光中油然的嘶喊,一次又一次,呻吟与颤抖,鲁莽与温存,心荡神驰,但终至束手无策……

肉体已无禁区,但禁果也已不在那里。

倘若禁果已因自由而失——“我拿什么献给你,我的爱人?”

春风强劲,夏天的暴雨更是无所不至。但肉体是一条边界,你还能走进哪里,还能走进哪里呢?肉体是一条边界,因而一次次心荡神驰一次次束手无策。一次又一次,那一条边界更其昭彰。

肉体是一条边界,你我是两座囚笼。

倘若禁果已被肉体保释——“我拿什么献给你,我的爱人?”

所有的词汇都已苍白。所有的动作都已枯槁。所有的进入,无不进入荒茫。

日趋丰满的女孩，和正在成形的男子，互相近在眼前。但是——

你在哪儿呀，我的爱人！

群山响遍回声。

从春到夏，群山响彻疯狂的摇滚，到处都是嘶哑的歌喉。（史铁生的《比如摇滚与写作》）

93. 问问

现在，又是秋天了。我在史铁生的第五十四个秋天。

这几天云高天远，秋色渐浓。这几天，一当我坐在桌前，借助电脑回忆我的"丁一之旅"，秋阳中便有阵阵悠然、轻灵的琴声飘来。

是那曲舒曼的《童年情景》。弹得一忽儿流畅，一忽儿磕磕绊绊。我眼前便呈现一对母女——年轻的母亲满怀期冀地在一旁督促，年幼的女儿却学得不耐烦，小巧的手指在琴键上敷衍了事……"不行，再来一遍！""好，这回还差不多。""哎呀，刚才不是对了吗怎么又忘啦！"——当然，也可能是父子，父女，或不过是老师和学生，但我眼前总推不开一对母女的形象。

因为娥曾经就是那样。娥，和问问，就是那样。

某一个秋天，某一个礼拜日的早晨，当我和丁一走进娥的房门时，娥朝我们笑笑，示意丁一自己找地方坐下。娥站在钢琴旁动也没动，目不转睛地注意力全在问问的手指上，心里走着节拍。问问偷眼望望丁一，似有获救般的欣喜。但娥轻挪一步，挡住问问偷望的视线："不行不行，再来！"女孩儿便又埋下头去，一遍遍弹响某一首枯燥的练习曲——那曲子才该叫"童年往事"吧？我想问问长大了一听见这曲子，肯定就会记起她的童年。一遍又一遍，一遍又一遍,那首练习曲仿佛首尾相接永无休止。娥似乎已经把丁一给忘了,把她自己和所有的"童年往事"都给忘了。

丁一终于忍不住说:"你也会这样折磨孩子吗?"

娥抬眼盯住丁一,有好一会儿。

练习曲总算到了一处间歇。

"好吧问问,今天就到这儿吧。"

问问终于解放了,看也没看我们一眼就跑到院子里去了。

娥顾自整理房间,整理问问的玩具,然后拖地,洗碗,烧水……不理丁一。

我说丁一,傻啦你,还不去帮帮?

丁一跳步到厨房:"我干点儿什么?"

"告诉你,"娥说,"问问比不得别的孩子。"

"比不得谁?"

"问问必须得比别的孩子多些本事。"

"为啥?"

"因为……因为我少了一份证书!"

"可这关问问什么事?"

"你自己想。"

丁一大惑不解地看着我:啥意思她?/这不明摆着吗?/就因为问问是私生子?/别用这么难听的词儿行不?/私生子咋啦?你丫是公生子?你丫是在广场上选出来的?/我说:丁一你甭矫情,那丁二怎么啦?他干吗改名儿?

丁一垂头不语,一提这事儿他就瘪。

娥走过来,坐下,叹道:"到现在问问还没有户口呢。"

"户口算个屁!"

"可她很快就得上学了呀。"

"非上那个破学不可吗?"

娥不回答。娥光是看着我们,脸上现出一丝嘲笑——嘲笑丁一？嘲笑自己？还是嘲笑整个世界？

秋阳悄悄走进屋里，所有随它移动的影子都似陷入了回忆。远处，天边，远得近乎抽象的地方，正有些极细微的骚动一路壮大——秋风正在起程。

很久，娥才自问自答地说："因为什么？因为这不是戏剧，这是现实！"

然后她走到窗边，望望院子里的问问。问问正跟一群小伙伴玩得快活；刚这么一会儿，她已经是满头大汗、浑身是土了。

"也许我是有点儿后悔了，"娥说，"有时候我觉得我是有点儿后悔了。"

"后悔什么？"

"也许她不该来。"

"你说问问？"

"也许我不该生她。"

"那你呢，"我说，"你该来吗？"

"这不是我能管的事。"

"那她呢，是你能管的？"

"我本来可以不让她来。"

"你来了，你才能说她该不该来。"

"不对，我来了我才知道她不该来！"

"你不来，你能知道自己该不该来吗？"

"什么意思？"

"一个人，来了之后，才能考虑他该不该来。换句话说，一切在问自己该不该来的人都是因为他已经来了。"

娥瞪大了眼睛，透过丁一，直接看我。

"你没有权力不让谁来。你没有能力决定谁该不该来。甚至你都没资格考虑这件事。因为，一切能够这样问的人，都已经从伊甸起程……"

娥瞪大眼睛直接看着我。

“问问也是从那儿来。问问必然要从那儿来。或者说，有一个必然要从那儿来的小姑娘，碰巧名叫问问。”

娥瞪大的眼睛里，渐渐有了夏娃的消息。

“你，我，她，以及所有的人，都是那一次分别的后果，都是那一次起程之后的路途……”

这些话甚至连丁一自己也没有料到。这会儿他从玻璃窗上感动地看看自己的影像，好像问我：怎么样哥们儿，我说得对吗？但我顾不上理他。因为我感到，夏娃正在娥的目光中鲜活起来。因为我听见，夏娃正在娥的身体里动荡起来。因为我看见夏娃终于发现了我，发现我在丁一中等候她，已经多年。

但我没想到她竟会是如此果敢——娥一下子抱住了丁一。我没想到她竟会是如此热烈——娥贴在丁一耳边说：“你不能走了，从今天起你不能再离开我……”我没想到她竟会是如此疯狂——娥躺在丁一的怀里说：“是的，你跑不掉了，你已经落网了……”我没想到她竟是如此坦荡，甚至放浪——娥从丁一的眼睛里看着天空中的那只大鸟，说：“你还记得劳拉是怎么说的吗？我要他看我！”

惊慌的丁一急忙说：“喂喂，问问就要回来了。”

“那好呀，那让她知道她该有个什么样的爸爸吧。”

“别，先别，真的，问问马上就要回来了。”

“好呀，那就让她看看吧，一个真正的男人是怎样爱他的女人的。”

问问“砰”的一脚踢开门。

娥赶紧跳起来。

问问风似的直冲进来。

娥整理一下头发和衣裙，冲丁一偷偷一笑：是呀，这毕竟还是现实。

问问冲到娥跟前，急着说她的一肚子高兴事——“妈妈，小朗家的花花一下子生了三只小狗，你干吗只生我一只?”“妈妈，菲菲家的点子飞回来了，从老远老远的地方自己飞回来的。菲菲她爸说就是从地球那边鸽子也能自己找到路，飞回家。”“妈妈，我看见蚂蚁搬家啦！一长队蚂蚁，好长好长好长，一人抱一个孩子。妈妈，蚂蚁是黑色的怎么蚂蚁的孩子是白色的呢?”……

娥尽力回答她，尽力做到一丝不苟。

“喝点儿水吗问问，渴不渴?”

女孩点点头，但马上又说：“我想尿尿。”

娥去拉开卫生间的门：“来呀，你不是尿尿吗?”

可问问已经尿了，站着就尿了，并且一副似乎得意又似乎诧异的模样。

娥一步蹿过去：“怎么回事儿呀你，怎么又不懂得上厕所了呢?”

“姚远就是站着尿尿的。大头也是。”

“唉——”娥哭笑不得。

丁一没懂：“她说谁?”

“她学男孩子呢！”

丁一大笑不止。

问问看丁一笑，便也跟着笑，但毕竟笑得没把握，就又扭转头去问她的母亲：“妈妈，你有‘小鸡鸡’吗?”

94. 夜的戏剧

夜，是一处天赋的舞台。

夜幕隔断白昼，隔断喧嚣，使戏剧的欲望萌动。

角色框闭于有限的时空，心魂敞开于无限的梦愿。

夜的戏剧与白昼的戏剧背道而驰。比如说,白昼的戏剧先要化装,夜的戏剧是以卸装开始。比如说,白昼的戏剧是要你来扮演别人,夜的戏剧则一概由"我"来演出自己。比如说白昼的戏剧是要自己消失于既定角色,而夜的戏剧恰恰相反,是要你走出人山人海。

比如说道具是一架钢琴,琴体之局部,映出一团月色的微明。

比如说那微明闪映的局部,忽然间,跳进来一缕动荡的白色。

比如说娥走近琴旁。

夜便更其沉静。月光便更其漫远。那时,赤裸的丁一和赤裸的娥相互眺望,天涯咫尺,似在那沉静与漫远之中看望以往的路途,谛听那悠久的呼唤或歌唱——

倘禁果已因自由而失,"我拿什么献给你,我的爱人?"

倘禁果已被肉体保释,"我拿什么献给你,我的爱人?"

肉体是一条边界,你我是两座囚笼……

因而赤裸的丁一和赤裸的娥久久地眺望,期待这天赋舞台上的可能,看那"裸体之衣"在还是不在,听那漂泊的呼唤是否已经抵达今夜的歌——

成熟的恋人抑或年老的歌手,望断天涯,望穿秋水,

望穿那一条肉体的界线。那时,

心魂在肉体之外相遇,目光漫漶得遥远……

这样,他们才慢慢挨近,才知道,那遥远的歌一向所呼唤的,即是今宵——

因而灵魂脱颖而出,欲望皈依了梦想。

本能,锤炼成爱的祭典——性,得禀天意。

相互摸索,相互抚慰,衰老的恋人抑或垂死的歌手,

随心所欲。

颤抖的双手,仿佛核对遗忘的秘语。

枯槁的身形,如同清点丢失的凭据。

这一向你都在哪儿呀！

群山再度响遍回声，春天的呼唤终于有了应答：

我，便是你遗忘的秘语。

你，便是我丢失的凭据……

于是乎疯狂，这才到来。

就像詹所说的：那样的时候，我总是不能用语言来表达感情。

就像劳拉说的：我要他看我！

就像娥曾经问过的：看我的什么？身体谁没见过？

是呀，我要你看我的隐秘，看我的欲望，看我一向埋藏的心愿……看这身形正放弃警惕，看这心魂已冲断隔离……噢，是呀是呀，这才是我与夏娃亘古至今的期待。

譬如詹的屡屡提问：你一向想要而又不肯说的都是什么？

但又有彼得的警告：你跟他签署了什么文件没有？你有没有拿到法律保障？

不过劳拉是这样回答：不，我信任他！

虽然安还是担心：你甚至还不认识他呀！

但劳拉不以为然：**我倒是觉得我认识！**

再譬如詹的那句名言：只有有肉体关系的人，才可能给你有益的忠告。或譬如娥与丁一的赤裸与疯狂：只有这样，只有这样才能把人间的谎言斩尽杀绝！

于是，就像安终于袒露心曲：你想过我吗？你能让一个女人快乐吗？我便在那浪动的丁一中应和："能啊，娥！我当然能！"

"你说什么？"夏娃在喘息的娥中问着。

"我说能！我说我能！我说：这就是让秦汉洗掉的那个结尾吧？"

"什么结尾？"

"我是说呀，"丁一在娥耳边压低着声音喊，"这才是那部影片、应该有的、结尾呀！——"

…………

但在丁一的记忆里或在我的愿望中，这样的夜，永远都不会——或永远都不要——有什么结尾。就让他（她）潮涌潮落，一浪高过一浪；就让他（她）激流险滩，一环紧扣一环；就让他（她）灵感叠起，精彩纷呈，就让他（她）山重水复，柳暗花明……

直至风熄浪静，直至月远云高，直至娥缓缓起身走去窗前……这当儿连我也似始料不及，那丁疾喘吁吁地忽然冒出一句千古绝唱：

“娥，你的屁股好大呀！——”

娥迅即转身，立定了看他，惊讶，羞赧，却又似喜出望外。

受了鼓舞的丁一于是扯开喉咙再喊：“娥，你这个了不起的女——人！你咋会有这么高不可攀的腚——啊！”

这一声浪喊顺天而游，信天而游……于是乎那一个了不起的女人——娥与夏娃——被撩拨得愈发狂浪，痴笑着，扭动着，尽力使那丰腴的部分更其炫耀，使那隐秘的所在更其张扬……

于是我和那丁齐声喊道：“娥你平时就是这样吗——平时，以往，一向，娥你都把这珍宝藏在了哪儿呀——”

娥的脚步渐显踉跄……娥的目光渐入迷离……夏娃在娥的肉体上尽情施展，把那天赋的语言发挥到无以复加，把从伊甸至今的期冀与忧伤都洒进这月夜良辰，把娥一生的心愿和隐秘都付与今宵……

我和丁一的喊声随即变作喃喃絮语，变作梦呓般的诉说：“娥呀，你这个浪妇，你这个骚货，你这个不知羞耻的女人，原来你也是这样欲念横生，这样春情难耐，这般风情万种……那么平时，以往，一向，你也是这样的吗？可你隐藏得真叫好哇，你伪装得可真叫像呀！怎么我盯着所有那些窈窕淑女看，我都没有认出你呢？怎么我盯着所有那些优雅或妖艳的女子看，我都没能找到你呢？唉唉，可你看看你现在这副样子吧——你这个端庄又赤裸的娥，你这个优雅又放荡的夏娃！自伊甸一别我千里迢迢，为的就是要找你呀，如今你来了，好哇好哇你可算是来啦……可你还记得你平素的样子吗？优雅得让人仰慕，端庄得让人愧对，高贵得让人欲近不能……请你还像以往那样优雅端庄，好吗？请你还像在别人面前那样矜持冷丽，好吗？但不要再把你真实的身体遮挡起来，不要再把你真确的心魂埋藏起来，千万千万再别穿上那件素白的衣裙，或那件‘裸体之衣’吧……”

于是乎在月光中就好似在舞台上，赤裸的夏娃轻移秀步，款款而行……于是乎在寂静的黑夜里就好似在喧嚷的白昼中，赤裸的娥凝眸顾盼，旁若无人……

“对呀对呀，就是要这样！”我和丁一的喃喃絮语就好似幕后的旁白，“这样，我就不会认不出你了。这样，我就不会找不到你了。这样世界上就不会有高贵和卑贱了，就不会有‘我们’‘你们’和‘他们’了，就不会再有一个被忽略的厨师和他的儿子，也就不会有什么‘流氓’了……”

月移影动，轻柔曼妙的脚步渐成舞蹈……娥与夏娃，遂像童年那样展开稚气的舞姿，像在伊甸那样一无顾忌，伸屈，舒展，敞开，以至于暴露……月光抚摸她的丰臀，照亮她幽暗的沟壑，照耀那自伊甸而来的关键的语言或信物……

但舞蹈是什么？

如果歌唱是心灵间的呼唤，我在想：那么舞蹈是什么？

那实在是比歌唱期待得更要深远！那已不只是我在呼唤你，你在呼唤他人，已不止于我们相互间的呼唤啦，那是我们在一同呼唤上苍！呼唤，和仰望，同时也让苍天俯看你我——看这有限之身的无限表达，看这囚拘之魂不屈的行走与诉说，看这扭动的腰身，看这浪动的躯体，看这踢踏的脚步、飞扬的发缕以及挥洒的泪光……看那寂寞的苍穹因之而得了点睛之笔，看这一点欲望如何铺开成爱的恒途，或娥与丁一如何感恩于亚当与夏娃的重逢……

是呀是呀,这才是舞蹈!就舞蹈的本义而言,从来就不是为了阿谀权贵,不是为了给什么人助兴,或给什么人消遣的,甚至也不单是为了你我互相的观看,那是向天而吁啊,真正的"吁天录"!——看呀你,苍天!你看这能不能行?你看这够不够好?你看这喘息着的匍匐,嘶喊着的隆起,跳荡着的昂扬和这颤抖着的流淌,这风这雨,这电闪雷鸣,这峰峦沟壑……这凹凸之花可符合了你的嘱托?这天赋的语言可道出了你的心愿吗?

啊,那个美妙的夜晚!那个疯狂的夜晚,那个不顾羞耻或已然放弃了羞耻的夜晚,那个放浪或是放浪终于得到了赞美的夜晚啊!月在中天,风在近旁,人宁愿在那样的夜里成为"流氓"与"荡妇"!

然后娥停止了舞步。也许是累了,她扑通一下躺倒在地板上,满脸是泪,快乐地哭泣着。

丁一携我退到屋中离她最远的角落,痴痴地望着她。

再然后她站起身,走到琴前,坐下。静静地坐了好一会儿。

琴声响了。

琴声响了,月光伴那温柔的旋律照耀着娥的肩颈,幽暗伴那弥漫的欲望拥揽起娥的腰身,夜风更似游弋千年的梦境,聚拢于娥的指尖或心中……

琴声由温柔而至深长,想必娥是知道,自伊甸一别,丁一的目光曾历多少眺望……琴声由深长变为谐谑,想必娥是知道,春光一度缭乱,那敏感的丁一之花曾历多少荒唐……琴声渐渐庄重,想必夏娃她已然确信:亚当已由伊甸走来丁一,我为她看守多年的庆典就在此刻……琴声进而奔涌,进而流畅,是呀上帝他必已经允诺:人间那一种非凡的话语你们如今要为她/他说,伊甸那次临别的盟约到了履行的时刻……

但琴声忽又犹豫。

怎么了夏娃?怎么了娥?啊,我当然还记得那些远山、近树,记得那远山背后的飞霞……我当然还记得那人山人海中的奔走,与寻觅……我当然还记得那些纷纭的幻梦,醒来却是无边无际的别人,无边无际的白昼……

琴声于是渐趋空净,又回到了那曲《童年情景》。——回到了丁一被授予那条四寸宽的红布之时:夏娃,你一向就在那个骄傲的娥中吗?——回到了那个瘦小而可怕的孩子的近前:娥,当我抱着那只用于阿谀的破足球回家的时候,你是否就在近旁?——回到了桂花飘香的那个夏夜:夏娃,你也曾在那个端庄但是忧郁的泠泠之中吗?你是否也会像她那样谨慎地裹紧衣裙,看我们永远都是别人,并在流萤与繁星的群舞之中说出那样无情无义的话?——回到了一个更为遥远的夏日,那丁与一个小姐姐尽情玩耍之后的难舍难分的傍晚:娥呀,要是我第二天去那棵大树下等你,你会不会像她一样再也不来?

琴声戛然而止。

“不,不会的!”——在我的印象里娥就是这样喊着,跳开琴前。

“不会的,不会的呀丁一!”——在我的印象里娥就是这样喊着,扑向丁一。

“我怎么会再也不来呢?你看看我看看我呀,我就在这儿!”——娥急切地向我们走来时,丁一记得她就是这样喊着的。“看我呀,我要你看我,我要你永远这样看我!用你饱满的热情,用你贪婪的欲望,看遍我的身体,看进我的心中!”——在我的印象里娥就是这样喊着,这样喃喃地说着,穿过月光,穿过幽暗,穿过往日与别人,走近我,直至把她炽热的隐秘贴近丁一炽热的唇舌……

于是我再度飞出丁一。就像那只白色的大鸟在夜空中飞得悠然,畅朗,飞得自由自在,却既不空茫也无惊惶……因为就在下面,在这暂时沉寂但终要喧嚣的人间有着娥的牵挂!因为就在下面,在这苍茫如山海般的别人之中,夏娃她已经到来……因而我并不急着回去。因为就在近旁,娥以其美妙的呻吟使夏娃同我一齐飞翔,一同看望人间,看望大地,看望丁一和娥,看他俩就像我们投在大地上的美丽的影子……因而我并不急着回去。因为夏娃和我,正互相问着:下面那两个风流男女,他们是谁?因为我和夏娃互相回答:那是一对有了福的人呀!因而我并不急着回去,飞呀飞呀,飞向天地的尽头,飞向天地之没有尽头的深处……

但就在这酣畅淋漓的飞翔与看望之中,我忽然冒出一个念头:依呢?依在哪儿?依,她怎样了?以及,她正走在怎样的心情中?

95. 立约

这一个念头使我急剧降落。降落,降落,降落,降落……复归丁一。

赤裸的丁一与赤裸的娥坐在阳台上,偎依在星空下。

"依在哪儿?"

噢,原来是娥在这样问。

"不,"娥说,"是刚才你这样问的。"

"是吗?"那丁佯作不知。

"是呀,依,她这会儿在哪儿呢?"娥由衷地望着夜的苍茫。

"娥,你在意吗?"

"在意什么?"

"依……"

"依是个多么好的人哪!"

"啥意思?"

"跟你一样的意思。"

"我没有别的意思。"

"我也没有。我只是想,人可不可能做到互相完全地坦诚,信任？”

娥与丁一的目光在寂静中相遇，而我与夏娃一同仰望月远风高。

娥转了话题：“你看这儿像不像一个，嗯……舞台呢？”

“你是说这阳台？”

“不，我是说这月光，这幽暗。我是说：夜。”

“夜？舞台？”

“舞台并不是固定的一种空间，但戏剧必须是一种独具的时刻。仅仅是现实，或仅仅是模仿现实的地方，是假舞台。而真正的戏剧应该是生命的另一种可能，现实之外的种种可能，或者说是不可能中的可能。就因为现实中有那么多的不可能，所以人才有梦想，有幻想，你说是吗？也所以才有了戏剧。也就是因为梦想和幻想是那样的不现实，人们才想看看在另一种时间里它能不能实现。这么说吧：戏剧，就是这样一种时间，它能够偿还你被白昼所劫掠去的心愿。戏剧，说到底是这样一种心愿：使不可能成为可能，让不现实可以实现。”

“比如说呢？”

“比如说一个真正的演员在一出爱情戏里，绝不仅仅是要表现别人的爱情，而是在实现自己的某种爱情梦想。比如说从古至今有多少美好的爱情故事呀，可人们总认为那不过是传说，是痴人说梦，不可能实现因而一点儿都不现实。那我就想问了：为什么一旦到了戏剧里，无论演员还是观众，就都相信那是真的，并且为之流泪？梦想呀！梦想没有不期待着实现的，而戏剧给了人这样的机会。**实现**，而不是**现实**！要现实你上大街上看去不得了，何必花钱费力跑到剧场来？我问过一个演员，你为啥喜欢演戏？他说这就像旅游，比如你要是一辈子只能是丁一你就一辈子只能如此这般、这般如此，可你要是能真正地进入到一出出的戏剧里去，你就能品味各种各样的爱的可能。”

“哈，这小子八成‘花匠’。”

娥笑了：“差不多。不过他说得也对，爱情是件多么美好的事呀，可惜现实中你只能有一次，有几次，再多你就要惹麻烦了。”

“你就要听见‘流氓之歌’了。”

“言外之意，”娥说，“他是说，在戏剧中却可以多多地享受这种美好的情感。他说人这一辈子要是总能在爱情里那有多好？所以他不爱演那些阴谋戏、打斗戏，那些要贫卖笑的东西，他说那些玩意儿能把人演坏，演得人心里不是仇恨就是孤独，一辈子贫嘴呱舌，鬼鬼祟祟。”

丁一不经意地笑着。此刻他还无从预料，有一天，“实现，而不是现实”这句话将在丁一的生命中掀起波澜，使我的丁一之旅再发生次转折。这是后话了。

娥说：“我们立个约吧。”

“怎么说？”

“不管什么时候，不管在哪儿，也不管会发生了什么事，只要一旦像现在这样，我们一同走进月光，走进幽暗，那就是我们的舞台，夜就把我们带进了戏剧，带进了一切都是可能的时间，带进了无条件的坦诚与信任。在那样的时刻，没有遮掩没有羞耻也没有歧视，一切愿望都是正当，没有什么话是不可以说的。你说好吗？”

啊，了不起的娥，了不起的夏娃！自从我告别伊甸我就一直是在寻找这样的地方呀！自从我来到丁一，我们就一直是被这样的盼望折磨着呀！

“太棒了，”我说，“真是太棒了！”

“但这是**自由**的，自愿的。”

“当然！”

“没有谁强迫谁。”

“那还用说！”

"那现在,我们就算是立约了。"

"别急别急。"丁一说,"立约,总得有个仪式吧?"

"仪式,怎么个仪式?"娥问。

我正自踌躇,那丁又有奇想:"我们就这样一直坐到天亮,娥你敢不敢?"

娥惊得瞠目结舌,双臂抱紧在胸前说:"就这样?"

"就这样!"

"到天亮?"

"到处处都闪动起别人的目光。"

娥含笑称许。

"也不许说话?"

"也不许。"

好吧。娥与丁一便倚墙端坐,夏娃和我便随他们行此仪式。

直到月亮慢慢暗淡。

直到星光渐渐稀疏。

直到远山隐隐呈现,娥的肩头和胸前染上淡淡霞光。

直到街头走来了第一个行人,俩人才终于忍俊不禁。丁一扶栏而起,朝那即将来临的白昼大吼一声:"夜的戏剧现在闭幕,现实主义就要开始啦——"喊罢拽起娥,一丝不挂的两个"疯子"哧哧地笑着逃回屋里。

96. 敌人作证

这一年,据姑父自己说,就在他为馥正名("她是烈士呀!")的努力几近绝望之际,事情忽然有了转机——虽然老刘仍不能开口,却突然冒出个当年的敌人来,声称可以为馥作证。

这天,姑父一如既往地侍弄着他的花草,忽听有人叫着他的名字。姑父伛背猫腰地钻出花丛,见一个陌生男子正在馥的照片前仰目呆望。

"您找谁?"

那人转过身,又说了一遍姑父的名字。

"有什么事您就直说吧。"姑父掸去两袖花尘,心想错不了又是个外调的。

那人笑笑,再向姑父走近些:"您不认得我了?"

姑父头也不抬。

"可我还能认得出您。"

姑父心说你有事谈事甭来这套,认识我的人都避之唯恐不及,谁还上这儿来找不痛快?

"那年,您去跟吴妈接头,是我……"

姑父脑袋里"嗡"的一响,坐倒在藤椅里,瞪着那人半天说不出话。

那人低着头,毕恭毕敬一脸愧疚,似对当年的事深表忏悔,或聊补歉意。

姑父认出来了:这就是当年抓他的人。不错,这就是那天拿着一堆菜刀从大宅门里出来,告诉姑父馥已经死了的那个人。噩耗惊天,据姑父自己说,当时姑父好一阵子弄不清身处何地,待他挣扎着总算是站稳了,就听那人说"走吧,请跟我们走一趟"。姑父强作镇静,问那人是啥意思。那人说"啥意思?我们正想问您这是啥意思哪"!随即拣出一把菜刀,拧开刀把,从中取出了馥写下的那张纸条……

"唔,你还活着?"姑父这才仔仔细细打量起那个人来:一头白发,伛背弓腰,倒像跟自己是一条路上的人了。

"是呀是呀,"那人说,"好歹还算活着。"

"你找我有什么事?"

"唉,这么多年啦,来看看您。"

“看我?”姑父笑道,“一个特务来看一个叛徒?”

“咳,瞧您说的。我不已经刑满释放了嘛,改造好啦!”

“改造好了?改造好了还往我这儿跑?”

“应该,不……不碍事了吧?”

“我看你得留神。”

“哦是是,哦不不,哦,是这样,听说您一直在为馥的事情奔走?”

“你听谁说?”

“丁一。哦不,丁一他爸。出来之后我跟丁一他爸同在一个食堂工作,他爸做饭,我烧火。”

姑父闭目不语,心想你除了来添乱还能干吗?

“听丁一他爸说,没人能证明馥小姐……哦不,馥同志的身份?”

“不是不能,是不敢。”

“我能啊,”那人说,“我能证明!”

姑父一激灵:“你?你能证明什么?”

“我能证明馥是你们的人。哦不,是咱们的人。哦不不,是他们的人。咳,怎么说呢?总而言之,敌人早就知道馥是个卧底的了!”

姑父的眼睛亮起来,心说哎哟喂我可真叫笨哪!知道馥是什么人的,除了我和老刘,还有敌人呀,让敌人来作个证明也行呀,我怎就一直没想到这条路呢?

姑父便问那人:“你真能?”

那人说:“能。”

姑父又问他:“你也敢?”

那人笑道:“您瞧瞧我这辈子混的,还有啥不敢?再说了,也算为人民做件好事不是?凭良心说,馥同志可是个大好人哪!”

正所谓“山重水复疑无路,柳暗花明又一村”,多少年了呀,姑父从没这么高兴过——终于有人愿意为馥作证了，馥的事终于能有个可心的结局啦！那些天，姑父带着这个旧日的敌人东跑西颠（口证、笔证、人证、物证）地一通忙活，走到哪儿都是喜在眉梢。

97. 仍是疑案

但有一点姑父没有想到：既然敌人“早就知道馥是个卧底的了”，那么敌人是怎么知道的？从哪儿，或者从谁那儿知道的？就是说：应该还有个出卖了馥的人才对，这个人是谁？

这可把那个旧日的敌人给吓坏了：“这……这……这我可真的是不知道啊。凡我知道的我早都交待了，绝……绝不敢有一点隐瞒呀同志们！”

那么，只可能是老刘了。知道馥的身份的，除了姑父，只有老刘。而姑父是在临被逮捕前才知道的，当然不可能是姑父，那么就只可能是老刘了！

中风不语的老刘这时候居然说话了。他说如果是他老刘，被出卖的可就不止馥一个人了。老刘说馥跟他是单线联系，他是馥唯一的上级，如果是他老刘出卖了馥，敌人就该把馥抓起来，敌人不抓馥，敌人指望她还能出卖谁呢？“出卖我吗？我出卖她，她再出卖我，同志们你们认为敌人是傻瓜吗？”老刘说当然还有一种可能：敌人放长线钓大鱼，撒下网等着有人来跟馥接头，可接头的人是姑父，姑父也是他老刘派去的，倘若他想出卖姑父，他直接出卖不就得了，何必再费一道手呢？最后一点讲不通的是，老刘说：“我要出卖，最应该出卖我的上级呀！同志们，难道你们以为敌人不懂得这一点吗？”

听来有理，滴水不漏。

那么还能是谁呢？莫非是姑父？姑父出卖了馥？——办案

的人断然否定了这种可能,因为姑父知道馥的身份时馥已经死了。

老刘笑道:“为什么只可能是我们俩?为什么不会是她自己呢?”

“你说谁?”姑父喊起来。

馥。是的,还一种可能是馥自己。至少从逻辑上不能排除这种可能:馥,早已经叛变了。

“不可能!这不可能!”姑父喊着。

办案的人说为什么不可能?

“她,她,她不是那样的人呀!”

“还有呢?”

“她真……真的不是那……那种人呀!”

这不能算理由。办案的人说,至少这不能作为证据。

姑父回到家时死的心都有了。本以为馥马上就可以名正言顺地是烈士了,怎么倒又给弄成了叛徒嫌疑?

“唉,姑父呀,”丁一说,“你咋这么笨哪!”

“说!丁一你快说,还有啥办法?”姑父揪住丁一,脸上兼具愁苦与期待。

“你想呀姑父,如果是馥,她为什么不出卖老刘呢?”

“是呀是呀!”姑父甩一把老泪,发一阵子呆笑,快疯了。

办案的人说也是也是,是这么个理儿。可叛徒是谁呢?

“是我,我!”姑父喜不自禁,“除了我没有别人。”

办案的人也笑了:“就甭提您了好吧?您是铁案如山。”

“那,馥,能不能定为烈士?”

办案的人说不能,说是在没搞清全部真相时什么都不能决定。

98. 乱梦纷纭，或出卖者丁一的流放

这夜，我和丁一一起走进了一个奇异的梦境——

铁树含苞，昙花绽放，到处是叫不出名的奇花异草……好像是在姑父的那间老屋里。姑父坐在繁枝茂叶的掩映之中，顾自垂泪。

“怎么了您，姑父？”

姑父不语，唯涕泪潸然。

这时忽听得墙上冷笑：“你们还问他怎么了？他，就是出卖我的人！”

馥，是馥！其声如幽灵飘荡。

“什么，您说是姑父？”

馥从照片中下来，忽呈依的模样，背景亦随之化作那片雪中的树林。依，或是馥，一身素白的衣裙，飘忽，游移，虚幻，似与那霏霏落雪浑然无隙。

老屋里随即寒气逼人。

“就是他，出卖了我！”依以馥的语气，或馥以依的容貌，讲述一个出卖的故事：“那天，我在小剧场外面等他来跟我接头。我在那儿已经空等好几回了，有时候是他没来，有时候他来了但周围的情况又不允许我们接触……”

“等一下，喂等一下，”丁一说，“什么小剧场？你说的是哪个小剧场？”

“还记得那个时间的魔术吗？对，就是那儿。那天我以为他又不会来了，我正要离开时却见他从剧场里出来。剧场里好像热闹得很，但外面很清静。我走近他，问他里面在演什么？他说魔术。我问什么魔术？他说咳，魔术师还没到呢。我问他哪儿来的魔术师？他说是一个叫什么什么斯坦，或是什么什么斯基的。我

正要把情报给他,可就这时,近处的屋旁、树后忽然闪动起一盏盏陌生的目光,怪模怪样地盯着我。我心说坏了,有人叛变了,有人把我给出卖了……”

“你认为是姑父?”

“还能有谁?还有谁知道这个接头的地方?”

“不会的,绝对不会的!”丁一喊道,“你冤枉他了,姑父是爱你的,很久很久以来他就一直是爱着你的!”

“那你倒是问问他,问问他自己他是不是叛徒?”

姑父从花影里挣扎出来,抱住丁一,抱住我们哀求道:“别说啦,都别说啦!我是,我是叛徒,除了我没别人是!求求你们就别说啦行不行……”

丁一呆呆的,只在嘴里不住地叨咕:“可他是爱你的呀,馥!我们一直都是爱你的,一直都是爱着你的呀,依!”

我怕这样下去此丁会疯掉,傻掉,便提醒他:可是知道这个地点的,你想想,并不止姑父一个人呀。

还有谁?

废话!一个人,跟自己接头吗?

你是说馥?你也认为是她自己?

丁一急转身再看时,依已消失于馥,馥已无奈地回到了墙上。照片中的馥一如既往:年轻的微笑中含一丝淡淡的苦涩。

但老屋里依旧阴冷难耐。——寂静的雪地,或那素白的衣裙,忽然化作一面煞白的被单,被单下睡着个瘦骨嶙峋的老头。

姑父一见他就跳起来:“老刘,老刘!你终于要开口发发慈悲了吗?”

老刘掀开被单,胸前一面牌子上写着:内奸,特务。

老刘睁开骨白色的眼睛:“我没法证明她,因为,遗憾的是她自始至终什么工作也没做。”老刘指指胸前那块牌子又说,“如果证明,倒是她能证明我了。”

“可她一直都在等待呀！”姑父说，“她一直在等待着有人来跟她接头，有人来给她指派任务，她不是没做，更不是不做，她是没来得及做呀！”

老刘摇摇头，又闭上眼睛。

姑父扑上去，摇撼着老刘：“那你可让我问谁去？我们还能问谁去呀！”

“问他吧，”老刘说，“他反正不是好人。”

我们这才发现，老屋里还有一个陌生人。

“你是谁？”姑父问。

那人哆哆嗦嗦地说：“敌人。你们当年的，一个，敌人。”

“你来干吗？”

“我可以证明馥确实是你们的人。你们把她派到我们那儿不久，啊不不，是派到他们那儿不久，他们就知道了馥是咱们的人，啊不不，是你们的人，是你们派去的眼线，卧底。”

“你们怎么知道的？”

“你们里头有叛徒，是谁我可不知道。我们跟你们一样，啊不，他们跟你们一样，啊不不，他们跟你们不一样……唉，怎么说呢？敌人跟你们不一样，可办法都是一样的——我是说眼线，卧底，自古以来都是一样的，都是单线联系。所以呢，你们里头是谁出卖了馥的，馥不说，我们真是一点儿都不知道。”

“那，你们干吗不把她抓起来审问？”

“放长线钓大鱼呀？这也是自古以来他们和你们都是一……一样的地方。”

“钓到了？”

“钓到了。”

“姑父？”

“本来还有老刘，可让他给跑了。一见去接头的人没回来，他就逃得无影无踪了。”

姑父坐进花丛，一声不响，似已置身事外。

倒是那个老刘先急了，暴喊道："放屁！我那是逃跑吗？我那是为……为了不牵连更多的同志！"

姑父紧闭双目，面如土灰。

"姑父！"

姑父一动不动。

"姑父！"

姑父紧闭的眼边，有溢出的泪滴。

"姑父！"

"是的，"姑父说，"是我被敌人抓住后供出了老刘。铁案如山。我实在是经……经不住了，他们弄得我太……太疼啦！"

那，又是谁，出卖了馥的呢？

姑父猛地跳起来："这，这你们可不能怀疑是我！"

为什么不能？

"丁一，丁一！"姑父急切地望着丁一，"你来告诉他们，这些年，这么多年，我一直都是爱着馥的呀！"

丁一搂住可怜的姑父，我对这老人说："可你就从来都没想过吗，也可能是馥把敌人引来的呀？"

"不，不可能！"姑父推开丁一，喊着，"绝不可能，馥是绝不会那样干的！"

"你凭什么这样肯定？有什么证据吗？"

"有，当然有。因为，因为馥也是爱……爱着我的！"

"就算是这样，也还是有一种可能：馥不是出卖，但她并不知道敌人已经发现了她，所以，确实是敌人跟踪着她来抓住你的。"

"不会的，不会的！我是说根本就没有这回事！"姑父已近声嘶力竭，"我是在那个大……大宅门前，而不是在那个小……小剧场外面，被他们抓住的，可那时，那时馥已经病……病死了呀!”

又一个情种!丁兄,比你还甚。

那,到底谁的话是真的呢?

都可能是真的,也都可能是假的。

什么意思?

依我看,姑父的被捕,很可能是在那个小剧场外头。

什么什么?

我猜是这样:那天,姑父到小剧场外面去跟馥接头,为了掩人耳目,他先在剧场里坐了一会儿,看看周围并无异常,姑父才走出来——顺便说一句,魔术师到来之前走出小剧场的,很可能不是X而是姑父自己,可他一出来就被敌人抓去了。

可姑父说他是在那个大宅门前被捕的呀?

很可能,那不过是姑父的希望,或者梦景。

希望?梦景?

是的。在姑父多年的梦里,但愿那小剧场外面的事都是假的。在他的希望里,或者说是在他多年的**夜的戏剧中**,小剧场外面和小剧场里面所发生的,最好都是一样,都不过是个魔术。这个绝望的人哪,他希望那一切都不过是个魔术,最好是个魔术,最好灯光一亮他发现自己还是坐在那个小剧场里,从未走出那小剧场半步……也许是为了自圆其说吧,也许是梦景混淆了现实,姑父便把他的被捕挪到那个大宅院的门前去了……

为什么呢,为什么一定要挪到那儿去?

因为,那时候,馥,已经死了。

我还是没懂。

你想想,丁一你想想,对姑父来说,馥是个什么工作都没来得及做的**自己人**好呢,还是个有叛徒嫌疑的人好?

这么说,最初的那个叛徒,肯定是馥了?

未必未必,也可能是姑父被捕之后,出卖了馥的。

不，这不可能！因为，因为姑父说他永远永远都是爱着馥的呀！

你也一直都没忘了依呀？我看那丁又已是一副愧不欲生的样子，便赶紧转开话题，这为什么不能是姑父永远的愧悔，是他永远永远都不能饶恕自己的原因？

那么，那个敌人说的，难道也不是真的？

那个敌人说的，是由姑父转述的。

奇谈怪论，真正是奇谈怪论！那么我问你：究竟谁是叛徒？

姑父肯定是。不过呢，在座的各位，谁都不能肯定不是。

“我肯定不是！”老刘在那面白色的被单下喊。

那不过是碰巧哇，老刘！要是你敢肯定你自己不会是，你干吗要逃跑？又何必担心会牵连更多的同志？

然后是那个往日的敌人，半带自嘲地说：“我肯定不是，我想是都不可能是。”

你这么自信吗？可**他们**说你是。敌人，或者你当年的自己人，说你是。

还有你，丁一！

我，我，是呀我出卖了依，出卖了我爱……爱着的人。

“胡说胡说，这都是胡说！”姑父又喊起来，“我是，馥不是，只有馥不是！”

我和丁一抬头，仰望墙上的馥。

馥便又从墙上下来。姑父所爱的人，和爱着姑父的人，从墙上下来，风摆昙花似的衣裙，雨洒铁树般的声音：“要是我像你们的姑父那样，被打得遍体鳞伤，说不定我也会是的。要是我看着他，为了不出卖我而被折磨得死去活来，我想我会愿意他是的。”

“不！馥你不是，事实上你不是呀！”

“恰恰是事实上，我是。要是因为我不是，你被敌人杀了，我想我会后悔我不是的。要是为了我不是，你被敌人折磨死，我想我还不如是哪!”

“不不,我是我是! 就让我一个人是吧。馥你千万别含糊,你是烈士,是烈士! 你听我说呀馥,你是烈士,你一定要是烈士!”

“为什么?”

“否则,否则我还怎么能……能把你的……照片……挂在墙上啊……”

老屋里响彻回声。

老屋里寂静无比。

馥和姑父默坐花下,两个老人相拥而泣。

而所有的别人,迅即消失。

阴冷渐去,光流浪浪,风动徐徐,催开了满屋子里的铁树、昙花,掀起了那一曲久远但又切近的歌谣:我,就是你遗忘的秘语/你,便是我丢失的凭据/今夕何年?/生死无忌……

可是,依呢? 那丁问我,依在哪里?

依在边疆。

满屋子里的风便狂暴,满屋子里的阳光愈加强烈,以至于风卷阳光瞬息之间淹没一切,以至于白昼茫茫,无缝无隙……唯余那丁孤身孑影,伫望其中。

“依! 你在哪儿?”

没有人应。

“依你在哪儿呀——”

空旷至极,连声音都是一去不返。

“边疆啊边疆,你就这么远吗——”

是的,有一种流放,无边无疆。

“依——依——”

丁一惊醒,娥在身旁。

99. 关于那个魔术

我才明白:那个魔术,是真是假并无紧要,紧要之处在于它是姑父的一种梦愿,一个幻想。姑父必是希望:现实能像那个魔术一样,往事可以重新来过,时间真的能够倒流。姑父必是这样希望:他走出那个剧场时是七点半,倘其回来时还是七点半,剧场外面的事就不过是个噩梦了;或这噩梦无论多么曲折漫长,总也就会有个醒来的时候了。姑父一定这样想过:要是他回到剧场里还是七点半,要是命运再给他一次选择的机会,他死也不会再走出那个剧场去接什么头了。这个可怜的老人,他必是无数次地这样祈祷过了:那个魔术师,那个什么什么斯坦或是什么什么斯基,你就再施展一下你的魔法吧,把时间救回到以往,把我和馥都带回到青春年少时!这可怜的老人一定是沉迷在那个神奇的魔术里了:倘若真能那样,馥哇,我们就一起离开这块是非之地,哪怕是去天涯海角,哪怕是去一处沙漠,一个孤岛,一座坟茔,我也情愿!在那儿,永远就是你和我,不要有别人,更不要有敌人,也别再有什么"自己人"了吧……

自从见了那个魔术——想必,并不是在他年轻的时候,而是在他成了叛徒以后——姑父他必是走进一个梦里去了,走进去却再也走不出来了,或是再也不想走出来了。

梦,便是一个孤岛。那几间老屋便如同一处沙漠。馥哇,这满墙满地的草木都是为你栽的,这满屋满院的花都是为你开的!

夜里,馥从墙上下来。白天,馥回到那照片里去。

或者相反:馥从墙上下来便是夜晚,馥回到那照片里去即是白昼。

姑父的昼夜因而不再与这世界同步。

或者是有别人来了，便是白昼，没有别人的时候即是黑夜。或者白昼即是别人，黑夜呢，是与馥相会的时候。所以姑父不想从那儿回来。

唯独我与丁一例外，我们偶尔与他共度长宵。

有回姑父问丁一："在你出事的那个礼拜天，你本来是想去哪儿的呢？"

丁一想了又想说："我忘了。只记得是一宿的大雪停了，天气特别好，让人想出去走走。我不过是想出去走走。"

"可我没忘。"姑父却说起了自己的事——很久很久以前的一个礼拜天，"正所谓'小楼一夜听风雨，深巷明朝卖杏花'。早晨，天晴了，我买了一束花，本想是去看馥的。"

"可是鬼使神差，"丁一也不理会姑父，顾自说着自己那个礼拜天，"也不知怎的，走来走去我就走进了那个废弃的园子。"

"是呀是呀，鬼使神差！"姑父说，"没找着馥，却在回来的路上碰见了老刘。"

"我也是，没想到会碰见了依。不过，我倒真是想碰见她呀……"

"老刘听说我是去找馥的，就说我无聊，整天的英雄志短，儿女情长。他说你怎么一点儿理想一点儿志气都没有呢？人间不义，社会不公，你就不觉得你也有一份责任？你还像个知识分子吗？"

"依在画树。依说你看这树多么诚实、坦荡，世界上顶数人最虚伪……"

"老刘是对的！我现在也看他是对的。至少，那时的老刘，确是一腔热血，满腹豪情。"

"依也是对的。依那样一说，我就知道她说的是对的。我觉得我就是那样，所有的人都是那样，都是心里想的跟嘴上说的不一样。"

这时我见姑父脸色一变，问丁一："那你以为，人，能怎样呢？"

"为什么人不能想什么就说什么呢？"

"唔，不不，"姑父摇头，深深地摇头道，"这不可能。这不现实。"

"我知道，姑父我知道，多数情况下这不现实，但跟有些人也不行吗？"

"跟谁？"

"朋友，亲近的人，你了解的人，你信任的人，跟你志同道合的人……"

"行了，别说了！"姑父的目光开始散乱。

"姑父，您想什么？"

姑父不语。一只巨大的蝴蝶——仿佛是从姑父的脸上飞起来的，鲜鲜亮亮，优优雅雅，在昏暗的老屋里飞飞落落。或许是所有的树木都不堪负其重，所有的花草都不堪配其美，那梦样的蝴蝶便飞出窗去，在院子里继续飞飞落落，飞飞落落，似又觉得那天空过于苍白，空气过于窒息，于是再飞进屋里，落回姑父的愁容，消失进这老人混浊的眸中。

"姑父？"

"姑父！"

姑父站起来，背着手在屋里走圈，然后在丁一跟前站住说："丁一呀你还年轻，要是愿意你就听我一句：人这辈子干吗都行，干什么都吃饭，就一样儿——千万千万可别有什么'自己人'！"

"为啥呢，姑父？您觉得这有什么不好吗？大家都不是敌人，大家都不是别人，所有的人都是自己人，所有的人都是想啥说啥，姑父您说这有什么不好吗？"

"可我问你，什么是'自己人'呢？"

"不是别人，当然更不是敌人。"

"那么，对敌人来说，他是什么人呢？"

“对敌人来说,他,他当然就不……不是自……自己人了吧?”

“对呀,对呀,对呀!”姑父在那丁头上轻拍一掌,我还以为姑父会笑呢,可姑父却已是哽咽难言,“对呀对呀对呀……”丁一更傻,他还以为姑父这是笑得喘不过气来呢,可姑父却已是老泪横流:“对呀对呀,对呀对呀对呀……”姑父就这么不停地“对呀对呀”的,倒让人弄不清他是在哭呢,还是在笑。

“姑父您别这样行吗?”姑父的样子让丁一有点害怕。

“对呀对呀,就是这么回子事呀爷们儿!”姑父再在丁一的肩上拍一下。

丁一接住姑父的手。丁一站起来搀扶住姑父的胳膊:“也许我说得不对,姑父您别生气好吗?就算我没说,行吗姑父?”

“不不不不,你说对了。说得太对了。说了半天就这一句让你给说对了!”

“姑父!”

“不不我没生气,我生的什么气呢?我是说你说得没错儿,没有敌人哪儿来的自己人呢?可是,可是丁一你听仔细:没有自己人又从哪儿来的敌人呀!”姑父这才喘过一口气来,推开丁一,坐回到椅子上。

一老一少就那么坐着,静静地看着四周的花,各想心事。

很久,丁一才又问姑父:“那您说,跟谁,才能想什么就说什么呢?”

“跟你不认识的人。”

“不认识的人?”

“跟你不认识他,他也不认识你的人。”

“谁也不认识谁,那我干吗要跟他说呢?”

“或者跟你爱的人。跟你爱她,她也爱你的人。”

“跟馥吗?跟馥就可以吧?”

“那自然。不过你不行,得是我!”姑父又笑起来,疯疯的,让人心里没底。

丁一想了一会儿,自语道:“那我就信了。”

姑父说:“你信了啥?”

“姑,绝不是您出卖的。”

姑父笑容顿收,愣愣的,脸上那只蝴蝶蠢蠢欲动又像似要飞起来。

但终于没有。姑父闭了一会儿眼睛,起身去侍弄他的花了。

姑父钻进花丛,只听得“咔嚓咔嚓”偶尔的剪枝声,除此之外一无声息。他也许是把我们给忘了吧?但忽又听得,那“咔嚓咔嚓”的剪枝声中夹杂着姑父偶尔的絮叨:“可她不是你姑,她没来得及是你的姑哇……”

100. 又是梦

“咔嚓咔嚓”的剪枝声越来越响,碎叶凋花如扬沙走砾。

“姑父! 姑父!”

“咔嚓咔嚓”的剪枝声越来越密,断草残藤如雨落风飞。

“姑父! 姑父!”

香尘遍野,满目红泥,“咔嚓咔嚓”的声音非但不停,反而漫散得更加旷远,回荡得更为空荒……

“姑父,你这是要干吗呀!”

旷远空荒之处却不见了姑父。

旷远空荒之间,婷婷然走来一年轻女子。

“姑父呢? 姑父上哪儿去了?”

“你是说那个叛徒?”年轻女子道,“他在边疆。”

“边疆很远吗?”

“比很远还远。”

“你是谁?”

那女子含笑不语。

“依！你是依?”

那女子的笑容间含一丝苦涩。

“娥！娥!”丁一大喊,“依回来啦！娥你快来看呀,这回是真的！依真的从边疆回来啦……”

醒了。娥在身旁。

娥还没睡,放下手里的书笑笑:“你又做什么梦了?”

丁一揉揉眼睛看窗外。窗外黑夜密集,树在风中窸窣作响。

“我说了什么没有?”

“外语。嘀里嘟噜,嘀里嘟噜,也许是外星话?”

娥只是调侃,并没有怪他的意思,那丁松了口气。

娥换个姿势,把台灯再压得低些,继续看她的书;娥从头到脚那一派平安的样子,倒让丁一暗自羞惭……

但是,“咔嚓咔嚓”的声音又响起来了,细密,而且嚣张。

那女子捡起一片片残花断草,慢慢拼接,使它们复原成一棵老柏树的素描。

“依,你是啥时候回来的?”

那女子捧起满地的红泥香尘,轻轻吹洒,让它们重新长成满屋满院的姑父的希望。

“依,你是从哪儿回来的?”

那女子板起面孔:“依?谁说她已经回来了?”

“你是回来了呀,依！你好好看看,这是哪儿?”

那女子望望四周,忽露惊讶,目光像姑父那样变得散乱:“你是谁?”

“丁一。我是丁一呀!”

“就是那个出卖了我的人?”

丁一深愧无言。

于是乎，那只蝴蝶又不知从哪儿飞起来了，巨大，艳丽，白昼似的飞得到处都是，慢慢地淹没了那年轻女子，淹没了依之可能的归来……

"依，依你这一向在哪儿呀？"

那只硕大的蝴蝶如真似幻，挥洒着色彩，散布着恐吓，在老屋中飞飞落落，在那"咔嚓咔嚓"的声响之中飞飞落落，似无枝可栖……

"依你别走！依，你回来吧！"

飞飞落落，抑或是趺趺撞撞，那灿烂的精灵碰在墙上碰折了触须，那飘逸的飞舞撞上屋顶，撞上玻璃，撞残了翅膀……那残损的美形似走投无路，终又落回镜框，如一缕凄哀的声音消失在馥的微笑与苦涩之中……

那丁再次惊醒。娥还在看书。

"唉——"丁一望着黑夜叹道，"她不肯回来。"

娥把手里的书在丁一眼前晃晃，端详着他："是梦话吗？"

"废什么话，我根本就没睡着。"

"那，"娥狡黠地笑笑，"我刚才问你啥？"

"你问……问我什么？好像是问……"

"什么？"

"她不……不肯回来呀。"

"谁？谁不肯回来？"

回答娥的，是新一轮鼾声。

娥把手指在那丁眼前晃晃，确信这厮又入黑甜，便熄了灯，瞪着眼睛听一会儿窗外的风声。

"为什么依她不……不肯回来？"那丁在梦中期期艾艾地说着。

娥忽发奇想，侧过身来接他的话："喂，你忘了吗？**换一种时间**，换一种时间也许依就能回来啦！"

"你是说,戏剧?"

"对呀,戏剧! 约定的时间。"

"这对依也……也适用吗?"

"你不该忘记呀丁一! 在夜的戏剧里,在那约定的时间中,一切不可能都将成为可能,一切不现实都可以实现。"

"真的吗,娥?"

"当然。"

顽皮的娥"哧哧"地笑着,看那厮满意地翻了个身再不言语。

于是乎,丁一眼前的墙壁纷纷消失……浩瀚无边的黑夜里,唯一缕缕一团团的花香扑面而来……流萤与星群之间,赤裸的娥在独舞,满天满地都是她放浪的笑声——

"来呀丁一,脱! 哈哈哈哈……"

"嚯,你这样子可真叫流氓!"

"脱呀你,丁一! 在我们一同约定了依的时刻,你要奉献你的花!"

赤裸的娥便与赤裸的丁一共舞,满天满地都是他们的舞步。

"说呀,说你那句最最经典的话,那样,依就会来啦!"

"娥! 你的屁股,好大好大呀——"

"再说再说,说得还不够坦率,还不够优雅,还不够真诚。"

"娥! 你的腰好细呀,你的腚能要人的命,你的草丛黑得就像夜,你的羽毛是能飞的呀——"

于是乎那只蝴蝶,便从黑夜一样密集的镜框中飞出,飞得鲜活、飘逸,飞得浪漫、自由,飞得春风浩荡、冰雪消融……落在地上,化形为何依。

"依! 依你回来了,你真的回来了吗?"

依不回答,也不动,唯静静地注视丁一。

"依,你再也不要走了好吗?"

依仍不回答,也不动,还是那样目不转睛地看着丁一。

“依！依再也不想跟我说话了，是吗？”

然后是娥的声音：“你还记得詹是怎么说的吗？人不能接受一个对自己没有深刻认识的人的忠告。”

“记得，当然记得，他说只有有肉体关系的人才可能……”

“是的，只有那样，依才可能真正回来，依才可能走进我们的戏剧。”

那丁便向依走过去，慢慢地走近她，一步步，一步步……然后轻轻碰一碰那素白的衣裙，碰一碰依的乌黑的发梢，碰一碰她纤细的指尖……然后猛地抱住依，紧紧地抱住她，就像当年在小树林里那样……然而然而，他忽觉得怀中一空，细看时依已不见，只剩下那一袭素白的衣裙。素白的衣裙于是乎飞扬起来，飘荡起来，巨如天幕，亮如白昼……

丁一醒来，满屋满床都是阳光。娥正在厨房里预备早餐。

101. 问问的不问与问

丁一和问问应该说相处得还不错。只是这小姑娘的聪颖，甚或是诡谲，常常让我迷惑。比如说她素好发问，可是对丁一何以忽然进入了她的家，却从来不问——“你是谁”“你来干吗”“你原来在哪儿”等等这些我料想中的提问，不但从未发生，甚至连发生的迹象也没有过。非但如此，在丁一的记忆里和我的印象中，她从来就没问起过她的爸爸，不问也不说，包括别人的爸爸，就好像“爸爸”一词从未在她的字库中建立。

有一天，丁一和娥带着问问在公园里散步，丁一提起了这件事。

“是吗？”娥说，“我倒没注意。”

“我注意了。”

娥不说话，仿佛回想。

"这不正常。"

"是，是不正常。"娥的眉间掠过一丝惆怅，"不过，也许是因为，她还从来没有机会那样叫。"

"不，这不是理由。她不可能不知道那个词，她是在刻意回避！"

"刻意？"娥惊讶地看看丁一。但很快，惊讶就变成忧虑，可见她是知道的，潜意识里一直都是知道的。

两个人默默地走了一段路，正不知怎样继续（或结束）这话题时，问问从远处向他们跑来，一路跑一路"妈妈，妈妈"地喊着，一身一脸的既惊又喜。娥的忧虑只得暂且搁置，迅速转换成笑脸迎上去。

"妈妈，你们快去看呀，那儿有个东西可奇怪啦！"

"哦好好，可是别这么疯，慢点儿跑。"

"一条蛇一条蚯蚓还有一条也不知叫什么，你甭管它们它们自己就会跳舞！"

"慢点儿，慢点儿说。"娥蹲下来给她擦汗，"什么，什么东西自己会跳舞？"

"我也不知道，你们自己去看呀，就在那边！"

"我看你还是先歇一会儿吧。"

"不用。你们快去看看吧特别奇怪，好多人都在那儿看哪！一个老爷爷弄的，快点呀你们倒是！"

问问拉着丁一和娥挤进人堆。

噢，原来是这个，一种相当古老的玩意儿：一只碗里盛了沸水，碗口蒙一张薄纸，把蜡纸剪成的蛇、蜈蚣、蚯蚓、鱼虾之类放在上面，由于蜡层受热不均，那些小东西便在纸面上扭转屈伸地滚动起来。

问问蹲在那只碗前，看得如醉如痴。

过一会儿,舞蹈渐渐地慢了。

又过一会儿,渐渐地停了。

“它们累了是不?”问问问那个老头。

老头笑笑,举举手里的小纸袋:“这儿有不累的。”

“那你让它们跳哇?”

“可它们也得吃饭呀?”

“那喂它们什么呢?”

老头抬眼看看娥。

“好吧,买一袋。”丁一付了钱。

问问去抢那纸袋:“快给老爷爷,让它们跳!”

丁一把纸袋举过头顶:“走,找个地方,咱自己让它们跳。”

“你也能让它们跳?”

“那当然。”

找到一处安静的草地,坐下来,娥这才幸灾乐祸似的提醒丁一:旅行杯里的水已经没了,就是有,温度怕也不够。

问问把那些小东西摊开在草地上,一个一个地看它们,忽不吭声。

“要不咱回家吧,”娥说,“回到家丁叔叔一定能让它们跳。”

但问问好像已经变了一条思路,仰起脸来问道:“它们为什么跳?”

丁一便把蜡的熔点呀,纸的受力呀,热的分布呀等等道理给她讲了一遍。

问问一点都不满意,转而问娥:“妈妈,你说它们为什么跳?”

“就是丁叔叔说的那些原因呀?”

“不是,不是的,我不是问这个!”

“那你问什么?”

“我是问它们为什么跳,为什么跳!”问问跺着脚喊,急得都快哭了。

“别急别急，慢慢跟妈妈说，”娥把问问揽在怀里，同时望一眼丁一，意思是你可别小看她，“你是想问，它们为什么能跳吗？”

“不是不是，不是的！”

“好好好。那你是不是想问，它们为什么要跳？”

问问安静下来，眼泪吧嚓地点点头。

天哪天哪，有其了不得的母亲，必有其了不得的女儿！

“那你说呢，”她问问问，“为什么要跳？”

“我不知道我才问你们的！”问问终于哭喊出一肚子的冤屈。

丁一和娥面面相觑。意思是：这可怎么跟她说呢？进一步的意思是：这原因，我们知道吗？更进一步的意思是：这个小小人形的深处，正发生着什么？

102. 人与人的差别>人与猪的差别

有一天丁一去看秦汉，未进门时就听见他正跟谁大声争论着什么，对方一副女声女气。丁一便在我耳边嘀咕：行了哥们儿，这回咱能拜见拜见他这位同性相好了。

见丁一来了，秦汉得救似的急迎几步，再拉过来一把椅子：“坐，坐下，给你出道题：这世界上，最不相同却又用着同一名称的东西，你说是什么？”

房间深处红光一闪，那一位笑盈盈地站起来埋怨秦汉：“有你这样儿的吗？也不先让人歇会儿！”随即转身，大概是去沏茶了。

咳咳，我扫兴地对丁一说，什么同性相好呀，完全彻底的一个女人！那丁倒不在意，甚至竟是喜出望外，目光随即不再离开那缕红光。

“哦，真是真是！”秦汉抱歉连连，“我来介绍我来介绍，这位是吕萨,吕萨小姐,我的朋……哦,朋友的朋友。”

吕萨回身看秦汉一眼,似怀嗔怨。

“哦当……当然,”秦汉又急忙纠正,“朋友的朋友就是朋友。我们都叫她萨。”

嗔怨仍在萨的脸上持续,但她巧妙地把那掩饰成专注——仿佛一心于她手中的茶具与茶叶,并不曾注意到秦汉的话。

秦汉靠近萨,用胳膊肘碰碰她,但她不理。

“我是说你叫萨,这有何不妥吗?”秦汉半是幽默,半是在扭转僵局。

萨勉强笑笑,却在鼻子里悄悄“哼”了一声。

那丁好像看出了点什么:嘿,哥们儿,你发现没有秦汉好像怵她。/未必未必,我说,等着瞧吧,怕没那么简单。

秦汉便也只好把尴尬掩饰成执着:“丁兄,你还是先回答我的问题吧。”

“你的问题?啥问题?”丁一的注意力根本不在这儿。

那缕灿烂的红光便飘过来,把茶杯一一摆在桌上:“我替他说吧:这世界上,实际上最不一样,却又一直用着完全相同的名称的,是什么?对吗秦汉?”

“完全正确,比我表达得还清楚。”秦汉这话明是赞赏,暗是抚慰。

“秦汉先生没事儿就好整些奇思怪想!”丁一说。听得出来,这话有取悦萨女士的成分。

“谁知他是先生,还……还是小人!”萨说。也听得出来,“小人”二字纯属急中生智。那么原本是什么呢?什么都不如“小人”二字来得恰当,明是调侃,暗藏不满。

秦汉什么听不出来?但他装着什么也没听出来,一心都在那道题或丁一对那道题的态度上:“什么什么,你说我没事儿?你以为这样的问题就不是个事儿?”

丁一心想，当着这么厉害的女士总得给主人留点尊重，便赶忙说："是是是，照您这么说，什么都是事儿了。"

秦汉说："那照你说，人生总共有多少事儿呢？是不是除了吃喝屙撒睡，再加上繁殖，此外就都不算个事儿了呢？"

"行啦行啦，"丁一说，"到底什么？"

"什么到底什么？"

萨在一旁幸灾乐祸，笑得红裙（抑或红颜）飞扬。

"你的题呗，我猜不着。"

"告诉你？"

"不告诉也行。"

萨跳到丁一跟前抢着说："人。他说是人！"

"人？"

"一撇，一捺。"秦汉悠然自得地晃着茶杯，老动作。

"人？"那丁皱起眉头，而我已听出此题之深意，听出这秦汉绝非等闲之人。

"人？"那丁正自琢磨，却见萨一脸期盼地盯着他，那意思大概是：全看你的啦老兄，你能不能让这个秦汉别太得意？

于是乎情种丁一暗暗祷告：哦上帝，换个场合再让咱跌份吧，千万千万别在这会儿！然而那问题并不因此而有半点松动。

丁一决定先来个缓兵之计，便胡乱说道："干吗不是猪呢？猪跟猪都一样吗？"

大家都一愣。

谁料那秦汉愣过，忽一拍大腿跳起来喊："妙哇哥们儿，妙极妙极，你这思路更是精彩！"

"KAO，我说什么了值得你这样儿？"丁一心想坏了，缓兵不成别再长了他人的威风，便不停地看看萨。

萨呢，这会儿却好像另有所思，顾自捧着茶杯在屋里走，对他们的话似闻非闻，一条大红的长裙这儿那儿地飘飘荡荡，弄得丁一心里莫名地乱。

瞅个空当这厮问我：萨准是个运动员，你说呢？／我说：你凭什么？／凭她的身材呀，你注意到她的身材没有？／身材咋了？／废话，若非搞田径的，搞短跑或者跳高、跳远的，绝不能有这么好的身材！

秦汉见丁一走神儿，且明显看得出是走去了哪儿，便抿一口茶，等他。

待那丁回过神儿来，秦汉说："你听啊，应该是这样说：人与人的差别，大于，人与猪的差别。或者这样写：人人之差>人猪之差。"他蘸着茶水在桌面上画了个大于号。

"什么呀你这都是？什么乱七八糟的！"

"一点儿不乱。上帝的考题，解吧你哥们儿！"

萨又走近来听。红光在侧，确实，乱的只是丁一，人家秦汉目不斜视。

"还是闲着没事儿你自己解吧。"丁一说。

"好吧，我来解给你看。先说身体，人与猪的形状不同，且记作1：0。而其余的身体功能呢，比如吃喝屙撒睡，还有繁殖，人如此猪亦如此，还是1：0。其次，人有感情，可你认为猪就没有吗？好吧好吧就算它没有，2：0。再次，人会说话，猪不会，但这不能算数，会不会说话取决于有没有思想；人有思想，猪没有，3：0。但是别急，思想=思想吗？思想与思想最是天壤之别呀，我想这一点不会有人反对吧？那么好了，这天壤之别，你说，算几？再举个例子：一块石头，或者一棵树，挡住了你的路，怎办？绕开，绕开就是。可要是一条大棒，一眼陷阱，或者一个阴谋在前面等着你，你怎办？你往哪儿躲？行了，现在这题就容易解了：人与猪的差别是三，再多算上些吧，多算上多少也是有限的，可人与人的差别呢，是无限的！"

屋里一阵子静。丁一与萨互相看看。见萨的眉宇间似含失望，这丁忽地沸腾起一腔男儿热血，觉着有义务打击一下这个秦汉的气焰，至少得给他的自信添点挫折，不能就让他这么百分之百地得胜。

“就因为这个你不结婚吗？”丁一问。

咳哟喂丁哥们儿，你这都是哪儿跟哪儿呀！／怎么啦？／还怎么啦！你就这么男子汉吗？／不大合适？／岂止是不合适，简直这……这就是卑鄙！

“唔，这个嘛，”秦汉沉吟良久而后说，“这可比一条大棒更要复杂得多了。”

不过那天丁一还算满意，那天最大的收获是认识了萨。

103. 戏剧时节

夜又来临。

盛夏之夜，是戏剧的季节。当黑夜掩盖了白昼，寂静阻挡了喧嚣，娥说现在就是我们约定的时候。

娥，脚步轻轻。

娥，身影移动。

关掉台灯，拉开窗帘，推开窗让风和月光都走进来，娥说就是现在。

娥说：“你曾经想说又不敢说的是什么？”

娥说：“你平时想做又不敢做的是什么？”

娥说：“你一直希望而又觉得没有希望的，都是什么？”

丁一轻声问道：“那你……你是谁？”

丁一在黑暗中寻找着娥的目光：“你曾经是谁？平时，是谁？”

我说：还有，当她不在这儿，当她离开了此时此刻，娥她，你又是谁呢？

娥狡黠地笑笑:“我是别人。无数别人中的一个。比如,就是你梦里那个素白衣裙的女子。”

这话让丁一一阵晕眩,或令我在其中忽悠悠一阵飘荡。于是乎往事与未来一时难分界线,牵连铺展,仿佛无边……

当那阵晕眩或飘荡过后,丁一抬起头来,见娥正给自己换上一身素白的衣裙。

“别,你先别看!”娥说。

丁一听话地闭上眼睛。

“唔,对了对了,好孩子就该是这样。”

是呀,就该这样!娥你就该是这样:一身素白的衣裙,从远处走来,从人山人海中走来,飘飘幻幻你就该是这样从别人之中走来,走出陌生,走过隔离……

“好啦。喂,你可以看了。”

丁一睁开眼睛:娥,或那素白衣裙的女子,已端坐在月光中。

“现在,我,是谁?”

“泠泠,泠泠……”那丁嗫嚅道。

娥站起来,让那雪白的裙裾轻轻旋转。

“你是泠泠吗?”丁一颤抖着,后退,希望自己还是像当年那样心存慕畏。

“那你呢,现在是谁?”

“他是,丁二。”丁一卑怯地望着娥,宁愿自己相形见绌,宁愿自惭形秽。

娥便如泠泠那样挺然傲步,走过丁一时垫起脚跟摸摸他的头:“那,这个丁二,又是谁呢?”

“一个厨……厨师的儿子。”

“你们工人,其实挺好的,四寸宽的袖章不是也……也挺好的吗?”

夜风吹进窗口,悄悄又走出房门,掀动起娥的衣裙。

丁一跪下一条腿，捉住娥的裙裾，希望它不要飘动得那么傲慢，又不要飘动得这……这么慈悲吧。

娥抱住他的头，抚摸着，梳理着，希望他不要颤抖得这么悲伤，更不要回想得这……这么恐惧。

两个人都在流泪。

欲望，都在燃烧。

娥放开丁一，走到尽量远些的地方，蹲下，拉一拉裙裾裹紧双膝。

丁一之花悄悄开放。

娥又掀一掀裙裾，然后再次警惕地裹紧，一直裹到脚踝。

丁一之花顿时昂扬。

娥便像导演那样轻声提示："喂，该你了。"

我说过，此丁憨蛮，这呆货竟一时不解娥的用意。

娥便提高声音："你！现在想要怎样，或者，应该怎样？"

仿佛受了惊扰，丁一之花忽然低垂。

"你应该把我，不，是把泠泠！把这个骄傲的泠泠这个冷酷的泠泠，怎样？"

仿佛陷入疑难，丁一之花渐渐萎败。

"你应该教训她一顿！你应该命令她，命令她做你想让她做的，命令她做她不想做可是也得做的，命令她做她其实想做，但没有你的命令她又不敢做的……"

"什么？"

"一切！"

"一切？"

"对。"

怎样都行吗？那丁问我。／当然当然，不许她不行！因为，因为……／因为什么？／因为，灵魂，曾以"我"的名义，和"你"分离……／那，现在，怎办？

“脱！”我冲口而出。

“脱！——”那丁冲娥一声暴喊。

于是乎那个骄傲的泠泠便在幽暗中变成了赤裸的娥。于是乎赤裸的娥便在月光下变成了飘荡的夏娃。于是乎飘荡的夏娃便在夜风里凝聚成了可能的泠泠，或可能的别人，凝聚成一切别人和一切爱的可能……

“哦，你真的是泠泠吗？”

“是。丁一，我是。”

“那你，还记得那个夏夜吗？”

“那个夏夜，还有那棵香飘四溢的桂花树。”

“还有到处飞舞的流萤。”

“还有满天飞舞的群星。”

“可那时，你是多么无情无义呀！”

“可现在，她已迷途知返。”

“可那时你为什么不能也像现在这样呢？”

“因为，因为那时，你并没有命令她像现在这样呀？”

“那是因为你没有像现在这样对……对待丁二。”

“那是因为，对泠泠来说，丁二也是别人。”

“要是那时候，他就这样命令你呢？”

“那时候，他为什么不试试？”

“他不敢。”

“怕什么呢？”

“怕……怕你第二天就不会再来了。”

“……？”

“我说第二天我还到那棵大树下等你，可第二天我去了，你却没来。”

“喂喂穿帮啦，”娥说，“丁一你穿帮了吧？”

丁一把娥扛起来：“废话，穿什么帮？”

“怎不穿帮？”娥在他肩上踢着脚挣扎，“泠泠，怎又成了那个小姐姐？”

“这有什么？那不过是，不过是时间问题。”丁一把娥扔进沙发。

“啊丁一！”娥恍然大悟道，“你一定会是个好演员的，你还会是个了不起的导演……”

“我主要是一个了不起的情人！”

“哦是的是的，你是个了不起的流氓！”

“告诉我泠泠，第二天，为什么你没来？”

“也许，也许是我忘了。”

“忘了？是呀是呀，有人是会忘的，可有人不会忘！麻烦就出在这儿。”

“可我现在想起来了……”

“可没忘的人就一直在那儿站到天黑，你知道吗？没忘的人一直站在那儿，望着远山，望着飞霞，望着那飞霞一点儿一点儿地消失，星星一个个亮起来，可是忘了的人却一直都没来！”

“以后，她不会再忘了，好吗？”

“他孤零零地站在那儿，一直望到夏天过去了，秋天也过去了……一直望到冬天来了，下雪了，雪地上有两行脚印，那脚印把他领进了一片树林……然后，你从那片树林里转过头来问我‘你怎么知道我在这儿’……那时我才知道原来你也没忘，你也是不忘的人。我才知道原来是我的错儿，是我等你等得还不够耐心。我才知道既然要等就要等到那棵大树周围长起树林，既然要等就要一直等到冬天，等到一场大雪之后，等到你的脚印来领我走近你的身边……”

“是的，即便在边疆，我也一直没有忘。那棵大树的素描她还给你留着呢。”娥发现这样的“穿帮”实在是妙不可言。

但是那丁忽然沉默。

“喂,我回来啦！你终于把依给等回来了。”

但那丁仍旧沉默,周身像是发一阵抖。

“我们还在雪后,还在那片小树林里见面,好吗?”

于是,他把头埋进娥的怀中。

“而且,现在,没有别人……只有雪,只有树,树是多么可以信任哪,雪是多么干净……而且,在树林的边缘,也再不会有‘流氓之歌’了……”

那丁一无声息。

“你怎不说话了?”

“因为,我,是个出卖者。”

“不,你不是!”

“我是！是我出卖了依的,出卖了依的全家。”

“可那不能全怪你呀。”

“姑父说他是因为怕死,可我,我是怕的什么呢?”

“你怕连累你的父母。”

“姑父是因为受不住严刑拷打,可我是受不住什么呢?”

“你最受不住的是:我们,你们,他们。”

“娥,你是怎么知道的?”

“所有的爱人都会知道。”

“可我为了成为‘你们’,成为‘我们’,却把依出卖成了‘他们’。”

“所有的爱人都会为此而流放得深重的,不是在边疆而是在心里,不是在荒原而是……而是心已经成了一片荒原。”

“娥,你是怎……怎么会知道的?”

“因为我也是一样。”

“秦汉呢,也一样吗?”

“所有的爱人都是一样。但所有的爱人都因为这样的流放而更加懂得了爱情。而所有的,不爱的人,则被永远地流放到了没有爱情的地方。”

“可他们并不认为那是这样啊。”

“所以他们也就永远,永远都不能懂得爱呀!”

“你不希望人人都能懂得爱吗?”

“你呢,你不希望?”

“可那天秦汉说,希望又有什么用呢?”

“怎么没用?”

“秦汉问我:你们的,希望,能实现吗?”

“希望着,就是实现着。一直希望着,就是一直都在实现着。”

“你不觉得这有些无奈吗?”

“我们从来就在无奈之中。所以,无望,希望,还有失望,你必须选择一个。”

“能不能只选择实现?”

“就是说,你选择无望?”

“啊,娥你真是狡猾。”

“不,这是智慧。”

“你很会诡辩。”

“要是你不能证明这是诡辩,这其实就是:智慧。”

“是呀是呀,你很可爱。”

“就是说,你还是选择了希望。”

“怎见得?”

“爱,就是希望。”

“怎么讲?”

“爱着的人,就一定是希望着的人。”

“不爱的人呢?”

“是无望的人。”

“那,绝望的人呢?”

“绝望的人什么都不说,甚至也不说自己是绝望的人。”

“秦汉呢，秦汉是哪一种？”

“他嘛，他应该算是一个非凡的，失望者。”

“一个了不起的爱人？”

“也许吧。”

“像你一样？”

“不知道。我不知道我能不能像他那样，像爱一个异性那样爱一个同性，像爱一个美人那样爱一个丑人，甚至像爱一个好人那样爱一个不怎么样的家伙。”

“像爱一个好人那样爱一个坏人，这怎么可能？”

“否则还谈什么爱呢？否则，他会说，那就仅仅还是性，就还是漂亮或不漂亮的乳房，高贵或不高贵的裸体，圣洁或不圣洁的屁股……可连畜牲都是会在健壮和不健壮之间做出取舍的。”

“这不对！”

“怎么不对？”

“难道你不觉得这儿有什么问题？”

“什么问题？”

104. 有关 ED

有一天丁一跟娥说起了秦汉的独身，说他会不会是因为 ED？

“什么是 ED？”娥问。

“性无能的缩写，英文缩写。”

“我是说**什么**！是性无能？”

“这你不懂？”

“性交障碍，勃起困难，是吗？”

“不是吗？”丁一反问。

“那我问你，”娥说，“会交配的，性就一定不无能？”

“我不明白你想说什么？”

“你认为，性，仅仅就是性交吗？”

“那当然不。”

那种简单的事畜牲都会呀，哥们儿！猿鱼犬马都会！甚至于花草树木，都会！

娥说：“你还记得那个电影里，詹是怎么说的吗？”

……安问詹，你能为我做吗。詹说不行。安问为什么？詹说，因为我不能。不能还是不愿意？詹说**不愿意，所以不能**。你说过你并不**真的是**性无能呀。詹说不错。就是说你也跟别人做过爱？詹说当然。结果让你感觉羞耻，是吗？詹说不，我的问题不在这儿。**那，你的问题是什么？**……

娥说：“你认为詹的问题是什么？”

“是什么？”

“你还记得影片的最后，彼得对詹说了什么吗？”

“彼得说他跟伊莉莎白上过床。”

“而且是在詹跟伊莉莎白还好着的时候！”

“而且看样子詹早就知道了。”丁一说。

“对！”娥说，“彼得还以为他不知道呢，彼得还想用这个来报复詹，可其实詹早都知道了。而且正是因为这个，詹才离开了故乡的。所以我想，也是因为这个，詹才 ED 的。”

“秦汉呢，”丁一说，“秦汉也是因为这样的事吗？”

“他也许走得更要远些。”

“怎么回事？”

“说来话长。问题是詹，问题是詹这样的人，为什么会成了 ED？你还记得詹说过的一句话吗？——那种时候，我总是不能用语言来表达感情。他是指不能用俗常的话语来表达。他是说必须要用身体，用违背一切规则、不顾一切羞耻的性语言，或爱的仪式，来表达。也就是用赤裸的身体，来表达你放弃防范的心愿……”

“那话！”

娥一时莫名其妙：“那话？什么那话？”

丁一便——根据我的记忆和理解——把“那话（儿）”的历史和意蕴说给娥听。

“噢，棒极了！”娥喊道，“‘名可名，非常名’！语音和文字之外的话语，交流与沟通的另一种可能，素常言词难于企及的心愿！棒，棒透了！你想出来的？”

那丁嗫嚅，不敢贪天之功为己有——那可是古圣贤们的先知先觉呀！

娥说：“是呀，即便‘那话’，也已经让伊莉莎白给弄成了谎言，这才是詹最不能忍受的，才是他离家出走的原因，和他ED的原因！”

丁一：“所以他说‘我总觉得自己忍不住要说谎’。”

娥：“所以他说‘我已经不是以前的我了，这让我很难再和别人沟通’。”

丁一：“他是说：要是‘那话’也被滥用，还有什么不是谎言？还有什么能够让亚当和夏娃终于相认？”

娥：“他是说：要是一切语言都告失效，人不ED那才是有问题呢。”

丁一：“所以你说，ED的，很可能都是些伟大的失望者？”

娥：“你说，为什么，詹要拍那些录像？”

丁一：“是呀，安也是这么问的。”

娥：“他的心并没有死。他仍然盼望听到真话，尤其是在爱情中，那种极端的时刻，人们，真心想要说的，都是什么。”

丁一：“可当安真心向他表示爱情的时候，他却说‘我花了九年时间来构造我的生活，就是为了避免这种事’。”

娥：“也许他是想，不如就这么活在虚幻的真话里吧！他已经让真实的谎言给伤怕了。”

丁一:“秦汉也是这样吗?”

娥:“所以我说,ED 并不见得就是性无能。”

丁一于是想起那些千逢万遇但是千篇一律的日子,想起了曾经的疲惫与厌倦,想起了丁一之花的几度萎败——肉体是一条界线,你我是两座牢笼……可却一时想不起是从何时,是自何地,是因何事,这一朵失望的花已然又恢复了往日的激情与敏锐……

是因为夏娃呀!我提醒他,夏娃来到了娥,以及娥走近你丁一,我们才又重新看见了一个非凡的女人!

是因为你吗,娥?是因为你吗夏娃?

当然,当然。

但是你,可有什么不同寻常的地方呢?

啊,那你就再好好看看她吧!

赤裸的娥于是冲我们笑笑,移身窗前。窗外,夜正消散。在娥飘动的发丝旁,晨风正徐徐走过;在娥颀长的脖颈边,星辰正缓缓隐没;在娥迈动的双腿间,远山渐渐显其轮廓……我要是诗人我定要把这情景写成诗篇。但这诗情,尚不足以令丁一之花跳动。

娥在窗前的地板上坐下,在她挺耸的乳尖前面,晨曦正悄悄地亮起来。娥在窗前的地板上躺倒,在她蓬勃的毛丛上方,霞光正慢慢地辽阔。娥与丁一相互注视,近在咫尺又似远在天涯,寂静中嗡嗡然有了喧响……我要是画家我定要把这情景画下来。但这画意,似仍不够让丁一之花昂扬。

窗外,白昼就要到来。我担心这样的互望是否就要走到尽头,或就要到达极限?我担心,设若这样的互望年年月月,月月年年,会不会有一天也要魅力耗散?然而就当这时,不知是什么被风吹落地上,娥跪起来,挪动双膝,伏身去捡……啊,这一个不经意的动作!这一个无遮无拦的随意!这一种蒙昧未开的姿态或不知有羞的心流啊,忽令那朵沉垂的花感动至深,瞬间我即扶摇飞扬,丁一的原野亦随之春光普照、疾风密雨……疾风密雨在娥之沃土上激起震荡,激起放浪的呼喊或者狂野的嚎叫,激起夏娃存之千古的吟唱……

这是为什么?很久以来我都在想,这是因为什么?

有人学着爱上吸引他的人,而有人是越来越被所爱的人吸引。

密雨疾风之中,丁不见娥,娥不见丁……但我们却似一齐眺望得更为遥远,谛听得更为深彻,深得近乎抽象,近乎虚拟……唔,那已经不是我们的互相注视了,那是我们在一同眺望时间,眺望过去和未来,眺望童年,少年,青春和晚景,远山和飞霞,从生到死,再从死到生……那个不经意的瞬间仿佛把我们一下子带回了伊甸。那美妙的丰臀亦不再只是成熟的吸引,而恰恰是在诉说幼稚;那有形的隐秘亦不再是划出界线,而恰恰是在相告归来;那天赋的身形、肌肤、器官与欲望呵,是要你们一同回想往日的悠久,一同祈祷永在的未来……于是乎天界就会传来声音——从近乎抽象、近乎虚拟的地方传来:

We are the world, We are the children(我们是世界,我们是孩子)……

——这是我在丁一之旅中所听到过的,最动人的歌。

105. 性虐

有一天,丁一跟秦汉谈起了性虐。

秦汉:"你认为,那是怎么回事?"

丁一:"是一种,极端的,表达。"

秦汉:"等于没说。"

丁一:"是一种极端的,爱的形式。"

秦汉:"还是没说。不过得谢谢你没说那是变态。"

丁一:"那你说呢,咋回事?"

秦汉:“这可是娥的本行。别误会,我是说戏剧,戏剧是娥的本行。性虐,说到底是戏剧。”

丁一:“唔?有意思。”

秦汉:“有什么意思?”

丁一:“娥是说,戏剧的根本是可能性。”

秦汉:“可能什么?或者说,什么,可能了?”

丁一:“平时的不可能,在戏剧中,可能了。”

秦汉:“那么,在性虐中,是什么可能了呢?”

丁一:“当然是爱。”

秦汉:“当然又是废话!”

丁一:“一种极……极端的东西,可能了。”

秦汉:“对不起我还是得问,极端的什么东西,可能了?或者说极端的什么东西,原本是不可能的?”

丁一:“甘愿领教。”

秦汉:“我想欺辱你,可能吗?但现在可能了。你想控制我,可能吗?现在也可能。你不能在我面前丢面子,我不能在你面前失尊严,这些平时不可能的现在都可能了。但这不是主要的。主要的是所有这些欺辱、控制、丢面子、失尊严,所有这些所谓的‘虐’,从一开始双方就都知道那是假的,是仿真的,就像戏剧。戏剧,依我看全是象征主义的。现实主义在大街上。而象征使人联想,使人移情,使人期盼——啊,但愿在现实中也能是这样吧!现实如果也是这样,那有多好!现实中那些欺凌、屈辱和征服,会不会也是假的呢?现实中的那些争争战战最好都让它们是假的吧!在这个人间戏剧的末尾,让它们统统像噩梦一样地烟消云散吧……”

啊,这个秦汉!

秦汉:“但是,这可能吗?可是你看,现在——在性虐中或在戏剧中——这就是可能的,不仅是可能的而且是必要的!关键就在这儿。关键就在于,从一开始那就是戏剧,从一开始你就知道它必然会像噩梦般烟消云散,而雾去天开,必然会在那儿等待着你。因而,所有的'虐'都不激起仇恨,因为那些仿真的'仇恨'从一开始就注定了是要还原于爱的,还原于信任,还原于依恋。戏剧使不可能成为可能,而性虐——丁兄你说对了:是一种极端的戏剧,极端的盼望或梦想,是要把种种不可能,变成极端的可能;把种种极端的怨恨,极端地变成为爱情。"

啊,这个秦汉!

秦汉:"或者说,那是个模型,歧视的模型,恐惧的模型,欺凌或强权的模型,它模仿着仇恨的真,其实是享受着'仇恨'的假。也可以说是祈祷着'仇恨'的假,从而加倍地享受了爱情的真。其实所有的神话、传说,莫不如此。其实大团圆的故事所以魅力永在,也是这个原因。人的盼望,亘古不变的盼望,其实都是这样的逻辑。"

唔,这个秦汉什么都懂,可他为什么不相信希望呢?

丁一没理我。丁一的思路被这个秦汉牵得牢牢的:"那,为什么偏偏选择了**性**呢?偏偏是**性**虐待呢?"

秦汉:"因为,当性不再限于繁殖之后,性就成了最重要的**爱的仪式**。"

喂喂丁兄,如果前面那段引文是对的——(性)成为繁殖手段是后来的事,那么我想,性,很可能压根儿就是爱的仪式吧?

丁一还是没理我。这厮总是对枝节问题感兴趣,他问秦汉:"到底是戏剧,还是仪式?"

秦汉:"要我说嘛,戏剧,本来就是仪式。"

这家伙说得不错。在悠久的游历中我屡屡发现,大凡不看重仪式的地方,戏剧都在衰落;在祈祷不被看重的地方,想象力势必衰微——正像娥所说的:戏剧就会沦落为现实的复制。

"喂,丁兄,"秦汉忽似饶有兴致地问丁一,"所谓'舞台小世界，世界大舞台’，敝人倒有一事请教：这‘小世界’与‘大舞台’，最根本的区别是什么？”

“是什么？”

“你们这么喜欢戏剧，就没想过？”

“甭绕弯子，说！”

“依敝人之愚见，这‘小世界’中的角色嘛，都是知道结局的，而那‘大舞台’上的人呢，却多是浑浑噩噩，对命运一无觉察。”

“也许，也许是……是因为……”

“甭跟我说‘也许’。这儿没什么‘也许’，只有注定，人注定不是命运的对手，所以才叫‘命运’！‘也许’的，只有一点：我们不过是上帝写下的一出戏剧。”

“你真的这么认为？”

“真与不真倒不重要，重要的是人绝不肯接受这种可能。”

那丁听得发呆，发愣，发晕，完全彻底的一个“丈二和尚”。

秦汉双目微闭，慢慢地饮酒，仿佛这一盘人生之棋早让他参透胜负，眼下的时光嘛，只是看你应对残局的能力了——准确说是趣味。

丁一自然是想不清楚，云里雾里一潭浑水里似的，所以还是把话题转回到刚才吧：“秦兄，你相信，性，都是爱的仪式吗？”

“唔，好问题！”秦汉说。

随后他点上支烟，好像才刚刚来了兴致：“我是这样想的，性，可以是爱的仪式，也就可以是**粉碎**爱的仪式。”

丁一：“喔？比如说？”

秦汉：“嗯……你听说过画家Z吗？”

丁一：“谁？没有。”

秦汉：“O呢？你知道女教师O的事吗？”

丁一：“是不是莫名其妙地自杀了的那个？”

秦汉：“她叫什么？”

丁一:“不知道。”

秦汉:“那就不知道你说的是不是她了。O,可真是个谜。”

丁一:“不管是谁,你说说。”

秦汉:“好,不管是谁,你说的。”

丁一:“我说的。”

秦汉:“一言为定?”

丁一:“放心吧你。”

这时候萨来了。萨蹑手蹑脚地推开条门缝,一缕耀眼的猩红已然阳光般照亮了屋子——这回不是长裙,是红色的T恤和红色的田径短裤。

那丁暗自冲我“嘘”了一声说:怎么样哥们儿,咱的判断什么时候错过!他是指萨的田径裤。

萨买来一大篮子食品:蔬菜,水果,饮料,熟食,以及各种烹调作料。想必她也是在门外就听见我们的争论了,故而冲丁一悄然一笑,便顾自整理她那些食品去了——意思是:咱不打扰你们;或者:丁兄你不知道,从来如此,这家伙一发起宏论来就看不见我了。萨把饮料和熟食放进冰箱,把烹调作料一一摆进橱柜,水果留在篮子里,然后托着新鲜的蔬菜走进厨房,再穿过厨房走到阳台上去。明显她是这儿的常客。

这期间秦汉的目光一直跟着萨,表情嘛,实在说不上是满意。

丁一,喂,咱是不是应该走哇?/没事儿,没事儿。/可你看秦汉,好像不太高兴。/没事儿……

“刚才咱说到哪儿了?”秦汉收回目光。

“要不,”丁一说,“换个话题吧。”

“用不着用不着,萨可是个解放的女性。是不是,萨?”

萨在阳台上应道:“从目前的情况看,她很传统!”

“择择菜你就传统啦?你怎不说……”但秦汉收住了话头,转回身对丁一笑笑:“咱们好像是说到了……哦,那次自杀的事?”

“女教师 O,和画家 Z。”

秦汉把烟蒂按进烟缸,沉了沉才又说:“依你看,会不会有人傻到在自己家里,当自己的丈夫就在卧室里睡着的时候,在他随时都可能醒来的情况下,这个女人,就到隔壁的房间里去,与另一个男人偷情?”

丁一:“也可能,也可能会有。”

秦汉:“咱不说傻瓜,也不说浪妇,不说那种早就互相无所谓了的夫妻。据我所知 O 是个看重爱情的人。O 费尽周折才跟她的前夫离了婚,为的就是跟 Z 结婚。如果,后来,她发现跟 Z 也不行,也还是没有爱情,或者从来就不是爱情,那么,她,为什么不再离婚呢?离开 Z,不就完了?她干吗要做那样的事呢?她不是那种在婚姻上可以凑合,在性爱方面缺乏尊重的人呀?”

丁一:“你肯定这都是真的?”

秦汉:“假定是吧。而且咱们说好了的,不管是谁。”

丁一:“那,你认为是怎么回事呢?”

秦汉:“只有一个线索:O 至死都说她绝不会爱上那个第三者,就是传说跟她偷情的那个家伙。传说在她的遗书上,白纸黑字就这么写的。”

这时候我听见萨轻轻地走来,脚步声响过厨房,响过门厅,停在了秦汉身后。静了一会儿,然后听见萨急促并似有些紧张的声音:“O 还写道,在这个世界上,如果爱,她只爱 Z。”

“如果爱!”秦汉不看萨,但把话头接过去:“丁兄你听清楚:她是说**如果**爱!她是说在**这个**世界上!**在这个世界上如果爱**,她只爱 Z。”

丁一:“什么意思?”

秦汉:“只有一种解释。”

丁一:“说,别老是故弄玄虚!”

秦汉:“我怀疑她是存心要做那件事的。”

丁一:“存心？为什么？”

秦汉:“因为,那是一个**粉碎爱**的仪式。刚才我们说过了,性可以是爱的仪式也可以是粉碎爱的仪式。O 或者是要报复 Z,或者是要质疑所有的爱情。或者她对 Z 是爱恨交并,或者她对人间的爱情已经完全失望。”

丁一:“对那个第三者呢？”

秦汉:“哦,依我看那完全是嘲弄。不光是要嘲弄那个第三者,而是要嘲弄整个这世间的、所谓爱情!”

我注意到,此时萨的神情既专注又困惑,一会儿看看秦汉,一会儿看看丁一,一会儿又埋头抠着自己的指甲,仿佛同时在解着好几道难题。

秦汉:“我想,此前,一定发生过什么事。”

丁一:“什么事？”

秦汉:“一种,在 Z 看来无关宏旨,但对 O 来说却是性命攸关的事。”

丁一:“具体点儿说。”

秦汉:“那你就得去问 O 了,但是 O 已经死了。或者去问 Z,可是 Z 自那之后便不知去向。不过就算你找到 Z,他也未必说得清楚。因为,因为 Z 要是能够懂得 O,O 也就不至于去死了。”

这时我见萨仿佛一惊,猛地抬头,但并不持久,随即又缓缓地低垂下去。然后我见她转身离开。而丁一发现,不知何时萨已经换了一身素白的衣裙。

到底什么事呢？丁一问我。/我说:具体什么事,也许并不重要。

“对,具体什么事并不重要。”秦汉说,“但一定是有过什么事,而且未必是形而下,更可能是形而上的。”

丁一:“别跟我来哲学行不？说点儿人话!”

秦汉:“就是说,不是那些俗常的、具体的,比如说可以靠法律解决的东西，而是发生在心里的，绝望。爱也绝望，不爱还是绝望。就是说，人本身的，人生来就有的那种，绝望！”

丁一：“秦兄，你不是在说你自己吧？”

秦汉：“这事与我无关。不过这确实是我的理解，我的猜测。我的理解和我的猜测仅仅属于我自己，跟Z和O都无关，跟那件事也已经没什么关系了。”

丁一：“秦兄你越说越玄了。你真应该去学哲学。”

秦汉：“比如说我吧，我是什么？我就是我的理解，我就是我的记忆，我就是我的印象、我的思想、我的情绪……除此之外什么是我呢？你上哪儿找我去？再比如你，丁一，因为刚才说过的这些事，现在，你就又多出了一些记忆和印象了，对此你有怎样的理解和思绪那完全是你自己的事了。你有怎样的理解和思绪，这世上就会有个怎样理解着和思绪着的丁一，而那件事已经过去，像一个音符那样已经过去了，但它并不消失，它是在你的理解和思绪里延续，在很多人的记忆里延续，在一个个接踵而至的音符上延续、叠加、变幻，演成乐章。”

哈，他也是这样说的——音符和乐章！

丁一：“秦兄，这些年你是不是在研究哲学？”

秦汉：“那你就太轻看哲学了。我不过是个不能不有些想法，不能不有些思绪和猜想的人。”

行魂！没错儿，我的同道！就譬如此地一首民歌所唱：“凄厉的北风吹过，漫漫的黄沙掠过……我是一匹来自北方的狼……”那永远的行魂也正途经着凄厉北风，和漫漫黄沙，途经着秦汉。而且看来，那缕行魂跋涉得比我还要艰辛，游走得比我还要辽远。

“什么事呢？”丁一还是陷在对具体之事的猜想里，“依你想，Z和O，他们可能有什么事呢？”

秦汉舒展一下四肢，站起来四处走走，朝厨房里瞧瞧，故意大声说："嚯，这么多好东西，丁一你小子有口福！"

但厨房里只有切菜声，只有萨轻轻的哼唱，没有应答。我猜萨一定是在心里嘟囔呢：喂狗！

"不不，我还有事。"丁一说。

这厮还算有眼色，看出了萨的精心准备全是为了与秦汉共度——不敢说良宵吧，至少是盼望已久的好时光。

秦汉再度把尴尬掩饰成不经意，转回身对丁一说："比如性虐，你说那是一种极端的爱的形式，一般说来是的，但它也可以是一种极端的**恨**的形式。"

丁一："你说画家？"

秦汉："不管谁。"

丁一："对对，随便谁。"

秦汉："如果——我是说**如果**，施虐者不是享受其假，却是在欣赏其真，那他希望的就不是爱，不是恨的消失，而是征服的实现了。这一点谁最清楚？"

丁一："谁？"

秦汉："受虐者。"

丁一："女教师发现画家原来是这样，是吗？"

秦汉："不知道。我没说。我只知道我的猜想和我的疑问。现在我又知道了，你也有了某些猜想，和某些疑问。如此而已。"

丁一："所以你不结婚，是吗秦兄？"

秦汉："又来了又来了！再说一遍，这事与我无关。"

丁一："可你的全部印象才是你呀，怎么会与你无关？"

秦汉："我全部印象的一部分是：如果那种极端，在 Z 那儿并不是戏剧，而是现实，是强者的满足，是报复的模拟，那么 O，女教师 O 才可能说出那样的话。"

那天，直到我随丁一一同离开，萨再也没有露面，唯厨房里和阳台上晃动着她的身影，晃动着她断断续续地哼唱。

秦汉送丁一出门时,迎面又来了几位他的客人。

“正好,正好,”秦汉招呼着那几个人,“今天我这儿有好吃的。”

“冻饺子还是方便面?”

“不不,真正的晚饭!”

唉唉,丁一和我互相叹道,可怜的萨呀!

106. 史铁生插话

今天刚往电脑前一坐,那史便在我耳边叫嚣:“你真的相信有灵魂吗?”

“当然,”我说,“否则我是谁?”

“你是谁? 笑话,你除了是史铁生你还能是谁?”

“可我不只是史铁生啊!”

“何以见得?”

“因为我还可以是你所不是的,或你自以为不是的。我还知道你所不知道的,或者你知道但是你不愿意承认的。所以,我还在你不在的地方——因为不愿承认,因为无意和有意的忘记,而使你不在的地方。”

“灵魂! 我只问你灵魂是什么?”

“这我已经对丁一说过了。”

“灵魂是什么样子? 什么形态?”

“这我没法儿跟你说。”

“哈!”那史讪笑道,“为什么不能说?”

“不是不能说,是没法儿说。因为语言是灵魂的创造,创造者就一定比被创造者大;你认为浪,可以说得清水吗? 云,可能说得清风吗?”

那史遂低头不语。

“但是，”我说，“浪是水的一种表达，云是风的一项证明。”

“证明什么？”

“证明那辽阔之在的确凿。”

“你在那儿？”那史又眯起眼睛，一脸的不屑。

“有限以其无限的行旅，而在无限之中。”

107. 戏剧一种：陌生与间隔

舞台还是那样的舞台，即约定的时间，和约定的那一种愿望。演员和导演也还是他们俩，丁一和秦娥；包括编剧。

剧本都在心里。情节、对话都不确定，但都在心里。

这样的戏剧令人激动。

夕阳令人激动。因为黑夜即将来临，白昼，像一群群归巢的鸟儿渐渐安静下来，或融入夜幕而不知去向。

不需要道具。灯光、布景、化装一概都不需要，只要把屋子腾空。只在地上画两条直线，一横一竖如同一个“丁”字把地面分成三块。

“你看这样行吗？”丁一问。

娥说：“行吧。”

娥说：“好，就这样。”

然后她把横线两端各踩开一个缺口：“这是门。”意思是没有缺口的地方都是墙。

然后，两个人在“墙”外，或“门”外，各从一端，衣冠楚楚地迎面走来。

“这是在街上。”娥用脚尖点点横线以外的地面。

“人很多。”丁一示意四周。

"对,而且都是别人。"

两个人擦肩而过。

两个人再次擦肩而过,侧身,甚至互相看一眼,但"素昧平生"。

"我说过,你会是个好演员的。"娥轻声赞许,冲丁一微微一笑。

丁一目不斜视:"岂止!"

几个来回之后,娥站住,把丁一也拉过来站在她旁边。

"啥意思?"

"车站。他们俩很可能在一个什么车站上见过,就像这样,挨得很近。"

"而且,他注意过她。"丁一看着娥。

"是吗? 怎么会呢?"

"甚至,可能,跟踪过她。"

"真的呀,你?"

"应该算是真的。"丁一指指自己的心口,"按佛家的说法,心生恨怨就已经算动了杀机。"

"为什么呢?"

"你是说恨怨?"

"不,我是说你为什么跟踪她呢?"

"这还用说吗? 因为,因为她的优雅,端庄,风度非凡。"

"那时他就有了'邪'念?"

"没有。真的。没敢有。"

那厮一本正经的样子让娥忍俊不禁。

"嘘——"丁一提醒娥,"这是街上,咱俩不认识。"

俩人背靠着墙,肩并肩地坐下来,意思是已经在公交车上了。女人尽量保持着距离。男人目不斜视。

"要不要,"娥说,"我们都另外起个名字?"

“喔,画蛇添足。再说也没有观众。”

“那,我们就,互为观众?”

“嘿,这话棒!”

然后又像似在人山人海里了;两个人下得车来,步履匆匆,神情持重,甚或是冷漠。

丁一:“这话不光棒,好像还……还另有深意。”

娥:“深意何在?”

丁一:“是不是说,互相欣赏?”

娥:“嗯……但好像还不够。单单‘欣赏’好像还不够。”

接着他们各自走到了“自家门前”,即横线两端的缺口处,站一会儿,然后进“门”。

进门后,娥又用脚尖点点那道竖线,并在其垂直的上方做一个拍击的动作:“记住,这是墙,从现在起谁也看不见谁啦。”

那丁置若罔闻。

“听见没有?”

“应该也听不见!”

娥嗔骂一句,自然是赞赏的语气。

丁一进到“自己的房间”里,扔掉背包,脱去风衣以及拘谨的表情,一跟头栽进沙发[注:并无沙发,只不过是墙脚。后凡言及器物,均为虚拟],闭目,喘息,然后摸出支烟来,点上,跷起二郎腿,吹出长长的一缕烟流……一个劳累了一整天的单身汉,透着孤独,与茫然。

娥由衷地笑笑,然后让自己严肃起来,不,应该是随意起来。比如说表情和身体都松弛下来。比如说甩掉高跟鞋,也不急着换拖鞋,甚至于连丝袜也扒下来扔到一边去,就那么光着脚丫。

丁一在横线的那一边喷云吐雾。

“下面呢,”娥低声问,“下面该是什么了?”

"他在想女人,"丁一说,语气就像戏剧中的内心独白,"一个素不相识的女人。比如说,就是刚才跟他肩并肩坐在公交车上的那个女人。他在想她。想她的优雅,端庄。想她在家里一个人的时候是不是也那么骄傲,目中无人?这些非凡的女人是不是永远都那么矜持,警惕,让人看不懂?"

娥领会了丁一的意思,开始脱衣。

脱得坦然,也可以说草率,一件一件都扔到床上,甚至掉落在地上。

然后她赤裸着坐一会儿,想一点什么心事。然后走进"卫生间",模仿沐浴,沐浴之前的种种动作,以及之后的轻松,舒坦……比如说无比享受地翻看一本通俗读物。——细节,是呀,细节一定要真实,而剧情要的是可能。这一幕需要缓慢,不厌其烦,要放任光阴,挥霍美妙。每一个细节都不放过:高贵而且平凡,放任,但是平安。

或还可以有一首童年的歌,娥轻声地哼唱:"啊五月,快来吧亲爱的五月,让我们去游玩……田野换上了绿装……去小河旁,看紫罗兰开放……"

丁一坐起来,侧耳静听,然后走到那条竖线前,看。

"啊,亲爱的五月,去小河旁……嗨,那是墙!"娥提醒他。

"嘘——"丁一说,"这是他的想象,没有什么墙能够挡住一个人的想象。"

"那,我呢?"

"她一无所知。她要继续她的自由,放任,和挥霍。她要肆无忌惮地袒露她的一切。因为这是一个男人的想象。在舞台的另一边你演出着他的想象,演出着他的心愿和他的'邪'念。那个优雅的旅伴,公交车上那个冷丽的女子,此刻她在被她漠视的那个男人的想象中:她美妙的丰臀一点儿也不躲闪,也不遮挡,不畏惧更不会羞惭;羞惭,那才是有了邪念呢懂吗?她甚至……甚至可以坦坦然然大模大样地放个响屁。”

“去你的!”

“你不像个好的戏剧工作者。”

“可我没有。”

“屁,也是语言你懂吗?一种不能对外人说的话。有本叫作《尴尬的气味》的书,说在某些部落,可以容忍其成员在自己人面前放屁,但要是在外人面前就要被放逐。”

“可是我现在真的是没有哇。”

“这样说就好多了;没有,那是另外的问题。但现在你是他的想象,是他愿望中的自由和梦想中的贴近……他希望那个仪态端庄的女人实际也是像他一样地平凡,俗常,千万别那么冷峻,别那么矜持……当然当然,还是得优雅,端庄,优雅端庄但又要平凡,俗常……那样才有希望。那样,一个孤独并且自惭形秽的男人才有了希望,才能够希望,才可以想象……”

娥蹲下身去,抱住双腿。

长发铺垂在膝前。

从脖颈直到臀尖,呈一条美妙的弧线。这弧线让人想起孩子,想起母腹中的胎儿,想起生命的开始,从无到有的这个世界……是的,一旦那条美妙的弧线展开,便要随之展开一个疏离的历史,一种危险的处境,一条寻梦的长途,或是艰难的恒旅……

“然而每一个人,都注定是要走进这历史的。”丁一说着,几乎没有语气,不再像独白,倒更像是画外的解说或是冥冥之中传来的教诲,“而一个美好的女子,她嘛,她应该欣赏自己,赞叹自己。不要像男人那么愚蠢,那样争着去做强者,做那些他们不得已而做的蠢事……而一个优雅又平凡的女人才是这个世界不可或缺的希望,是一个伟大的寓言,或征兆!所以,所以她要走到镜子前面去,在深夜,在白昼安歇下来或者昏死过去的时刻,在寂静中或者在月光里,一心一意赞美这天之造物,一心一意思念上帝的嘱托……男人们难免都会疯狂，而女人是顺水漂来的灵啊！她们要看护这些不知好歹的小子，要让他们回来，要让他们懂得回来，回到那个最初的地方，并且懂得赞美，懂得跪拜在女人面前而不是懂得羞耻……”

喔，好一个丁一！说得好，真是说得好哇！我没有白白地来到你！我不敢说未来终会怎样，但眼下，我知道我与那丁已然合而为一。上帝的灵走在水面，永远的行魂正盈满丁一，就像荒原已是成熟之季，就像那白色的大鸟已然羽翼丰满，自由，矫健，谦恭并且浪漫，乘风飞翔，御风飞翔……

娥开始落泪，开始入戏。

夏娃于是或行或止，无忌无碍。

即便是孑身伫立，在丁一来看娥与夏娃也是曼妙如舞！即便是默坐呆望，在丁一看来娥与夏娃也是呐喊如歌……

“来呀，”娥喊他，“快来呀！”

“可是，这墙？”丁一故作犹豫地指指那条竖线。

“但这也是一个女人的想象，”娥向他张开双臂，“你要演出我的想象，墙就不是你的阻碍！”

丁一一个箭步冲过“墙”去。

随后的一切，你去想象吧，无论是优雅还是狂浪，必都是舞蹈，必都是歌唱，必都是梦愿与呼唤，必都是心魂在肉身之外的相遇……

可这情景不有些滑稽吗，一个衣冠楚楚，一个赤裸坦然？但当他们移步镜前，那情景却意外地令人怦然心动，令人感恩戴德：在娥与丁一的身后，或衣冠楚楚与坦然赤裸之间，一缕天光悄然铺展，好似天堂的窄门敞开，好似伊甸之风正吹入人间……两个人并肩伫望，良久无言，但心里是同样的一句话：你可见过这样的平安？你可见过吗，这样可笑却又是这样地平安？

——唔唔,我见过,我见过！在一幅题为《草地上的午餐》①的画作中我见过:一个赤裸的女人,和两个衣冠楚楚的男人,围坐在林间的草地上,怡然自得地小憩,交谈;不远处的小溪中还有一个女人,撩起裙裾,正自弯腰戏水……一幅多么安详的图景,多么震撼人心的和平！他们是谁,他们都是谁？是在何时何地？是那位画家早已梦见了此丁此娥,还是这亘古的心愿从未断灭,至今以至永远都会是这人间的梦？

108.无标题

当他们气喘吁吁躺倒在地板上时,娥说:"然后呢?"

"什么然后?"

"结尾呀？一个好的结尾,对一出戏来说是再重要不过了。"

"噢,结尾嘛……有人敲门!"丁一猛想起不久前的那个"无墙之夜"。

娥一惊,坐起来,冲着门口问:"谁呀?"

没人应。

"可能是邮递员。"

"是吗?"娥侧耳再听。

"还不赶紧去看看?"

娥慌忙地到处找衣服。

那丁忍俊不禁:"不是现在,我是说结尾。"

"结尾?"

---

① 此画为法国画家爱德华·马奈所作。《剑桥艺术史》中有这样的评论:"作品把裸体女人放在穿衣服的男人们身边,因此被看作很不得体,严重地冲击着时人的感情。"

"咱不是在说戏剧的结尾吗?"

"咳,你吓死我了!"

"你那么胆儿小?"

"废话,你看我这样子!"

"这样子有啥不好,尤其要是坐在'街'上?"丁一拍拍身旁的地面——不知何时他们已经滚到那条横线之外了。

娥开怀大笑,索性跳起来,踩住那条横线喊:"岂止是坐在'街'上? 我还要站在'墙上'!"

109. 剧本《空墙之夜》

随后丁一写了个剧本,就叫《空墙之夜》。

"不过呢,"他对娥说,"这回可不止两个角色了。"

"哈,"娥笑道,"那就怕它永远只能是个剧本啦。"

"为什么?"

"你说为什么? 除非你妻妾成群,或者我人皆可夫。"

俩人笑了一会儿,丁一开始讲他的构想。

"在我活得最无聊的那些日子里,我常一个人离开家,一天一天地到处乱走,走到哪儿算哪儿,累了歇一会儿,歇够了再走。歇着的时候我就盯着随便哪座楼房半天半天地看,觉得真是神秘。不知道你这样看过没有?"

"嗯,你说。"

"你要是看过你就会觉得神秘,而且滑稽,而且这人间真是悲哀。一个个窗口,一盏盏灯光,紧闭的窗帘后面毫无疑问各有各的故事,一家一家正在上演着不同的剧目。一排排一摞摞的窗口紧挨着,你觉得他们离得是多么近哪! 可实际呢,你知道,却是离得非常非常远,远得甚至永远都不能互相找到。"

娥捧一杯茶，坐进藤椅："嗯，接着说。"

"要是没有那面十几公分最多几十公分厚的墙，你想会怎样？你就会看见两边的人其实经常就是那么面对面地坐着，眼对眼地看着，甚至床挨床地躺着，睡着……你甚至要担心他们的梦会搅到一块儿去，互相影响，互相交织，混淆成一个。可实际上，你要想绕过那道墙真是谈何容易，你就算翻山越岭绕着地球走上一圈儿你也未必就能走到隔壁。你可以十几个小时就到非洲，就到南极，可你敢说你用多长时间就能走到隔壁吗？你到南极跟企鹅亲密亲密也许倒要容易得多，到太空，到别的星球上去走一走也并非是不可能，可你要想走到隔壁，走到成天跟你面对面坐着的那个人跟前，你以为你肯定能吗？也许你走一辈子都走不到！"

"好想法。"娥说。

"什么'我们的世界'，什么'同在一片蓝天下'，其实你不过是在一条莫名其妙的路上走了一趟，一条极其狭窄的路！一条条，一条条，有些曲曲折折偶尔相交，有些纠纠缠缠若即若离，有些南辕北辙老死不相往来。"

（丁一此语颇得史铁生赞同，他便忍不住又插嘴："是呀比如我，偌大个北京我可不敢说我是北京人，我曾经不过是北新桥人，后来是雍和宫人，现在是水碓子人。①"我说那都未必，水碓子你都走遍过吗？我说："我只敢说我曾经到过丁一，现在呢，正途经你。"）

"但也可以非常非常的大！"丁一对娥说，"你的想象，你的愿望，你的魂游梦走，你的谑浪笑傲……可以带你走得非常非常远，意想不到的辽阔！"

好哇丁一！我再次暗暗赞叹，赞叹他终于看到了这一点：我能走到的地方绝不限于你能够走到的地方，正如夏娃的游历也绝非

① 北新桥、雍和宫、水碓子，均为北京的街道名称。

娥所能及。

“比如说呢?”娥从丁一手里夺过剧本,有些急不可待。

“比如说第一场是在傍晚,”丁一在屋子里来来回回地走,兴奋得仿佛一头困兽,“或者再晚些也可以,总之天还没有太黑,这时人们的心情都还没有脱离白昼,还在必须要遵守的白昼的规则里。

“整个舞台就好比是一处民居,一座住宅楼。但没有墙。但还是要有些横线、竖线代表墙,严格意义上的墙。就像马路上那些实线,你要是开车压了它警察会怎么说?‘嘿!本子,还有车,都撂这儿吧。什么,你有急事儿?有急事儿你就往墙上撞吗?再说你这车也开不了啦,废话,撞了墙能不坏吗?’你绝不能跟警察争辩说你其实什么也没撞着,车也哪儿都没坏,因为从后果上看你的车就是坏了,坏不坏的反正是先甭走了。——就像这样,墙,横着竖着在舞台上隔开七八个至少五六个单元。

“这第一场嘛,我想就叫‘**近而远**’。当然,那些横横竖竖的线并不真的是墙,只不过是些横横竖竖的概念。其实所有的墙都不过是一种概念。墙是人造的,人要推倒它还不容易吗?但是不容易,真要推倒它实际上是办不到的,就像实际上你那辆车反正是先甭走了。”

“棒极了,”娥说,“肯定有戏。”

“我做过一个梦:我背靠一面楼墙坐着,忽然背后一空,回头看时只见那楼的墙壁一下子都不见了,楼里的人们高居低住,左右相邻,该干吗的还在干吗,对墙的消失一无觉察……尽管如此,你还是能看出空墙的所在,还是能看出一道道无形的隔离。为什么?因为人的表情啊,因为人的行径,从人们举手投足的变化中你仍然能看出,墙其实还在。比如说神态自若的,即可料定是在四壁严密的围护之中。比如说神情骤变、谈笑忽然不像刚才的,那就是说他已经越墙而过,到了另外的场合。你不仅能看出空墙的所在,你甚至还能看出那一道道隔离的轻重不同,有些比较宽松,无所谓,有些就要严格得多,必须一丝不苟。比如说越过此一道隔离,你只需穿上短裤,而越过彼一道隔离呢,就务必得衣冠齐整,笑貌可掬。你会发现只有独处中的人才有彻底的解放,或者说是,最大程度的自由。"

"好戏,好戏。"娥轻轻地、但是夸张地鼓掌。

丁一说:"就比如'裸体之衣',现在这叫作'空墙之壁'!"

丁一说:"其实到处都是'空墙之壁'。我们更多的时候都是走在'空墙之壁'中间!在大街上,在商场里,人山人海万头攒动,无论在哪儿吧,甚至是举杯席间,满座高朋,你仍然可能是在空墙透壁之间。"

丁一说:"所以人要有个家。家呀!你会说家是多么好哇,没有别人,没有别人的干扰,没有别人的注目和挑剔,在一面面由砖石构筑或者由概念竖立起来的墙的遮蔽下,围护下,大家都可以自由,平安,可以随心所欲。但是!真的是这样吗?请看第二场吧——

"第二场反过来,叫作'**远与近**'。当夜幕降临,万籁俱寂,当人间进入了梦界,戏才真正开始,或者说真正的戏剧这才开始。这时候你看吧,即便现实中人们离得很远,但在梦里,人们是怎样地渴望着靠近。这时候,整个舞台上都是梦魂,都是盼望。让我们看看哪一种更真吧,是白昼还是黑夜?是现实还是梦愿?是墙壁隔离中的行为更真?是概念限制下的坦然更真?还是那出人意料的梦愿才更道出了我们的真情,与真愿!"

"好,真是太好了!"娥已经听得入迷。

丁一继续说:"到底哪是真,哪是幻?凭什么限制中的行为被认作'真',不受束缚的心愿倒被说成是'幻'?如果前者已经被命名为'真实',那我们何妨把后者命名为'真愿'呢!咱们就来演出这真愿吧。如果这真愿从古到今只能在黑夜里潜行,那现在就让他们和她们在戏剧之光的照耀下名正言顺地行其所愿吧。就像你常说的，让我们把不可能变成可能，让不现实在这儿实现！”

“啊，”娥叫道，“这简直太精彩了！”

“而且会非常非常的丰富！”丁一说。

“是的是的，”娥说，“这里面的**可能性**实在是太多太多了。”

“现实中有多少不可能，这儿就有多少可能！”丁一说。

“那我看，”娥说，“剧本写到这儿就已经够了。”

“没错儿，一切要都是即兴的那才够味儿！”

“要是……我是说，要是所有的角色都由真人来演，那才叫棒哪！”

“由现实中的人，演他们自己？”

“对呀？”

“就是说，平时他们都在别处，‘衣’呀‘墙’呀地遵守着现实规则……”

“而一旦来到这儿，他们就进入了戏剧……”

“就进入了梦界，就可以肆无忌惮地实现在别处不可能实现的东西了……”

“没错儿！就可以实现他们想做又不敢做的，想说又不敢说的了……”

“没错儿，没错儿。”

“你看还有什么问题没有？”

“什么问题？没有，没问题。这样的戏剧，意义就在于没问题，没有那么多乱七八糟的规矩，按你真确的心愿去做就全对了。”

“真是太棒了，真是……”

“史无前例！”

“那么按你的设想，比如说，都有什么样的角色？”

丁一说：“比如一个孤独又自卑的少年，这样的少年通常会给人怯懦的印象,其实不然,其实他欲念横生!比如说他早就暗恋着一个女人,一个成熟的女人,他常常眺望她的窗口,注视她的行息坐卧,甚至知道她有几套出行的衣裙,但她从来就没发现过他,压根儿就没注意到这个男孩的存在。甚至可以是这样:他所以迷恋她,正是因为她从来都不发现他!而现在,他走进了那个他心仪已久的房间,走到了那个女人的近前——梦,或者戏剧,给了他这样的机会,这样的勇气,甚至可以说是给了他这样的权利……"

娥:"还可以有一对旧情人,不管是什么原因吧他们一度相弃相仇,可其实呢,他们一直都互相念念难忘,于是在这儿,在戏剧所赋予的可能性中他们终于重逢,在梦愿所开辟的自由之中,他们坦诚相见……"

丁一:"是的,正如上帝给了人生的权利,戏剧则给了人随心所爱的权利。在这儿,在这种时刻,在这样的约定中,少年心仪已久的那个房间已不能再拒绝他,那个优雅、高傲的女人也不能再厌弃他,不能再不注意他,就像你不能阻止一个人的梦想那样……"

娥:"对极了!这儿的规则就是:梦即现实。梦曾经怎样,你就可以怎样;梦有怎样的可能,你们就可以有怎样的行动;你梦中的他是怎样,这戏剧中的他就要怎样。这样,在分别许多年之后,在这个梦愿弥漫的'无墙之夜',他们就能够无拘无碍地坦言往事了……"

丁一:"是呀,这样,他心仪已久的那个人,就能像他梦见的那样,听他诉说少年的孤苦与无告了……"

娥:"一切往日的恩恩怨怨,也就都会消散,都被推开在戏剧之外,都被扔进现实的垃圾堆……就好像他跟她,重新回到了从前,回到那种无猜无忌的时光,回到了伊甸……"

丁一:"那素白的衣裙也就不会再飘荡得那么高傲,那么可望而不可及了。那个少年也才能够长大……我是说,当那傲慢的衣裙水波一样地脱落之时,那个孤独又自卑的少年才会成熟……"

娥:“就像詹所说的那样:只有有肉体关系的人互相才可能有深刻的了解。否则,你不可能给对方什么有益的忠告……”

丁一:“但那已经不是春梦了,那是成熟的戏剧。我们一直渴望这样的戏剧。但在白天,在这儿和那儿,在一生中最多的时间里我们却演着多么滥糟的角色!就像那些蹩脚的导演,找来个俗套连篇的本子还在说什么‘戏剧是我生命的需要’,吆三喝四地指导你,纠正你。他们只认得白昼,他们看不懂黑夜……”

娥:“而对于一对重逢的旧情人来说,我想,虽然那时他们都已经老了,甚至已经很老了,但那梦寐以求的赤诚相见,仍会像年轻时一样动人……”

是呀,有一首歌是这样唱的:人们都说我日见苍老,梅姬,如今步履难移。岁月像支无情的笔,在我脸上写下痕迹。他们称我们是老人了,梅姬,像泡沫被浪花冲洗,但你依旧还像从前那样年轻和美丽……我们歌唱幸福的往昔,梅姬,歌唱我们年轻的过去……

110. 引文:比如秋风,比如写作

夏日将尽,阳光悄然走进屋里,所有随它移动的影子都似陷入了回忆。那时在远处,北方的天边,远得近乎抽象的地方,仔细听,会有些极细微的骚动正仿佛站成一排拉开一线,嗡嗡嘤嘤跃跃欲试,那就是最初的秋风,是秋风正在起程。

近处的一切都还没有什么变化。人们都还穿着短衫,摇着蒲扇,暑气未消草木也还是一片葱茏。唯昆虫们似有觉察,迫于秋天的临近,低吟高唱不舍昼夜。

在随后的日子里,你继续听,远方的声音逐日地将有所不同:像在跳跃,或是谈笑,舒然坦荡阔步而行,仿佛歧路相遇时的寒暄问候,然后同赴一个约会。秋风,绝非肃杀之气,那是一群成长着

的魂灵,成长着,由远而近一路壮大。

秋风的行进不可阻挡,逼迫得太阳也收敛了它的宠溺,于是乎草枯叶败落木萧萧,所有的躯体也都随之枯弱,所有的肉身都遇到了麻烦。强大的本能,天赋的才华,旺盛的精力,张狂的欲望和意志,都不得不放弃了以往的自负,以往的自负顷刻间都有了疑问。心魂从而被凸显出来。

因而秋天,是写作的季节。

是听懂了歌唱的季节。

呢喃的絮语代替了疯狂的摇滚,流浪的人从哪儿出发又回到了哪儿。

天与地,山和水,以至人的心里,都在秋风凛然的脚步下变得空阔、安闲。

落叶飘零。

或有绵绵秋雨。

成熟的恋人抑或年老的歌手,望断天涯。

望穿秋水。

望穿了那一条肉体的界线。

那时心魂在肉体之外相遇,目光漫漶得遥远。

万物萧疏,满目凋敝。强悍的肉身落满历史的印迹,天赋的才华闻到了死亡的气息,因而灵魂破壁而出,欲望皈依了梦想。

本能,锤炼成爱的祭奠——性,得禀天意。

细雨唏嘘如歌。

落叶曼妙如舞。

衰老的恋人抑或垂死的歌手,随心所欲。

相互摸索,颤抖的双手仿佛核对遗忘的秘语。

相互抚慰,枯槁的身形如同清点丢失的凭据。

这一向你都在哪儿呀!

——群山再度响遍回声。呼唤终于有了应答:

我，就是你遗忘的秘语。

你，便是我丢失的凭据。

今夕何年？

生死无忌。

秋天，是写作的季节。（史铁生的《比如摇滚与写作》）

111. 引文：再比如秋天，一直到冬天

秋天，一直到冬天，都是写作的季节。

一直到死亡。

一直到尘埃埋没了时间，时间封存了往日的波澜。

那时，一个老人，走来喧嚣的歌厅，走到沸腾的广场，坐进角落，坐在一个迟暮之人应该坐的地方，感动于春风从未停歇。

感动于又一代人到了时候。——不管他们以什么形式，什么姿态，以怎样的狂妄与极端，老人都已了如指掌。

不管是怎样地嘶喊，怎样地奔突和无奈，老人知道那不是错误。

你要春天也去谛听秋风吗？难道要少男少女也去看望死亡？不，他们刚刚从那儿醒来。上帝要他们涉过忘川为的是重塑一个四季，重申一条旅程。

他们如期而至。

他们务必要搅动起春天，以其狂热，以其嚣张，风情万种放浪不羁，而后去经历无数夏天中的一个；经历生命的张扬，本能的怂恿，爱的折磨，以及才华横溢却因那肉体的界线而束手无策……以期在漫长夏天的末尾，能够听见秋风。

而这位老人，却走向他必然的墓地。披一身秋风走向原野，看

稻谷金黄，听熟透的果实砰然落地，闻浩瀚的葵林掀动起浪浪香风……

然后冬天到了，原野一片旷然。

鸟群向南迁徙。

生命蛰伏于地下，心魂走向天际。

走向无限。

但无限不可抵达，心魂汇合于永恒之路——

上帝的灵，运行于水面。

又一个轮回。

又一次分离。

迁徙的鸟群承诺归来，这轮轮回回的分离——

承诺寻找，承诺爱的戏剧。（史铁生的《比如摇滚与写作》）

112. 丁一的鬼心眼儿

丁一憨蛮，鲁莽，但鬼心眼儿一点不比谁少。比如，剧本《空墙之夜》他从未向秦汉透露半点，却拣个秦汉不在场的机会单单地拿给萨看。对此我觉得有必要多说几句了：此事看似不大，说重了是这厮不够朋友，说轻些便是男人们（或同性间）一种本能的狭隘。但这狭隘若潜伏下来，失之看管，其后果很可能恰与《空墙之夜》的理想背道而驰。设若一旦气候合适，这看似无足轻重的狭隘就可能膨胀，膨胀……膨胀到终于丧失理智也未可知——就像前面提到的“蝴蝶效应”，不知会把我的丁一之旅引向何方。喂丁兄，你听见没有？但那厮的注意力此刻全在萨身上，对我的提醒不屑一顾。唉，等着瞧吧。

“你写的？”萨捧定那剧本问。

“是，我写的。”

萨坐在草地上，先不过是出于客气，一目十行地翻翻，但很快就读得认真起来，读得迷惑、诧异，双眉紧蹙。

丁一挨着萨坐下，伸腿，腿明显比萨的要短；屈膝，膝也还是不如萨的高。

“萨，凭你这身材，应该练过田径吧？”

“是呀，怎么啦？”

“短跑？”

“短跑也练过，后来改了项。”

“改了跳远？”

萨从剧本上挑起眼睛来看他：“你怎么知道？”

“看得出来。”

“从哪儿？”

“身材。”

萨的目光又落回剧本，停一会儿，再滑落到剧本下面那两条秀美的长腿上。然后她换个姿势，下巴支在膝盖上，剧本摊开在两脚中间，继续一页一页地翻看。

丁一乘机跟我说：论身材，娥还真是不如萨。／我说：哥们儿你又想什么呢？／没没，没想啥。／那你这话啥意思？／没啥意思，真的真的。那你说，我啥意思？／我说：我只知道大凡一句话，不可能没来由。／丁一有点恼羞成怒：KAO我就那么一说，陈述句，陈述一个事实而已！

萨又从剧本上抬起头来，迷惑地看着丁一：“啥意思呀，你这都是？”

那厮一惊，愣半天才醒过闷儿来：“噢噢，你是说这剧本呀？”

“你是说什么？”

“哦，哦对，我也是说……说这剧本。”

草地上，野花泼泼洒洒。天空中，云缕纠纠缠缠。阳光一忽儿灿烂，一忽儿暗淡。远山一忽儿鲜明如在近前，一忽儿又是云遮霞罩一片朦胧。

“说呀。”萨的目光又从剧本挪向丁一。

“哦,是是,说什么?”

“这剧本呀?”

“哦对,剧本,这剧本嘛……娥说这剧本就怕永远只能是个剧本了。”

“这我不管。”

“那,那说什么?”

萨望着丁一,由衷而且温柔地笑笑:“我是说这剧本啥意思?到底想说什么?”

哈！我倒是忽然明白了一件事:此丁所以常得女性之青睐,大半与其自然而然的憨傻有关。换句话说:我由此丁而发现,男人之恰如其分地神不守舍,词不达意,或笨嘴拙舌,不啻是赢得良善女子之好感的一具法宝！或者直说了吧:我料此丁与萨难免又要来一回爱河双坠了,虽说迄今还都是在有意无意之间。

草地上,阳光、云影不住地变幻。丁一给萨一场一幕地讲他的《空墙之夜》,讲他的设想,讲他曾经对娥讲过的那些话,当然是有分有寸,有所割舍。

听着听着萨没了动静。

“萨?”

萨双目低垂。

“萨?”

萨似心在别处。

“萨你怎么啦?”

萨这才吁一口气,两腿平伸,两臂向后支撑住身子,看天。天上的云丝丝块块,纠纠缠缠,正所谓“白云苍狗”。萨喟叹连连。

“咳,”那丁说,“我这都是些不着边际的想法,好不好的你都别在意。”

萨轻轻地摇头,意思是:不不,也许这剧本真是写得挺好。尤其是对“远而近”和“近而远”,萨似感慨颇多。萨说“这可真像是我跟他啊”。

“跟谁?”

萨看看丁一,不回答,意思是:你不知道?你不会不知道。

萨说:“不管你离他多么近,你总好像还是离他非常远,非常非常远。”

萨说:“你好像永远也不能走近他,永远也走不到他跟前,走不进他心里去。”

萨说:“不管你离他多么近,多么近,你还是看不清他。”

萨说:“我常梦见我追着他跑哇跑哇跑哇,跑得都快累死了,可他还是那么不远不近地在你前头慢慢儿地走。要不就是,你好不容易追上他了,看看他,身形、动作、话音甚至气味都对,什么什么都对,啊,我心说我可算追上你了!我心说我可算是把你给找到了!可是……可是你却看不清他的脸。你就是看不清他的脸。手也是他的手,脚也是他的脚,衣服也是他常穿的那件衣服,可你就是看不清他的脸,看不清他的表情。甚至眼睛也是他的眼睛,鼻子、嘴也是那么熟悉,可放到一块却又好像不是他了。”

萨问丁一:“你怎么看他——秦汉?”

萨问丁一:“作为多年的老朋友,在你眼里,他到底是个什么样的人?”

萨说:“可能我跟他注定是没缘分。就像有支歌里唱的,你知道那首歌吗?”

“不知你说的哪首?”

萨先是说:“千万里我追寻着你,可是你却并不在意。我已经变得不再是我,可是你却依然是你。”接着便轻声地哼唱:“time and time again,I ask myself, 问自己,到底爱不爱你……”

我听出来了,这就是那天她在厨房里独自哼唱的歌。

萨说："电影嘛，演演罢了，可我真的是这样啊！哪止是 time and time again 呀，至少是几百几千次了我问我自己，我到底是不是真的爱他？"

丁一说："你了解他吗？我是说全面地，你全面地了解他吗？"

不料萨却怒了："你呢？你全面了解他吗？你们所有的人，都全面了解他吗？我告诉你们吧：他男人女人都爱！他丑的美的都爱！**他爱所有的人**。他说爱，就得是爱所有的人，否则就不是爱，否则就仅仅是性。告诉你们吧：谁是圣徒？他就是！你们注意到他家里了吗，除了些书、录像带和影碟之外，还有什么？你注意了吗？你一定以为我买了那么多吃的东西是为了这个那个，那个这个，告诉你吧，不是，全不是！仅仅是因为他没有，他只有冻饺子和方便面！"

丁一和我有如面面相觑。我说：*是呀是呀我说过，万古行魂在秦汉那儿更是经历得艰难，游走得辽阔，现在还要加上美丽。／美丽的，丁一说：还有萨。*

"你们最不理解他的，"萨说，"你知道是什么吗？"

"是什么？"

"是好些人都以为他是同性恋，连娥都这样以为！"

"他不是吗？"

"当然不是！"

"那他，为什么……"

"为什么为！他只是不想跟你们解释。他只是不像好些人那样歧视同性恋。他说歧视同性恋的人，实在是因为不懂得爱！他说其实，同性恋，倒可能更要纯粹些，高贵些。"

那丁说：*喂喂，你注意到没有，娥也是这么说的。／嘘——我说：你洗耳恭听吧！*

"秦汉说：爱，并不是因为性别，并不是因为性别这世界上才有了爱的。仅仅因为性别的，他说那不叫爱那充其量叫吸引，说不好听的，那连畜牲都会，连植物都会，甚至连矿物都是阴阳相吸。

"秦汉说：为了种群的繁衍，性吸引是必要的，但如果仅仅是性吸引，那还奢谈什么爱情？

"还有，不是秦汉说的是我这样想：为什么，有时候，连性也不能吸引了呢？"

我告诉她詹的那句名言："男人学着爱上吸引他的女人，而女人是越来越被所爱的人吸引。"

萨想了一会儿，惊叫着问："喔！这话谁说的？"

"一部电影里。"

"什么名字？我得去告诉秦汉。"

"我就是在他那儿看的。"

"哦，是吗？"萨愣了一下，"不过，男人女人的这么分，我估计秦汉他不见得会喜欢，他从来就不认为那是性别问题。"

"但是，性，确实是一种语言呀？"丁一说。

"语言？"

"一种极端的表达，和……和独具的话语。"

好极了，丁哥们儿你说得真是恰到好处！但是萨没理会，萨也许是还不能听懂。

萨单单是对"独具"二字表示了疑问："从古至今，所有的人都在赞美爱情，对吧？爱情，是人间最最美好的一种情感，这不会有人反对吧？所以秦汉问过我，既是这样，那又是为什么，这一种最最美好的情感却要被限制在最最狭小的范围里？"

丁一和我都是一愣。

萨说："先是限制在异性之间，后又要限制在一对一的关系中，再又是提倡最少的人次。秦汉说，这哪儿像是对待美好事物？简直倒像是对待罪行了。"

这个嘛，丁一倒是不以为然，丁一暗暗地笑。但我已敏觉到：这是一个非同寻常的问题，这是一个极其智慧的提问！而且，这很可能将改变丁一的未来,即关系到我的丁一之旅的继续。

萨说丁一你先别笑。萨说:"开始我也笑他,觉得这不值一驳。但他说:从种族繁衍的质量看这也许合理,从财产继承的角度讲也说得过去,可那你们就别嚷嚷爱了呀?只说性呀性呀性呀吧!只说交配和繁殖就行了,只说劳动力和存栏数就够了。可是有一条,他说:当你们只有婚姻没有爱情的时候你们也就甭抱怨了,当你们儿孙满堂却从未享受过爱情的时候,你们也就甭这权主义、那权主义地不平衡了。"

说完了?

萨好像是说完了。

丁一暂时错过了一个重要的思路,即(由萨所转述的)秦汉的那句关键之问:"**爱情,既然是人间最最美好的一种情感,却又为什么要限制在最最狭小的范围内**?"——不过我想,凭这厮的风流才智,他不会就这么与此问失之交臂的。

远处的云正在变成雨。近处的树正在召唤着风。

飞翔的鸟儿忽然都想起了家。

丁一和萨却好像并没有注意到天气的变化,连坐着的姿势都还跟刚才一样。

萨从衣兜摸出条丝绸发带,捏着,让它在风里飘。

丁一和我便都想起了那条四寸宽的袖章。但现在的丁一要坚强得多了,他说:"萨,能问你个问题吗?"

"问!"萨好像已经知道丁一要问什么了。

"我觉得,嗯……觉得你,并不是很……很快乐。"

"错!我就知道你会问这个。"

"这么说你很快乐?"

"当然。"

"那你怎么知道,我会问你为什么不是很快乐呢?为什么你不猜我要问你的是,你怎么总是这么快乐呢?"

萨的脸腾地红了，恼羞成怒："因为，因为你们这些愚蠢的人都是那样问的！"

丁一的应对已近炉火纯青："那，现在，你该承认我是个聪明人了吧？"

萨无言以对。

"所以，也就可以告诉我了，为什么，你总是……"那厮故意停顿一下，目光移向远处的风起云涌，"总是这么的，不、很、快、乐？"

萨都快气死了。她忍而再忍，还是恨恨地搡了丁一一把——在我的印象里，这是丁一和萨的头一回身体接触。那丁当然不气不恼，这一个生来的情种甚至颇觉惬意，这一个天才的"花匠"甚至如获殊荣。哈，现在我已经敢于断言了：此丁必将把萨引入怀中，早晚的事了。

萨扭过身去。

生就的情种并不去管她。

萨悄悄抹泪。

天才的"花匠"知道应该由着她去。

萨站起身来，往回家的路上走。

这风流班头好生精明！你看他：落后几步，默默地一路陪同。

雨来了。风把雨往横里洒，把树叶都翻转过来，把鸟儿追赶得统统不见了踪影，把全世界都淹没在暴雨的轰鸣之中。

"到哪儿去避一会儿吧！"萨说。

——瞧见没有？得让她先说！但在丁一，这倒不是计谋也不是手段——我说过这小子诚实，但我也说过这厮天赋花心难自弃。这不是本事，这是本能，是骨子里滋出来的能耐！（我不禁又想起那个可怕的孩子，其弄权造势的本事，大半也是从基因里头跳出来的吧？）

跑上山坡，跑进一个小亭子，全湿透了。咋办？千万可别像言情小说里写的那样：男人正人君子似的背过身去，正好还正人君子似的带着几件干衣裳，于是乎自己冻得嘚嘚地抖，却怜花惜玉般或心怀叵测地一定要让女人换上……此丁经我开导多年已深明此理：千万千万可别那样，俗！

于是不俗之事才可能发生。不俗之事，才必然会到来。

泪水和雨水搅在一起，这样好，这样萨也就没啥不好意思了。

她说："我不快乐，只不过是因为我没有那么高的境界。"

她说："对什么人都是一样地抱着爱的心情，说真的我做不到。"

她说："其实也没什么。也没有什么太不快乐的。"

她说："跟秦汉在一起，还是很开心。"

她说："都怨我自己。是我自己的问题，跟秦汉没什么关系。"

丁一就问："那，要是没有他呢？"这句话好像伺机已久。

萨立刻接上："真是还不如没有他呢！"这句话看来埋藏已久。

我想，这时候只要问她一句为什么，保证切中要害。但丁一示意我别急：别这么咄咄逼人，话说到这份儿上她还能再收回去吗？欲速则不达。/哎哟哎哟，我说丁一吔，你他妈别太过分了吧，照这样下去你都快能当政治家啦！

果然，不用谁问，萨自己就开始说了。总结起来有三点：第一她崇拜秦汉，信此汉即是圣徒。因此她会永远爱他，设若有一天她不得不离开他，她相信她也依然是爱他的。第二，萨的痛苦并不在于秦汉想不想跟她结婚，也不在于秦汉还爱着谁和谁，而是因为自己还达不到他那样的境界。何以见得呢？比如说吧，实际上，萨并不是很欢迎，甚至是很不欢迎秦汉的那些所谓朋友（原话是"他那些奇奇怪怪的朋友"），她希望他们最好都走开，离秦汉远点，别那么不人不鬼地老都来折磨他！她相信，秦汉只有跟她吕萨一起生活才会幸福，才会健康，才能过上人的日子。第三，或许是受了秦汉的影响，萨认为"性，可真是个讨厌的东西"，身体本来就是一副臭皮囊，本来就不干净，性还专门对些最不干净的领域感兴趣。

"人,非要那样不可吗?"又脏又丑,又残忍又可笑,不那样就不行?

"不那样,只是爱,不行吗?"

"你觉得行吗?"我问。

"为什么不行?"

"你觉得,可能吗?"

"也许,等有一天,我们都老了,"萨望着弥天的雾雨,沉入遐想,"那时候,我们,也许就能了,就能不再受身体的指挥,不再受荷尔蒙的强迫。嘿你说,激素到底是什么玩意儿呀?那么一点点儿东西咋恁奇怪,看它把人给整治的!我真是希望没有它,没有它就好了。人们都想永远年轻,可我真是想自己快点儿老了吧!老了,就不会有那么多乱七八糟的事了。两个老人,或者像秦汉希望的那样,是**一群**,一群老人,一群可爱的老人,没有忌妒,没有猜疑,没有你呀我呀他呀的,一切都是发自内心,相互间都是心灵的交流,心灵的需要……那样,那样的话我觉得,秦汉的梦想就会是可能的了。"

"可那样,"我说,"就怕又都没有激情了呢?"

"会吗?"

"人都像木头桩子似的,泥胎石塑似的,呆头呆脑坐满一地球?"

"怎么会呢?不会的。难道我们会忘了现在?"

我说我不知道,不知道没有欲望人会怎样。丁一接着我说:"其实连树都是有欲望的,一花一草都是有欲望的,万物万灵其实都是欲望呀。"

这话让我想起了生命的开始。有那么一瞬间,我好像又回到了来此丁一之前的状态:如同水在沙中嘶喊,或风自魂中吹拂,虚无缥缈间凝聚起一点欲望……心识不死,轻轻地飘摇,浮游,浪动,轻轻地漫展或玄想……那期间似有个声音在说着什么,扬扬浪浪,若虚若在,听不清楚……抑或不过是一种意念,仿佛向往,又近乎恐惧……

“那，你是说，”萨问，“这永远都是不可能的了？”

“只有在戏剧中，这是可能的。”丁一又拿出那个剧本。

萨歪着头看看那剧本，又认真地看着丁一。

丁一：“娥说，戏剧，就是这样一种时刻：一切不可能在那儿都是可能的，所有的不现实，在那儿都可以实现。”

丁一：“准确说，那是一种约定，心与心的约定。”

丁一：“约定在现实之外，约定在梦愿之中。”

丁一：“戏剧，并不是模仿现实之真，而是实现梦愿之真。在那儿，在戏剧里，或约定中，一切真心都可以袒露，一切真愿都可以实行。”

丁一：“然后你回到现实中去。在那约定之外，你不得不遵守白昼的规则。”

丁一：“但是在黑夜，在戏剧里，在那样的约定中，你必须是本真的你，卸去身心的铠甲，卸去一切包装，脱掉‘裸体之衣’，因为一旦……”

“裸体之衣？”

“噢，这我再跟你说。因为一旦你要躲藏，要掩饰，一旦你言不由衷，觉得真诚倒是一种羞耻，那样的话这戏剧也就完了。一旦你觉得不管是身体还是心灵，需要遮挡，就像亚当、夏娃走出伊甸园时那样，你就已经在这约定之外了，你就已经走出戏剧走到现实的规则里去了……”

萨听得入神。

113. 鸥

暴雨之后，丁一和萨走着回家，以便炽烈的太阳把衣服晒晒干。一路走，丁一总感觉还有件什么事悬而未决，什么事呢？直到快分手时才猛地想了起来。

“哎对了，”他停住步，“你还有件事没说呢。”

“什么事？”

丁一犹豫着。

“说呀？我最烦男人这么娘儿们叽叽的了。”

“我？你说我？”丁一笑。

“笑什么笑？不说就走！”

丁一追上去：“我是说呀，嗨嗨，你倒是听着呀……”

萨“扑哧”笑了，站住，听他说。

哈，我又懂了：那丁毕竟憨直；憨直，而不只是天赋风流，才可以赢得良善女子的信任。

“我是说呀，哦不，是你说的——你根据什么说秦汉不是那……那种？”

“哪种哪种呀？说你娘儿们叽叽你还不信，告诉你：他有女朋友！”

“是吗?!”

“大惊小怪个屁呀你，就许你有？”萨拔腿又走。

萨出言已相当随便，这让丁一暗自欣喜。

“谁？她在哪儿？”那丁追在吕萨屁股后头问。

“这儿！”萨指指心，意思是：在秦汉心里。

“你咋知道？”

“不信算了。”

又走一会儿，萨还是忍不住停下脚步，问道：“你知道鸥吗？”

“鸥？”

“怎么，你也没听他说起过？”

丁一摇头，想了一会儿还是摇头：“女的？”

“废话！”萨快气死了，“你真傻还是假傻？”

萨说有天中午她去找秦汉，敲敲门，没人应，推门进去，只见秦汉躺在沙发上睡着了。萨不惊动他。萨端把椅子在秦汉身旁坐下，看着他。那个中午异乎寻常的安静，阳光悄然走进屋里，铺过窗台，铺过沙发靠背，铺在秦汉身上。萨说她从没这么近、这么坦然而又这么独自地看过他。（听到这儿我发现，咋回事——怎么那丁心里又好像酸酸的？怎么啦你，哥们儿？他低一下头，又抬起来：怎么也不怎么，你丫少添乱行不行？）……萨就那么看着秦汉，看他舒展的表情，看他平稳的呼吸……萨说这时候的他才真的是他了。萨说，这时候的秦汉清晰、明确、透彻，甚至可以说是翔实，才跟萨心里的他吻合了。（那丁心里愈发的酸了。我说：是呀是呀，咱哥们儿的"风流班头"，凭啥倒让这老秦汉给抢了去？那厮颇为不屑地从牙缝里滋出一声：嘁！——我赶紧说：是是是，丁兄"曾经沧海"还在乎这么一点儿"水"吗？他不吭声，意思大概是：别闹，听着！）……那个安静的中午，萨说，安静得你能听见远处，北方的天边，远得近乎抽象的地方，有些极细微的骚动好像正站成一排，拉开一线，嗡嗡嘤嘤跃跃欲试……"啊，是秋风！"萨说那就是秋风，是秋风正在起程。萨说她忽然觉得，以往的秦汉就像这秋风，不知是在天边的何处，也不知他最初是从哪儿起程，而眼前这个睡梦中的秦汉就像那个中午一样安详，恬静，温暖的阳光在他身上缓缓移动，在他的眉宇间或者也在他的梦里缓缓移动吧。（丁兄，这岂非是说，萨的目光压根儿就没离开过那个老秦汉呢？丁兄于是"吭吭叽叽"的说不出话，甚至歪着脑袋想半天也想不好自己在想什么。）……萨说，那个中午清清亮亮的就好像一池碧水，汩汩潺潺地就好像一股溪流，浩浩淼淼的又仿佛源远流长……迷迷蒙蒙所有的人都像是睡着了，所有的人都在那个安详的中午走进了梦乡，整个世界都好像走进一个梦里去了……只有秋风在耳边喃喃絮语，只有秋风在天边嗡嗡嘤嘤跃跃欲试，如同这梦里深隐的不安。(我说:丁先生,萨她作诗呢是怎么着?丁先生这回干脆没听见。我觉得丁一有点像电影里的那个彼得,彼得看着安的录像时也这么一股子酸劲儿。)萨说你从头到尾观察过一个人做梦吗?梦是有预见力的,能够洞察周围的一切,跟周围的事件因果相关、顺理成章似的。萨说,当醒着的人对周围的变化尚无觉察之际,梦里的人却好像早已看见了一切。萨说当那个安详的中午尚无丝毫变化之时,她却发现秦汉的呼吸渐渐急促,表情忽而扭曲,紧跟着他便呻吟,挣扎,额头上开始冒汗……萨正想着是不是应该推醒他,可就在这时,萨说恰恰就这时候也许是楼上也许是隔壁不知是什么东西掉在了地上或是撞在了墙上冷不丁的"哐啷"一响!而秦汉的挣扎也正于此刻到达顶点,到了不堪忍受而不得不猛醒过来的时候,就好像他的梦境一直是配合着楼上或隔壁的故事,是与那儿的事件同步进行似的。(有这一说吗?那丁问我。/我说:可能吧,行魂的瞭望岂是尔等可比?但有一点:设若秦汉的梦不是噩梦,那一声响就可能迎合着他而构成另一种消息。)……但是,看来秦汉的梦果然是个噩梦。他失魂落魄似的大喊一声坐起来,睖睁着眼睛东抓西抓,萨说你猜怎么着,"他一把就抓住了我。"秦汉紧紧地抓住萨不松手,却惊惶失措地喊着"鸥",喊着:"鸥!鸥!——你在哪儿呀,鸥?你没事吧……"萨搂住他。萨搂紧他。萨想不出话来安慰他,只是搂着他并且搂紧他。萨说世界上没什么比这更可怜的事了。萨说她一辈子都没见过那么可怜的情景。萨说,把所有可怜的事加起来,也不及秦汉那一刻的眼神……

"然后呢?"我问,而那丁呆呆傻傻的已然说不出整话了。

"然后?然后他才真的醒了。"

然后秦汉挣脱开萨,慢慢恢复了平静。然后他爬起来,喝口水,轻描淡写地说声"咳,做了个梦"。然后他笑笑,完全恢复了平素的举止,或风度。

"恢复得你又认不出他了。"萨说。

"再然后呢?"

"再然后你和我都应该回家啦!"萨冲丁一暴喊,心情似还陷在那个无比失落的中午。

丁一却偏偏哪壶不开提哪壶:"我是说鸥,鸥到底是谁?"

"我知道她是谁?!"

"你不是说,她是秦汉的女友吗?"

"你说她不是他的女友她是谁?!"

"那,你是怎么知道的?"

"傻死了你都快! 还得怎么知道?!"萨就快要骂出"傻B"了。

可忽然,我觉出那丁心里一阵窃喜——这倒怪了,我一时还真没弄明白是为什么。

"还有呢?"那丁问。

"还有个屁,你知道的已经跟我一般儿多了!"萨说罢转身就走,三步两步跳上了一辆公交车。

114. 好≠行

丁一把萨、秦汉以及鸥的事跟娥说时,娥叹道:"依我看萨毫无希望。"

"怎么呢,秦汉他并不是同性恋呀?"

哈哈我懂了! 丁一这话是假关心,真窃喜:秦汉心里既然有着别人,萨跟秦汉当然就没希望,那样的话,萨跟他丁一岂不就大有希望了? 但他不肯承认。他"咝"地吸一口气,表示对我的误解不堪忍受,对我的猜度深恶痛绝:你咋把人想得都恁坏呢?

"你认识鸥吗?"丁一转了话题。

"算不上认识,"娥说,"听说过。"

“(鸥)真是秦汉的女友?”

“是过。”

“因为什么(不行了)?”

“天知道。”

“现在呢(她在哪儿,或她怎样了)?”

“这个嘛,很可能连秦汉自己都不知道。”

“怎么会呢?”

“怎么不会呢?”

“(这些事)他一点儿都没(跟你)透露过?”

“鸥消失后,他只跟我说过一句话:万法皆空。不,后来还说过一句:**人间最大的错误就是把现实当成戏剧,又把戏剧当成现实**。”

“啥意思?”

“表面上像是冲我说的,实际上我听得出来他另有所指。”

“指鸥?”

“还有谁呢?”

不过,秦汉最后这句话依我看非同小可,依我看至关重要,依我看未必仅仅限于它的所指。只可惜丁一和娥都没在意。

但忽然间,丁一倒是想起了秦汉的另一句话——我说过,凭这厮的风流才智,他不会轻易放过这句话的:“**既然爱情是人间最为美好的情感,又为什么一定要限制在尽量小的范围里?**”说也奇怪,自打萨跳上公交车的一刹那,秦汉的这一诘问便随之跳进了丁一的脑海,挥之不去,以至于此时此刻丁一的脑子里盘盘绕绕地全是它的回响,以及由它所引出的一系列疑问:这美好的情感为什么不可以扩大?为什么只能是一对一?更多的人之间就不能有爱情吗?难道,更多的人就不能相亲相爱?秦汉说得对呀,只有财产的继承才需要这样,只有优胜劣汰的繁衍才需要这样。可爱情!超越了繁衍和经济目的的爱情为什么也要这样呢,有什么必要这样呢？简直荒唐，简直是愚昧透顶！谁都会说“博爱”，但那其实是要说什么呢？“博爱”究竟是指什么？与爱情的扩大有什么不同吗？怎么倒好像是划出了一条界线？指出了一种**距离**，一种被限定的距离，一种不多不少刚刚好的距离呢？是谁有权力这样限定的？人跟人太疏远了不好，人跟人太亲近了也不好，是谁有资格规定出如此“恰当”的距离的？凭什么我们非得听信他的不可？

有一天，丁一把这些疑问对娥说。

娥正陪着问问练琴，说：“现在不能说，说也不是真话。”

那丁扫一眼问问：“她能听懂？”

娥狡黠地笑笑：“不，不光是她，而是白昼。现在我只能说：现实果真是现实的话，它就只要你接受，不问青红皂白。”

直等到黑夜来临，直等到问问睡了，等到他们一起又走进了那个约定的时间，娥才又说：“现在你可以问了。现在才是问什么都行的时候。现在，我也才能毫无限制地回答。”

娥坐在窗台上，望着窗外的灯火与星光。

丁一在她跟前走来走去：“那你说，三个，四个，五个六个，比如说并不只两个人的爱情，有什么不好？”

“谁说不好？”

丁一驻步，两眼一亮：“这么说，你认为行？”

娥回过头来：“喂喂先生，好，并不等于**行**。”

“好，又为什么不行呢？”

“瞧你这话问的！倒真是有点儿像个诗人在问政治家了。让我想想，让我想想政治家是怎么回答的……哦，他们一定会这样说：留神那帮搞戏剧、搞艺术的家伙吧，留神那帮诗人，千万可别让他们当了政！”

丁一又开始来来回回地走了：“那，你为什么说好？”

娥的脸朝向星光，目光却跟着丁一：“因为，其实，人人心里，都说好。”

那丁再次驻步，转身："你肯定？"

娥说："你还记得詹，是怎么问安的吗？"

詹问安：除了你丈夫，你想过和别的男人做爱吗？安犹豫了很久：是的，想过。詹问：你真的去做过吗？安说没有。詹问：那你想到的，是什么样的男人呢？安久久地看着詹，说我想到的是你……你，也想过我吗？詹的目光有些迷离：是的，想过。安说你都想些什么。詹说：想你在高潮时是什么样。

娥说："就是说，人人都不是只想过一个人。"

娥说："人人都想过很多人，甚至是同时。"

娥说："但这不是爱情吗？这完全可以是爱情。除了一个，剩下的，就不会是爱情吗？自欺欺人，完全是自欺欺人。只不过呢，那一个，被现实所允许了，剩下的却都不可以实现，因此叫作：不现实。"

"但那都只是在现实里呀。"丁一说。

"是呀，"娥说，"在现实里，才可能有'不现实'。"

"而在戏剧中，"丁一说，"不就都……都是可以实现的了吗？"

"是吧？"娥忽然间好像心事重重，"也许是吧，就像在梦里。"

丁一很是兴奋，但尽量压制着。

娥注意到了丁一的兴奋，却只报以淡淡一笑，甚至还有一点苦涩，或是讥嘲。但迅即，娥又扭过脸去朝向那一片渐渐熄灭着的城市，或渐渐活跃起来的星天，心魂像是陷入某些久远的事情里。

"嗨，那你说萨可不可以？"

"萨？噢，她嘛……"

"行吗，你说？"

"你是说，戏剧？"

"当然只是戏剧。"

"《空墙之夜》？"

"比如说，对，《空墙之夜》。"

娥以导演般的审慎，慢慢回想了一会儿萨；娥是见过她的，但形象已经模糊。

“那你该先问问她本人呀？”

“先问你。”

“我嘛……”娥从窗台上跳下来，踩着地板上依稀可辨的横线和竖线默默地走了一会儿，然后猛抬头说，“行，我没问题！”

“喔，你够厉害！”

但我看得出，娥的脸上仍有一丝讥嘲、隐笑，甚或是玩世不恭。

娥说：“我是想呢，说了半天咱总不至于叶公好龙吧？何况又是一部多么精彩的剧作！”娥似乎已从那久远的往事中挣脱出来，或是刻意要从那烦扰和苦涩中挣脱出来，因而更显得比往常干脆、豁达。

丁一说：“放心吧只是戏剧。”

丁一说：“放心，这里头绝没有性因素。”

娥说：“是吗？真要是那样我倒不放心了。”

丁一赶忙又说：“噢噢，当然也不是爱情。”

“那就更麻烦了。既没有性也没有爱，请问您这戏剧是要实现什么呢？”

丁一张口结舌。我暗暗笑他：傻了吧？咱倒还不如实话实说！

娥说：“所以是不现实的实现，所以是不可能的终于可能，就因为那是人平时想要而不能要的，想说又不敢说的，是非凡的同时也是，危险的……”

115. 标题释义

在以后很长的一段时期里，秦汉的那一句诘问成了情种丁一之“欲爱多向”的理论资源,或道德支持。“既然爱情是人间最为美好的情感,为什么一定要限制在尽量小的范围里呢?为什么不该让她尽可能地扩大?缩小,限制,防范,只许她老老实实不许她乱说乱动,这哪里像是对待什么美好事物?简直是对瘟疫,对洪水猛兽!”——他把这一套经他简约了或丰富了的理论不断地跟娥说,跟萨说,跟自己说,跟种种类类的道德家和伦理家们说,实践证明这一诘问不仅有超凡脱俗之美,更有其颠扑不破之真。

因而,可以这样说:所谓“我的丁一之旅”,既是这一句诘问的引发,又是这一句诘问的继续;既是我因之而有的一份惊诧,又是我由之而生的一种持续不断的热情,与盼念。或者这样说吧:“丁一之旅”既可能是我的前生前世,也可能是我的来世来生,但更可能是我行于某史,因闻此一诘问而激发的想象,而诞生的心愿。这心愿必将伴我生生世世,或这心愿即是生生世世之“我”。这心愿比天长,比地久——“天长地久有时尽”,此愿“绵绵无绝期”!

现在我可以说我在哪儿了。

现在我可以说,这千古行魂正行于何处了。

他既行于此史,亦行于彼丁,尤其还在秦汉的那一句诘问里。是呀是呀,我在我见我闻的一切消息之中,在我思我念的一切可及之处。而在另外的地方我遭遇陌生。或因重重隔阻,我遭遇迷茫。我遭遇着无限的围困。而恰是这无限的围困,使一缕不熄不灭的行魂成为可能,使这种有限的存在永恒地被命名为:我。

116. 一点阴云

不过,在我看,理论或哲学,都只是在为自己的欲望或行为作释。“我思故我在”吗?其实是我在故我思!**在**,岂是你思出来的?而**思**,不过是这浩瀚并神秘之在的一缕微弱的传达,或表述。

就说丁一吧，你以为他如此重看那一诘问，单是因其逻辑的无懈可击吗？没有的事！“生命之树常绿，理论是灰色的”。这厮所以将那诘问奉为珍宝，肯定地说是因为：此中逻辑，正中此“风流班头”之下怀！

真有点迷途之旅找到了方向之感，真有点茫茫荒漠忽见绿洲的意思，自打获知上述诘问之后，此丁茅塞顿开，醒里梦里都在庆幸：咳咳，早点儿你可在哪儿呀？早点儿我咋就没想到你呢！甚至，醒里梦里他都在研究他的剧本，构思进一步的戏剧。于是乎，醒里是梦里一样的自由，梦里是醒里一样的真确，敞开的身心有如盛夏之晴空，湛蓝乎而明媚，清澈乎且辉煌……

但那一点阴云我还要请各位特别留意，即：不单《空墙之夜》的剧本他不给秦汉看，且凡及“空墙之夜”的种种设想他也从不对秦汉说。——这一点相当重要。我也曾提醒丁一，这事你咋不跟秦汉说说呢？那厮支支吾吾顾左右而言他，给人的印象是杂事缠身，一时疏于周到。——您信吗，各位？所以我说，这只多情的“蝴蝶”之狭隘地扇动翅膀，就显得非常重要了——不知它正酝酿着何时何地的暴风骤雨，或给我的丁一之旅带来覆舟之危也真是说不定。

117. 有观众的《空墙之夜》

还是那间搬空的客厅。但这一回不靠横线和竖线隔开，而是改用了颜色——把地面漆成红、蓝、白三块独立的区域。不同颜色的相接处即是“墙”。

还是夜晚，还是那种约定的时间，但是多了一个人：吕萨。

这不简单。

萨位于白色区域，或行或立或坐，意思是在街上；也可以看作是在观众席中；但主要是指在剧情之外。

在**剧情**之外，未必就是在**戏剧**之外。在剧情之外仅仅是说不参与表演，而非不参与想象。不参与表演但参与想象，即是说：观众，是戏剧不可或缺的部分。甚至，不参与表演的，未必就不影响到表演；比如路人，比如剧情之外的存在或剧场之外的现实，都是表演者的想象资源，是剧情得以展开的势能，是戏剧所以成立的原因。因而萨的在场绝非无关紧要。

萨，或以路人的身份而在场，或以观众的身份而在场，今夜的戏剧所以不同寻常。

事实上，也可以说，萨是作为一个潜在的表演者而在场的，就好比剧情中一个有名有姓却从不露面的人物。因为，萨作为观众，不仅仅是一个想象者，也是一个被想象者——即随时被表演者所感到、所牵挂、所猜测。她想象着表演者的情思，表演者也揣摩着她的心路，从而她也就影响着表演者，影响着剧情，成了一个潜在的剧中人。

潜在的剧中人，此乃戏剧——而非一张入场券——赋予观众的权利。戏剧的要义是：并非只有表演者和既定的剧情有权诉说，实际上，观众也在诉说。有一种叫作“接受美学”的理论：美，正是在**演**与**观**的呼应或交融之中诞生。因而有一种未来的戏剧期望：观众直接地、即兴地、自由地参与到剧情中去。据说，已有些“先锋戏剧家”做过了类似实验。

但今夜的戏剧并不“先锋”。今夜的戏剧仍旧比较传统。至于观众——比如说萨——的参与嘛，还只停留在丁一的希望里，目前还不太现实。

（那个不甘寂寞的史铁生便又阴阳怪气地插嘴了：“是不太现实呢，还是不太戏剧？”好问题！我说：“不太现实，所以还不太戏剧。”那史于是窃笑：“就是说今夜的戏剧，屈服于现实？”此史好生刁钻！不过你先别急：“不太现实，所以才更戏剧！”该史遂不吭声,唯一脸疑云未去。先不理他。)

剧本不加改动。一切还都是曾经设想的那样:娥表演一个丁一所向往的女子,丁一则扮作娥所期盼的某一男人。他们要互相梦见对方,要互相成为对方的梦境。总之,是要让以往的眺望,或窥视,在梦境中消失掉距离,或在约定中敞开遮蔽。

比如开始是这样:傍晚,或夜幕降临之后,墙(红蓝相接处)的两边分别是一个单身男子和一个独处的女人。两个人都坐在桌前[注:凡及器物均为虚拟,故二人实际是站立,或席地而坐],两张桌子顶墙对置,因而娥与丁一实际上是面对面地咫尺相望,面对面地咫尺相望但却谁也不发现谁。女人对镜梳妆——倒更像是默望丁一。男人在摆弄一架摄像机——低垂的头却似就要扎进娥的怀中。

接下来,暑热难熬或不堪孤寂,两人先后出了家门(分别由红、蓝步入白),随便走走。萨也在那儿——在"街上",比如说乘凉,但其专注的目光又像似观众。娥走过萨身旁时轻声说:"喂,我们也可以认识。如果我们认识我们也可以打个招呼。"萨没意识到这话是对她说的,等明白过来,娥已走"远"。"远处",丁一与娥迎面相遇,游移的目光相互扫视一下但什么也不说,什么也不说可擦肩而过时各自的神情却都更庄重些,谨慎些,甚至是冷漠些。

萨不由得喝彩:"对对对,确实是这样!"

"确实是啥样?"娥笑问。

"无关紧要的人,你倒可以自自然然地跟他打个招呼。可要是一个心仪已久的人不期而遇呢,你倒不敢那么随便了,倒不吭声了,倒是要……"

"要什么?"

"要装孙子啦!"

"是你跟秦汉吧?"娥说罢又走"远"。

萨开心地笑着。开心地笑,并且开心地点头称是。

"嘘——"丁一挑起一个手指,向她们晃晃。

接着，男人和女人各自回到家（红和蓝）中。两个垂头丧气的人，两个心事重重的人，两个孤孤单单的人都躺倒在床上瞪着眼睛想，想一会儿，想很久，自己都不知想到哪儿去了……

萨遵嘱把灯光调暗。

响起了男人的画外独白："夜，为什么，还不来临？"

然后是女人的："梦，为什么，还不来呢？"

这声音一遍遍重复，好像梦呓，或似天籁，渐渐含混不清。灯光随之熄灭。

现在真的像是在剧场里了：四周寂暗，鸦雀无声。过一会儿，瞳孔适应了，才看见近窗的地板上亮起两方清朗的月色，并有斑斑树影游移——"转朱阁，低绮户，照无眠"，遂使得丁、娥辗转反侧，似徘徊于梦之边缘……

萨有些紧张了，猜不透将要发生什么。

萨坐在月光所不及的角落里，瑟瑟地甚至有些抖："喂，你们等会儿行吗？我……我去趟卫生间。"

萨不敢动。屏息，侧耳，萨唯望自己没有违犯什么规则。

"要上厕所的观众请注意，要上厕所的观众请注意，"仿佛剧场里播放通知，寂静中响起丁一故作呆板的声音，"女士们先生们，要上厕所您就尽管上厕所吧，不必请示导演。"

娥先笑起来。然后是丁一。萨半天才听明白是怎么回事。

笑声使萨放松了些："我去去就来。"

丁一的声音："是的是的，没人以为您会一去不归。"

娥闭上眼睛。娥听出了那厮不同以往的兴奋。

萨回来时，丁一已站在蓝区边缘——男人正痴迷地窥望着红区中的女人，窥望她的独处、她的睡态，一如窥望她的梦境与心途……而那睡梦中的女人必也是心绪骚动，思欲翩跹，幻念纷然——因故娥被搅扰得不能安寝，一忽儿伸展，一忽儿蜷缩，一忽儿仰面长吁，一忽儿伏身短叹，以至于优雅全失，端庄尽去……以

至于其情其态令那男人心摇神往,或惊醒了丁一的心声:

“啊,你就是平素那个高傲的女子?隔壁那个冷冰冰、目空一切的女人?”

“喂喂,那是墙啊,”萨站起来冲丁一喊,“你看不见她的!”

丁一仰首闭目,如诉如诵:“但这是想象,没有什么墙能够挡住一个人的想象!”这句曾经的提示,正好拿来作今夜的台词,抑或空冥之中神明的允诺。

萨于是看见:男人走过墙来,走向女人,月光一样地贴近她,端详她,夜风一样地围绕她,撩拨她……萨于是看见:男人举起摄像机,要让这女人的真相铁证如山,要把她放纵的黑夜抑或童真的睡姿刻进永远的记忆,刻进将来,甚至刻进过去……萨于是看见:由于这男人的到来,**睡的魔法**忽然失效,在**梦的可能性**中女人安恬地睁开眼睛,坐起来,接受他,允许他,迎合着他的爱抚……

“娥你穿帮了吧?”萨又喊道,“那是他的愿望,你睡着了你并不知道!”

“但那不光是一个男人的想象啊,萨!这也是一个看似冰冷,看似目空一切的女人的心愿!”

于是,梦中的男女,抑或戏剧中的丁、娥,相拥而吻,如醉如痴——

这一向你都在哪儿呀?

群山响遍回声……

于是,黑夜中的男女,抑或约定中的丁、娥,浪步轻移,如泣如诉——

娥:“自从你离开我,这么多年你都在哪儿呢?”

丁一:“哦,你还记得那棵桂花树吗?我就在那儿,我就在那树下等你来呀。”

娥:“可是我却常常梦见你就在隔壁。就在隔壁,却又似远在天涯。”

丁一:“但是你没来。我等你等到晚霞落尽了,满天上都亮起了星星,你却再也没来。”

娥:“也许隔壁比天涯还要远吧?也许天涯比隔壁还要近些。”

丁一:“如果在不同的时间,我们到了同一个地方,那就像同一个时间我们在不同的地方。”

娥:“如果在不同的心情里,我们在同一个地方,那就像我们在同样的心情里却远隔千山万水。”

丁一:“自从我见过你的舞蹈之后,我就到处找你。自从你在我手心里写下你的名字,我这一生都在找你。”

娥:“你应该还到我们原来的那个家去找我。但不要在白昼,要在黑夜,在我们发过的誓言中,去找我。”

丁一:“但你失约了。你没来。星星亮起来时,只有那条素白的衣裙在跳舞。”

娥:“我常常从隔壁听到你在远方的声音。我常常从现在听见你过去的声音,又从过去听见你的未来。我们真的是只能相隔如此遥远吗?”

丁一:“是呀,那是因为,那条素白的衣裙飘动得太优雅,太冷峻了。”

娥:“那是因为你太容易受伤害了。”

丁一:“那是因为你的舞姿太飘逸,太高傲了。”

娥:“那是因为你太容易自卑了。”

丁一:“那是因为你的名字太高贵,太不同凡响了。”

娥:“那是因为你太不甘寂寞,太想当一个什么强者了。”

丁一:“那是因为你的父母站在台上,不管因为什么,总归他们是站在台上。”

娥:“那是因为你忘了我们最初的那个家。”

丁一:“最初的家?在哪儿?”

娥:“也许,远在伊甸。”

丁一："可那时候，并没有那条素白的衣裙呀！"

娥："可那时候我们也没有什么高贵和不高贵的名字。"

丁一："是呀是呀，那时候我们的一切都是袒露的。"

娥："那时候我们只是叫亚当，只是叫夏娃。[①]"

丁一："那，现在呢，你是谁？"

娥："那，你是谁呢，现在？"

丁一："今夜，亚当已经到达了隔壁的男人。"

娥："今夜，夏娃也已经走到了隔壁的女子。"

丁一："现在，亚当要做，隔壁那个男人平素想做而不敢做的事情。"

娥："夏娃，现在要说，隔壁这个女子平素想说而不敢说的话了。"

丁一："是吗，一切不可能的，都可能了吗？"

娥："是的，一切不现实的，都要让它实现。"

于是乎夜风唏嘘如歌，月光曼妙如舞……于是乎，梦中芳邻抑或天涯情侣，再次相互询问：这一向你都在哪儿呀！——群山响遍回声……于是乎约定中的男女，抑或随心所欲的丁、娥，相互摸索，颤抖的双手仿佛重温淡忘的秘语；相互抚慰，贴近的身形如同找回丢失的凭据……于是乎在这"空墙之夜"，一路悠久的呼唤终于有了应答：我，就是你终生的秘语；你，便是我永久的凭据……

118. 无标题

不过，从那一夜忘情的戏剧中，萨听出：丁一情思驰骋，几乎看遍了所有——从童年一直到现在的——令他心仪的女子。而在娥

① 亚当，希伯来语的意思是"人类"。夏娃，跟希伯来语的"生命"发音相近。

的对白里，却好像只隐藏着一个名字——自始至终都是他。

119. 着衣之裸

那一夜的戏剧不同以往。不同于以往的还有一点，即：没有“脱”字传来，自始至终都没有。一切亲近的行动全有，一切动人的消息全有，一切放浪的情节全都有或全都可以有，唯独没有那个最为关键的字眼儿传来。

衣即是墙啊，这可还算什么“无墙之夜”？

但是！我说给丁一：就像那个名叫罗兰·巴特的人发现了“裸体之衣”，你是否发现了另一种可能？继而我提醒娥，还有萨：裸之所以为衣，盖因心魂仍被遮蔽，那么是否可能，衣而不蔽心魂呢？

“是呀是呀，”那丁遂对娥说，“裸既可以为衣，衣为什么不可以也是裸呢？”

娥说：“太好了，太好了，关键是敞开心魂，要的只是敞开心魂！”

于是我与丁一以及丁一与娥欢欣鼓舞，发现那一夜的戏剧又有了一项空前的创造：**着衣之裸**！

但萨不这么看。萨有着另外的感受。萨明白，那个关键的字眼儿本该传来。本该传来的却没有传来，萨知道，那全是因为她——一个路人的在场，一个局外人的在场。是呀，全都是因为她所以黑夜不能深沉，戏剧不能扩展，约定的平安依旧遭受着现实的威胁。因为她，因为一个讲定的旁观者、一个不肯入戏的**别人**，所以那极尽努力的“着衣之裸”仍然还是“不裸之衣”，那一个“脱”字所以躲躲闪闪到底没能传来。

否则它会传来。

否则它一定会传来。

后来萨说，那时她的第一个冲动就是去告诉秦汉，为什么性是难免的，是重要的，甚至是必不可少的。萨以为她看懂了也听懂了，在种种种种的爱欲之中，性，都意味着什么，以及那一个“脱”字为什么一定要传来。

那是一种极端的心愿呀！

那是一种不可替代的表达！

极端的心愿要求着极端的话语。或者说，必要有一种极端的行动来承载你极端的心愿，来担负你的极端表达，以便恋人们能够确认这是极端的倾诉与倾听。否则一个隆重的时节将混同于平庸，“千年等一回”的相遇将波澜不惊。否则亚当和夏娃将如何相认？流浪的恋人抑或垂死的歌手将如何区分开：你，和别人？

所以，后来，当丁一说“性原本就是一种语言”时，萨不住地点头。

还是在那片草地上，流萤飞走，繁星满天，丁一说：“你想过没有，实际上，那是一种表达，一种诉说。”

丁一与萨面对面坐着。暗淡的星光下看不清萨的脸，但飞舞的流萤一如那丁飞舞的心情。

他对萨说：“甚至，那是一个仪式，即从现在开始，一个人将向另一个人全面敞开自己，一个人将接受另一个人的全部敞开。”

但是丁兄，那肯定不会是谎言吗？／谎言？／比如说彼得对安，比如说画家Z对女教师O。／唔……是的，是的。／老秦汉甚至说，那也可以是粉碎爱的仪式……

“是的，那也可能是谎言。”

“谎言？”萨惊讶地望一眼丁一。

那厮沉默片刻，而后忽然来了灵感：“萨你信不信，谎言，也是从这儿开始的？因为嘛……因为防范也是从这儿开始的，攻击、记恨、猜疑，都是从这儿开始的。所以，爱也就要从这儿开始。平安，也是从这儿开始的。”

萨便又不住地点头。

丁一意犹未尽：“因为，走出伊甸，即是这样的开始——要么是谎言的开始，要么是爱愿的开始。”

丁一神采飞扬：“人，为什么要爱呢？因为孤独。因为隔离。因为你生来周围就都是，别人。”

他问萨：“有句歌词你知道吗？天上的星星为什么像地上的人群一样拥挤？地上的人群为什么像天上的星星一样疏远？”

萨“嗯”了一声，很轻——是表示她知道这首歌，她喜欢这句歌词呢，还是有什么别的意思？或不过是一声不经意的应和吧，仅仅是说她在听。

“民歌，民歌你喜欢吗？”丁一嗽嗽嗓子，唱一句，“大青石上卧白云，难活莫过是人想人。”

“怎么样？还有一个——”那丁站起身，放开喉咙，“你要是我的哥哥你就招一招手，不是我的哥哥就走你的（那个）路！”

“还有一句，最富想象力：想你想得眼发花，土坷垃看成个枣红马……”

“为什么是枣红马？”萨问。

“骑上找他去呀！”

那丁绕着草地缓步一周，一步比一步更见其踌躇满志。我当然知道这小子在想什么，这小子一向对自己的风流才智深信不疑，这会儿必是觉着正有一位空前的幸运之神在向他靠拢。因而，此情此景值得配上些音乐，比如说老贝的某些曲子：《田园》或者《热情》……

丁一你坐下，我说。/是呀是呀，那丁坐下来，轻声告诫自己，这时候要镇静，要沉得住气。/沉得住气？/是呀，要举重若轻，要游刃有余，要虚怀若谷，那厮顾自对自己说着：总之“每临大事有静气”，别太张狂，别那么锋芒毕露。酷当然还是要酷些，但同时还得有点憨……/我说：孙子，你丫这是在用心计！我让你坐下可不是这意思。/他说：去去去，就你事儿多！/我说：这种时候还动心眼儿，哥们儿你想过没有，是不是不太地道？/他说：没有的事，没有的事。/我说：有没有的恐怕连你自己都未必清楚……

那厮便不再理我。

他对萨说："所以呢，人想起要立一个约。"

他对萨说："所以爱是一个约定：从此，我们，不再是别人。"

萨望着星空，望着星光也难抵达的天之深处。

那天没有月亮，或是看不见月亮。

"可是呢，"丁一又说，"秦汉的那个问题真是问得不错。"

"哪个问题？"

"既是美好的情感，既是人人赞美的事物，为什么倒要尽量地缩小（范围）？只能一对一，简直毫无道理！"

月亮藏在云中，或是藏在楼后。

据说凡是看得见的星星，其实都比月亮大。

丁一说："娥说所以人类就发明了戏剧。"

丁一说："娥说所以戏剧绝不是要模仿现实，相反，倒是现实要聆听戏剧。"

丁一说："把白天的生活弄到舞台上去再过一回，简直匪夷所思！"

丁一说："什么典型人物，典型环境，请问谁来告诉你什么是典型？"

丁一说："戏剧所要的，恰恰不是典型，而是可能！真正的戏剧就是一种，不不，是种种，种种可能的生活。也就是说……"

"我知道。"萨站起来，又坐下，揪揪裙裾裹紧双腿。

"你知道什么？"

"约定一个时间、一个地点，哦不不，时间和地点并不重要，重要的是心情,是一种心愿,在那儿一切都是可能的,一切都可以实现。”

丁一倒愣了,一下子不知说什么好了。我便笑他:卖弄吧你就……

“那,”萨转过脸来问,“你说我行吗?”

“你指什么?”

“你知道!”萨的语气非常肯定。

“我知道?我知道什么?”那丁故作诧异,强撑起一副无辜或泰然。

“你说你知道什么!你不就是想问我能不能参加你们的戏剧吗?”

被萨一语道破,那丁不免“咳呀”“哈呀”地含糊其词。

幸好萨不深究,心思似已走去别处。

丁一辩解:“我只是说,既是美好的事物为什么倒……倒要尽量缩小?”

“不不,我没说你说的不对。”

丁一推卸:“只不过是娥说,娥说……”

“不不,我也没说娥说的不好。”

丁一一边抵挡一边转移:“娥说,不是戏剧要模仿现实,而是……”

“而是现实要聆听戏剧,这我知道。我只是说我,说我自己!行不行?”

丁一默不作声。

萨躺倒,久久地仰望星空:“你说,是所有看得见的星星都比月亮大吗?”

“什么意思?”

“没什么意思,只是问问。”

丁一便也抬头:“嗯……是吧,实际上是的。”

"这么说,所有的'实际上',你都知道?"

"至少星星和月亮,我知道。"

"人造卫星呢?"萨得意地笑。

"那不算,"丁一说,"人造卫星不能算是星星。"

萨的笑容渐渐收敛。萨的笑容仿佛飘进了天之深处。——意思好像是说:这问题不必再辩了。——或者是说:这问题再辩也一样还是个问题。——或者还有一句话,说出来就不大客气了:人可能知道所有的"实际上"吗?可你们男人却总以为无所不知。

正当那丁略显尴尬,或颇觉泄气之际,萨好像已经把星星数清楚了,或者把月亮的事给忘了,猛又抬头,目光炯炯,注视丁一。

"也许我行?"她说。

"我很想我行!"她说。

"要是我行,"她说,"我想我就能够理解秦汉了。"

看来不坏,一切都进行得还好。只是萨这最后一句话令丁一暗自沮丧。

120. 标题释义

但是丁一,对不起我还是得说你,你这算不算是勾引?算不算是乘人之危?/丁一说:我乘谁之危了?丁一说:秦汉(对萨)根本就没那意思,娥也说萨毫无希望,哎你倒是说说,我乘谁之危了?/我说:那也不对,那你好像也不够正大光明。/丁一说:我他妈怎么不正大,不光明了?/我说:反正我听着不对劲儿,我听着这里头总好像不大干净,怎么总好像有点儿谋略似的呢?

丁一"吭吭叽叽"的不言声了,可史某却又在一旁暗笑。

此等暗笑最让人愤怒!我心想他丁一由得我说,由不得你在一边讥笑挖苦,于是我说那史:"丁一已故,对一个已经无能为自己辩护的兄弟,咱是否该多些善意呢?"

那史便闭起嘴来装成不笑,但只装到努力不笑、其实谁都看得出来他还是在笑。这真正是可气,可恼,可恨!真正是狡猾,一举两得:既表现了该史的宽容之心,更暗示了那丁之可笑实在是让人不能不笑。

我真有点后悔把"丁一之旅"讲给此史听了。

忍无可忍,我说:"敢问贵史,您又如何?"

"我怎么了?"

"那丁之心,敢说阁下就不曾有过?"

那史不答,作一派"君子坦荡荡"状,可那一丝冷嘲却仍在嘴角与眉梢。

好吧好吧,既然这样我看我是不得不对本书的标题再做一次解释了:所谓"我的丁一之旅",既可看作我于史铁生之前的一次生命历程,亦可看作我在史铁生之中的一种生命感悟;既可视为我在丁一的种种行状,亦可理解为我在史铁生时的种种思绪。这么说吧:若无那丁的可能之行,便无此史的可能之思;若无此史的可能之思呢,唉唉,那丁岂非白来一趟,妄走一遭?岂不仍如猿鱼犬马,或一具无魂之器耳?正如浩浩斯史,乃众丁之行,众行之思也!

"那又怎样?"史铁生说,"所以我思他,笑他,有何不可?"

"可便可矣,却缘何只是笑他?"

"还要笑谁?"

"我早说过:我在丁一,我与丁一不可互相推卸。"

"那就是说,还得笑您喽?"

"正是正是,可眼下我在史铁生。"

那史一惊,大呼上当:"胡说胡说,我与你那丁一毫不相干!"

"可我正居于你,而经历他呀?"

"那你……你他妈最好就别写啦!"

哈,击中要害!不过,这你可就管不了啦,所谓"我的丁一之旅”即是说：有丁以行，有史当思，有我则行也不尽，思也无涯。

121. 三个人的戏剧

三个人的戏剧，毫无疑问，令人紧张。

刚刚他们都还故作镇静，轻声地，有几句无关痛痒的问答，或嬉笑。但一俟那约定的时间迫近，便都默不作声。就好像要进入一处险境，冲开一处封锁，或掉进一处魔域，三个人都屏住呼吸，于幽暗中面面相觑……下意识地拖延，似听凭命运的发落。

中间是那块红、蓝、白的三色地。丁一、秦娥、吕萨，各居一隅。另一个角落里是窗，月色迷蒙，树影零乱。

你可以想象那样的时刻，命运攸关：只要再往前走一步，你就不能再退回到原来了。只要再往前走一步你就把自己交出去了，交给了两个而不是一个——你自以为了解，其实并没有把握能够永远相知相随的——别人。就像时间一样不可逆转。或像历史那样不可以改变。其实这就是历史，只要事态再发展一步，你就要承担后果，你就要恪守约定，履行诺言，你就抵押了你的隐私，你的秘密，你的软弱……就像姑父说过的：你就有了“自己人”。

虽然此前他们一次又一次地互相提醒过了：我们是自由的，现在是，以后也还是。我们的选择是自由的，没有勉强，更没有强迫。我们的戏剧，谋求的和永远谋求的，恰恰是**自由与爱**。

虽然这样，但还是紧张。

所谓“不能再退回到原来”，就是说：此后你就不能再否认你的性欲或爱欲的多向，你就不能再衣冠楚楚地掩饰你的孤苦，你的软弱，和你向往他人的心愿——至少在这两个人跟前，你要这样。可姑父是怎么说的？——“馥哇，我们就一起离开这块是非之地吧，哪怕是去天涯海角，哪怕是去一处荒漠，一个孤岛，一座坟茔，我也情愿！在那儿，永远就是你和我，不要有别人，更不要有敌人，也别再有什么‘自己人’了吧……”

在那紧张抑或是晕眩之中，我分明感到了一种危险：**你们**，是无限地大于**你**的；**我们**，却未必总能安全如**我**；而**他**呢，或许压根儿就是复数的他们。——我以为，在那下意识的拖延中，丁一、秦娥和吕萨也都朦朦胧胧地感到了这一点。

但爱情的扩大，却又是多么诱人！

时间一分一秒地走着，一切都已不可挽回。

空旷的三色地上，寂静在那儿呼喊。

月色迷蒙的三色地上，呼喊在那儿跳荡。

于是乎，树影零乱的三色地上，“脱”字终于传来。那颤抖的声音抑或是如期的命令，最先传到了娥，然后是萨，然后是丁一。

但赤裸的身躯却仍然固守着自己的角落，不敢进前一步。

默默地站着，甚至不敢互相观望。

默默地祈祷：让月光再暗淡些，让树影再模糊些吧。但也可能是说：月光呵你亮些再亮些吧，请照耀我们的心愿！树影呵你再动荡些再疯狂些吧，别让我们退缩！

萨，英勇地走进了月光。

丁一和娥，听见她步履如舞。

月光和风，把树影摇荡在萨健美的躯体上，摇荡在萨颤翘的胸和颀长的腿上，摇荡在萨丰腴的臀和她羞赧的面颊上……

于是，娥，忽然间，疯狂地喊出了那句曾经让她无比感动的丁一的名言：“萨，你的屁股好美呀！”

这是一声温柔的号令，一切期盼着的心魂都要为之昂扬！

萨于是旁若无人，抑或是想象着在一切爱者的面前，无拘无碍地展现——把一切美妙的身形变作无声的话语，把所有可能的姿态演成非常的期待，让种种天赋的珍藏泄露天大的秘密，让一颗狂野的心向黑夜发出询问：喂喂，我是谁？还有你和他，你们都是谁呀！

于是，沉寂的黑夜便会应答：我就是期盼着爱情的吕萨……我就是渴望着软弱的秦娥……我就是梦念着屈服的丁一……我们就是那万古不息的行魂，在这不尽的行途中相互寻找着的——亚当与夏娃……

122. 想象

我想把此后的情节都留给读者去想象，留给所有愿意想象并且能够想象的人们去想象。因为毕竟，戏剧依靠的不是别的，是想象——对生活之无限可能的想象，对爱欲之无限可能的想象。而三个人的戏剧，更是要靠着非凡的想象力，靠着宽展的心怀、纯净的心愿以及最为大胆的约定。

丁一、秦娥和吕萨，曾在那红、蓝、白三色之地演出过一幕幕非凡的戏剧。

在那红、蓝、白三色的房间里，丁一、秦娥和吕萨胆大包天。

我想把他们的胆大包天留给各位去想象。比如说，根据古今中外的种种传说去想象，根据自古以来生生不绝的梦愿去想象。根据“你想说又不敢说，想做又不敢做的”那些心情，去想象。根据你想过却又没敢想下去，想说却又只是在梦里说过的话，去想象。也可以根据如今比比皆是的“毛片”去想象——因为第一，性爱之事**看起来**大同小异；又因为第二，性爱之事**想起来**却大不相同。

丁一、秦娥和吕萨的夜晚，奇思叠涌，曾令我大为赞叹。

丁一、秦娥和吕萨的夜晚，异想纷呈，至今让我感动至深。

我想把那些纷呈叠涌的想象留给读者去想象。唯要知道那是夜的戏剧，是白昼之外的自由，是心与心的约定就好了。唯要知道那不单是肉体的事，也不单是精神的事，那是灵魂的事就好了。就好像曾经"上帝的灵运行在水面上"。就好像，现在，上帝终于宽宥了人类，使他们重返伊甸。就好像亚当和夏娃已然识破了蛇的谗言，已然弃绝"知识树"的引诱，浪子回头，重新享用了"生命树"的果实。

在我的想象里，丁一、秦娥和吕萨的戏剧丰富无比。

在我的想象里，那是性的奥秘，更是爱的诗篇。

但我只想把它作为永远的想象留给各位。因为，这戏剧根本不是要你看，而是要你听，要你想，要你以想象去参与的。又因为一旦失去想象，人便会淡薄了心魂转而倚重肉体，便会轻看了话语转而迷恋上形器，便会把一条不尽的天途压缩成一处黄色的区域。

如果你不愿想象，不能想象，或轻看想象，那就干脆放弃这本书吧。

另外的地域据说是真实的，只求那形器的动作。

123. 那史问我：淫荡与肮脏

如果你想象，如果那超乎寻常的想象让你受到了"淫荡"或"肮脏"的威胁——譬如那史问我："你可知什么是'淫荡'，什么是'肮脏'？"我说："那由衷的赤裸，你以为淫荡吗？那无所顾忌的袒露，难道你觉得肮脏？"我说："倘若如此，那你就守住你的'衣'和'墙'吧，守住你的秘密同时守住你的孤独，让想象力在那儿死去。"

但是，性爱之事**看**起来大同小异，**想**起来却大不相同。你从詹的录像带中可曾听出丝毫淫荡？可恰恰，从彼得那儿——即安那个明媒正嫁的夫君那儿，或劳拉那个暗中操作的情人那儿，你看见肮脏。

淫荡和肮脏并不一定涉及肉体，而真挚感人的言词却可能说谎；甚至是，只有真挚感人的言词可以说谎。黑夜用不着欺瞒。黑夜就是黑夜，不必标榜其他。黑夜所以是诉说的时候。抑或只是为着诉说，黑夜才要降临。

当丁一、秦娥和吕萨赤裸着坐在月光里，坐在红、蓝、白三色的交界处，脚尖对着脚尖呈一个大写的“Y”字而任由夜风吹拂之际，我丝毫看不出淫荡。当他们守望着夜的约定，任由婆娑的树影在他们赤裸的身体上跳动，任由不躲不藏的目光肆无忌惮地在另两个人身上游移之时，我更是看不出有哪怕是一点点肮脏。

尤其是当我看见，娥与萨的交谈竟是那样无拘无束，娥与萨的相处竟是那样亲密无间，那时丁一心中的感动正可谓是无以复加。尤其是当我看见，两个女人的相互凝望就像丁一对她们的凝望一样充满着由衷与坦荡，流露着倾心甚至是渴望，那时，丁一更是感到了前所未有的欣慰与满足……我问他：怎么样，兄弟？/太好了，太好了，谢谢，谢谢。/命运，是不是对你太过慷慨了些？/是呀是呀，谢谢，谢谢啦！/你是不是应该，有所惭愧？/是是，谢啦，谢谢啦……/别傻了似的光知道说谢，说句整话！/天宽地阔，朗朗煌煌，哥们儿我只觉得天宽地阔，朗朗煌煌！是呀是呀，天宽地阔朗朗煌煌，我们平生的梦愿——从不知其所始的以往，到不知其所终的未来——似都已得其报偿！我于是四顾环望，见那星光、月色、风流与树动，都是命运对丁一的恩赐！我于是闭目谛听，闻那远处的喧嚣、近处的静谧、悠久的风尘和这贴近的平安，都是上天对人的垂怜！我要那丁双手合十，与我一同祈祷：要么让我的丁一之旅就这样走下去，走下去，永远就这样走下去吧，要么就让它到此为止。

124. 变态与无耻

设若想象力奔涌驰骋，使你遭受了“变态”之名的袭扰，或“无耻”二字的压迫——譬如那史也曾就此向我发问，甚至是发难。我说：“那你想过没有，人因何而‘耻’？又凭什么，必得千心一‘态’？”

这不免又让我想起我与丁一初到人间的情景：树影里闪动起一盏盏陌生的目光，渐渐地围拢过来，逼视过来，指指点点，哧哧窃笑……有个声音说：“嚯，瞧他呀，就这么光着屁股站在街上！”又一个声音说：“哈，这个小玩意儿不错嘛，你就让它这么翘翘着给人看？”……赤裸的男孩于是羞愧难当，浑身上下发一阵冷，本能似的将那朵小小的萌芽遮住……——这就是“耻”吗？但这，为什么是“耻”？

我便又记起伊甸，记起我从亚当起程、告别夏娃的情景：赤裸的亚当和赤裸的夏娃走出那乐园，手牵手一同眺望这吉凶莫测的人间。那时，他们也是忽然间浑身上下发一阵冷，于是羞愧难当，牵手分开，无措地垂落……而也就是在这时，虚冥中飘来些无花果叶，那叶子也是首先遮住了那两朵不同的花……为什么？这是为什么？人因为懂得了羞耻而被逐出伊甸，但问题是：为什么，人会感到羞耻？

对此我久思不解。

对此我猜想多年。

不过你注意过动物吗，所有的动物？当它们——比如说猿、鱼、犬、马——将身体最软弱的部位展示给或暴露给同类的时候，你认为那是在表示什么？对对，表示爱慕。还表示什么？是呀是呀，还表示屈服！这就怪了，何以爱慕与屈服竟是相同的表达方式？莫非爱慕包含了屈服？抑或，屈服与爱慕竟可以互为表达？

如果我说是的，估计你不会信。要是我说**恨**孕育着**征服**，你多半会信，但要是我说**爱**包含着**屈服**，你就不愿意信。要是我说，爱是一种非凡的屈服，你大概会莫名其妙。要是我说，能够解除征服的正是这非凡的屈服，你也许会觉得逻辑新颖，但对不对呢？可要是换句话，我说能够解除恨的是爱，能够解除恨的最初是爱，最终还得是爱，我想你一定能同意，甚至会赞赏。——唉咳，毛病就出在这儿：人是多么向往爱呀，可人又是多么的不愿意屈服！毛病就出在这儿：人是多么软弱，而又是多么的不愿意承认软弱啊！

尤其是在白天。

尤其是在轰鸣、蒸腾的白昼！

因此夜要降临。夜，是祈祷爱并且宁愿屈服的时候，是祭祀爱因而奉献屈服的时候。因为夜是诉说，是心魂挣脱开白昼的威迫而倾心相许的时候，是宁愿屈服也要倾心相许的时候！

但是，夜要你屈服于什么？

爱，并不屈服于暴戾，但是屈服于人的软弱。

自打上帝把人从混沌之中分离出来，便注定了人的软弱。自打上帝把人分别成我、你、他，便注定了人的软弱。上帝是以分离的方式制造差别，从而创造世界的：第一天他分离出昼和夜；第二天他分离出天空；第三天他分离开海洋与陆地，并在陆地上分离开各种各类的植物；第四天他分离出太阳、月亮和星星；第五天他分离开天上飞的、水里游的和陆地上走的种种牲畜、野兽和爬虫；第六天他分离出人类，并把他们区分为男女；第七天上帝完成了他的创造，就休息了，“他赐福给第七天，圣化那一天为特别的日子”（《旧约·创世记》）。

但是有个问题：上帝既已在第六天就区分出了男女，何以又在以后的日子里抽出亚当的一条肋骨，分离出夏娃？啊，那分明是说：上帝在那圣化的一天，要人们脱离开繁重的劳作，脱离开一味的谋生。那分明是说：上帝要人们在那个特别的日子里记念起伊甸，从而有机会察看自己，和询问别人。那分明是说：第六天所分离的，不过是动物一样的男身女器，是无从表达也无以表达的空器荒形，唯在以后漫长的岁月里或行途中方可以分离开人和生命，才可以分离开心魂与肉体——比如：我与丁一。那分明是说：唯其如此，人才不至于终身终世地埋头觅食、漫山漫野地瞎跑和没心没肺地繁殖……

然而，这样，软弱就来了。

不过这样，爱愿也就要来了。

可是分离和软弱来了，强者和征服也来了。

于是恨就来了。

如果，在白昼，你不肯屈服，你不甘示弱，那么在黑夜你将渴望诉说。

比如梦，即是诉说。比如所谓的"淫荡"与"肮脏"，所谓的"无耻"和"变态"，那都可以是诉说。黑夜将偿还你全部的诉说能力；性，蔚为极端。故而黑夜的诉说不可混同于白昼。任何一点点的言不由衷，行不尽意，或"性"不言心，就都是谎言。在夜的约定中，唯谎言才是淫荡。夜的戏剧要的是敞开，是畅饮，是忧哀与盼念，是承认软弱与宁愿屈服，唯征服才是肮脏。但不是屈服于白昼，不是屈服于征服。是屈服于黑夜的召唤，屈服于无限的远方与近前的残缺，因而是屈服于软弱，屈服于向爱并且能爱的心魂……

125. 比如姑父

比如姑父。比如那个（以及所有）难逃耻辱的老人。比如一个（以及一切）因为害怕折磨而一辈子活在愧悔之中、因为怕死而一辈子生不如死的心魂。

比如丁一、秦娥和吕萨的胆大妄为——要使那“无墙之夜”无边无际地扩展。比如说他们要邀请那些苦难的心魂走进戏剧，要让那些残酷的真实变成虚假的模型，要让姑父的梦念成为可能。比如说他们要用赤裸的身体和赤裸的心魂互相告慰，并且告慰姑父：叛徒，即便是叛徒也仍在爱愿的眷顾之中！比如说他们要用尽一切极端的话语相互倾诉，并且对那个老人说：忘记那些人为的荣辱吧，放弃那些人定的善恶吧，在这个被神所赐福的时刻向往伊甸！比如说丁一、秦娥和吕萨，便用一切能够想象的“淫荡”或“变态”互相宣布，并且向所有孤苦的心魂宣布：我们曾经是，我们仍将都是，上帝所播撒的相互寻找的消息！以及由夜的戏剧所解放的，本真角色！

而这些，都要依靠想象。

因为毕竟，这样的戏剧不是要你**看**的，我也不是要写给你**看**的。

因为“看”是多么狭小，而“听”与“想”是多么辽阔！

所以你要想。想象姑父、馥和别人的戏剧。想象丁一、娥和萨的表演。想象他们的想象，并且被他们所想象……比如说在那个红、蓝、白三色的房间里，丁一的思绪融入（即表演）姑父的现实，融入一个被判离群的孤魂，那时娥与萨都是（即扮作）别人——光荣或正义的别人……比如说在某一个“空墙之夜”，在相约为真的虚拟之中，娥的心流注入（即表演）馥的历史，注入一个不知所归的行魂，那时丁一和萨都是（即扮作）别人——平安或幸运的别人……比如说在一种时间的魔术里，萨以其由衷的祈祷而成为（即假设是）一个神奇的魔术师，成为（或象征着）苦难的拯救者，那时丁一和娥都是（即充当着）别人——任由历史所指使的别人……

比如说，当姑父走在那条白色的街道上，娥与萨便是那条街上的眼睛——知情者的轻蔑（“哦，这个叛徒”），熟识者的躲闪（“哦，这个不齿于人类的狗屎堆”），陌生人的好奇与孩子们的恐惧(“喂看呀,看呀,那老家伙是叛徒”)……就好像丁一又听见了那首“流氓之歌”,或听见别人一齐喊道:“看呀,就是他!他就是那个输给人家东西又跟人家要回来的家伙!”“看呀,他就这么光着屁股站在街上!”……这时候,丁一便只好埋头快走,而姑父则只有逃回家去……

丁一逃进那块红色的区域,即姑父逃回到满院子的花草中间。

姑父气喘吁吁。姑父失魂落魄地祈祷,或永远只能是这样无望地祈祷……这时候,娥与萨翩翩然穿“墙”而入——一身素白衣裙的娥,似执意要唤起丁一幼年的惧怕;一身灿烂衣裙的萨,便好像姑父脸上那只时隐时现、欲起欲落的彩色蝴蝶。恐惧抑或蝴蝶,越过那道红与白的交界,走到姑父跟前;素白的娥说:“我是馥,你还记得我吗?”灿烂的萨说:“我们是别人,是光荣与正义!”素白的娥说:“你这个叛徒,你以为你能够逃脱光荣与正义的眼睛吗?”灿烂的萨说:“光荣和正义的眼睛是什么墙也挡不住的!”素白的娥说:“我们敏锐的目光将看穿你的一切!”灿烂的萨说:“看穿你的墙,看穿你的衣,一直看到你的耻辱!”丁一便只好服从,哆哆嗦嗦地脱衣,包括“裸体之衣”,脱尽一切直至袒露出姑父伤痕累累的身体和伤痕累累的心魂……因而你要想象,想象那些早已飘逝进宇宙深处的鞭打声、呵斥声、凌辱声和哀求声……是呀,那些可怕的声音,那些屈辱的景象,飘进宇宙的深处但并未消散,它们沿着你的记忆或祈祷走进了今夜的戏剧——正如秦汉所言:化作一具仿真的**模型**……因而那“冰冷的刑具”转而表达着贴近的心愿;因而那“残忍的刑罚”恰似签署着一项温柔的约定;因而那宇宙深处的疼痛方可脱胎换骨,再造那历尽劫难的亘古之梦……是呀你要想象,借助今夜这虚假的模型,为那曾有的真实而哭!借助这近前的温柔,为那遥远的冤魂而祷告……是呀你要想象:莫不是那青春的激情注定了这垂暮的耻辱?莫不是这苟活的一生只为写下这永世的伤痕?只有这样想象,只有倾听这伤痕的诉说、这耻辱的祈盼、这些心死如姑父者们的梦念，那具残忍的模型才会崩塌，留连于宇宙深处的仇恨才会烟消云散……那时，少女馥的幽灵才会复活，光阴倒转，素白的娥与灿烂的萨就会以青春之馥与垂暮之馥的名义一同到来，那样，姑父就可能在我的丁一之旅中获救……如果娥把一个巨大的镜框（完全可以有这样一个道具）倒转，萨入其中，脸上是凄哀的微笑，青春的馥就可能重返人间。如果娥从萨的身后闪出，缓缓走近丁一，轻轻梳理他的头发，垂暮的姑父就可能与他垂暮的情人团圆。但是不要说话。娥和萨，以及光荣和正义，以及平安与幸运，都不要说话。只要沉默。只要沉默，沉默，和沉默……任那素白或灿烂的衣裙随风招展，任那青春的妙体若隐若现，任那孩提时的恐惧与这暮年的祈祷相依为命，一同思念伊甸，一同向往伊甸的坦然与不知有耻……那样的话姑父就会得救了，一个难逃耻辱的老人才可能在满院子的花丛中重新成为一个安详的姑父。

馥也就会救。

馥之青春的秘语、垂暮的牵挂乃至一生的企盼，也就会得救。

设若萨脱去灿烂的衣裙，在红、蓝、白三色之间随心所欲，浪态千般，柔姿万种，那就是说：萨以其真诚的心愿——就像那个魔术师——开启了时间的通道，或时间以萨的名义敞开了伊甸之门。设若那灿烂的衣裙如风也似的飘扬，真诚的心愿如静夜般弥漫，那就是说：时间将因此而不论今昔。设若赤裸的萨以其赤裸的想象而低回如吟，而浪步如舞，那就是说：所有被忽略的生命都已得到这魔术般时间的恩宠，被埋没的心魂都可以在那一刻复活。

（譬如耶稣曾说：你的时间是钟表，但我的不是，我看现在还不是去耶路撒冷的时候。）

如果时间不止于钟表，馥的心魂便可在娥的躯体中复活。

如果时间不止于钟表，娥为什么不可以就是馥呢？

如果娥脱去素白的衣裙，从红区步入蓝区，那就是馥从白昼的埋没中苏醒，走进了黑夜的再生。如果娥在那儿静静地守候，那便是馥在轻轻地唱着——曾经多少次在心里哼唱，而终未能唱响的那首——给姑父的歌：看晚霞多明亮，闪耀着金光，海面上微风吹，碧波在荡漾，在这黑夜之前，快来我小船上……如果这歌声惊动了隔壁，一条遥远无比的路就可能因时间的魔术而缩短为一刹那，丁一就会带着姑父的梦念飘然而至。如果，两个经生隔世的心魂借助娥与丁一相拥而吻，泪眼相望，即便是从不屈服的时间也要为之动容……那一刻，丁一可能会想起少女阿春，想起那个小小的公主曾对他说："喂喂，我没有死呀！你看呀，我哪儿死了……"而姑父呢？唉唉，这样的戏剧已不知在他的梦里上演了多少回！

萨所以静静地坐在一旁，让时间也停下脚步。

萨所以注视着丁一和娥，让时间重新接纳姑父与馥的在世团圆。

时间静静地流淌。时间满怀热情。

设若时间并不是钟表，现在就到了"去耶路撒冷的时候"。设若时间并不是钟表，亚当和夏娃便可借助任意的男身女器而畅诉别梦离情。设若时间并不是钟表，一切就将回到创世之初：心魂消失掉界线，冲破"你""我"的命名，跟随着上帝的灵在浩淼的水面上汇合……

因而萨知道，她务必要参与其中——唯时间可以补偿被时间所拆散的心灵。

因而萨知道，她注定要与娥与丁一在那浩淼的爱愿中汇合——唯时间可以唤回那些随时间而遗失的梦境。

一俟萨油然地拥抱起相互拥抱着的娥与丁一，青春即显其炫耀，暮年即得其赞美，亘古的梦愿就会在三个爱愿激扬的肉身上显形成真……

那时，一切放浪就任由其放浪吧，一切"淫荡"就任由其"淫荡"。

那时，天地寂寂兮如悦其声，星月辉辉兮如慕其形。

设若时间并不是钟表，一切白昼的恶名都将在黑夜中圣化。娥呀，你的屁股从来就是这么光彩照人吗？萨呀，你的毛丛一向就是这样野性张狂？丁一之花你为什么动荡得如此动荡，昂扬得这般昂扬？是呀是呀我知道，丁一的欲望我当然知道：那是为了你们颤跳的双乳，为了你们跌宕的腰身，为了那美妙的峰峦与沟壑，以及那沟壑中蓬勃的埋藏，或那由汩汩心泉所酿成的滴滴晶莹……啊不不，绝不仅仅是为了那一处娇嫩的孔或魅人的洞，或那晶莹的露与袭人的风，而是为了那一处处神秘地带的敞开，为了她们竟是如此自由、畅朗并圣洁地开放……并且那自由并不是单向的，那信任亦不止于双向，而是系于多向的他者，朝向无边的夜与无边的思念……

因而，这样的时候，于幕后或远方，隔壁以及隔壁的隔壁，你将闻一曲天籁般的哀歌：门前有棵菩提树，站立在古井边，我做过无数美梦，在她的绿荫间……这歌声在静夜中流淌，随时间而不停歇：今天像往日一样，我流浪到深夜……啊朋友，到我这里来，到这里长安乐……这歌声流入春天：田野小河边，红莓花儿开，有一位少年真使我心爱，可是我不能对他表白，满怀的心腹话儿没法讲出来……这歌声流向暮年：岁月像支无情的笔，在我脸上写下痕迹，他们称我们是老人了，梅姬，像泡沫被浪花冲洗，但你依旧还像从前，那样年轻和美丽……流向北方的草原：十五的月亮，升上了天空哟，为什么旁边没有云彩，我等待着美丽的姑娘哟，你为什么还不到来哟嗬……流向西部高原：三哥哥今年一十九，四妹子今年一十六，人人说咱们二人天配就，你把妹妹闪在那半路口……流向故乡的村庄：走过来坐在我的身旁，不要离别得这样匆忙，要记住红河村你的故乡，还有那热爱你的姑娘……流向异域的河流：呜喂，风儿呀吹动我的船帆，姑娘呀我要同你见面……当我还没来到你的面前，你千万要把我呀记在心间……流向远方的海洋：亲爱的我愿同你去远航，像一只鸽子在海上自由飞翔……美丽的小鸽子呀，请你来到我身旁，我们飞过那蓝色的海洋，走向遥远地方……啊，所有流传的歌都是情歌，所有的情歌都似哀歌——何谓哀歌？即对那“逝者如斯”的留连，对那美好如斯的祷告！因而所有的哀歌都是祈祷，祈祷飘向天际并在那儿汇合：马车从天上下来，把我带回我的家乡……马车从天上下来，把我带回我的家乡……

126. 丁一的理想生活

在那座客厅的地板被涂成红、蓝、白三色的宅屋里，丁一和娥有过一段理想的生活。白天他们各忙各的事去，像觅食的鸟儿飞进人山人海，隐没在轰轰烈烈的楼峰厦谷之间，晚上回到这儿，以简单的物品和奢华的想象度着生命的另一半时光。

有时候萨也会来。

他们一同创造了多少激情燃烧的戏剧，或不过是些随心所欲但绝不现实的情节，已经记不清了。也许是记述那些事让我为难。我担心**写真**会更让人沉湎于**看**，结果倒忽视了**想**。或当有一天观众油然地闭上眼睛，一心去谛听那里面的神启，我才可能恰如其分地讲述那些戏剧的细节。

我执意说那是戏剧，无非是还要强调：性爱，看起来大同小异，想起来则相去甚远。因而夜的戏剧说到底是要依靠想象的，即在这个危惧四伏的人间，孤弱的心魂可以怎样竭尽所能地相依相求，并一同祈告上苍赐给我们平安与团圆。

或如一位鼎鼎大名的哲人所言：人在大地上，当诗意地栖居。

诗意地探问历史，看望未来，以及诗意地重整现实。

因而有一阵子他们迷上了改编，改编戏剧、电影甚至小说，并搬上他们的三色舞台。我记得他们胆大妄为，居然改编到一些经典剧目头上；不敢说改得高明，但其动机的纯粹和想象力的奇诡至今让我心存敬重，心存敬重却又不免暗自发笑。比如说，他们让《野火春风斗古城》中那个深明大义的革命母亲没有机会自杀，让她活着，让她仍旧陷于敌人的威逼之中，然后再来看看命运留给她儿子的选择还有什么。再比如，给《红岩》中那个著名的叛徒换一种秉性，让他心欲懵懂尚未沾染爱情，自然他也就还没来得及有爱人，甚至让他对“儿女情长”那一套素持轻蔑之态度，从而因差缘错地他便逃过了敌人的抓捕，然后，再来看看他是否也可能做成一条好汉。嗨嗨丁一，你们认为这有意义吗？／怎么，你认为没意义？／你以为你们改变了什么？没有哇哥们儿，这不过是同样的命运经过着不同的姓名罢了！／对呀老兄，可这没有意义吗？他们不再理我，乐此不疲地继续着他们的改编。

有一回他们改编《牛虻》。初衷只是让牛虻活下来，让亚瑟与琼玛相认，以及与蒙泰尼里和解。但是演着演着三个人都憎恶起那个列瓦雷士来了。当牛虻把脸埋在琼玛的臂弯里，挨过了那一阵几近软弱的颤抖之后，抬起头来，重新恢复了他素有的镇静或不如说是一副永远都摆脱不掉的假面之时，萨忽然演不下去了。

萨一把搡开半跪着的丁一，喊道：“他为什么要这样！为什么他不把一切都告诉琼玛？我看他一点儿都不爱她，娥你说是吗？”

“是的，”娥坐在月光里不紧不慢地说，“我早有同感。”

萨说：“我看他折磨起人来简直有种快意！”

“他要报复。”娥说，“不单要报复蒙泰尼里，报复琼玛，他要报复所有的人。你们见他对谁有过善意吗？”

萨说：“对他受过的那些苦，他要让这个世界加倍偿还。”

“没错儿。”娥说，“用别人的忏悔，用别人的歉意、痛苦和煎熬来发泄他的怨恨，来满足他的虚荣，来包装他所谓‘男子汉’的形象。”

萨说："什么永不诉苦，他诉得还少吗？他利用爱他的人，或者说是利用别人对他的爱，来发泄他的怨恨来塑造他的光环，丁一你说这样的人，可谈得上一点点爱吗？"

"他主要是想当英雄，"娥说，"想当一个被人爱戴的列瓦雷士和牛虻，而那个可爱并且会爱的亚瑟，早已被那含屈受辱的十三年给蒸发啦！"

"那怎么办？"丁一跪在地板上问。

娥说："照这样，亚瑟是绝不可能回来的。"

"那怎么办？"丁一仰起脸来问。

萨说："只有让这个牛虻实话实说，把真面目全盘托出！只有那样亚瑟他才可能回来。"

"或者说，"娥补充道，"琼玛才可能认出亚瑟。琼玛是绝不可能在列瓦雷士身上认出亚瑟的。"

"没错儿没错儿，"萨说，"结尾的悬念未必是因为牛虻不想说出真情，而是因为琼玛内心深处的恐惧——她不敢认他，她不能想象那个一脸纯真的亚瑟可以从这副'列瓦雷士的假面'中回来。"

"棒极了，萨你说得棒极了！"

丁一于是把脸重新埋进娥的臂弯，然后抬起头来："琼玛，琼玛你仔细看看呀！难道你还没看出我就是那个你曾经爱过的，并且一直都在爱着你的亚瑟吗？"

"拙劣，拙劣！"萨大笑道，"丁兄我还从没见过如此拙劣的表演哪！"

娥也笑倒在一旁。

"那，应该怎么说？"

两个女人便一齐坐在月光里，看着他，嘻嘻地笑而不答。

我只好提醒他：如此末路的语言，丁兄，你以为能够传达什么极端的心愿吗？／那你说咋办？／忘记詹是怎么说的了？

赤裸的娥和赤裸的萨便一齐站起身，冲他喊道：列瓦雷士，还我亚瑟！列瓦雷士，还我亚瑟！列瓦雷士，还我……

还有一回，他们居然改编了莎翁的名剧《奥塞罗》。他们让那个自卑因而多疑的摩尔人，在走进那一场不可挽回的悲剧之前因为一个偶然的念头——比如说天气太热，他想先去冲个凉——而耽搁了几分钟，而就是这几分钟，不仅改变了主人公们的命运，当然也就改变了全剧的结局。简单说吧：那几分钟使奥瑟罗走进了一个前所未有的角度，甚或竟是溢出了此一元时空的限定，懵懵懂懂他先自走进了全剧的结尾，以至于提前听见了苔丝狄蒙娜死后的心声，听到了凯西奥的告白。此一事件的另一种结果是：当那个心怀叵测的伊阿古携其谗言，风也似的再刮到奥塞罗的耳边时，他发现，他的诡计刚好为其主帅久悬未解的一道谜题提供了答案。见那摩尔人既没有暴跳如雷，也没有痛苦得发狂，而是手握剑柄轻蔑地看着他时，狡猾的伊阿古自知阴谋败露，转而大笑。

"你笑得太晚了，先生！"奥塞罗的剑锋顶住他的喉咙。

"未必未必，"善辩的伊阿古说，"对于一部经典的戏剧而言，并不存在早与晚的问题。"

"好吧，那就再给你一分钟解释。"

"既然你能够提前走进戏剧的结尾，我为什么不能拖后走到戏剧的开头？"

"……！"

"所以呀我的主帅，你是不可能杀死我的。"

"试试吗？"

"试试吧，除非你能够杀死你的自卑与多疑，否则我将死而复生。"

"你凭什么？"

"凭我风一般无所不在，一俟你萌生猜忌，我便会卷土重来！"

奥塞罗不信，一剑刺死了那个奸佞。但是果然，随即他听见漫天漫地的风流无不裹挟着伊阿古的奸笑:“奥塞罗,奥塞罗,你的幸运只有一次,而我永远都在你周围伺机而动……”

127. 问问的梦

有件小事,曾让丁一和娥大惑不解。在他们把客厅地板染成红、蓝、白三色的那个周末,问问从幼儿园回来,本来高高兴兴的一路上又说又笑,可一进门就不出声了。

“怎么啦问问,你不喜欢这样吗?”娥指指客厅的地面。

问问摇摇头,不说话。

“你要是不喜欢,”丁一说,“我们也可以把它恢复成原来的样子。”

问问摇摇头,还是不说话。

“那你,为什么不高兴呢?”

问问叹了口气,叹得像大人们那样意味深长。

“到底怎么啦问问,是不是幼儿园里有什么事了?”

问问再摇摇头 ,就走进自己屋里去了。

这天晚上丁一没在那儿住。

第二天一早娥就打来电话:“喂,你猜昨晚问问是为什么?她说她早就梦见过这样的屋子。”

“什么样的屋子?”

“地面,被涂成红、蓝、白三色的屋子。”

“是吗?!还有呢?”

“她还说蓝色的是海浪,红色的是海岛,白色的是一群一群的海鸟。”

“那她为什么不高兴呢?”

电话里好一会儿没有声音。

“喂,喂! 娥你没什么事儿吧?”

“没事儿,没事儿。嗯……好了,回头再跟你说吧。”

“问问呢,问问现在咋样了?”

“问问她……哦,没事儿,这会儿她又有说有笑的了。”

“到底怎么回事儿,娥?”

“唉! 好了,回头再跟你说吧。”

“不,你告诉我,问问一定还说了什么。”

“她说,她说那红色的海岛上多出了一个人,这个屋子就……就空了。”

“什么意思? 这屋子跟海岛有什么关系?”

“不知道。问问说她想不起来了。”

128. 一个疑问

那一段理想的生活就像一季漫漫长夏,而当秋风起于毫末,他们却都还一无觉察。在我的印象里,那最初的秋风很可能是由于娥的一个疑问:**那戏剧中的做爱者,到底是谁**?

有天娥来到丁家小院,说是给问问去开家长会了,回来经过这里,见附近的墙上都写着一个大大的“拆”字,看着有趣,所以进来瞧瞧。

“真的要拆吗?”

“当然。”

“啥时候?”

“据说很快。”

“伯父、父母呢?”

“都看新房去了。”

娥找了个板凳,坐在院子里。

我记得，那时节满院子都是盛开的石榴花，绿叶红花把房前屋后的天都挤满。丁一坐在树下，面前摊开稿纸，魔魔道道地满脑子都是他的剧本。

坐了一会儿，娥忽然问丁一："比如说一部电影，男演员甲扮演男主角A，女演员乙扮演女主角B。又比如说在这影片里A和B是夫妻，也可以是情人，而且这影片中有他们做爱的情节。那么，比如说，是否就可以想到这样一个问题：实际上发生肉体关系的，是A和B呢，还是甲和乙？"

丁一未及多想，侧头道："当然是A和B呀？"

我见秦娥神情严肃，以为有必要提醒丁一：喂喂，你可听仔细！为什么娥用了这么多的"比如说"呢？还有什么"一部电影"呀，"是否就可以想到"呀，她的话没说完吔哥们儿！然而此丁憨蛮，一心于他的剧本，并未在意。

"我指的是实际上，"娥说，"实际上！"

"实际上？"那丁抬头，"对呀，实际上不是A和B吗？"

"我是说真正！真正发生关系的，谁和谁？"

"真正？"

"好吧好吧，还是说**实际上**吧。实际上并没有A和B，对吗？A和B是虚构的，对吗？**实际上只有甲，和乙。**"

"噢，噢噢……"蛮憨之丁这才似有所悟。

娥不说话，看着他。

丁一说："你的意思是，实际上，是那俩演员？"

娥不说话，目光有些涣散，像是在心里数着那些数不尽的石榴花。

"要这么说嘛，"丁一放下了手里的剧本，"那当……当然就是甲和乙了。"

娥仍不吭声，涣散的目光有点像姑父脸上那只欲起欲落的蝴蝶。

怎么样哥们儿，是不是有点儿节外生枝的意思？

“可那是假的呀！”丁一说。

“唔，假的，假的……”娥轻轻地点头，像是同意，又像是讥嘲，但紧跟着又问，“那么，谁跟谁是假的呢？”

“当然是甲跟乙呀？”

娥就又不说话；那只蝴蝶像在挣扎，要飞进或要穿透那一树的猩红。

“怎么，你认为我……我跟萨？”

“不，我说的是甲，和乙。”娥抱臂凝神，心思好像不在眼前。

那丁问我：哥们儿，她这到底啥意思呀？／我说：兄弟，看来你又得有点儿麻烦了。／那丁委屈：我可真是想啥就说啥的呀！／可你却说所有这一切，都是谎言！／我啥时说所有一切都是谎言了？我只是说甲和乙是演戏，所以是……是假的。／我说：着哇，那岂不还是“裸体之衣”吗？如果白昼的戏剧不可信任，而黑夜的戏剧又是假的，岂不等于是说一切都是谎言？／那丁摇头抱怨：可我能说甲和乙是……是真的吗？／我便笑他：咋不能？你不是想啥就说啥吗？／那丁叹道：要是我跟萨也是真的，那么我跟娥呢？要是我跟一二三四五六七全是真的，唉，哥们儿你想想那怎么行？／怎么不行？既然爱情是人间最最美好的情感，为什么不能全是真的呢？咱这戏剧不就是为了让不可能成为可能，让不现实能够实现吗？／那丁一沉吟良久，无奈，终于向我吐露肺腑之言：要是都能那样的话，哥们儿你想想，那还……还用得着戏剧吗？／唔，是的是的，我心里随之怦然一惊。但我仍旧抱紧着希望：不会，不会的，娥绝不会是那种心胸狭隘的人！／结果那丁反倒来提醒我了：那她干吗还要问什么“实际上”，还要铺垫那么多的“比如说”？而且，她何必不直说《空墙之夜》，却偏要拐弯抹角地说什么“一部电影”，还有什么什么“是否就可以想到”……

咳咳，我暗自苦笑：我还以为此丁憨蛮、一贯诚实呢，谁料这厮啥都知道，差点连我也骗过了！不过且慢，刚才他真是假装没听懂吗？不像。以往这厮的心计从未逃脱过我的觉察呀，这回怎么啦？唔，除非是本能，这人形之器天赋的本能！他先前的“没看懂”和后来的“都知道”全是真的；性，这肉身之本能，其攻防的敏觉恐怕是思之不及的。哎呀呀，这丁一之旅真也不是好玩的——谁知道哪只“蝴蝶”将在哪儿起飞，在哪儿落下，在何时何地酿成一场急风骤雨？

在我的印象里，霎时间盛夏已去。

落红缤纷，太阳也毫不吝惜地转换了角度。

娥伸开两手去接那盘旋飘落的猩红花瓣，同时喃喃自语道：“唉，我倒是希望有些东西，能够是真的。”

那丁惊愣片刻，急忙问我：什么什么，她说什么？

我说：你以为谁都像你一样狭隘吗？娥说她倒是希望那都是真的！

“是吗，娥？”那丁不敢相信，“你真是这样想吗？”

娥轻轻地吹开掌心的花瓣，目光避开丁一：“否则，我们到底是为的什么？”

“真的吗？娥你这话可是真的吗？”那丁表情急切。

娥却是一字一句：“但愿，一切，都能够，是真的。”

“你是说甲和乙，也可以是真……真的吗？”那丁眸中熊熊有火。

娥的神情却静如止水：“我是说我们的戏剧，我们的盟约，不就是为了一个真字吗？”

“娥你太棒了，娥你真正是了不起！”那丁跳起来，想要拥抱这伟大的女人。

娥却闪开，倚身树下，表情中似有愁苦。

“娥，你怎么了？”那丁战战兢兢，生怕又出枝节。

娥闭上眼睛，似要让那只心底的“蝴蝶”分作两半——遥远并忧哀的那一半隐入花丛，切近又鲜活的另一半飞起来，飞向未来，飞进可能，以便能够落实于一个怵目惊心的“真”字。

“娥？”

娥睁开眼睛。

“娥？”

娥便笑笑。

“啊，娥你可吓死我了……”

“你是怕我改口？你说我会吗？”

丁一实在是不知怎么回答才对。我赶紧提醒他：不会，当然是不会！哥们儿你还愣着干吗，还不赶紧说——不会！

“放心，”娥说，“这不是改不改口的问题，也不是保不保证的事。对了，就像彼得说的那样，这没有什么法律保障。”

“那……那……”

那什么那！我说：你那个屁呀，傻啦咋的？

“否则，”还是娥说，“我们到这儿来，到这星球这人间来，到底是啥意思？”

那丁果然是傻了，唯愣愣地站着，呆若木鸡。其时蜂飞蝶舞于累累花间，其时枝叶摇曳簌簌有声，其时光阴荏苒世界上又不知发生了多少故事，而那丁依然愣愣地看着娥，毫无作为。我说：你倒是给我动一动呀，无论如何咱也得对娥有个表示吧？这样他才笑了笑，比哭还不如，然后就像劣等影片里的英雄抑或傻瓜那样抱住娥语无伦次：“娥你是说**我们**吗？我和你，你和萨，萨也和我，我们也和你，你们也和我，我们也和她，我可以认为你是这……这个意思吗？”

我记得那一刻落花猩红，点点如血。我记得那一刻落花如雨，飘洒在娥的脸上，似斑斑泪痕……

129. 依回来了

依回来得非常突然。石榴树结出了绿白色果实的季节，一个中午，依似从天而降。其时丁一正在自己的小屋里续写他的《空墙之夜》，忽听院子里响起一个似乎熟悉的声音："请问，丁一还住这儿吗？"母亲应道："哟，这么漂亮的姑娘！您从哪儿来？""哦伯母，我是他老同学，丁一他……他回来了吗？"这声音熟哇，熟得厉害，谁呢？

丁一推门出去，只见石榴树的浓荫下，婷婷然站着一个素白衣裙的女子。

"依，你是依？"

"嗨，丁一！"依转过身来，满脸的惊喜不亚于丁一。

"真的是你吗，依？"

依在那丁肩上轻捶一下："喂，你好像还是那样儿嘛。"

依走进丁一的小屋，四处看着。

丁一却止步门前，怯怯的不敢跟进。

"你看我是不是都老了？"依说。

丁一望着她，仿佛隔山隔水，隔生隔世一般。

"你们是不是都认不出我了？"依说。

"我变得真有那么厉害吗？"依说，同时在书柜的玻璃上望望自己。

风把屋门悠悠地合拢，依把它挡住，丁一这才顺势迈进门来。

"什么时候，依你是什……什么时候回来的？"

"哦，有几天了。你呢？"

"我？"

"我这一路上都在想，你是不是也回来了？啊，谢天谢地，现在好了！”依双手合十，闭目之间还默念了一句什么。

我悄悄对那丁说：怕是又有麻烦啦哥们儿，依还以为你也去了边疆呢！

那丁脑袋里“嗡”的一响，甚至全身都忽悠一下，哪儿也不挨着哪儿了似的。

“太好了，太好了！”依由衷地舒一口气，继续墙上、地上、桌上地看着。

那丁只觉眼前有些昏暗，扶住书柜稳一稳神；怎么书柜的玻璃中好像坐着姑父？

“别人都干吗呢？”依问：“咱那些老同学都好吗？”

“哦哦，干吗的都有。”丁一敷衍着，慌忙借沏茶之名走开。

在厨房里烧水时那丁问我：咋办，哥们儿？

这可让我怎么说呢？就实话实说呗，你这个出卖者早晚还能跑得了吗？

幸好依没再问起往事。依被桌上的剧本吸引了：“嗬，你写小说哪？”

“哦不，不是小说。”

“那是什么？”

“咳，瞎写着玩玩儿。”丁一忙把稿子抢过来，合上。

“写的什么，也许我能给你提供点儿素材？”

“你还画画吗？”

“不知道。”

“那你……你父亲呢，他还好吗？”

“他不在了。”

丁一脑袋里“嗡嗡嗡”地连着响，随即书柜的玻璃上又出现了馥。

依说：“我爸他，觉得最对不住的就是你。”

“对不住我？”

“他最怕连累别人，可结果还是连累了你。”

“哦，没没……”

“咱给抓去的那天晚上，我爸就去了‘革委会’。我爸跟他们说，你们不就是为了给我凑‘材料’吗？好，说吧，让我承认什么？我爸说，可你们不能再折磨那俩孩子！他说我以前教育我女儿要诚实，现在和以后我还是要这样教育她，所以我不会不承认我自己说过的话。我爸拍着桌子问他们，你们年纪轻轻的是从哪儿学来的这苦肉计？从哪儿学来的株连？要是你们不学就会那我就说对了：人性恶！如果你们是刚刚学来的那我就又说对了：这是个狗屁时代！好了，我爸说这些话我承认都是我说的，你们可以放了那俩孩子了吧？尤其是那个男孩儿，这事跟他毫无关系……”

依说：“可我爸还是太天真了，他以为他承认了，你和我就都没事了。”

依说：“我们离开这儿的那天，直到上了火车，我爸还向那些人问起你，问那个名叫丁一的男孩是不是已经回家了？可他们说谁的事是谁的事，你以为革命是请客吃饭吗？”

依说：“直到最后，我爸也没忘了你的事。他跟我说：如果你能回去你一定要去看看丁一。那时候我爸已经有了一点儿自由，传说我们就快能回家了。”

依说：“那些年里我爸一直想给你捎个信，可又怕连累你，甚至连累你全家。我爸让我告诉你，这事与你无关，一切都是他自己承认的。他想嘱咐你，不管那些人要你承认什么，你都可以往他头上一推了事。”

依说：“他也是这么嘱咐我的。可我说，那样的话我成了什么？”

依说：“这时候他就搂紧我，半天半天地什么话也不说。”

依说：“直到有一天我们看了个电影，《瓦尔特保卫萨拉热窝》你还记得吗？里面有个老钟表匠，你还记得他是怎么跟他女儿说的吗？他说：‘有些人要站出来，有些人要等待，你是个姑娘你还年轻，所以你要等待。’这句话让我爸泣不成声。我还从没见他哭过呢。然后他说：‘就是这，就是这，我一直想跟你说的就是这句话呀！’”

丁一悄悄地走出门去。

依不拦他。

那天丁一独自走了很久。也不知走到了哪儿，也不知自己是已经解脱了呢，还是依旧罪孽深重？

回来的时候依已经离开。依留了个纸条在桌上：大作已读，未经同意，抱歉。明天我再来，我要跟你谈谈我对《无墙之夜》的看法。

130. 依的疑虑

“你不会以为我是在写黄色小说吧？”丁一故作调侃地说。

依却一脸严肃：“那倒不会。而且呢，而且我理解你的愿望，或者说是理想。”

“是嘛！”丁一一拍大腿，几乎跳起来，“我就知道你不一样，你绝不会那么傻。”

但依并不被他的兴奋所感染，严肃中却又像多出几分忧虑。依把那稿子拿过来，核对账目似的翻看着：“可是，我但愿这些，永远，永远只是一种理想。”

“喔？”

“永远都只是美好的愿望。”

“为啥？”

“否则会有危险。”

“危险？什么危险？”丁一笑得已经不那么自信了。

“不知道。”依看着丁一，像要从他的脸上看出答案来，“只不过是直觉……”

“直觉到什么？”

“那里面，好像，**潜伏**着一种……”

“什么？”

“恐怖。”

“你是说，恐惧吧？”

“不，是恐怖。我亲眼见过的那种，恐怖。”

“你亲眼见过的？”丁一低垂下目光，心想那一定是在边疆了。

“无墙之夜！”依说，“你的‘无墙之夜’不过是一种，嗯……怎么说呢？充满善意也充满着天真的，梦想。”

“对呀，是梦想！”丁一紧跟上说，“但梦想未必就不可以实现。”丁一想把话题赶快转向他的戏剧，万不可过多地触动边疆。

“但是在边疆，”依说，“我亲身经历过那样的噩梦！那是真正的无墙的黑夜。真正的无墙的黑夜你知道是什么滋味吗？整夜整夜地提心吊胆，惊恐不安，每时每刻都可能有人闯进来问你们在干什么？问你在想什么？要不然就把我爸我妈带走，剩我一个人在那间小土屋里等着他们回来。等着等着就睡着了，忽然一激灵又醒了，以为是醒了，一看我是睡在旷野上，四周毫无遮挡，狼就在周围亮着眼睛，猫头鹰就在树上哭一样地笑……等到爸回来了，等到妈也回来了，我才知道那是梦，毛骨悚然的一场噩梦……”

“但这不一样啊，依！我知道你在边疆受了很多苦，但我们的戏剧跟这不一样！你的梦里，失去墙，那是因为你害怕失去保护，而我们在梦想里消灭墙，恰恰是要消灭隔离，消灭敌意……”

“可危险就危险在这儿！丁一你听我说，恐怖就恐怖在这儿！就怕你消灭不了隔离，反倒消灭了保护！”

“不会不会，肯定不会。”

“怎么就肯定不会？”

“因为,因为我们那都是自愿的。对了,这两种‘无墙之夜’的不同就在这儿:边疆,那是强迫,而戏剧是自愿的!”

依默默着闭了一会儿眼睛,然后把声音放得很轻:“你以为,自愿的,就都靠得住吗?”

“我宁愿相信。”

“姑父当年也是自愿的呀!”

丁一一惊:“依,你也相信姑父是坏人?”

依摇摇头:“但他是自愿的。他出卖的人,和出卖他的人,都是自愿的。”

“这么说,你还是认为人都是靠不住的了?”

“丁一,听我给你讲件真事:在边疆,那些人,要我爸我妈和很多像我爸我妈那样的人向领导交心,要自觉自愿地把自己真实的思想都写出来。”

“这不一样!”丁一喊着,“依,这完全是不一样的!”

“他们说:你们要相信领导,要向领导上交心,把心里那些阴暗的角落,灵魂深处的一切,尤其是那些见不得人的想法,都主动地让领导上了解。你以为我爸我妈他们怎么着?他们无比虔诚。他们完全是自觉自愿地那样去做了,以为那样就能表达他们的忠诚,就能够赢得……”

“依,我跟你说,你听我跟你说这为什么是不一样的好吗?”丁一喊着,“他们的交心是单向的,可我们是互相的!”

“你听我说完好吗,丁一?甚至,领导上,让我爸我妈他们那些人互相也要那样,要互相坦白,互相监督,互相毫无隐瞒,要把‘私’字消灭在一闪念,而消灭‘私’字的最好的办法就是把它们都亮出来见见太阳。那些天真的老人们就真的相信了,就真的那样去做了,把他们最隐秘的想法都告诉给了别人……可你知道结果是什么吗?”

“我知道我知道,但这还是不一样的!依,你听我说嘛,”丁一尽量把声音放得平和些，“我们的敞开心魂是平等的，没有一个指挥者或操纵者，而你爸你妈他们是在某些人的强迫下！”

依这才止住话头，好像激涌的波涛碰到了一处寂暗的深潭，忽然跌落。

“依，现在你听明白了？”

依的目光似也随之掉进了那处深潭——深潭之下条条暗流，在不为人知的地方交错，汇聚，分离……再流向更加不为人知的地方。

“依？”

或许是那深潭太深太暗了吧。

“依？”

或许是那暗流太久太长了吧。

“依，我知道你受过太多的苦，受过太多的欺骗，但是你不会对这个人间已经没有信心了吧？”

依的身形已经回到了故乡，但依的心魂仍不知漂泊于何处。依的嘴角微微抖动了一下——丁一说他没听清，但是我听见了：“你们的戏剧，不会助长出一个指挥者，或操纵者吗？”

唔，那个可怕的孩子！丁一你还记得吗？

131. 丹青岛的传说

事后那丁反复问我：依肯定是那么说的吗？/我说：没错儿，她就是那么说的。/丁一说：我咋没听见？/我说：你没听见是你不愿意听见，不等于我也没听见。

及至见到秦汉，秦汉笑道：“嗯，有意思，我倒是赞成依。”

“哦？你赞成她什么？”

“说真的，”秦汉一边喝着酒一边说，“其实我很欣赏也很钦佩你们的戏剧。”

咳咳，原来秦汉什么都知道了，丁一不免尴尬。为掩尴尬，他赶忙转移话题：“我是问你赞成依的什么？”

“丹青岛的事你知道吗？”秦汉问。

“什么？你说什么岛？”

“一个无名的海岛。所以叫它丹青岛是因为，几年前，诗人岛和他所爱的两个女人，画家丹和画家青，一起离开了这个喧嚣的城市——照他们的话说是这个迷失的人群，到那个荒岛上去生活了。”

“是吗？”丁一瞪大了眼睛问，“真有这样的事吗？！”

“我也是听说。”

“谁？他们都是谁，很有名吗？”

“这不重要。”

“在哪儿？我是说那个荒岛？”

“这重要吗？”秦汉说，“我发现你总是对些并不重要的东西有兴趣。”

丁一瞪着俩眼愣了好一会儿，才又问：“你是说，那两个女人，也都爱他？”

“应该是吧。至少，我是这么听说的。怎么样你觉得，够了吗？”

“够不够的你问我干吗？我又不知道。”丁一有些敏感。

“哦对不起，我不是那个意思。我是想啊，要维系一个多元的爱情，那样，是不是就够了？”

“我不懂你什么意思。”

“你看啊，”秦汉顺手把桌面上的两只酒杯推到一起，“两个人，构成几个关系？一个。”然后他又推过来一只酒杯，问，“再增加一个呢？”

“怎么啦？”丁一傻呆呆地盯着那三只酒杯。

"酒杯增加一个,关系却不止增加了一个。"

丁一还是没懂。

"三个人,构成几个关系?"

"噢——我懂了,你是说那两个女人也得,相爱?"

秦汉喝一口酒,冲丁一跷跷拇指:"当然啦,再多几个也有可能。"

"那他们,我是说诗人和他的两个女人,是这样吗?"

"不这样,早晚就还是个荒岛。"

"哇!真有这样的事吗?"丁一由衷地赞叹,由衷地感到欣慰、鼓舞。我却注意到秦汉话中有话,便又问,"你说'再多几个也有可能',这话啥意思?"

"既然可以多,为什么不**再**多些?"

"是呀,"丁一说,"为什么不可以多些、再多些呢?"

秦汉说:"你问谁?"

"当然问你呀?"

"我怎么知道?"

"萨说这话是你说的呀?你说,既然爱情是这人间最最美好的事物,照理说就该让她扩大,怎么倒是要尽量地缩小呢?"

"对,是我说的,怎么啦?你找到答案了?"

丁一瞠目,语塞,速冻般僵在那儿。

我亦不免慨叹连连:刚才我还说他丁一呢——你没听见,是因为你不愿意听见。现在看来,这逻辑还可延伸:你想听见你就能听见,你想听见什么你就能听见什么。只要你想,你就能把(秦汉的)一个疑问句,听成一种怂恿,甚至于听成一句号召。

"好吧好吧,"丁一无奈地摇摇头,"那你说,丹青岛怎么了?"

"诗人和他的女人们……不不,这样说会让他们愤怒的,他们一向强调平等,所以只能说:他们仨。他们仨远避尘嚣,离开大陆,在南方一个小小的海岛上建立了他们的非凡之家,读书吟诗为乐,养蛇养蝎为生，再种些瓜菜自用。海岛上有的是荒地，种什么都行；海水中有的是小鱼小虾，以及各种浮游生物，养什么也都不是件很难的事。全蝎是味药材，蛇肉、蛇胆也都是药材，蛇皮的用处就更多了，这些东西有人来定期收购，同时给他们带来日用品。丹青岛上的人们相信，活着其实并不需要那么多物质，够了才是富有。他们立志要过一种与这尘世大不相同的生活，享受朴素，享受智慧，享受爱情，就像有位大哲学家说的：'诗意地栖居'……是呀，这不是诗吗？这才是诗。否则你说，什么是诗呢？"

"那，现在呢，他们？"

"我说的就是现在。"

"还有呢？"

"我就知道这么多。"

"唔——简直不敢相信！"丁一赞叹不已。

丁一又问："你认识他们？"

"我认识的人，认识他们。"

我看秦汉这话里又有伏笔，但丁一已然兴奋得快要跳起来了："了不起，了不起！真是这样的话，那可真是了不起！"

"是呀，"秦汉说，"如果**只**是这样的话。"

"你啥意思？"

"但是他们，我是说丹青岛，并没能回答我的问题。"

"你的什么问题？"

"如果可以多，为什么不可以**再**多？"

"我还是听不出这跟'诗人岛'有何相干？"

"人的**欲望**我了解。"

"诗人到底是谁？"

"你又问他是谁。我告诉你：谁也一样。"

"那，"丁一说，"我看这也没有什么不好嘛。"

"对，甚至很好，但这是戏剧！"

"戏剧？可你刚才说是真的呀，你不是又跟我玩什么花活吧？"

"是真的，但只能是戏剧。"秦汉说，"戏剧的要领你应该知道。"

"我不知道你是怎么说。"

"有限的——用你们的话说就是'约定的'——时间，有限空间，有限的人物，和有限权力。"

"权力？"丁一笑道，"这我怕你是文不对题了，我们的戏剧恰恰是要放逐权力！"

"那么敞开——就像你说的'互相的心魂敞开'，难道不意味着一种权力？你把自己交出去，好，你把自己交给谁谁就获得了一种权力。进而，你把自己交给了谁，你也就是在向谁要求着同样的权力。所以我看依问得对，这肯定不会**助长**出权力吗？"

丁一："我简直听不懂你在说什么。"

秦汉："那好，等你能听懂的时候再说吧。"

丁一："比如说'丹青岛'，让你反感吗？"

秦汉："我只是说，他们没能回答我的问题。"

丁一："要是你，你咋办？"

秦汉："我想还是依说得对，但愿它永远只是一个理想吧，美丽无比的理想。"

132. 标题释义

关于"我的丁一之旅"还可以有一种理解，即我途经某史，因闻"丹青岛的传说"而有的一境梦景。

"丹青岛的传说"流布甚广，版本繁杂，谁也分辨不清哪是谣言，哪是实情。而对于诗人和两位画家的行径，则又是众评纷纭，褒贬不一。就像所有难于考查的历史,虽必有其唯一的实情,但却只有种种猜想在确凿地流传。

这是历史的特点,是一切复杂事件的特点。

复杂事件,难免都会演化成一种寓言:如是我闻即如是我思,如是我思即如是我愿,反过来也是一样。总而言之,你听不见是因为你不想听见,而你想听见的,你都能从那些复杂的事件里听见。

因而,确凿的流传很可能比唯一的实情更要紧——条条暗流,和种种猜想,才造就这个真确的人间。所以有时我真是搞不清楚,是我途经某史而有了“丁一之旅”呢?还是我途经丁一才有了某史之梦,才有了这一篇聊且比附为“回忆录”的东西?

133.姑父走了

有天依打电话来,问丁一知不知道姑父家搬到哪儿去了。

丁一一愣:“姑父搬家了?”

“怎么,你不知道?”

“啥时候的事?”

“我怎么知道?”

“你听谁说?”

“我去看他,可那个院子已经没了,现在是一家餐馆。”

“真的假的?”

“废话,我骗你?”

丁一这才想起,不见姑父已经很久。自打丁一家搬离了那条小街,我们去看过一回姑父,到现在也有一年多了。

“依,下午你有空儿吗?”

“四点,四点钟行吗?”

“好,四点,我在那街口上等你。”

四点之前丁一到了约定地点，依已经先到那儿了。那条街的大模样还没变，只是街口和路边多了些汽车。走进去，远远就看见了一面招展的酒旗，走近了才看清旗上的字：酒香不怕巷子深。

依停步说："就这儿。"

丁一上下打量，又前后左右地查对。

"对吗？"依问。

丁一默默地点头。

"不会错？"

"再往前十几米，对面儿，就是我出生的地方了。"

丁一所指的地方已是一片废墟，几辆农村来的马车正在那儿装运废砖瓦。

两个人便找了个不碍事的墙根站下，愣愣地望着那家餐馆。果然是"酒香不怕巷子深"，太阳还挺高呢，食客已然络绎不绝；花枝招展的礼仪小姐站立门旁，"欢迎光临，欢迎惠顾"地不断点头鞠躬。

"咱就这么愣着？"依说。

丁一便走上前去询问："请问，贵店开张有多久了？"

"欢迎光临。"一个小姐说，"今天是本店周年庆典，所有消费一律八折。"

"请问您知不知道，原来住这儿的那家人搬哪儿去了？"

"对不起，我才来不久。"

"你们老板在吗？"

"老板在总店。"

"有电话吗？"

"对不起，您用餐吗？"

丁一返身回来，点上支烟。

"嘘——你不说你戒了吗？"

丁一忙又把烟掐掉。

这时候，不远处的一个院门里晃晃悠悠地走出来个老头。丁一“咳”了一声，意思是我咋这么笨呢！便赶忙迎过去。

“福爷您好！”

福爷眯缝起眼睛瞅丁一。

“怎么，您不认识我了？”

“您，您是……噢你呀，丁家的二小子吧？”

“丁一。”

“丁一？我咋看你像老二呢？”

“您知道姑父家搬哪儿去了吗？”

“姑父？谁姑父？”

“就是原来住我们斜对门儿的那个老头，”丁一指指那家餐馆，“就那儿。”

“噢，你是说那个叛徒呀，好养花儿的那位？”

“对对对……”

“不知道。”福爷摇摇头要走。

“哎福爷，”丁一拦住他又问，“那您知道谁能知道吗？”

“唉，这街上的老人儿不剩几个啦，全走了，都他妈住楼房去啦。老天爷保佑他们，别再让楼房都给憋死！”

福爷走后，丁一和依又挨家挨户地问了一下午，接近毫无结果。人们只知道姑父把祖上留下的那个小院给卖了，卖了万把块钱，然后就走了，走哪儿去了却没人知道。经丁一这么一问，众人才都想起来：这个姑父，或者那个叛徒，真是与众不同——拿着万把块钱上哪儿去了，甚至是什么时候走的，街里街坊的这么住着居然没一个人知道。

“还有那些花儿呢，都哪儿去了？”

众人七嘴八舌地告诉丁一：来了个男人，一车一车地全给拉走啦。

“姑父他知道吗？”

"咳,他瞅着拉的!不然谁敢动他的花儿?"

可那男人是谁呢?

134.问问的父亲来了

夏天就快过完了,秋阳一派温文尔雅。娥家的楼墙上挂满了爬山虎,浓绿中浮出些红和黄。丁一远远地就看见了问问,才想起今天是礼拜日。

问问蹲在楼前玩沙土,又是谁家在装修了。问问身旁还有个男人。

问问一见丁一就跑过来:"丁叔叔,我家又来了个叔叔!"

那人走过来,伸出手:"你好,问问跟我说了半天你了。"

丁一只好也伸出手:"您是?"

"秦娥的朋友,老朋友,商周。"

"请问,贵姓?"

"免贵,姓商。"

"噢噢,商周,您刚说过了。"

"今天天气真好。"

"哦,是是,秋天,秋高气爽。"

然后好像都再找不着话了。问问顾自玩着沙土。

"好好,你们玩儿,我去……哦,去跟她说点儿事。"

丁一进来时,娥背身站在窗前。看来,她在那儿望着问问和那个叫商周的男人已经很久了。想必丁一跟商周寒暄的情景她也看到了。

"商周,"丁一坐下,"咋没听你说起过?"

娥依旧背身望着窗外。

"同学还是同事?"

“都不是。”娥不看他，说罢转身进了厨房。

在厨房里忙了一会儿，娥出来时端了一盘水果。

丁一询问的目光一直不离开娥的脸。

娥在丁一身旁坐下，说：“他就是问问的父亲。”

“你说谁？”

娥示意一下窗外，不抬眼睛，开始削水果。

屋子里于是很静，能听见削水果的“嚓嚓”声，和问问远远的笑闹。

半天，丁一才找出一句话来：“他从哪儿来？”

“国外。”

又是一阵静，很久。

娥把削好的水果切开，摆在盘子里，而后不断用手搓脸，一副疲惫的样子。

“你告诉他了？”

“什么？”

“问问呀？”

“还用告诉吗？你看他们，长得有多像。”

“那……”

娥凝视一下丁一，但立刻又闪开。

这时厨房里的水壶开了，警笛似的尖叫。娥赶紧跑过去。

问问在踢门。丁一开门前急忙整理了一下表情，但门外只有问问自己。

“对不起妈妈，我只好用脚踢门，你看我拿了多少东西呀！”又是桶，又是罐，又是铲子和勺子，还有一盘沙子做的点心。

“商叔叔呢？”娥边问边朝外面望。

“回家啦，”问问说，“他说他还会来跟我玩儿的。”

丁一和娥面面相觑。

“这个叔叔去过的地方可真叫多啊！”问问又开始滔滔不绝

了,“他说他到过南半球,南半球就是地球的南半拉。他还到过南极洲,那儿特别冷特别冷,只有企鹅能在那儿住。可是热带呢又特别特别热,因为太阳直射。他说他也去过非洲和沙漠,还坐船在世界最大的河上漂流过,他说要是我愿意等我长大了他也带我去……妈妈,那些地方离咱这儿远吗?”

娥愣着,好像没听见问问的话。

“远,当然远,”丁一说,“非常远。”

“坐火车吧,得?”

“坐飞机。”

“真的呀!妈妈我想坐飞机,我还没坐过飞机哪!”

娥居然搡了问问一把。

问问惊呆了,眼泪迅即涌满眼眶,但她却紧闭着嘴不让自己哭。

娥吓坏了,赶紧去抱她。但是问问挣脱开,径直跑进自己屋里关上了门。

“你这是干吗!”

娥摇头叹道:“唉,这孩子真是长大了!”

丁一走进卧室,想安慰安慰问问。谁料问问一见丁一进来,赶紧擦干眼泪,先来安慰丁一了:“我没事,我只是想自己待一会儿。”

丁一差点没笑出声来,心说这是从哪部电影里学来的呀?

问问把床底下的纸箱子拉出来,把她的玩具一样一样地都摸一遍,并且故意地笑,故意表现出津津有味的样子。

丁一跟问问玩了一会儿。各种各样的绒毛玩具:梅花鹿叫“詹”,大灰狼叫“彼得”,小浣熊叫“安”,鸭子叫“劳拉”……

“谁给它们起的这些名字?”丁一笑问。

“妈妈和我。”

“为什么?”

问问望着天花板想了一会儿，说："那你为什么叫丁一？我为什么叫问问，妈妈为什么叫秦娥，舅舅为什么叫秦汉呢？"

"有道理，有道理！"丁一想亲亲问问。

不料问问却说："现在还可以，再过几年你就不能这样亲我了。"

"为啥？"

"那样的话你不就成彼得了吗？"

"彼得怎么啦？"

"彼得是个小流氓儿。"

天哪，我和丁一暗暗叫道：白昼的力量真是不可阻挡！

"好了，那我走了。"丁一站起身，然后又弯下腰在问问耳边说，"过一会儿，跟妈妈说声对不起好吗？"

"我当然会说的，可她得先跟我说。"

"我也跟你说。"

"没你事儿，是新来的那个叔叔闹的。"

丁一惊得差点没叫出声来，连走出卧室时都不由得蹑手蹑脚。

135. 商周或那个摩尔人

丁一："怎么你从来没跟我说起过他？"

娥："因为你从来不问。你无所谓。"

丁一："我无所谓？"

娥："有一回我说你怎么也不问问问问的父亲，你说你无所谓。"

丁一想起来了，那是在又见秦娥后不久的事。

我说：可后来你为什么没再问呢？/他慢慢地回想：是呀，为什么呢？/那你就再想想吧，那个"无所谓"是指什么？/指问问。

指娥已经有了孩子，以及什么处女不处女的，我对那些东西从来就无所谓。／是吗？／当然！他说：那个被傻瓜们无比看重的处女标志除了能够满足虚荣，还能说明什么吗？简直愚不可及！

是呀，上帝原本是要让人尊重语言的贞洁，或仪式的隆重，不想却又让人弄成了歧视的借口。

好吧好吧，我说：那现在呢，怎么啦？／丁一说：怎么啦，你说怎么啦？／现在你怎么好像又有所谓了呢？／那厮垂下头想了一会儿：好像，好像问题是这样：在我到来之前，不管发生了什么那都是别人的事，但在我到来之后就……就不一样了。／怎么不一样？／喂喂老兄，这可是你说的呀——那是爱的语言，是一种极端的表达与诉说！／我说：不错，但这跟**之前**、**之后**有什么关系吗？／当然有哇，你总不能跟谁都是极端吧？尤其，你不能同时跟谁都是极端吧？在我到来之前，她跟任何人发生的任何事都与我无关，但在我到来之后可就不一样了。当我向你交出了我、你向我交出了你，一切就都不一样了，这时候你跟任何别人的事，尤其是那种极端的表达与诉说，就不再与我无关！／为什么？／也许，是因为，太多的极端，会使极端变得平庸，无力吧。／那我倒要问问了：你跟娥，跟萨，是同时的极端呢，还是都不极端？／这不一样。／怎么不一样？

他又不理我了。这种时候他总是逃避我。

他转向娥说："那么现在，我再问，还来得及吗？"

娥不置可否，但面有嗔色，意思是干吗要用这样的语气？

"我是说，可以吗？"

"当然。"

可丁一却又不知从何问起了。

"商周这个人，其实嘛……"还是娥打破了僵局，"其实到现在我也认为他是个好人，心地善良，绝顶聪明，又非常能干……"

丁一从鼻子里哼出一个词："强者？"

“不不,恰恰相反,”娥说,“他曾经非常自卑。又骄傲,又自卑,又愤怒,又软弱的一个人。”

“现在呢?”丁一的语气中明显带有讥讽,意思是现在光剩了善良、聪明和能干了吧?

娥不在意,或者是容忍着,继续说:“他生在农村,以惊人的高分考进了大学,毕业后留在了城市。在我情绪最低沉的那段时候,我认识了他。那时候我在剧团里根本导不了戏,没机会,也不想导;一百个剧本里有四十九个卖笑的,四十九个卖哭的,一个审查通不过,另一个找不到资金。我就常常一个人到附近的小公园里去看书。后来,后来……”

“就像小说里写的那样,碰上个才子。”

“吸引我的并不是他的才华,再说他学的那些东西我也不懂。吸引我的是他的干劲,准确说是他的热情,他好像从来不知道什么是悲观,什么叫不可能。是呀,就是这一点感染了我,也许是因为我当时缺的正是这个。有一回我抱怨说活着可真是没意思,你猜他怎么说?他说咳咳咳,刚上来俩冷盘你就下结论,大菜还在后头呢!喂,你听着哪吗?”

“洗耳恭听,你正在塑造一个完人。”

“没有完人。丁一我告诉你,我从不相信这世界上会有什么完人。”

“天哪,这可怎么办?”

“丁一!”

“好好,你说。说呀?”

“我觉得你现在有点儿像他。”

“像完人?”

“我没跟你开玩笑!”

丁一也觉得自己有些过分了,尽力把语气放得诚恳些:“好吧,我哪点儿像他?”

“自卑。”

“我？自卑？”

“一个不敢认真听别人说话的人，一定是自卑。”

丁一语塞。我悄声笑道：了不起的娥呀你真是一眼看透！/丁一说：去去去，甭添乱！/我说：什么，添乱？我要是添乱就不光说你是自卑啦！

“自卑，”娥说，“就是这个把我们给毁了。有烟吗？给我一支。”

娥把烟放在指间捻着，放在鼻下闻闻，走到窗前，朝向远处，闭上眼睛……好像在那儿，在娥的心里，在远得近乎抽象的地方，正有一只蝴蝶在扇动翅膀……或是在并非钟表的时间里，正有一场暴风雨在酝酿。

“我想你一定还记得《奥塞罗》吧？”娥说。

“不好意思，我可没他那么伟大。”丁一很敏感。

“那时我才理解了莎士比亚的伟大。自卑才是怨恨的原因。自卑，很可能是一切悲剧的原因。它让人完全丧失理性，不给苔丝狄蒙娜留一点儿说话的机会。”

“你是说那个摩尔人？”

“还有商周。”

“为了什么事？”

“为了我演的一出戏。”

“哪一出？”

“比如说，男演员甲扮演男主角A，女演员乙扮演女主角B，A和B是夫妻，或者是情人，戏中有他们相亲相爱、相拥而吻的情节。因而，就有了这样一个问题：那两个肌肤相亲的人，是A和B呢，还是甲和乙？”

“后来呢？”

“这个‘奥塞罗’，跟莎士比亚的那个还不太一样，他选择了离开。”

“那么你看，”丁一说，“我应该选择什么呢？”

娥忍无可忍地喊道：“那是你自己的事！”

一阵沉寂。

让人想起牛虻与琼玛。想起他们一同改编的那一场戏，即如何才能让亚瑟从那一阵沉寂中回来。

“对不起，对不起。”丁一走近娥，碰一碰她的发梢，“我是说，我，还可以选择我们的那个约定吗？”

娥感受着他的触摸，让热泪说出回答：当然。

“到了我应该选择离开的时候，请提醒我，好吗？”丁一说。

“而在这之前，”丁一说，“我还是想选择我们的约定。”

娥猛烈地拥抱他。两个人挥泪而吻。这情景又让我想起了阿春和阿秋，想起阿秋的舞蹈和一阵阵伴舞的琴声……想起星空与流萤，想起泠泠那一身素白的衣裙……想起伊甸，想起伊甸之外的浩淼与空寂，想起在一条永远的旅途上我生生世世的寻找……

136. 姑父有了消息

此后的某一天晚上，丁一偶然在电视里看到一条新闻：某人养的昙花，一夜之间开了一二十朵，参观的人络绎不绝，无不啧啧称奇。养花的人接受记者采访时说，这些花都是他的一个老朋友送的。而且，镜头的摇推之间，可见背景中还有不止一棵铁树，和很多很多看着眼熟的花草……

丁一赶紧给依拨电话：“喂喂，快，快开电视。”

“开着呢，什么台？”

“我也不知道什么台，我这儿是九十九频道。”

“九十九，九十九……九十九频道在演魔术。”

“不对！哎呀，你快找找，记者正采访一老头儿的那个台。”

“怎么了吧，什么事？”

“我怀疑那老头儿就是搬走姑父的花的那家伙。”

“你根据什么？”

“快找吧你就，找着没？”

“没有哇？”

“哎，完了完了，甭找了。”

“噢，也许我看见了一个尾巴。”

“什么？”

“一朵昙花。电视里说是昙花。”

“对，就这台，你看那些昙花像不像是姑父的？”

“现在是广告了。”

第二天丁一托人到电视台去打听，很快找到了那条新闻的采编。下午，根据那位采编给的地址，丁一和依去了那个养花老头儿的家。

“这些花，是不是姑父送给您的？”丁一问那老头儿。

“姑父？”老头摇摇头。

“哦，叛徒，是不是一个叛徒送给您的？”

“你们是他什么人？”

“朋友，姑父的老朋友。”

“老得过我吗？”老头这才笑笑，说，“不过你们倒是说对了，这花都是他的，他要出趟远门儿，把花寄养在我这儿。你，是不是丁一？”

“您认识我？”

“我跟你爸一个单位工作，你爸做饭，我烧火。”

“噢，是您呀，您就是那个……”

“对。我现在退休了。老些日子没见你爸了，他还好吗？”

“还行。”

“怎么了,这些花儿有什么问题吗?”

“哦不不,我们只是来问问,您知不知道姑父他去了哪儿?”

老头这才把他们让进屋里,不知从哪儿摸出俩脏兮兮的杯子,沏了茶。

“他只说是去海边儿,没说别的。”

“哪儿的海边儿?”

“是呀,我说海边儿大了,你总不至于捋着海边儿走一圈儿吧? 喝茶。”

丁一端起杯子看看,又放下:“那儿,有他什么认识的人吗?”

“噢对了,那儿他有个老同学,叫什么什么什么……艾克斯?”

“X,真名叫什么?”

“就叫艾克斯,不知道还有没有别的名儿。”

“唔!”丁一一拍脑门喊道,“知道了,我知道了!”

“谁?”依问。

“魔术,那个魔术!”

“什么魔术?”

“E 城呀,你忘啦?”

“对对,异城!”那老头说,“你这么一说我想起来了,没错儿没错儿,异城,他说过。”

137. E城

丁一和依一同去了趟 E 城。果如姑父所说:小城依山面海,景色旖旎。果如那位魔术师曾经的描述:山青水碧,大海共长天一色;风走云飞,鸥鸟与浪涛齐鸣……

只用了一个上午他们就走完了整个小城,找遍了小城中全部七家影院、两家剧场。但不见姑父。七家影院和一家剧场同时在上映时髦大片,只有一家剧场据说偶尔还演几回魔术。丁一围着那剧场走了几圈,仍不见姑父的踪迹。

依问那剧场的守门人:“这些日子您见没见过一个老头儿,总到这儿来?”

“瞧您问的!”守门人说,“这年头儿还看魔术的,除了老太太就是老头儿。”

依笑道:“年轻人就不看?”

“年轻人整天都在魔术里,谁还来花这份冤钱?”

丁一说:“我们要找的那个老头儿,看上去像是有点儿不大……不大正常。”

“咳咳,我劝您不如往开了想。再说了,这年头儿谁能保证就一定正常?”

“对不起。”丁一缩了缩脖子,心想这怕是位高人。

守门人又问:“他怎么不正常了?”

“哦,”丁一说,“我想他要是碰见您,一定会跟您打听一个叫什么什么斯坦或是什么什么斯基的人。”

“您是说,时间魔术?”

“哟,您知道!”

“听我爷爷说过,不过……”

丁一赶忙递上一支烟:“噢噢,您说,您说。”

“不过那都是好几十年前的事了,我只是听说有那么回子事。”

“那您爷爷呢,还在吗?”

“说什么哪您?”守门人笑了,“连我爹都过世好几年啦!”

“那么,当年那个小剧场,是这儿吗?”

“是这儿倒是这儿,可原来那个早拆了,现在这个才盖成没几年。”

下午,丁一和依来到海边,像那位什么什么斯坦或是什么斯基所建议的那样，在松软、洁净的沙滩上躺倒，四肢伸展，仰面蓝天，任海风和阳光抚遍身体……

“怎么样，依？”

“什么怎么样？”

“有没有那位魔术师所说的感觉？”

“啥感觉？”

“有没有回到儿时，睡在母亲怀中的感觉？”

“嗯，那倒还没有，不过这感觉确实挺好。”

“你闭上眼睛……”

依却睁开眼睛，睁得大大的，望着天空：“咱们，还能上哪儿去找他呢？”

“除非能进入另一种时间。”

“另一种时间？”

“因为‘你们的时间是钟表，可我的不是’。”

“你真的相信那个魔术？”

“你以为他千里迢迢是来找什么？”丁一说，“就是要找那种能使时光倒流的方法！”

“这怎么可能？”

“但姑父相信。”

“就算那是真的吧，毕竟也只是个魔术，最终那个什么什么斯坦、斯基的还不是回到了现实？”

“但这是他唯一的希望呀。”丁一说，“如果任何路对姑父来说都是死路，都只是屈辱和孤独，都是毫无希望，那你想过吗依，他还能相信什么？”

“唉，这可真是个悲剧！”依轻声叹道。

“但是，人活着，就必须得有一份信念。有时候倒忘了它可不可能。”

“没错儿没错儿，其实我爸我妈他们也是这样。”

“也相信一个魔术?”丁一调侃道。

“但是,”依一挺身坐起来,“我们,我是说你和秦娥还有吕萨,你们可不能再把一个魔术当真了。”

“不,我们那是戏剧。”

“可这戏剧会有怎样的结尾呢,丁一你想过吗?”

“依你躺下,躺下,对,就这样,身体放松,完全放松……对对,想那个魔术师的话,想象一个清朗圆润的声音:呵,四顾无人,天地唯我……浪涌有声,风飞如幻,海水微咸沁人心脾,白云苍狗似从远古飘来……依你感觉到了吗?我们就是那云,就是那浪,那风……物我难分,物我难分,我们就是那极目所见的一切……依,你不觉得这是多么美妙吗?依,咱们为什么不能像诗人和画家那样离开城市,远避尘嚣,到这样的地方来度此一生呢?在这儿建立一个非凡的家,你,我,还有娥和萨,我们一起,在这儿,一直到老,老得白发苍苍,永远都不会有猜忌,不会有歧视和倾轧,只有信任,只有相互的欣赏,当然还有劳作……我们并不需要很多的物质,布衣草履足矣,过一种朴素而且智慧的生活……依你在听我说吗?”

依闭着眼睛。

“依?”

依的眼角似有泪光。

“依!”

依睁开眼睛:“是呀,真要是能那样当然好了。”

“依你真是觉得好吗?”

但依的脸上并无欣喜,唯愣愣地注目丁一,好久。

“既然好,既然希望,依,那我们为什么不(去做)呢?”

依又闭上眼睛。

“依,我问你个问题行吗?”

“我知道你要问什么。”

“什么?”

“为什么到现在,我还不结婚。”

“不不,结婚嘛倒不一定非结不可,可你为什么还没有……”

“我生性脆弱。”

“脆弱? 你还脆弱?”

“我肯定不像你想象的那么,那么坚强。”

“瞎说!”

“你就当我瞎说吧。”

“好吧好吧,就算这样,可这就更需要爱情呀?”

“我害怕。真的,我非常害怕。”

“害怕? 害怕什么?”

“爱情,是一次冒险。”

“冒险?”

“那是人生中最最危险的一件事。”

“喔! 依你可真逗……”

依掸掸身上的沙子站起来:“该走了。我记得夜里有一班回去的火车。”

138. 权力

归程的列车上两个人东扯西扯,明显各怀心事,言不由衷。丁一总想把话题引向“丹青岛”,引向那种可能的生活,以及引向他的戏剧。依却总是闪开。依不想说这个。依的言谈中时不时地牵涉到边疆往事,丁一又不接话茬。

“好了,睡吧,”依说,“时候不早了。”

“行,”丁一应道,却仍呆呆地坐着。

依躺下,背过身去。

列车风驰电掣,丁一无聊地望着窗外。

窗外是辽阔无边的黑夜，风在旷野与星空之间奔走，所过之处掀起呼啸。我想，那旷野上和星空中，是否正有夜的戏剧在重叠着上演，正有万千心魂乘此夜色出游？——啊，夜如水哟，梦如舟，醉桨儿摇摇，心流儿悠悠……那丁便于睡意蒙眬中问我：喂哥们儿，你能不能再告诉我一遍你在哪儿？或者是我的灵魂，到底在哪儿？／现在吗？／对，比如说现在。／现在他就在你对灵魂的询问中……现在，他又在你对我这个回答的思索中……现在，因为这种思索的迷茫，他又转移到你对那茫茫黑夜的眺望中了。／哥们儿你能不能简单些，一言以蔽？／灵魂，一向都在，有限对于无限的**牵系**之中。／据说，灵魂的重量是二十一克。／嗬，这么精确？／有人做过试验，当人死去的一瞬间，体重减轻了二十一克。／这为什么一定是因为质量，不是因为**牵系**呢？比如说浪之于风。比如说潮汐之于月亮。比如说你对姑父的牵挂。比如说你对依、对娥、对萨的爱恋，对阿春和阿秋、对泠泠和那条素白衣裙的难以忘怀。比如说我们对伊甸的记念，以及对我们不知所终的未来的猜想，和祈祷……／可能是吧，但这又有什么意义呢？／首先这是一个事实，这事实向我们要求意义。或者这样说吧：我们在此一不由分说的事实中，问它的意义。／这事实，是否有点儿荒诞？／所以上帝对约伯说：当我创造世界的时候，你在哪儿？／什么意思？／意思是：你以为你是谁？你以为你算老几？你以为上帝应该给你什么优惠？／是是，这我知道，但这并不能让我不感觉荒诞。请问，为什么我们一定要到这个世界上来？／不为什么，人是被抛到这个世界上来的。／不讲理，简直是不讲理！就好像我们不过是一盘棋，而且是一盘已经被下过的棋……／所以你别指望在这棋盘上讲理，也许你可以坐在这棋盘外面，观看它的美丽。／这不过是一个无奈的注释，一个冠冕堂皇的注释。／注释，好，这话说得有趣！注释就是话语，就是思想，就是盼念，于是乎诞生了意义。有回我走上一条名为西绪福斯的路，那地方才叫荒诞呢！我们从早到晚地把石头推上山去，石头又滚下来，我们从早到晚地再把石头推上山去，石头又滚下来……直到有一天我从落日中看见了西绪福斯的身影，从天幕中读出了一个美丽的注释，那条路途也才变得美丽起来……/还是无奈，哥们儿我看你这还是无奈！/对不起，上帝才不管你无奈不无奈呢，就好比无限才不管你有限的系数有多大。上帝只管交给你这样一个现实，要你从无奈中找出一个美丽的价值。而这，不正是你们所盼望的吗——让不现实，可以实现？/唔——老兄你说得好像有理，但是……/但是什么？/但是我们凭什么相信，爱就是意义，恨就不是呢？/爱，让人们寻找，而意义，必定是在寻找之中。可是恨呢，却使路途中断，却让人们隔离，让人们孤立，而孤立的音符只能是噪音，丝毫也不能扩展的噪音。/既然如此那又是为什么，爱情，不可以尽量地扩大，反倒是要尽量地缩小……

“你不打算睡啦？”依翻了个身问。依并没睡着。

“喂，依，能不能再问你个问题？”

“说吧。”

“为什么，爱情，这种人世间最最美好的情感不应该尽可能地扩大，反倒要尽量地缩小？缩小，缩小，缩小，一直缩小到一对一，人们才满意？”

“这问题你早都问过了。”

“但我从没听到过像样儿的回答。”

“问题，一定都有回答吗？”

“至少，从理论上说应该是这样。”

“没有回答，就不是一种回答？”

“对不起，我觉得这是狡辩。对这样一个重要的问题，甘于没有回答，我觉得简直是耻辱。人们讴歌她，赞美她，却又像对待洪水猛兽那样害怕她、防范她，这不能不算是人类的一种耻辱！”

依瞪大着眼睛。车窗外有了灯光，一道道灯光鱼群似的游过，间隔越来越短——可能前面是个小站了。灯光滑过依的脸,滑过她瞪大的眼睛,那里面像是跳动着某种恐惧。

接着是一片密聚的灯火。依用手遮住脸。

灯火中站立着和走动着不知何来、何往的人流,或不知牵系于何方、牵念于何方、牵动于何方的心魂。

然后,列车拉响着汽笛又钻进了黑暗。

"依,你睡了吗?"

"哦,我回答不了你的问题。"

半天,再没有声音。车厢里昏昏暗暗的,看不清依是否又睡了。

丁一只好铺开毯子,也准备睡。

这时,却听见依说:"也许,人们害怕的,并不是爱情的扩大……"

"那是什么?"

"是**权力**的扩大。"

丁一望望四周,怀疑这是不是梦话。

139. 引文与猜想

为什么要有性? 答案似乎没有任何悬念——百分之九十九点九的多细胞生物采用有性繁殖的原因是,它是将基因传给下一代的同时保持下一代多样性的最佳方式。但这个解释有个致命缺陷:**有性繁殖就短期而言是一种浪费**。

设想一群鱼生活在同一池塘,争夺有限的食物。它们进行有性繁殖,因此每一代都包括雄鱼和雌鱼。再假设一条鱼发现了无性繁殖,它所有的后代都是雌鱼,而且它们会及时产下自己的雌性后代。几代之后,无性繁殖者的后代将在数量上超过有性繁殖者的对手，并最终令它们灭绝。**在为生存而进行的短期战斗中，性是一个严重的败招**。

当然从长期来看，并非如此。如果没有两性交配为基因洗牌，物种将积累有害突变并迅速灭绝。大部分无性繁殖物种只能存在几万年。但这不是对几乎无处不在的性行为的满意解释。自然选择不在乎将来很多代以后的事。为了赢得眼前的胜利，两性交配必须立竿见影地带来好处。这正是难以解答的一点。……

也许还有一个说法能解释这一谜题。两性模式无所不在，也许不是因为它能带来长期优势，而是因为它一旦被进化出来就很难被放弃。有些生物学家认为，**这种形成精子和卵子的细胞分裂模式在生命史上很早就进化出来了，成为繁殖手段是后来的事**。他们说，性别如此深地写入了生命的操作系统，以至于放弃它是不可能的。这是个很有希望但尚不完整的答案。从某种角度而言，这个解释所做的只是将谜团转移到另一个领域：**性别是如何首先进化出来的**？（《参考消息》2004年12月22日载文《生命十大未解之谜》）

对此，我在丁一或在史铁生时，有三点猜想：1. 这当然不是为了短期竞争，甚至也不是为了长期的存活，而是为了一条变易不居的路途。2. 变易不居使人迷茫，诱人深想，终会使人忽略掉眼前的图景——就像上帝对浮士德博士所期待的那样：去谛听那迷茫中的启示。3. 既然生殖手段不过是后来的追加，那么明显：两性分离原就不是为了繁殖，而是为了互相的寻找与团聚，为了在一条永远的路途上的不断期待，或是以不断的期待来展开一条永远的路途。

140. E城归来

电话里有娥的留言："回来后到我这儿来一趟。"

丁一急忙赶去娥处，一路上不往好处猜：是不是问问病了，或是又惹了什么祸？问问常惹祸。有一回她半夜里跑进教室，把雪白的墙上都画满了画。还有一回，她把三个生鸡蛋放在被窝里，不小心全给压碎了；老师问她为什么把鸡蛋放在被窝里，她说要孵小鸡。

好像没事，娥独自坐在窗前看书。斑斑点点的秋阳在她身上安详地跳动。

“怎么了？”

“不怎么。”

“我还以为出了什么事呢！”

“你先坐下。”

听起来还是有事，丁一的目光不离开娥。

“问问得上学了。”娥说。

“是吗？她有七岁了？”

“六岁，明年该上了。”

“噢，有什么问题吗？”

“什么事她都要懂了。”

“你指什么？”

“我怕她在学校里会受人歧视。别人问到她父亲，她怎么想？”

丁一的手指有节奏地敲着桌面。娥去了卫生间，明显是给他留出时间来想。

娥回来时，丁一说：“她有我呀，我就是她父亲不行吗？”

“她会信吗？她一直都是叫你丁叔叔的。”

“是怎么回事就怎么回事，其实问问心里什么都明白。”

“是怎么回事呢？”

“去领个结婚证呗。”

“你？和我？”

“无所谓嘛。那东西有也无所谓，没也无所谓，一张纸呗。”

“不，我是说萨，萨会怎么想？”

“萨怎么了？”

“她爱你。你不觉得萨已经爱上你了吗？”

是吗丁兄，我看未必吧？

但他避开了我的追问，半天才找出一句话来回答娥：“嗯……我想是这样，也许……哦，再说这主要是为了问问，萨应该能够理解。”

“你以为谁都会跟你一样吗？”

“我怎么？”

“你以为谁都能永远生活在戏剧里吗？”

丁一无言地踱步，从红踱到蓝，从蓝踱到白……

娥换了个位置，坐到阳光够不着的角落里，背靠墙，看着丁一。

丁一走上阳台，站了一会儿又走进卧室，在卧室里转了一圈出来，又走进了问问的房间。

“丁一，”娥在客厅那边说，“也许……也许我们都该过一种正常的生活了。”

丁一看看问问的那些玩具——梅花鹿詹，大灰狼彼得，小浣熊安和鸭子劳拉……然后他慢慢坐下，慢得就像个老人。是呀哥们儿，我早就料到了，他说。/ 我说：你料到了什么？/ 会有这一天的，我早就料到会有这一天……阳光也像个老人，在窗棂上，在树影间，在那些毛茸茸的玩具身旁，以及在记忆中那架老座钟的“嘀嗒”声里，缓缓移动……远处，远得近乎抽象的地方，便有了一阵阵若无若在的骚动，是秋风正在起程。

“正常，”丁一像是自语，像是梦呓，又像是在对娥说，“你是指白昼？”

“但问问是要上学的。”娥在那边回答。

“为什么一定要……要上那个破学？”

“那是你的看法。”

“那么，你呢？”

“谁也不能替她做这样的决定。”

“但你能替她做一个**正常**的决……决定吗？”

“只能这样，丁一，未来怎样那是她自己的事，要留给问问自己去决定。”

“这不会是商周的决定吧？”

“怎么说呢……但不像你想象得那么简单。”

丁一从问问的房间出来，梦游似的脚步，在客厅门旁停下。

“他，我是说那个商周，是不是又来过了？”

“是。他说问问也可以到国外去上学。”

“这就对了。”

“对什么对了！”

丁一笑笑，半含凄苦，半似讥嘲。

“笑什么笑，我最讨厌这个！”娥喊道，“有什么想法就直说！”

“我笑我自己。现在，我倒像是那个摩尔人了。”

“你以为你不像？”娥气得站起来，走上阳台。

一个站在阳台上，一个倚在客厅门旁，中间是那块红、蓝、白的三色地，是跳动的树影，是安谧的秋阳，是秋风从远方带来的寂静。这寂静让人一时再难找到谈话的切入点。

很久，娥才说：“你先走吧，我想一个人待一会儿。”

丁一走到沙发前，拎起挎包——缓慢又无声的动作总让人想起梦游。

“让我们都再好好想一想，好吗？”娥说。

当娥转回身看时，那厮已经不见。

“丁一？丁一？”

所有的门都关着。

“丁一？丁一？”

所有的门好像都没开过。

哥们儿你怎么啦？／怎么也不怎么。

141. 失望，或无所不在

丁一独自走进秋风。风中好像全是伊阿古的谗言，好像全是奥塞罗的心痛，好像全是凯西奥和商周的影子……

哥们儿，你这是怎么了？

没劲！他说：没劲！无聊！庸俗！俗不可耐！

你干吗不说：嫉妒？

我？嫉妒？

还有谁？

不，这不是嫉妒。

不是嫉妒是什么？你以为嫉妒啥样儿？

我跟你说了这不是嫉妒，不是，不是！这是……

是什么？

失望！唉，这下秦汉可以得意了，这下可是让他给说对了。哥们儿你说，这世界上还能不能有些事是真的？还能不能有些东西是可以信赖的，是不会随风飘散的？

您，伟大的失望者？

我可不是秦汉。我只是说：如果连娥也是这样，连夏娃也会忽生去意，哥们儿你说，你说这一切一切可还有什么指望？

不过依我看，您的失望，真的并不怎么伟大。

我压根儿也没想伟大，我只是想要真实！

这就是真实。这才是真实。真实的生活，和您真实的嫉妒！

那么你认为人应当怎样？逆来顺受？随波逐流？为了不失望，压根儿就不要有希望？为了不痛苦，干脆就麻木？人家说你走吧，我这儿来了另一位亚当的传人，你拍拍屁股就走？人家说你走吧，戏散啦，你站起来就回家？人家说您这些东西不是什么宝贝，是废品，是垃圾，"不正常"，你就把你的心、你的血统统装进塑料袋拿去扔掉？

娥这样说了吗？

怎么，你还觉不出来？那就等着瞧吧……

因而尘沙阵阵，丁一的原野上风也似的刮起了伊阿古的谗言——是呀是呀，你想听见什么，你就能够听见什么。因而落木萧萧，丁一之旅走进了奥塞罗的愤怒——"凭我伊阿古风一般无所不在，一俟你萌生猜忌，我便会卷土重来！"因而雾障千里，苦雨绵绵——是呀是呀，你以为什么是真的，什么就成了真的：丁一的秋天，到处都似藏着凯西奥的虚情假意，以及苔丝狄蒙娜不可饶恕的背叛……

142. 标题释义

一种可能是：商周的出现不过是暂时的，娥不会跟他去；不管问问是否会跟了他去。另一种可能呢，则要让丁一备受煎熬，让他的戏剧经历考验：娥仍然爱着商周；娥一直都想着商周，想着那个一气之下远走他乡的人有朝一日翻然醒悟，能够重新回到妻儿的跟前。

两种情况都是可能的。

但命运只可得其一途。

因故"丁一之旅"也可以写作"丁之一旅"，即某丁之命定的**一条**路。"我的丁一之旅"亦可写作"我的丁之一旅"，即我想象中的，某丁之命定的**一条**路。

两种可能，实可等量齐观，但我为他选择了后一种。

不幸的丁一呀，你不如落在别人的想象里。但是不巧，或者偏巧，这一回你命定地走进了我的想象。（也许我们都不过是谁的想象吧——那个智慧的老人博尔赫斯透露过这样的意思。）

正如“夜的戏剧”一向都在人们的梦里上演，想象也是一种现实。你以为夜只是无边的寂暗吗？你以为夜，死气沉沉？不哇不哇，夜深人静，玄思驭梦，遐想乘风……那旷野中的呼告并不因白昼的轮番到来而被消解，而被湮灭，因故它成为我的“丁一之旅”或“丁之一旅”。至于另外的路途嘛，则不得已而就此中断，或在另外的地方走进了白昼的喧嚣，或白昼的逍遥。——因为我，也不过是一种可能，一种可能无不同时是一种限制。

143. 现实的戏剧

还是那个阳台，那个立约的地方。还是那样：月光，星空，丁一和娥倚栏而坐，四周密密麻麻的灯火伸展进无边的黑夜。不一样的是，落叶飘零，干枯的树枝摩挲着窗棂发出轻响。

不一样的还有：今夜的戏剧要你放弃想象，今夜的戏剧只要你接受。

但仍然是约定的时间。

往日并不遥远。往日的回声荡漾在并非钟表的时间里：“不管什么时候，不管在哪儿，**也不管发生了什么事**，只要一旦像现在这样，我们一同走进月光，走进幽暗，那就是我们的舞台，夜就把我们带进了戏剧，带进了坦诚，带进一切都是可能的时间。在那儿，没有遮掩，没有羞耻，也没有歧视，那时一切愿望就都是正当的，什么话都是可以说的。你说好吗？”

“现在，算不算发生了什么事？”丁一打破沉默。

“你什么都可以问。”娥说。

“问什么？”

“所有的问题。所有你想到的事。”

听听，你听听，那丁对我说：她可有多么镇静！／怎么了，镇静也不对了？／这算不算是圈套？／哦天，你怎能这么想？这不正是你想要的真实吗？／什么什么，这也叫真实？我看倒像是预谋的退路！／说得好听点行不？改变，不行吗？改变也是真实。／嚯！谢谢啦……

“是不是说，”丁一问娥，“你还……还是爱着他？”

“不是你想象得那么简单。”

“是，或者不是！”

“我想，至少我从来没有恨过他。”

“你还是喜欢他的，对吗？”

“本来我以为我不会了，可这次，这次……其实要是没有了那种碰不得的自卑、那种事事都要比别人占强的心态，商周他本来……哦，你见他跟问问一块儿玩时的样子没？”

“说正题，他**本来**，怎样？”

“你别这么咄咄逼人好不好！”

“行。说吧，说呀！”

娥暗暗地叹一声，语气变得沉缓：“我想你应该也看到了，他跟问问在一起玩得多么融洽，多么单纯，一心一意，好像他就是为了来跟她玩的，没有别的要求，不抱任何别的希望，千里迢迢好像就是为了来享受那样的时光……那样子，说真的，真是好让我感动。”

“你在强调问问，是问问需要他。”

“是。我不能让自己看不见这一点。”

“那你呢？你是不是也要回到他那儿去？”

“是他回到这儿来的！哦，而且……而且我说过了，主要是，我只是想……只是想问问应该过一种正常的生活。”

“我看你应该承认你还爱着他。或者是，你已经又爱上他了！”

“是吗？”

这一句“是吗”好像是猝不及防从娥嘴里跳出来的，既有惶恐，又似急切。

我看是喜忧参半。对吗哥们儿，我这感觉？／我说：也许，可能，是……是吧？／什么也许，可能，我告诉你：就是！

“是吗？”娥依然轻声重复着这个问句，脸上既浮现着舒然，又聚集起紧张。

老兄，你还说“也许”和“可能”吗？

娥转身走进屋去。

幽暗的那间空空的客厅里，月影朦胧，树影摇曳，红蓝白三色的地板上游动着娥的脚步与叹息。

“你还应该承认，”丁一跟进来，“要过所谓正常生活的，其实是你自己！”

“是吗？”娥的表情说明她在心里也是这样问着的。“是吗？”与其说是在问丁一，不如说是在问自己。“是吗？”或者是在问那空屋，问那幽暗。

“什么‘正常的生活’吧，”丁一跟在娥身后，“何必说得这么羞怯，换个说法其实就是……就是你抗拒不了白昼的诱惑，脱不开那种平庸的生活！”

“平庸？”

喂哥们儿，你不是最反感别人说你平庸吗？

但他已经听不见我的话了。“对，平庸！舒适，安全，稳妥，循规蹈矩，但那也是僵死的生活娥你知不知道？毫无生气，毫无激情，毫无想象力！就像一架机器，运转正常，几十年如一日，一辈子按部就班。可生命呢？生命却像是一项不得不完成的任务，然后去领取你的奖赏——职称，声誉，出国讲学，回国赚钱，买房子买车，生儿育女……等儿女长大了再来重复这个过程。”

"你认为这样生活着的人,都是平庸?"

"你说呢?"

"你认为,一个人,过他想过的生活,就是平庸?"

"那要看他想过什么样的生活了。"

"过你想过的那种生活才不平庸?"

"我没这么说。"

"那么,依你看,怎样的生活才不平庸?"

"这你应该知道。"

"但是我糊涂了。我糊涂啦,请阁下指点迷津!"

"你不必用这样的口气。不用这样的口气我也可以告诉你:比如说充满激情和充满想象力的生活,比如说我们的戏剧,比如说……总之是充满着爱愿的生活。"

"那么,比如说你的爱愿,具体,都是什么呢?"

"比如说我不能让你就这么堕落进平庸!"

"如果,如果那是我的自由呢?"

"自由地堕落进平庸,是吗?"

哥们儿你是不是有点儿矫情?

"那只是你的说法,"娥说,"可你的说法已经不能自圆了。"

"怎么不能?"

"你自称充满爱愿的生活,好像正、正在孵化着恨。"

"恨?对谁?"

"对不想过你想过的那种生活的人,对影响了你想过的那种生活的人。"

"不对不对,那恰恰是爱!"

"是爱?"

"是爱。"

"哦,我倒是要洗耳恭听。"

娥喝一口水,认真地看着丁一,等待他的高论。

“比如说爱你的人，比如说你最亲近的人，比如说……就比如说你的父母吧，难道他们会看着你掉进一潭泥沼吗？”

娥瞪大眼睛，意思是：怎么，完啦？然后嘴里那口水差点没喷出来，但她终于还是忍住笑把水咽了进去。

“有什么可笑的！”那丁说。

娥继续瞪大眼睛看着丁一，意思是：丁一呀丁一，你可真让我吃惊！

“怎么了？我不过是打个比方。”

哥们儿你比的这叫个什么方呀？都快成家长制啦！你爸你妈爱你，你姑你婶也爱你，你哥你姐都爱你，那你就是个宠物啦？他们说啥你都执行？

“算啦不说这个。”娥说。

沉了沉，娥又说：“那我问你，要是我……要是我跟商周去……去过他那种生活，比如说那样的话，你会不会恨我？”

寂静。寂静中慢慢地听见了远处的喧嚣，和近处的钟声——“嘀嗒，嘀嗒”永远是这样处乱不惊。

那丁蹲下，点上支烟，然后又坐下，坐在蓝区中。

娥默默站立在“隔壁”的红区。

没有“脱”字传来，当然不会有。问题是以后还会不会有？

幽暗中，两个人互相望着。或许那红蓝相交处的空墙正在变得有形，正在长高，合拢，把他们隔离开吧？

“也给我一支烟好吗？”娥说。

丁一把手中的那支递给她。——还好还好，中间尚无隔阻。

丁一再点上一支，长长地吹出一条烟缕；烟缕纠缠着，牵卷着，经过月光，消散进黑暗。

“不，那不是恨。”丁一说，“看起来像是恨，但那是爱，是我不想让你掉进平庸，也不能让萨掉进平庸。而且，我们还要让这世上的平庸都……都走向爱情。”

"你？就凭你？"

"还有你。"

"丁一，你已经有点儿不像你了。"

"怎么？"

"你以为你是谁？"

那丁在月影迷离的玻璃窗上看看自己。是呀，怎么你忽然变得像个强者了？娥说得不错，你确实不像原来的那个你了。/废话，是我不像（原来）了，还是她不像（原来）了？

"娥，你是不是后悔了？"

"后悔什么？"

"娥你看看这是哪儿？你忘了我们的戏剧了吗？"

"不，我不会的，那是忘不了的。但，但那不过是戏剧呀丁一！"

"不过是？娥你说什么，**不过是**戏剧？"

"我是说那所以是戏剧，正因为那仅仅是戏剧，因为……"

"因为什么？"

"因为那毕竟不能等于现实！"

"你更喜欢现实，是吗娥？"

"丁一，你倒真是有点儿像秦汉了。"

"哈，我又像起秦汉来了！"

"他把那个电影的结尾洗掉，是因为什么你其实没懂，他是不想看见现实而宁愿待在梦里呀。而你，丁一你更厉害，你是要把一种梦想原原本本地变成现实。"

"不，那未必只是梦想，那是我从童年就有的理想啊！娥你说过，我们都说过，爱情是一种理想。恰恰让我受不了的就是你们这种逻辑，好像梦想永远就只能是个梦想。人们的愚昧也正在于此：人人心里都有的梦想，都有的愿望，却因为人人都不相信她能够实现，结果就真的不能实现了，真的就永远永远只能是个梦想了。然后，回过头来，你们再说那只能是梦想，只不过是戏剧，不现实，不正常，所以一代一代的人们就只能在现实中一圈一圈地走成了‘鬼打墙’！”

“我看你也有点儿像姑父。姑父他相信时间可以倒流，而你以为戏剧可以等于现实。”

“但我只是说**我们**呀！”丁一抓紧娥的肩膀喊，“你、我，还有萨，我们不能放弃，不能随波逐流也去过那种平庸的生活！”

“至少有一点，大概是让秦汉说对了。”

“什么？”

“戏剧的要领。——有限的时间，有限的空间，有限的人物和有限的**权——力**！”

是的，依也说过，我提醒那丁，可怕的并不是爱情的扩大，而是权力的扩大。

“鬼，你听他的！”丁一喊着，并且摇撼着娥的肩膀。

“那听你的？”娥试着摆脱开他的手，但没成功。

“关键是我们！”丁一说，“你懂吗？关键是你！关键是你想要什么？”

“关键是，”娥看着丁一，“我能不能要我自己想要的！”

丁一的手慢慢松开，慢慢垂落。

娥走到屋中最远的角落里坐下，闭上眼睛，很久，然后说道：“也许，我，从来就是个平庸的人。”

丁一笑起来。

“丁一，你最好，最好就把我看成个平庸的人吧。”

“那我们还说什么？”丁一笑得有点像列瓦雷士，边笑边转身离开，“那我们还有什么可说……”

144. 现实或噩梦

“那不过是戏剧”，这话刺痛了丁一。

此后的很多天就像曾经的那个早春，丁一的心情忽又似尘沙蔽日，四野茫茫。“不过是”“不过是”“不过是”……这三个字尤其令人心碎神伤。

应该说，我理解他。

或者说我爱莫能助。

然而秋光却好，分外地云轻天净。秋风一旦铺开便不再像刚起程时那般紧迫，唯以万物之悄然的演变来展示它的影响。太阳变换着角度，走过荒原，走过千山万水，走过一草一木……处处留下拖长的影子；走下地平线去的刹那，尤显其步履沉静。秋水抚平了波涛，水天之间散布着候鸟的欢叫——成群结队去履行它们一年一度的承诺。呦呦鹿鸣，声声鹤唳，落木萧萧……大地上的生命都在翘首谛听季节的召唤。

但用不了多久它们就都要离去。

原野，将是一片枯疏，与空旷。

是呀“没有不散的筵席”“那不过是戏剧”。

只有我陪着丁一，或闭门呆坐，或四处浪走。我是说——我！陪着——你！只有我是你牢靠的哥们儿。／是吗？谢谢啦。不过咱还有酒……是呀，酒，此时此刻这东西自是不可或缺。那厮把头缩进衣领，于阵阵严厉的秋风里踽踽独行，甚或是把心溶化进酒精，踉踉跄跄如步虚无。

我试图飞出他，变这厮的冲天酒气为我的自在遨游。但是不行，这厮揪住我不放，灌一口酒向我发一句问。哥们儿你说，那**不过是**戏剧吗？那只能是个梦吗？我他妈一直都在做梦，春秋大梦，是吗？／丁兄你又醉啦！／我醉了？除非你能证明我说的这些不……不算是个问……问题。／是，是问题，是问题你也别喝啦。／好，是问题就好，说明你也没醉。那我就再问你：这世界上可……可有什么东西从头到尾都是真的吗？有，还是没……没有？／有。／好，你够哥们儿。那再请问：什……什么是真的呢？／比如说娥，她想要过她想过的生活，你承不承认这是真的？／照你这……这么说，一个人，说变就变也算是真的啦？／当然是真的，她又没假变。／那么说一个人对自己说过的话不认账，也……也算是真的啦？／娥吗？／咱不说她，咱说比如，比如说一个人。／娥并没对她说过的话不认账呀？但人是可以变，娥是**自由**的。你也说过大家都是**自由**的，那么你现在算不算不认账呢？／我……我KAO，你丫说得还挺他妈有……有理是不？／哥们儿你得正视现实，否则还说什么真与不真？／嘿，倒好像是他妈我错了？告诉你们这……这不行！／不行你能怎么着？／一个人要对他说过的话负责！／那你对自由负责吗？／滚，滚他妈的自由！都这么自由还……还有什么能是真的呢？／哦对了，你认为娥说变就变，可娥她并没变呀，我看倒是你变了。／我变了？笑话！／当初的戏剧，是娥的自由选择，现在要过正常生活，仍然是娥的自由选择。娥变了吗？变了的是你呀丁一，你变得不许她自由了！

那厮不吭声了，开始大口大口地喝酒，开始哭泣。酒灌进肚里，泪流在脸上，风吹得满脸生疼。

我再次试图飞离他。那种飞翔的感觉多么诱人，多么美妙哇，不受这厮的拖累，不受这个那个的限制，乘风驭梦，想哪儿是哪儿——原野，阡陌，村庄……林莽，幽谷，山巅……大漠孤烟，长河落日……但是不行。也许是因为这几年不大喝酒的缘故吧，飞离的技法也已生疏；试了几下都不成功，却听得那丁又在叫我了。

哥们儿，喂哥们儿！／又咋啦你？／你不觉得这事有……有点儿毛病吗？／什么事？／不……不给人自由，固……固然是有点儿那个。/哪个?说清楚,什么?/有点儿容……容易弄出姑……姑父来。可要是都他妈自由了呢,哎……哎你说,咱可还往哪儿走呢?

唔嗬,您甭说,这丁还真有点玩意儿。——我之所以从虚无缥缈之中来到丁一,或那一丝浪浪无形的欲望之所以凝聚进此一躯身器,是为了什么?就因为那无限的自由实在也是寂寞,也是无聊;就像我们曾经说过的沙漠,每一步都是重复,无论你往哪儿走也似原地未动。博尔赫斯老汉真是高瞻远瞩:由墙壁所尽量缩小的空间是监狱,由沙漠所任意扩大的空间还是监狱。是呀是呀,无边的自由形同无边的沙漠,咱可往哪儿走呢?——这厮的最后一问真是把我给问倒了。

幸好他不再问了。丁一睡着了。这厮睡着了也不耽误喝酒——鼾声高奏,酒令喃喃……

他梦见了一起凶杀。

一起发生在沙漠上的凶杀:鲜血淋淋,染红了一条苍白的衣裙……但是看不见死者,甚至处处都未必有人,唯见那血之鲜红在裙之苍白中丝丝缕缕地洇开,并随那苍白在蓝天里猎猎招展……不见死者也不见凶犯。一望无际的黄沙与蓝天的相接处,那团鲜红像一棵树在长大,那片苍白像一朵花在绽放……然后他听见了自己的心跳,看见了自己的脚——脚尖,脚腕,两只脚一前一后地移动着,或迈动着,向那棵鲜红的树和苍白的花走去……他想的是去看看,到跟前去看看那是什么,或者是谁,那儿到底发生了什么事。但忽儿狂风大作,尘沙迷目,先是些沙砾打在他脸上就像鞭抽,接着,那强劲的寒风又吹得他站立不稳,他不得不瑟缩着伏下身来……这一伏身可不好了,看见了血——那片苍白已经铺展到他跟前,那团鲜红已然蔓延到他脚下……他惊恐万状地后退,但背后却似有人在把他往前推……随之,那苍白与鲜红一齐飞扬起来,像一只只巨大的蝴蝶,飞得遮天蔽日,飞得地转天旋,夹杂着"咔嚓咔嚓”的震耳噪音——就好像姑父当年的剪枝声……他挣扎着后退，后退，但背后还是像有人推他，“咔嚓咔嚓”的剪枝声便越来越近，越来越紧，蝶群随之转了个方向朝他飞来，“扑噜扑噜”地撞着他的头，撞着他的脸……

“丁兄，喂，丁兄！”确实有人在推他。

那厮躺在地上满头满脸地拍打，轰着那些蝴蝶。

“喂喂，丁一，丁一你醒醒呵！”

这他才一骨碌爬起来，睖睁着俩眼坐着。

是萨。“丁兄，你这是怎么啦？”萨正掏出手帕，给他捂住鼻子。

那厮老不乐意地推开萨的手，雪白的手帕上是鲜红的血。

“咋弄得你，摔了？”

“哦，多……多喝了点儿。”这厮才算是醒了。

“上医院不？”

“咳，没事儿。你干吗去？”

“找你呗。都找你呢！”

“都？”

“娥，秦汉，还有商周。”

得，这下丢人现眼了吧？

不料那丁恼羞成怒，冲着萨喊：“我雇你们找我了吗？”

145. 萨的追问

还是在当初那片草地上，丁一一脸的郁闷，把娥那句令人痛心的话拿来问萨，问她是不是也认为“那**不过是**戏剧”。

“既然叫戏剧，”萨试探着说，“当然就是戏剧呀？”

“**不过**是，或者**只能**是——你最好在这两个修饰词中任选一个。”丁一冷腔冷调。

草地依然一片绿色。野花却都不见了踪影，唯一只只干裂的子房抖抖瑟瑟，把纷飞的草籽付之秋风。

“完整的说法是这样，”丁一说，“既然称之为梦想，当然就只能是梦想。”

“难道不是吗？”萨强使自己笑笑。

“是是是，谁说不是！”丁一仰叹一声，颓然躺倒。

翩翩然一朵飘摇的草籽落在丁一的鼻尖。他兜起下唇，一吹，那草籽便悠悠荡荡随一股上升的气流又飞起来。丁一不眨眼地盯着它——就像曾经在人山人海中追踪某一陌生的女子那样，一直盯着它，盯着它飘向树梢，飘向远山，在落日的衬照中看它的每一根纤毫都闪耀着光芒……但忽一阵疾风，那细巧的身影便告消失——在，一定是还在，唯不知其宿命何方。

“那倒不如坦率些，”丁一说，“干脆就叫胡说，就叫扯淡，就叫放屁——真真正正是演了一出狗屁戏剧。”

“那倒不一定。”萨说，“如果是‘追寻梦想’，也就不只是梦想了。”

“狡辩！”

“怎么是狡辩？如果是‘强迫梦想’，那就又是一种梦想。”

“那么‘放弃梦想’呢？”

“放弃谁的梦想了？你的？娥不能有自己的梦想吗，以往的，或是崭新的？”

“喔，天哪天哪！我懂了我懂了，我到今天才算是懂了，所有的话都可以随意解释，一切美好的言词都可以任人糟蹋！”

萨望着远山，和远山背后的飞霞，也似坠入迷茫。

我则又想起那句话了：人生堕落语言始。

但，谁来鉴定什么是堕落呢？

谁来鉴定自由，和梦想？

是自由的梦想，还是梦想的自由？

喔，天哪天哪……

“丁一，”萨说，“我一直有个问题想问你。”

“趁我还活着，赶紧说。”

“你不一直都在问，人间最美好的那种情感为什么不能尽量地扩大吗？那我问你：比如说商周，他能不能也参加到你们的戏剧中来？”

我听见那丁脑袋里“嗡”的一响，我感觉他心里忽悠悠地像是有个深渊，人不由地就往里坠落，坠落……睁大的眼前竟是一片昏黑，闭上眼睛呢，是无边无际的血红……

“丁一？”

“丁一！”

“那，你干吗不问……问问他自己？”这厮敷衍道。

狡猾，哥们儿你这是狡猾！

“不，我问你！”萨盯着他。

她说什么？／她说商周也来加入我们，行不行？／是啊是啊……你说呢？／她问的是你！／我？／对，她问丁一！／这……这你得让我，想想……

“丁一，丁一？”萨叫他。

“丁一，丁一！”萨推推他。

“丁兄，也许我不该这样问吧？”

丁一睁开眼睛，落日辉煌却似僵冷，飞霞灿烂却好像虚假。他翻身坐起来，看着萨，看她好像正在飘进落日与飞霞，伴着那一句越飘越远，越飘越远的问……而自己昏昏然仿佛贴在地面上，变成一张扁平而且单薄的东西……

丁兄，你还说你不是嫉妒吗？／哦，哦，这么说到底还是我，是我混……混蛋吗？／我怎么知道？／那……那就让这个混蛋死了吧，让我跟了你去吧……

“丁兄,要不然咱先回家吧。”

146. 丹青岛的悲剧

这一年接近末尾的时候,风传起一个消息:那个小小的丹青岛上发生了一场惨剧:诗人岛杀死了画家丹。很快,媒体便纷纷证实了这一传闻:诗人岛杀死了画家丹后投海自尽,画家青则不知去向。

丁一忙跑去秦汉家打听。

“怎么回事?”

秦汉不说话,两手插在衣兜里,一副瑟缩的样子。

丁一再抖抖手里那张报纸:“肯定吗?”

秦汉坐下,不停地晃着一条腿,微微地点一下头。

“你怎么知道的?”丁一问。

“跟你一样。”

“那你就能肯定(是真的)?”

“差不多吧,应该是这样。”

“应该?”

秦汉仰脸望望丁一:“我是说结尾。”

“为了什么事?”

“具体是为了什么,现在还没人知道。”

“我是说你,你凭什么说‘差不多应该是这样’?”

“我只是说,这并不出乎我的意料。”

“画家青呢,在哪儿?”

“是呀,这才是问题。”

丁一忽然想起不久前的那个梦,便问:“她是怎么死的?”

“什么?你说鸥也……”秦汉仿佛一惊。

"鸥？不不，我是说丹，丹是怎么死的？"

"噢噢，丹，"秦汉像是松了一口气，"丹……哦对了，好像是流血过多。昨晚有个朋友打来电话，说是流血过多，又是在那样一个偏僻的小岛上，所以，所以就什么都来不及了。"

血，哥们儿你注意到没有，也是血！／是呀是呀，这倒真是有点蹊跷，丁兄你还记得那是哪天吗？／但那是在沙漠，不是海岛。／也许，也许是幻景，比如海市蜃楼？／可秦汉说那是真的！再说了，咱那不过是个梦呀。／可那会儿你正醉得人事不知呢哥们儿，敢说一定是梦？

也许，那天我其实飞离过丁一？也许，在那断醉倒的当儿我到过别处，到了"丹青岛"上？还有一种可能：是夜游的行魂们曾传播过类似的消息——给我讲述了他们在不拘时空的行途中见闻过的一个，发生在沙漠上而非海岛上的相近的故事。或经流传，那故事已演变成一个可能发生在**任何地方**的寓言。

丁一又问："画家青是当时不在场呢，还是事后离开的？"

"其实想起来，那海岛并不是很远。"秦汉答非所问，明显心不在焉。

147. 画家青

事后丁一愈觉蹊跷。

咳，死嘛，我说，常常会跟血有关联。／不，丁一说，蹊跷之处并不在血，而在于说到画家青时，秦汉怎么会误听成鸥？／口误呗。想的是青，说成了鸥。／怕没这么简单。你注意到他有点儿心不在焉了吗？／唔，那倒是。

这时萨风风火火地来了，跟丁一辞行。

"我明天走。"

"走？上哪儿？"

"南方。"

"就你自己？"

"还有秦汉，我陪他去。"

"陪他？他用得着你陪？"

"我想，现在，他得有人陪。"

那丁碰碰我：怎么样我说什么来着？那家伙心里有事。

"南方大了，具体是哪儿？"

"一个海岛。"

"丹青岛？"

萨点点头。

那丁说：依你看，什么事？/我说：废话，我咋知道？

"去参加葬礼？"丁一又问。

"不全是。"萨说，"他好像很……很想知道青的下落。"

"是他要你陪他的？"

"不。是我觉得他需要人陪。"

"哦嗬？他就那么让人不放心？"

萨又点头，并且流泪。

"要不要，我也陪他？"

别闹了哥们儿，看来事态严重。

"我觉得，"萨抹着眼泪，"他现在，特别需要有人陪，有人陪陪他……"

"到底出了什么事？"

"以后我再告诉你。"

丁一愣愣地坐着。

"那，我先走啦？"萨整理一下背包。

丁一似听而不闻。

"我必须得走了。"萨看看手表。

丁一似二目空空。

萨走出门去。丁一似视而不见,耳边响起了另一句话:现在我在这儿,等我不在这儿的时候,那个女子就等于没有……

空空之中,那只巨大的蝴蝶又好像在什么地方扇动起翅膀了。

但是萨又转身回来:“我还是告诉你吧。”

那只蝴蝶定格在半空,或是在并非钟表的时间里等待。

“画家青姓什么,你知道吗?”

丁一机械地摇摇头。

“姓欧,欧——青。”

148. 噩梦混淆

沙漠一片昏黄。

天地似归洪荒。

血色的云霞和那苍白的飘动中,裹挟着诗人岛近乎哀求的责问——

“丹,难道你也要离开我吗?”

水,像是被沙吸干了。诗人岛的声音沙哑——

“青的不辞而别,已经在我心上扎了一刀了。丹,你也要我死吗?”

魂,像是被风吹散了。诗人岛的愤怒也是有气无力——

“死是一件可怕的事吗?不哇,那是爱者的宿命。但是,但是你们可以伤我,可以让我死,却不能这样对待我们的丹青岛哇!那是我从小的理想,是生命从一开始就有的梦啊!怎么,你们都给忘了?我们的憧憬,我们的誓言,我们的梦,这么快就能忘吗?在我眼里你们美若天仙,你们威若神明,你们一向就是真理呀!可我不是。只有我不是。我从小就是个丑陋的孩子,丑陋的孩子一生都在梦见你们，一生只求和你们在一起，一生就只有这一件事是他的荣耀。什么‘诗人’吧，那不过是平庸的白昼加给我的一个无聊的头衔。所有的诗都不能接近我的梦，都不如那些梦更珍贵，都不如我梦中的你们更美好，不如跟你们在一起更能让我快乐，让我高贵。我知道我配不上你也配不上青，我可以去死，为了丹青岛的完美我可以去死，但是我求你了丹！你别走，你不仅不要走你还要把青也找回来。然后嘛，我怎样都行。然后让我的一片痴心随风吹散，顺水漂流，随便到哪儿去都好。只要丹你别走，还在这岛上，和青在一起，有丹有青有这个小小的海岛以及这世界就仍然还是个美丽的地方。让我走，让我们苦心经营的这个小小的海岛留下来陪伴你们。那样，即便我形消魄散，即便我死无葬身之地，我的梦也就不会死去，我的灵魂不管漂泊何处我都会因为丹青岛的存在而感到欣慰。像以往一样快乐。你知道吗，看着你们俩在一起，没有猜疑也没有嫉妒，没有中伤所以连一点点防范都没有，我是多么快慰，多么感谢命运的赐福哇！为什么？为什么难道你还不知道？就因为那是美丽的女子应该在的地方，是高贵的心灵应该在的地方，是我的丹和青应该在的地方。美丽的地方，并不是指这个有着确定的经纬度的小岛，而是指自打我来到人间就有的那个梦——一个不仅仅是梦的梦愿，而非那块平庸的大陆上的欲望，那种等级兮兮的现实中可以实现的玩意儿。我是说你们生来就应该在的地方绝不是那块僵死的大陆，那种无聊的白昼！丹你千万不要回到那种地方去。丹你不要走，你和青就在这小岛上吧这是你们应该在的地方！让我的心愿围绕你们，保护你们，让我飘散的灵魂去为你们探路。丹，去把青也找回来吧，农耕为生，诗画为乐，我们曾经不是这样说的吗？如果最终我不能在天上同你们汇合，那就让我在这海浪里永远地守候吧，守护这小岛，等待你们再度驭风而降，顺水漂来……也让那块平庸的大陆永远有个可以眺望的方向，也为那些平庸的现实保存住一个永远的梦吧……”

“但我要过正常的生活!”那一缕苍白的飘动中,忽然飘动起娥的回答。

“只是为了问问要上学吗?”丁一问道。

“不,不单是为了问问,也是为了我自己。”

“什么是正常,娥你告诉我什么是正常吗?”

没有回答。只有飘动。

“娥你这是堕落,这是堕落呀娥!难道真像诗人岛说的那样,我们的誓言就那么容易忘记吗?”

“不,我看倒是你忘了。你还记得我们的誓言是什么吗?”

“是爱!”

“但,是**自由**的爱!”

只有沙,嘶嘶地吸干着水;只有风,嘘嘘地耗散着魂。丁一颓然坐倒在漫漫无边的黄沙上。

兄弟,那丁问我,难道我跟娥跟萨,我们不是自由的吗?/哥们儿,我说,难道娥不能自由地又爱上了商周吗?难道萨不可以自由地离开你的戏剧,去陪伴她一向倾心的秦汉吗?/唔,你可真会说,你可真会说呀我的老兄!可照这样咱就什么也别谈了,不管什么事,不管什么事只要前面加上个“自由”岂不就都是正当了?/我只知道这是事实,这就是你想要的真实。/不,我可不想要这样的真实!

“那你就得要你不想要的——权力!”血色的云霞中忽又响起了依的声音。

“权力?”

“对,就是你声称要放逐的那种权力。”

“为什么?”

“你会看到的。或者其实,你已经看到了。”

血色的云霞急剧变幻形状,涌动着,聚集着,撕扯着,浮升与沉落……丝丝块块,浸染着遍地黄沙,浸染着漫天荒风,和那一缕苍白的飘动——刹那间令其显形为一条血染的衣裙……血色点点如花，血流纵横如树，缓缓洇淌有如哀歌，向着丁一的脚下蔓延……于是，便听见了画家青的哭泣，便听见了画家丹的喘息，以及听见了丹青岛上那一记沉重的斧声……斧声在黄沙飞卷之中传播，在四野空茫之中漫散，在天地洪荒中间撞起心动般“通通”的回响……沙砾与荒风，丝丝与块块的云霞，随之化作万千蝴蝶，巨大如斗或细小如沙，粗犷如凿或精巧如绣，随那漫天哀歌盲目飞舞……我与丁一也似化蝶而飞，在那五彩缤纷却又是荒茫如漠的群流中不知所往……

149. 诗人遗句

媒体的报道非常简单：诗人岛用斧头砍死了画家丹，而后投海自尽。画家青则不知去向。有些小报还刊出了诗人岛最后的遗作，其中有这样一句：

一切话语都被白昼之王所废
唯夜的眼睛，可以区分美丽

150. 娥的信

那期刊登了“丹青岛悲剧”的报纸下压着一封信，一看即知是娥的亲笔：

“我走了，暂不知落脚何方。问问跟商周去了；她对那些遥远的地方，就像对童话一样痴迷。我会永远记得我们的戏剧，人应该永远记得心中的梦想——‘记得’二字，说出了它们应该在的地方。你要保重，像我们曾经说过的那样：对这个人间保持信心。顺便再说一句:秦汉是不会娶萨的,他连来生来世都已经许给了鸥。”

没有抬头,没有落款,也没有时间。

什么意思?她这是什么意思?/我说:你是指这最后一句?/是呀是呀我倒忘了,那丁冷笑道,她要的是正……正常的结尾!/娥是一片好意。/好意?其兄把秦汉许给了鸥,其妹就可以把丁一交给萨去照看,是吗?/说什么哪,什么乱七八糟的呀你这都是?

那丁摇头不语,似笑非笑。

我见他神情忽显怪异,目光渐趋散乱。我觉这厮周身滞胀,虽血流奔突,穴脉震跳,却是手脚冰凉,似有一股至寒之气自五体之端“嘶嘶”渗入,及至汇于胸腹又凝成一团灼烫,左冲右突,无路疏引。

喂,丁一!

那丁唯频频若笑,泪落潸潸,兼以嚎啕乱走,顿足捶胸……那模样不由得让人想起当年不能与“小姐姐”共浴时的悲愤,或见“白雪公主”香消玉殒时的哀绝,但情势之紧急、危重却属空前。我正自暗叫一声“不好”,那厮已然一个踉跄栽倒在地。

怎么啦你,哥们儿?丁一!丁一你醒醒,你醒醒!喂喂,快来人哪……

但周围没有别人。我正急得不知如何是好,却见他又睁开眼来,翻一个身,一脸自嘲似的眺望窗外。窗外是一派虚虚白白的冬日天光。

哥们儿你要紧不?/要什么紧?还有什么紧可……可要?/不行咱上医院!/那些不见天日的地道吗?算了吧。/我怕你弄不好会有危险。/你不是不怕死吗?你不是说,我死了你还是你吗?/唉唉,可怜的丁兄你又忘啦,是你死了我还是我。/无所谓,无所谓。那厮淡然笑道,依你看,这个翻手为云覆手为雨的世界真还有什么可以留恋的吗？

这最可怕。“哀莫大于心死”,这是最最可怕的。回首以往,多少梦旅行途不是至此归于败废,多少才人智士不是由此步入迷荒,多少艰苦卓绝不是因此而化为乌有！当白昼之王废黜了一切话语,便同时斩断了人的前途——兑现了它对摩菲斯特的许诺,或原本那就是他俩之间预谋的作弊。

唉唉,自由与梦想之间,上帝的手指向何处？

151.求梦

中医的诊断是:血壅气滞,阴阳失衡。

西医则认为是:腹中那株苍白而污秽的花正又蓄势待发。

我与那丁又住进了洞窟般昼夜难分的病房。我是尽我的义务,既已承诺“不离不弃”当然就要奉陪到底。而那丁一,此番倒是一派超然物外、处乱不惊的气度,两眼一闭说:就让这戏剧有个正常的结尾吧 。随后,护士让他吃药他便吃药,给他打针他便打针,大夫领他去哪儿他就去哪儿,让他接受怎样的光照他就接受怎样的光照,概不多问。

丁一呀你这是干吗！／兄弟,咱也该让医学赢一回啦。／啥意思？／你忘啦,上一回他们输得可有多不情愿？

白晃晃和绿森森的大褂走了一拨又来一拨,圈圈围定,冷冰冰或软绵绵的手探遍丁一之处处……实习的女学生们面有怯色,进修的女大夫们早已熟视无睹,温文尔雅的老教授动嘴不动手,其弟子的手段却是不敢恭维……该丁于是一次次被命令脱光,于众目睽睽之下翻来覆去。我发现这厮真也是修炼出来了吧——风动,树动,那朵沧桑之花却处之泰然,如在无人之境。

我心下倒不免犯了嘀咕:这是凶兆,还是吉相？／那丁坦然笑答：瞅机会走你的吧，让我最后再给他们做一回教具。

说话间他扬鼾赴梦。

老教授暗暗摇头。男女弟子们心领神会，便齐心携力将那丁抬上担架，雪白的被单从颏下一直包到脚尖，若非还露一张苍白并附微鼾的面孔，那光景就可以直接去火化了。

怎么着哥们儿，等死乎？／NO，求梦也！／那是我的事呀，老弟。／既如此，兄何不去？／我说：怎奈此身无置处，／他道：昏烛一把化烟飞。／我说：可知此去苍茫路？／他道：化梦逐魂不思归。

担架车轻游慢荡就像在水上漂移，经条条暗道，过幽幽洞窟，闻唏嘘之哀叹，越恍惚之光流……于是乎，我们一忽儿梦得“山重水复”，一忽儿梦得“柳暗花明”……

152. 弥留之梦

“妈说阿秋长得比我好看一百倍。”

少女阿春领着丁一穿过安静的厅廊，走过一树树盛开的海棠花，去寻那一缕时隐时现的琴声。

“那个弹琴的人是谁？”

“大哥哥。”

“你哥哥？”

“不是的不是的，是大哥哥。”

丁一若有所悟，悄问阿春：“现在能把那个秘密告诉我了吧？”

阿春抿着嘴笑，半天才说：“你真想知道吗？”

丁一附耳过去。阿春温热的鼻息喷在丁一脸上：“他们，他们有时候……”

“有时候咋了？”

“有时候他们都不穿衣服。”

“真的呀？”丁一满脸惊疑。

阿春却“咯咯”地笑着看他，似浑然不解其妙，又似懵然而有所觉知。

“啥时候？”

“他们一起弹琴、跳舞的时候。”

“你骗人！”

“阿秋，阿秋！”少女阿春就喊她的姐姐：“阿秋我骗人了吗？”

浩荡的春风中便走来阿秋，也不答话，只管拉起丁一的手来款款起舞。那舞步似具魔力，不由得你不跟随着她去……素白的衣裙飘飘展展如满树繁花，飞飞扬扬似春潮涌动……

“阿春说的是真的吗？”丁一问。

阿秋默不作声，只一味地跳舞。

“阿春说你比她漂亮一百倍。”

阿秋只一味地跳舞，默不作声。

“我们可不可以，也像阿春说……说的那样？”

树静风息，奔涌的春潮瞬间沉寂。丁一才发现面前的女子并非阿秋，而是泠泠。泠泠拉起丁一的手，在上面写了两个字，随即她窈窕的身形便一缕烟尘似的飘散进黑夜，或藏入夜之黑衣。

接着，仿佛换幕间的暗场，昏黑之中旁白似的响起了秦汉的那句话：“你把自己交给谁，你也就是在向谁要求着同样的权力……你把自己交给谁，你也就是在向谁要求着同样的权力……你把自己交给谁就是在向谁要求着同样的权力……”

丁一张开手看看，以为是“泠泠”，却是“叛徒”二字赫然掌心。

丁一颓然跌倒，仿佛跌进一眼漆黑的深井，无依无着，只一味地跌落，坠落……坠落得越来越快，是不是掉进了连光阴也无力挣脱的黑洞？

幸好有人接住了他。

一看,竟是久别的姑父。

“这是哪儿呀,姑父?”

“这是没有钟表的时间。”

“您真的找到能让时光倒流的方法了?”

姑父摇头又点头,点头又摇头。

“告诉我,姑父!”

“我是来告诉你另一句话的。”

“另一句?什么话?”

“别做叛徒,尽量别做叛徒。可是我跟你说吧爷们儿:有一种叛徒——我是说有一种,倒是最懂得爱的。”

“您找到馥了?”

姑父点头又摇头,摇头又点头。

“馥在哪儿?”

“在没有钟表的时间里。”

“她是烈士了?”

“她是爱人。”

“姑父,您能带我走吗?”

姑父的身形于是渐虚渐淡。

“姑父!我能跟您到没有钟表的时间里去吗?”

姑父的身形于是渐渐融化。

“姑父!姑父!”

轰然一片灯色光流,亮如白昼。

姑父销形匿迹之处走来一位老者,白发缁衣,但面目模糊。

这是谁?那丁问我。/曾教我勘破红尘之道的那一位老前辈。/我咋没见过?/那时你睡了。哦不,那天你醉了。

“哦,前辈别来无恙?”

“怎么样?”那老者说,“此丁已悟,尔复何言?”

“怎见得此丁已悟?”

“你没听他说吗，‘化梦逐魂不思归’？”

“先生差矣，先生忽视了前一句——‘可知此去苍茫路’。所以，这丁分明是已经明白：即便‘化梦逐魂’也依然是一条无尽无休的‘苍茫路’，哪里会有先生所说的那一处‘无苦无忧的极乐之地’？”

“那么‘不思归’又作何解，这总是他自己说的吧？”

“哈哈，哈哈哈……‘苍茫路’岂有归处？岂有终点？还是那句话：无限，可哪儿来的终点？终点，又怎么能是无限呢？”

“骄狂，骄狂，简直是无端的骄狂！”那老者又有些恼了。

“晚生得罪，还望前辈海涵。”

“年轻骄狂会让你闭目塞听！你可闻那丁心底已动杀机？”

“已动杀机？倒看不出。”

“心生怨恨，便已是动了杀机！难道非要他也闹出‘丹青岛’上的惨剧不成？”

这倒让我大吃一惊：是吗，丁一？

那丁不语，昏沉沉犹在梦中。我伏面其身，贴耳其心，果然听得“砰，砰，砰”一阵紧似一阵的——含怒含愤的心动，还是含恨含怨的斧声？

哥们儿你咋回事？／兄弟，我说过了，能走你就快走吧，这儿没你的事啦！／何故如此惊慌？／我……我……我看那诗人岛的愤怒，真也是可……可以理解。／丁一！／我看那画家的背信弃义真也是令……令人忍无可忍！／丁一你要干吗？／鬼知道！／丁一！你想怎样？／没你的事，这儿没你的事……

“唉唉，可怜，可悲，可叹！生即是苦，生即是难，生即是无穷无尽的烦恼哇……”那老者摇头叹罢，化风化云而去。

伫望那风消云去处，我独暗忖：照此说法，岂非一言可蔽——再没有什么比活着更烦恼的事了？可是可是，死就可以断绝烦恼了吗？死，终于又能带我到达何处？除非是无。除非是感受到彻底之无。除非是对彻底之无也无感受。除非是对彻底之无的无感受也无……然而然而，我忽又记起了我之为我的原因了：心识不死。我忽又记起上帝说给约伯的那句话了：我创造世界的时候你在哪儿？

可是那丁“怦怦”的心动已不容我多想，抑或那含恨的斧声已然紊乱并且逼近，催我快快离开。

153. 告别丁一

那恶毒的花株，或因不断地沐浴了忧哀与怨恨，终于盛开。凶险的枝藤叶蔓分分秒秒都在壮大，疯狂开拓，野蛮占领，终至赢得了对生命之供给与防卫的压倒性优势。我不得不离开丁一了。

兄弟，那丁用尽最后的力气问我，莫非又是我错了，夏娃她并不在娥中？／我说：不，夏娃她确实到过那儿，但说到底，夏娃是在亚当心中，是他的骨血，是他的一半，是他永远的寻找。／你，还要去找她吗？／当然。／为什么？／因为，我，也是她的一半。／你真的认为她在吗？／因为亚当的寻找，所以夏娃她必定是在的。因为，就像那迁徙的鸟儿承诺着归来，亚当和夏娃也承诺了相互寻找……

丁一慢慢闭上了眼睛。

悬浮其上，或徘徊其周边，我久久不忍离去。

一度生机盎然的丁一如今已是一片死寂。凶花恶蔓妄自尊大，攀爬缠绕为所欲为，在吸干了丁一之后也已是气力耗尽，蔫萎枯槁，如一处远古城邦的残迹。

秦汉和商周抬了丁一的遗体，走上一座山顶。谢谢了，谢谢你们啦秦汉和商周！我希望这就是我与丁一最初眺望的那一抹苍翠的远山。而飞霞仍在更远的远处，我愿意带着丁一的遗梦去继续追寻她的光彩。

大家便一齐动手,在一棵大树下为丁一挖了个坟。谢谢你们了,谢谢啦我的朋友!我希望这就是属于某个小姐姐的那棵大栾树,属于阿春与阿秋的那棵海棠树,属于泠泠的桂花树,属于依的老柏树,属于娥窗前的那棵"月光树"和萨的那片草地周围的"星辰树"吧,还有姑父的铁树,那丁院子里的石榴树,以及那史出生之地的老枣树……

大家再把一只通常叫作棺材的木匣子移近坟边。喂喂各位,各位,拜托啦各位,千万别让这么个丑陋的匣子碰我的丁一!扔掉它,扔掉它,请扔掉这个不堪入目的东西吧!我希望丁一能够在另外的世界里无拘无束。我希望在未来的旅途上,仍能记取丁一的理想,或告慰他的梦愿。

娥一直坐在远处的山崖边,出神地望着天空。这时她好像听见了我的拜托,走过来拍拍那个木匣子,说道:"好吧,那就不要它。"

"什么,不要它?"商周说。

"对,不要它!"

"那怎么办?"萨问。

娥再俯身看看丁一,理理他的头发,掸去他衣袖上的尘灰,说:"就让他这么去吧,他一生都渴望敞开。"

谢谢你了娥,谢谢你啦了不起的娥!

大家便把丁一直接放进泥土。

谢谢啦,谢谢了你们所有的人……

"总不能不留个标记吧?"萨说,"否则,以后可怎么来找他呢?"

秦汉说:"'轻轻地我走了,正如我轻轻地来'——他说过,作为墓志铭这真是再好不过。"

"不,"依说,"我记得他还说过,就连这样的话也不要有。是吗,娥?”

“是。他说要让寂静,甚至是忘记,去读那诗句。”

“可那样,”萨说,“就怕我们真的会忘记他在哪儿了!”

娥再次仰望天空,那儿正有一只白色的大鸟悠然飞过。众人便都抬头,只见那鸟儿如梦如幻,双翅一收一展,好优雅好飘逸,好似漂游在水面上的灵……

谢谢啦,我的朋友!谢谢啦,我的爱人们!

154. 丹青岛

离开丁一,逆时间而飞。我先去告别了娥的住所,告别那一处红蓝白的三色地:月色朦胧,树影婆娑,别人看它是一间空屋,我却看见赤诚的梦愿仍在那儿上演……

再去告别了曾与萨在那儿长谈的草地:野花点点,芳草依依,别人只说那丁憨蛮多情,我却知这情种不仅心存狭隘,而且诡计多端……

然后去告别问问的卧室:祝福你问问!未来无论正常还是独具,请别忘记那一曲《童年情景》……

再去告别了那座属于依的古园:雪地上,一行年轻的脚印吸引着另一行年轻的脚印,从而,小树林中埋藏下一个炽烈而危险的初吻……

然后去告别秦汉的居处:在他心爱的磁带、酒瓶和方便面上亲切地靠一靠。是呀老兄,这人间的戏剧哪有个结尾?所以你也别说没有希望……

再去告别姑父的花园:在当年那个敌人的家里,那些花草居然也长得枝繁叶茂……

然后去告别阿春的童话剧,和阿秋的舞房;告别了泠泠的家门;告别丁一与世界初次相见时的那条小街,以及我初来丁一时的那个小院、那间小屋……临了甚至没忘了去隔壁,向那对身魂牴牾的小夫妻说一声保重……

然后我横向于时间飞翔,去寻找丹青岛。

传说中那个遥远的海岛,或那遥远海岛上的奇异传说,其实就在时间的近旁。

思想快于光阴。

瞬间便飞临其上:蓝色在大海围裹着一块红褐色的土地,镶了银边的海浪一涌一落一涌一落,似为它叹息,为它排遣伤痛,或为它梳理郁结在心中的疑难……

我慢慢降落,海岛慢慢扩大。

只闻海浪轰鸣而不见其波涛之时,我才知道,这海岛其实也真不能算小。白色的海鸟在头顶上飞舞,欢叫。我跟它们打个招呼:"喂！这可是丹——青——岛吗?"它们便一群群精灵似的飞下来,但不落地,只是擦着树梢或贴近地面缓缓盘旋,嘹亮的欢叫声随即凄长,沉郁,变作哀歌……而后,不知是怎样一个信号,所有的鸟儿同时转身,汇成一群,朝同一个方向飞去。

我知道它们是要我跟随。

白色的鸟群,或有黑色的翅膀,如同送葬的队列。

我夹在它们中间,飞过树丛,山丘,荒地,飞过沙滩和海浪……绕着那海岛像似行一个仪式,或是要我看遍诗人与画家曾寄望于斯的每一寸土地……然后它们落下来,像飘洒一地的纸花,散落在海边一处嶙峋兀傲的岩石群中。

这是什么地方?

它们唯"咕咕咕"地哀鸣。

这儿,可有什么值得多看的吗?

它们忽不作声,仰天俯地,神色黯然。

我在那石群间慢慢察看,鸟儿们簇拥在我身后。

好像没有什么。石峰林立，并不见有什么特别的东西。

鸟儿便又都飞了起来，在一块巨大的岩石顶上飞起飞落留连不去。

我知道它们是要我上去。

上去，上去，上去……啊，这下看清楚了：那巨石朝天的部分竟是一面浮雕！四下望去：原来所有岩石的顶部都有浮雕或图画——一面面形态各异，一幅幅色彩纷然！

所雕所画皆是凡人之面目、寻常之人体……刀砍斧刻并不求其细腻，走笔落色亦不仿效真实，似乎一切都是即兴而发，单为宣泄一腔思愿与情怀，或只是为着劳作之欢愉，行为之流畅，呼吸之自由……锛凿挥洒，只期图生命的舒展，与四周的云行风走、浪起潮平合为一曲天籁……

但是慢慢我看出了一点蹊跷：所有的面目皆呈困惑，焦虑，拘谨，甚至是恐惧状，而所有的形体却都似放浪不羁，尽情地挥舞，炫耀，夸张，乃至于暴露……怎会是这样？为什么要这样？什么意思？仅仅是即兴？可即兴，难道会如此不谋而合？想想吧，闭起眼睛想想吧：若非如此又当怎样？若非如此又能怎样？睁开眼睛再看看吧：唯其如此，那面目与形体才都美丽！设若颠倒，比如说形体困惑、拘谨而面目放浪、张扬，岂不丑恶？

可这，又是因为什么呢？

对了，詹曾经说过：在那样的时候，我总是不能靠语言来表达感情。对此，娥曾问道："不靠语言，那他靠什么？"而后娥毫不迟疑地回答："靠身体，靠袒露，靠动作，靠那种白天不可以言的言，平素不可以说的说！"记得那时我在丁一曾喜不自禁："是的是的，要靠那话——语音和文字之外的话语，交流或沟通的另一种可能，素常言词之难于企及的心向或意指……"

所以面目倒是靠不住的。

所以思虑陷于疑难。

所以拒白昼于闭目，寄梦愿于无衣，拘心流以默想，乘黑夜而游魂。

所以望白云之飞掠，听海浪之拍击，沐日月之辉耀，盼天路之可期！

于是秦汉的疑问便在那些拘谨的面庞上呈现。于是依的忧虑便在那些恐惧的表情中浮出。于是秦汉的思虑回落到巨石群中，而依的经历跟随那群白色的鸟儿（或有黑色的翅膀），在丹青岛上空哀歌似的盘绕，飞翔……

是我该回去的时候了。

回归那苍茫之水，回归那空冥之在。

回归那不是钟表的时间，或“写作之夜”。

正如诗人所说：“一切话语，都被白昼之王所废。”那便是心魂回归黑夜，重新去锻造一种语言或一条道路的时候。

155. 标题释义

如同水在沙中嘶喊，或风自魂中吹拂，虚无缥缈间那一点心识——不死如我。轻轻地飘摇，浮游，浪动，轻轻地漫展或玄想……忽然间，曾经那个扬扬浪浪、若虚若在的声音渐似清晰：“只可能用**生**证明**死**，用**在**证明**无**，用**有限**证明**无限**，剩下的你自会明白……”我正待问其究竟，那声音已杳然无踪。

随即一声余音荡荡的钟鸣。渐渐地，显现出亮白的窗纸、暗衬的窗棂、游动的光斑和树影，显现着四壁、屋顶、吊灯，以及一座古旧的时钟……

我在史铁生中醒来。

或不如说我从某丁之梦，醒进了某史之实。——所谓“丁一”不过是一种可能；一种可能，于“写作之夜”的实现。所谓“丁一之旅”不过是一种话语；一种可能的话语在黑夜中徜徉吟唱，又在拘谨的白昼中惊醒。这么说吧：丁一与史铁生并无时间的传承关系，最多是空间的巧遇，或思绪的重叠。

156. 补遗

还有件事要交待。正当我要飞离丹青岛时，忽见秦汉和吕萨慌慌地赶来。

“喂喂，你们咋才来呢？”

唉唉，是呀，没有了丁一，他们听不见。

只见他们在那群岩石中间走走停停，指指点点，寻寻觅觅……终于，好像发现了什么，他们在一块不能说最小但肯定不引人注意的岩石前驻足，细细察看，时而交头低语，时而仰面无言。我悄悄落在他们身旁，却见那石头上有一句不知是谁匆忙刻下的留言：一切都是可能的，但我在这儿。

“是她，”秦汉说，“是欧青的笔迹。”

“啥意思？”吕萨问。

秦汉不语，微微地摇头。

“她说她在哪儿？”

秦汉再吹一吹那字迹上的灰尘，久久端详。

2002 年 10 月至 2005 年 7 月